FANTASY

Autorin

Die in Los Angeles lebende Melanie Rawn ist eines der großen Talente der zeitgenössischen Fantasy. Ihre Drachenprinz-Saga war in den USA nicht nur ein großer Publikumshit, sondern auch ein Lieblingskind der Kritik. »Die Entdeckung des Jahres«, jubelte das Magazin *Rave Reviews*. »Melanie Rawn tut für die Fantasy das, was Frank Herbert mit *Der Wüstenplanet* für die Science-fiction getan hat.«

Melanie Rawns Drachenprinz-Saga
im Goldmann Verlag:

1. Das Gesicht im Feuer (24556)
2. Die Braut des Lichts (24557)
3. Das Band der Sterne (24558)
4. Der Schatten des Bruders (24559)
5. Die Flammen des Himmels (24560)
6. Der Brand der Wüste (24561)

FANTASY

Melanie Rawn

DER BRAND DER WÜSTE

DRACHENPRINZ 6

Aus dem Amerikanischen
von Dagmar Hartmann

GOLDMANN VERLAG

Die Originalausgabe erschien 1990
unter dem Titel »Dragon Prince,
Book III, Sunrunner's Fire, Chapters 18–30«
bei DAW Books, New York

Deutsche Erstveröffentlichung

Für meinen Onkel
George Alderson Fisk

Umwelthinweis:
Alle bedruckten Materialien dieses Taschenbuches
sind chlorfrei und umweltschonend.
Das Papier enthält Recycling-Anteile.

Der Goldmann Verlag
ist ein Unternehmen der Verlagsgruppe Bertelsmann

Umschlaggestaltung: Design Team München
Umschlagillustration: Whelan/Schlück, Garbsen
Satz: IBV Satz- und Datentechnik GmbH, Berlin
Druck: Elsnerdruck, Berlin
Verlagsnummer: 24561
Lektorat: SN
Redaktion: Antje Hohenstein
Herstellung: Peter Papenbrok
Made in Germany
ISBN 3-442-24561-3

3 5 7 9 10 8 6 4 2

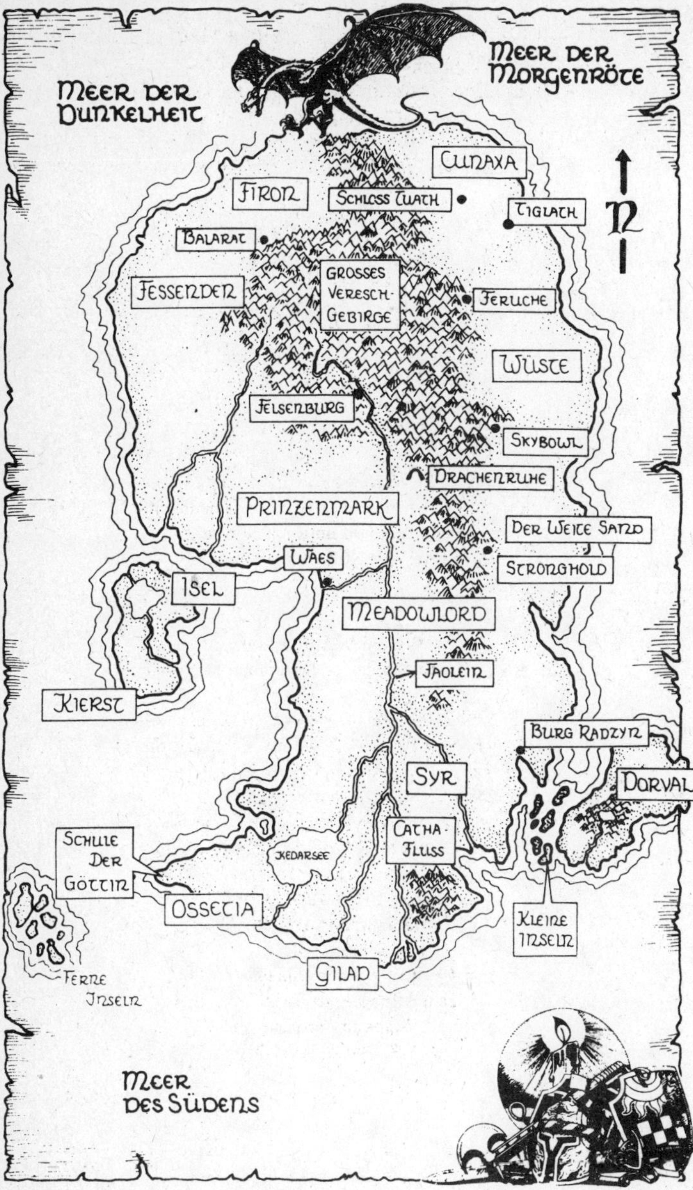

Meer der Dunkelheit
Meer der Morgenröte
N
Cunaxa
Firon
Schloss Tuath
Tiglath
Balarat
Grosses Veresch-Gebirge
Fessenden
Feruche
Wüste
Felsenburg
Skybowl
Drachenruhe
Prinzenmark
Der Weite Sand
Stronghold
Waes
Isel
Meadowlord
Faolein
Kierst
Burg Radzyn
Syr
Dorval
Schule der Göttin
Kedarsee
Catha-Fluss
Ossetia
Kleine Inseln
Gilad
Ferne Inseln
Meer des Südens

Kapitel 1

Stronghold: Frühjahr, 32. Tag

Rohan unterdrückte ein Gähnen und schob die Arme in das Hemd, das sein Knappe ihm hinhielt. Sioned saß vor dem Spiegel ihres Frisiertisches. Der Sonnenschein tauchte sie in Gold, als sie ihre Haare flocht. Es war ein Morgen wie jeder andere, abgesehen von ihrem Schweigen. Er nickte Arlis zu und erteilte ihm damit die Erlaubnis, sich zurückzuziehen, denn er vermutete, daß seine Gemahlin mit ihm allein sein wollte. Er hatte recht; sie wartete nur, bis sich die Tür geschlossen hatte, und fing dann an zu sprechen.

»Ich vermute, das Mädel kommt mit.«

»Ich denke schon.«

Gestern abend hatte Pol vorgeschlagen, einen Ausflug zum Rivenrock Canyon zu machen, um die Drachenhöhlen zu besichtigen. Rialt war schon früh mit einem Dutzend Diener und dem an den Seiten offenen Pavillon losgezogen, in dem der Gesellschaft ein einfaches Mahl aufgetragen werden sollte, ehe man gemütlich und rechtzeitig zum Abendessen zurückritt. Der Ritt bot eine angenehme Abwechslung, und angesichts der Diskussionen, die ihn erwarteten, wünschte Rohan fast, man hätte ihn dazu eingeladen.

»Es wäre schön gewesen mitzureiten«, fuhr er fort. »Aber wir tun ja sonst meistens, was uns gefällt. Dafür bezahlen wir nun an Tagen wie diesem.«

»Wer ist heute der erste, Miyon oder Lord Barig?«

»Welchem von beiden würdest du denn lieber aus dem Weg gehen?«

»Habe ich eine Wahl?« Sie schenkte ihm ein mißmutiges Lächeln.

»Beide erwarten atemlos, zu dir gerufen zu werden.« Er schloß die Manschetten seines Hemdes und beugte sich vor, um in ihrem Spiegel einen Blick auf sein Haar zu werfen. »Weißt du, ich sehe das Grau immer dann, wenn Pol hier ist.«

»Wo wir schon von ihm sprechen...« Sie erwiderte sein Stirnrunzeln im Spiegel mit einem Runzeln ihrer eigenen Stirn. »Du vertröstest mich jetzt seit vier Tagen und –«

»Sioned, ich kann mich weder auf Miyons Intrigen noch auf Barigs Streitereien konzentrieren, wenn ich mich durch das ablenken lasse, was mit Pol los ist.«

»Du hättest Arlis nicht hinausgeschickt, wenn du nicht bereit gewesen wärest, darüber zu sprechen. Und genau das werden wir jetzt tun.« Sie wirbelte auf ihrem gepolsterten Hocker herum. »Miyon hat sich nie gegen uns durchsetzen können, und deshalb greift er jetzt auf diese gemeine Hinterlist zurück. Er versucht, Pol mit diesem Mädchen zu ködern –«

»Glaubst du, Pol weiß das nicht? Ich habe dir doch von Sionells Bemerkung erzählt, daß er genau weiß, warum Meiglan hier ist.«

»Und warum stolpert er dann kopfüber in die Falle? Und für den Fall, daß du es noch nicht bemerkt haben solltest: Er ist kein Kind mehr. Er ist ein Mann. Hoffe lieber, daß er mit dem denkt, was zwischen seinen Ohren ist, nicht mit dem, was sich zwischen seinen Beinen befindet.«

Rohan befahl sich, geduldig zu bleiben. »Warum sprichst du eigentlich nicht mit ihm?«

»Das habe ich getan«, erwiderte sie knapp und wandte sich wieder dem Spiegel zu. Mit flinken Fingern durchsuchte sie wütend ihr Schmuckkästchen. »Gestern.«

»Was hat er gesagt?«

Ihre Stimme triefte vor Sarkasmus. »Daß es nur gute Erziehung ist, wenn man höflich mit jemandem umgeht, der offensichtlich sehr schüchtern und nicht an Gesellschaft gewöhnt ist. Daß er ihr gutes Aussehen bewundert. Daß ich doch wohl nicht im Ernst verlangen kann, daß er sie nur wegen des Mannes, der ihr Vater ist, links liegen läßt.« Sioned schlug das Kästchen zu. »Daß ich mich um meine Angelegenheiten kümmern soll, nicht um seine!«

»Das hat Pol niemals gesagt!«

»Man konnte es heraushören.«

Rohan legte ihr die Hände auf die Schultern und massierte die verspannten Muskeln. »Meine Liebe, seit wir erfahren haben, wer dieser Ruval wirklich ist, bist du nervös. Ich glaube, du bist ein bißchen zu empfindlich.«

»Behandle mich bloß nicht so gönnerhaft«, warnte sie. »Ruval ist ein weiterer Punkt, über den du nicht mit mir sprechen willst, und glaube nur nicht, ich wüßte nicht warum.« Sie funkelte ihn im Spiegel an. »Nervös bin ich? Zu empfindlich? Es sieht so aus, als hätte Pol wahrhaftig vor, die uneheliche Tochter eines Feindes zu erwählen, Ianthes Söhne sind plötzlich aus dem Nichts aufgetaucht, um sein Recht an der Prinzenmark in Frage zu stellen, wobei außerdem noch Zauberei eine Rolle spielt, und ich kann nicht einmal meinem eigenen Gemahl gegenüber unter vier Augen ausdrücken, was ich empfinde?«

»Sioned!« Er hatte sie selten so erregt gesehen. »Ich gebe zu, diese Bedrohungen sind da, aber Pol ist kein Kind mehr. Und er ist nicht so dumm, Meiglan zur Frau nehmen zu wollen!«

»Glaubst du?« wollte sie wissen. »Wirklich? Wenn du mit Ja antwortest, bist du ein Lügner.«

»Du und ich, wir beide haben uns versprochen, einander immer die Wahrheit zu sagen. Oder wenigstens nie zu lügen, was nicht ganz dasselbe ist, wie du bei verschiedenen Gelegenheiten demonstriert hast. Also: Ja, die Aussicht auf eine Cunaxanerin als Mutter meiner Enkel stößt mich ab. Aber bis Ruval unter dem Stein hervorkriecht, unter dem er sich versteckt hält, und bis Pol zu seinen eigenen Entschlüssen bezüglich Meiglan kommt, solange gibt es doch wohl nicht viel, was ich tun könnte, oder?«

Sioned lenkte ein. Sie legte ihre Hände auf seine, die auf ihren Schultern ruhten, und meinte: »Pol war schon früher in Gefahr. Seine Rechte wurden angezweifelt. Aber –«

»Aber du und ich, wir beide haben immer zu seinen Gunsten gehandelt. Wir haben ihn beschützt und haben für ihn Entscheidungen getroffen. Diesmal ist er auf sich gestellt. Wir müssen ihm vertrauen, Sioned, ihm und der Erziehung, die wir ihm gegeben haben.«

»Ja«, erwiderte sie langsam. »Er ist kein Kind mehr. Aber von ihm geht soviel Unschuld aus, Rohan. Ich kann es nicht richtig erklären. Er ist irgendwie... unberührt, auch wenn er ein erwachsener Mann ist und sogar ein herrschender Prinz und Frauen ihm wahrhaftig nicht fremd sind.«

»Im Gegensatz zu seinem Vater, dem Hinterwäldler«, murmelte Rohan und lächelte ein wenig.

»Ach? Ich habe gehört, daß du voll von dir überzeugt warst, als du achtzehn gewesen bist und deine erste Schlacht hinter dir hattest!«

»Das hat dir wohl Myrdal erzählt, was? Hat sie auch erwähnt, daß ich so voll war mit Siegeswein, daß ich mich an fast nichts mehr von dieser ganzen Nacht erinnern kann?«

»Fast?« Sie zog eine Braue hoch.

»Nun ja... Es blieb gerade genug, um zu wissen, was ich wollte, als ich dir schließlich begegnet bin.«

»Genau. Und Pol weiß genug, um zu wissen, was er von diesem Mädchen will.«

»Sie hat einen Namen.«

»Lenk nicht vom Wesentlichen ab«, erklärte Sioned ernst.

»Also gut.« Er zog einen Stuhl in die Sonne und setzte sich; da sie offensichtlich ein langes Gespräch vor sich hatten, machte er es sich lieber bequem. »Laß uns davon reden, ob wir Pols Witz und Urteilsvermögen trauen. Tust du das oder nicht?«

»Bei allem anderen ja! Er hat sich selbst als Prinz und als Mann bewiesen –«

»Tatsächlich? Da bin ich mir nicht so sicher.«

»Und was soll das nun wieder heißen?«

Rohan stützte die Ellbogen auf die Armlehnen und verschränkte die Finger miteinander. Inmitten von Smaragden leuchtete der große Wüstentopas an seiner Hand. »Ich habe mir manches Mal Sorgen gemacht, mein Sohn könnte mich ebenso verabscheuen wie ich meinen eigenen Vater. Oh, ich habe Zehava natürlich geliebt und von ganzem Herzen bewundert, obwohl wir uns überhaupt nicht ähnlich waren. Aber als ich dann zwanzig oder so war, wollte ich unbedingt ein Prinzentum regieren, denn ich dachte, ich würde es besser verstehen als er.« Er lächelte trocken. »Ganz schön überheblich, das mußt du zugeben.«

»Pol fühlt überhaupt nicht so, Rohan.«

»Nein. Was das angeht, haben wir Glück. Er hat sein eigenes Prinzentum, über das er regiert, also braucht er nicht meines, um sein Talent zu beweisen. Er ist sich ja noch nicht einmal sicher, ob er wirklich Hoheprinz sein will – er ist völlig zufrieden damit, wenn ich die nächsten fünfzig Jahre oder so damit zu kämpfen habe. Es gibt also keine Eifersucht oder Rivalität zwischen uns.«

»Natürlich nicht. Aber ich verstehe nicht –«

»Laß mich ausreden. Als ich die Prinzenmark auf seinen Namen eintragen ließ, habe ich das nicht nur gemacht, weil er einen Blutsanspruch darauf hat, während ich sie mir nur im Krieg verdient hatte. Ich wollte, daß er schon, während er heranwuchs, die Prinzenmark als sein Prinzentum betrachtete. Er sollte wissen, daß er sie regieren würde, lange bevor er auch die Wüste bekommen wird. Inzwischen hat er Selbstbewußtsein sowohl als Prinz als auch als Mann.

Aber, weißt du, ich mußte nie richtig daran arbeiten. Er hat zwar niemals etwas einfach bekommen, er mußte es sich immer verdienen, vom Knappen bis zum Ritter, und die Göttin weiß, daß Urival und Morwenna auch recht streng waren mit ihrer *Faradhi*-Ausbildung. Du und Ostvel und ich, wir haben ihn einer ebenso harten Schule unterzogen, wo es ums Regieren ging. Aber er hat dennoch nie um irgend etwas kämpfen müssen und es dann gewonnen. So, wie ich in jenem Sommer mit Roelstra kämpfen mußte. Um meinen Respekt als Prinz – und um dich zu gewinnen.«

Sioned trommelte mit den Nägeln auf dem Frisiertisch. »Und das hat Pol noch nicht nötig gehabt. Rohan, glaubst du wirklich, er braucht das?«

»Ich glaube, jeder muß auf die eine oder andere Weise einmal ein Risiko eingehen. Wie sollte man sonst seine Möglichkeiten kennenlernen?«

Sie schwieg eine Zeitlang und dachte über seine Worte nach. Mehr als alles andere liebte er das an ihr: daß sie ihm mit all ihren Gaben zuhörte. Sie stimmte ihm nie einfach nur zu, weil er nun mal ihr Gemahl und der Hoheprinz war. Wenn sie dachte, er wäre im Irrtum, dann sagte sie das; wenn sie seine Überlegungen akzeptierte, dann erklärte sie warum, und fast immer bestätigte sie seine eigenen Gedanken mit Dingen, die er nicht bedacht hatte. So kostbar sie ihm als seine Gemahlin war, so nötig brauchte er sie als seine Prinzessin.

Endlich redete sie wieder. »Es ist nur natürlich, daß die Jugend sich selbst erproben will. Ein Risiko eingehen will, wie du es ausgedrückt hast.«

»Sie müssen zeigen, daß sie erwachsen sind«, meinte er lächelnd.

»Ja, aber das meinte ich nicht. Sie können es sich leisten, alles aufs Spiel zu setzen, weil sie nicht wirklich wissen, worum es im Leben geht. Sie wissen noch nicht, daß die Dinge, für die man alles riskieren kann, weder groß noch glorreich sind.« Sie zog einen nackten Fuß unter sich und runzelte die Stirn. »Du hast Roelstra zum Narren gehalten, weil dir das Spiel Spaß gemacht hat, und hast erst hinterher herausgefunden, warum du es gespielt hast.«

»Für das Recht, jeden Morgen in meinem eigenen Bett aufzuwachen, mit dir an meiner Seite. Für das Recht, in Frieden zu leben, ohne ständig mein Schwert in der Hand halten zu müssen.« Und um seinem Sohn etwas beizubringen: nicht die offiziellen Dinge, nicht Recht oder Geschichte oder wie man regiert, sondern wie man einen Zügel flicht, oder wie man pfeift. Keine großen Dinge, sondern die kleinen Dinge im Leben, über die niemand sonderlich nachdachte, bis sie von den Umständen zerstört waren. »Die Risiken, die wir eingehen, lehren uns, ein friedliches Leben ohne Risiko zu schätzen. Pol versteht das noch nicht. Er hat sich nicht selbst ausprobiert. Bald wird er sich einer Situation gegenübersehen, in der alles auf dem Spiel steht, aber er weiß noch nicht einmal, was ›alles‹ ist.«

»Und wir können ihm das diesmal nicht abnehmen. Rohan, gehen die Menschen auch weiterhin Risiken ein, wenn sie nicht bekommen, was sie bekommen wollten, oder sich nicht zu ihrer eigenen Zufriedenheit beweisen konnten?«

»Vielleicht muß das Risiko groß genug sein, um uns unsere Grenzen ebenso zu lehren wie unsere Möglichkeiten.« Und vielleicht, so dachte er, mußte man den Krieg kennen – welcher Art auch immer –, ehe man die langsame und geduldige Eintönigkeit von Tagen wertschätzen konnte, die den Frieden ausmachten.

»Weißt du, was mir wirklich angst macht?« fragte Sioned plötzlich. »Was ist, wenn das, was du tatsächlich gewinnst, dir nicht genug ist?«

»Das ist etwas, das Pol selbst wissen muß.«

Gequälte Augen begegneten seinem Blick. »Rohan –«

»Es ist seine Entscheidung, Sioned. Sein Risiko. Nicht unseres.«

Rebellion flackerte auf und wurde mit einer müden Zustimmung ausgelöscht, die er nie zuvor in ihr gesehen hatte. »Du bist klüger als ich, mein Lieber«, murmelte sie. »Aber du hast auch weniger zu verlieren. Du wirst nicht die wahre Identität dieser Zauberer aufdecken, also werde ich es tun. Sie sind nicht bloß Ianthes Söhne. Sie sind auch Pols Halbbrüder. Ich habe das seit jener Nacht gefürchtet, als ich ihn aus Feruche fortbrachte. Die Zeit ist gekommen, Rohan, ich kann es fühlen. Ich habe mein Leben riskiert und das von Tobin und Ostvel, um ihn zu holen, und jetzt stehe ich kurz davor, ihn genau deswegen zu verlieren.«

»Sioned, ich habe es dir wieder und wieder gesagt, aber du scheinst es nie zu hören. Ianthe hat ihn ausgetragen, aber er ist dein Sohn, nicht ihrer.«

Sie sagte nichts, sondern starrte bloß auf ihre Hände hinab.

»Wenn du das nicht auch gespürt hättest, dann hättest du ihn in jener Nacht niemals aus Feruche fortgebracht.«

»Natürlich glaube ich es!« schrie sie. »Aber wird er das auch tun? Das ist noch eine Entscheidung, die er treffen muß: welche von uns seine wirkliche Mutter war!«

»Wenn du zweifelst, welche Wahl er treffen wird, dann kennst du ihn nicht.«

»Sprich nicht so, als würden wir ihm niemals die Wahrheit erzählen müssen! Wenn er herausfindet, daß ich ihn sein Leben lang belogen habe –«

»Du warst nicht diejenige, die ihn durch eine Vergewaltigung bekommen hat. Wenn wir die Schuld verteilen, dann bekomme ich den Drachenanteil.«

»Aber ich war diejenige, die die Lüge ersonnen hat. Rohan... Ich kann es ertragen, wenn er mich zurückweist. Ich glaube wenigstens, daß ich es könnte. Aber es ist mein Tod, sollte er sich selbst ablehnen. Sein Leben beruht auf zwei Tatsachen: daß er ein Prinz ist und ein Lichtläufer. Wie wird er sich fühlen, wenn er herausfindet, daß das, was er für die Lichtläufer-Gabe hält, in Wirklichkeit Zeichen dafür sind, daß Zauberer-Blut durch seine Adern fließt?«

Rohan beugte sich vor und ergriff ihre Hände. »Jetzt hör mir zu! Du mußt ihm vertrauen, Sioned! Anfangs wird er wütend und verletzt sein! Er wird es nicht verstehen! Aber wir sind seine Eltern. Er liebt uns.«

Sie warf ihm ein zynisches, kleines Lächeln zu. »Wir haben uns bereits selbst verurteilt, Rohan, und uns schuldig gesprochen. Wir können nur hoffen, daß Pol anders entscheidet und gnädiger ist.«

* * *

In diesem Augenblick entschied Pol nichts Wichtigeres als die Frage, ob er den Dünenstreifen vor sich im Galopp nehmen sollte oder nicht. Obwohl sein Hengst Pashoc nicht am Zügel zerrte, lag doch ein ungeduldiges Tänzeln in seinen

Schritten, wie man es von einem Sohn von Rohans altem Streitroß nicht anders erwarten konnte. Er wollte rennen, und das sofort.

Pol fühlte sich versucht. Er warf über die Schulter einen Blick auf die anderen: Maarken, Hollis und ihre Kinder ritten in einer Gruppe mit Andry und Nialdan; Feylin und Sionell ritten mit Riyan, Ruala und Meiglan. Als Wache begleiteten sie sechs von Miyons Männern und sechs aus Stronghold. Sie hielten sich in diskretem Abstand, aber die Cunaxaner sahen aus, als würden sie gerne näher kommen. Doch niemand ritt vor Pol, so daß er Pashoc jederzeit nachgeben konnte. Das würde sie alle ein bißchen wachrütteln, dachte er mit verstecktem Grinsen. Seine eigenen Leute waren nervös genug wegen dieser kleinen Expedition heute, daß er nicht auch noch ohne Begleitung davongaloppieren mußte.

Trotzdem... er teilte die Ungeduld des Pferdes, und sie mischte sich mit einer Portion Sorglosigkeit und dem absurden Wunsch, andere zu erschrecken. Pashoc spürte seinen Entschluß, als er das Gewicht im Sattel leicht verlagerte und seine Hände die Zügel anders griffen, und in dem Augenblick, als Pol seine Fersen in die schlanken Flanken hieb, schoß der Hengst davon wie ein Pfeil.

»Pol!« brüllte Maarken, doch der Ruf verhallte, als der Wind durch Pols Haar blies und die Hufe über den festgetretenen Sand donnerten. Die Wüste verschwamm zu blaßgoldenem Licht mit einem feurigen, blauen Himmel am Rand. Mit jedem Schritt vergrößerte Pashoc den Abstand zu den anderen, wurde nur ein wenig langsamer, wenn er eine Düne emporrannte, gewann abwärts aber wieder an Geschwindigkeit. Pol lachte und sah sich selbst, wie er mit Drachenschwingen über die helle Welt tief unter sich schwebte.

Endlich zügelte er seinen Hengst. Während das Tier langsamer wurde, vom Galopp in Trab und dann in Schritt fiel, obwohl seine Bewegungen immer noch die Sehnsucht nach mehr Schnelligkeit ausdrückten, ließ Pol seinen Blick über die Landschaft schweifen. Plötzlich war er atemlos; nicht von dem Ritt, sondern vor Verblüffung.

Die Wüste, für gewöhnlich weißgolden und mit staubigen grünen Sträuchern entlang der Vere-Hügel geschmückt, leuchtete jetzt in allen Farben. Ein Blumenteppich zog sich über die Dünen hin wie Seide, die über die sanften Kurven eines Frauenkörpers drapiert ist. Das Flickwerk von leuchtendem Orange und lebhaftem Scharlach mit tiefstem Türkis wechselte ab mit Bronze und dunklem Karmesinrot und Violett in den Vertiefungen und wurde durchzogen von grünen Tupfen, und das alles leuchtete vor dem Hintergrund aus weiß-goldenem Sand. Rund um Stronghold hatte die Wüste in diesem Frühjahr ebenfalls geblüht, aber hier hatten Wasser und seit langem schlafende Samen einen Reichtum hervorgebracht, wie ihn selbst Meadowlord oder Syr kaum kannten.

Pol wäre beinahe von seinem Pferd gesprungen, um die Hände in diese unglaubliche Farbenpracht zu tauchen. Doch das vom Sand gedämpfte Donnern der Hufe hinter ihm erinnerte ihn gerade noch rechtzeitig an seine prinzliche Würde. Er drehte sich im Sattel um. Es überraschte ihn nicht, daß es Maarken und Andry waren, die ihn zuerst einholten. Die Pferde, die sie ritten, stammten ebenfalls aus der Zucht von Radzyn und waren so langbeinig und schnell wie Pashoc.

»Könnt ihr das glauben?« rief er und wies auf die Hügel. »Es ist, als hätte die Wüste selbst ein Muster, das jedermann sehen kann, nicht nur ein Lichtläufer.«

Die Brüder zügelten in seiner Nähe ihre Pferde. Andry

schüttelte das Haar aus den Augen und schenkte Pol ein breites Lächeln. »Nialdan und Oclel haben mich verspottet, weil ich angesichts der Farben so verblüfft war«, gestand er. »Niemand, der nicht in der Wüste geboren ist, kann unsere Reaktion darauf verstehen. Und daß wir *Faradhi* sind, macht uns nur noch sensibler dafür.«

Maarken nickte. »Ihr hättet die Zwillinge an Neujahr sehen sollen, als der Süden zu blühen anfing. Sie kamen von einem Ausritt zurück und waren über und über mit Blütenstaub bedeckt und stanken wie nach Parfüm. Diese kleinen Ungeheuer hatten sich tatsächlich in einem Feld mit Sonnenröschen gewälzt!«

»Splitterfasernackt«, vermutete Pol, und sein Vetter lachte. »Das klingt wundervoll, aber ich glaube, wir würden die Damen schockieren, wenn wir es versuchten.«

»Machst du Witze? Hollis und Sionell würden sich bestimmt zu uns gesellen!« Andry grinste. »Wahrscheinlich würde Nialdan einen Anfall bekommen. Er hat so hochgeschraubte Vorstellungen, wie die Edlen sich verhalten sollten.«

Maarken zog die Brauen hoch. »Dann hast du ihm also nie von der Zeit erzählt, als wir –«

»Ich habe einen hohen Rang aufrecht zu erhalten«, informierte ihn Andry hochnäsig, aber seine Augen tanzten und straften seinen Ton Lügen. »Er würde mir ohnehin niemals abnehmen, daß ich je ein kleiner Junge war, der seinem älteren, kriminell veranlagten Bruder nacheiferte, wenn es um Dummheiten ging.«

»Kriminell veranlagt?« Maarken versetzte Andry einen spielerischen Schlag gegen die Schulter. »Und was soll das heißen: ihm nacheiferte? Du warst doch derjenige, der sich die Geschichte mit der geplatzten Ziegenblase ausgedacht hat, die mit Pfeffer gefüllt war.«

»Inspiration«, fügte Pol hinzu. »Ich habe es einmal in Graypearl versucht, aber eine Fischblase hat nicht dieselbe Wirkung. Außerdem konnte ich den Gestank nicht von den Händen bekommen, und so wurde ich erwischt.«

»Wir hatten dasselbe Problem«, erinnerte sich Andry. »Wir wollten es dann mit einem halben Topf von Mutters Handcreme lösen.«

»Was uns genauso deutlich verriet, wie es der Ziegengestank getan hätte«, fügte Maarken hinzu. »Wir drei dufteten verdächtig süß, und unsere Finger waren so glitschig, daß keiner von uns beim Abendessen einen Löffel halten konnte!«

Während sie auf die anderen warteten, erzählten sie sich noch weitere Kindheitserinnerungen. Pol war beinahe traurig, als die anderen sie einholten. Seine Beziehung zu Maarken war immer angenehm und zärtlich gewesen, aber es war schon sehr lange her, daß er sich so gut und kameradschaftlich mit Andry unterhalten hatte.

Er fragte sich, wieviel Mühe es den Herrn der Schule der Göttin wohl kosten mußte, so zu tun, als hätte er den Herrscher der Prinzenmark gern – soviel, wie der Herrscher der Prinzenmark aufbrachte, so zu tun, als ob er den Herrn der Schule der Göttin mochte?

Pol schämte sich ein wenig seiner selbst. Sie mußten nicht die ganze Zeit über nur an ihre Titel denken. Sie gehörten zur selben Familie, hatten dieselbe Herkunft und dasselbe Erbe und dieselbe Liebe für diese Wüste, die ihnen allen gehörte.

Als die anderen näher kamen, warf Maarken den beiden jüngeren Männern einen strengen Blick zu. »Wenn einer von euch Chayla oder Rohannon davon erzählt –«

»Von uns?« Andry warf Pol einen unschuldigen Blick zu, und der grinste nur.

»Sollen die sich doch ihre eigenen Schwierigkeiten ausdenken, in die sie geraten können. Nach allem, was ich so höre, sind sie recht einfallsreich.«

»Und sie werden immer schlimmer.« Maarken seufzte. »Sie sind die Rache der eigenen Eltern, deren Enkelkinder. Ich wäre nicht überrascht, wenn Vater ihnen die Sache mit den geöffneten Kissen im letzten Winter beigebracht hätte. Jedes Mal, wenn sich jemand gesetzt hat...« Er verzog das Gesicht.

»Das habe ich nie ausprobiert«, meinte Andry nachdenklich.

»Ich werde dafür sorgen, daß meine Gören es eines Tages deinen beibringen«, versprach Maarken großzügig.

»Zu nett!«

»Wozu ist ein Bruder schließlich da?«

Pol lachte und lenkte Pashoc herum, um die Nachzügler zu begrüßen. Wie er erwartet hatte, war Meiglan die letzte. Sie ritt die sanfteste Stute, die in den Stallungen von Stronghold aufzutreiben gewesen war. Sionell und Feylin und auch einer von Miyons Wächtern waren bei ihr geblieben, denn es war offensichtlich, daß sie alles andere als eine erfahrene Reiterin war. Er lächelte ihr aufmunternd zu, und als die Gesellschaft wieder vollständig beisammen war, führte er sie weiter nach Rivenrock.

Feylin trabte herbei, um an seiner Seite zu reiten. »Ich dachte, du müßtest für die Rennen nicht mehr üben«, meinte sie.

»Woher wußtest du, daß ich dieses Jahr reiten will?«

Sie sah ihn überrascht an. »Hast du das wirklich vor?«

»Natürlich.« Er lächelte. »Es ist schließlich schon fast Tradition in unserer Familie, die Hochzeitsjuwelen für die Auserwählte bei einem Rennen zu gewinnen.«

Er bewunderte ihre Beherrschung. Eine kurze Spannung

ihrer Schultern, das Zucken eines Grübchens waren die einzigen Anzeichen einer Reaktion.

»Wird ja auch Zeit, daß du da etwas unternimmst«, antwortete sie locker. »Darf ich annehmen, daß du jemanden im Sinn hast?« Sie wartete nicht auf seine Antwort, als hätte sie nicht den Wunsch, eine zu hören. »Ich habe das *Rialla* immer für eine absurde Art gehalten, einen Gatten zu suchen. All diese jungen Menschen, die da in einer künstlichen Situation zusammengeworfen werden. Und dann wird erwartet, daß sie den Charakter des anderen erkennen und eine intelligente Wahl treffen, obwohl alles auf acht oder zehn Tagen Bekanntschaft basiert.«

»Die Alternative ist eine endlose Rundreise durch die Prinzentümer, mit gleichermaßen künstlichen Besuchen. Beim *Rialla* gibt es wenigstens noch den Trost, daß sich alle in derselben Lage befinden.«

»Hmm. Trotzdem ist es ein schreckliches Risiko, das man da in bezug auf seine Zukunft eingeht.«

»Wir können nicht alle soviel Glück haben wie du und Walvis und uns im Krieg finden, wohl die ehrlichste Situation, die man sich nur denken kann, meinst du nicht?«

»Wo du es erwähnst, ja«, antwortete sie direkt. »Da siehst du, wie ein Mensch wirklich ist. Die Umstände sind nicht normaler als bei dieser Viehbeschau beim *Rialla,* aber die Menschen sind weit ehrlicher.«

»Vielleicht sollte ich einen Krieg beginnen? Nur einen kleinen, um meine Chancen zu verbessern, eine passende Frau zu finden?«

Sie sah ihn mißmutig an. »Mir tun die Mädchen leid, die diesem hübschen Gesicht und dieser seidigen Zunge von dir erliegen.«

Pol lachte. »Ich bin an keinem von beiden schuld – ich habe beides von meinem Vater.«

»Aber er hielt es nie für richtig, es so einzusetzen, wie du es tust. Wie viele Dutzend sind es inzwischen?«

Er verbeugte sich im Sattel. »Ich werde dir eine Liste zukommen lassen, damit du ihnen dein Beileid ausdrücken kannst.«

Feylin gab auf und lachte. »Du bist ein ungezogenes, arrogantes, eingebildetes Scheusal!«

»Das sagt man mir öfter.« Pol zwinkerte ihr zu. »Aber laß uns von etwas Interessanterem sprechen, zum Beispiel von Drachen. Ich vermute, daß wir heute wieder die Höhlen zählen werden?«

»Obwohl das nicht viel nutzen wird.« Sie schüttelte den Kopf. »Sie werden nie mehr hierher zurückkehren, Pol. Sioned hat versucht, ihrem kleinen Drachen beizubringen, daß es hier sicher ist, aber das arme Geschöpf schien das nicht zu verstehen.«

»Mutter hat mir erzählt, Elisel hätte sogar bei einem Phantasiebild von Rivenrock aufgeheult.«

»Und doch konnte sie überzeugt werden, daß Drachenruh sich teilen läßt. Es frustriert Sioned, daß sie ihnen nicht klarmachen kann, daß die Höhlen wieder sicher sind.«

»Ich verstehe das nicht«, sagte er. »Elisel war noch nicht einmal ausgeschlüpft, als die Seuche umging. Wie konnte sie davon wissen?«

»Wie können wir verstehen, wie ihre Gedanken arbeiten? Ich habe das Gehirn eines Drachen in meinen beiden Händen gehalten, und abgesehen von den offensichtlichen Ähnlichkeiten in der Form und den Unterschieden in der Größe habe ich dabei nichts gelernt. Du und Sioned, ihr habt mit ihnen kommuniziert, aber ich habe auch gesehen, wie Chay und Maarken lange Gespräche mit ihren Pferden hatten, und ich hätte schwören können, die Tiere haben sie verstanden.«

Pol zog die Brauen hoch. »Das Berühren von Drachenfarben ist wohl ein bißchen schwieriger als ein Schwatz mit einem Pferd!«

»Und doch verstehen wir beide Tiere in etwa demselben Maße.«

Pol überlegte eine Weile und starrte zwischen den Ohren seines Pferdes hindurch auf den Pfad. »Ostvel hält die alte Legende, daß die Felsenburg von Drachen geschnitzt worden ist, für wahr. Andere Höhlen in der Faolain-Schlucht sind genauso vollkommen. Aber kein Drache hat sie je benutzt. Warum haben sie denn wohl diese Höhlen verlassen?«

»Der Sommer dort ist nicht warm genug, um die Eier richtig auszubrüten.«

»Aber er muß es einst gewesen sein. Alles spricht dafür – und für einen Wechsel im Klima. Als die Drachen feststellten, daß ihre Eier nicht richtig ausgebrütet wurden, haben sie sich der Veränderung angepaßt.« Er deutete auf das Land, das sie umgab. »Wie die Insekten, die sich an den Blumen laben, und die Vögel, die die Insekten verspeisen. Sie haben eine Festtafel in der Wüste entdeckt, wie sie seit hundert Jahren nicht mehr gesehen worden ist. Drachen sind intelligenter als Insekten oder Vögel und in einer größeren Notlage.«

»Eine interessante Theorie«, gab Feylin zu, »aber mit einem Haken. Als die Drachen in den Höhlen rund um die Felsenburg ausschlüpften, zählten sie Tausende. Wie viele Höhlen gibt es oberhalb des Faolain? Einhundert? Die Drachen werden den Verlust von einhundert weiblichen Jungdrachen gar nicht bemerkt haben. Tut mir leid, Pol, aber sie haben die Felsenburg wie Rivenrock aus ebenso guten Gründen im Drachensinn einfach verlassen.«

»Und du bist es, die immer sagt, Drachen wären klüger, als man ihnen im allgemeinen zuschreibt.«

»Sind sie auch. Aber sie sind keine Menschen. Sioned hat sie überredet, das Tal in Drachenruh zu teilen. Das bedeutet nur, daß sie klug genug sind, das Angebot von kostenlosem Futter zu schätzen – kein sehr ausgefeiltes Konzept, wie du zugeben mußt.«

Pol sah sie wütend an. »Als ich das Drachenweibchen berührt habe, hat es aber verstanden, daß ich ihr nicht weh tun wollte, daß ich sie rächen wollte. Und sie hat mir sehr klar gesagt, daß jeglicher Versuch, ihre zerschmetterte Schwinge zu heilen, versagen würde. Das Verständnis für Hilfe, Rache und Heilen ist offenbar recht weit fortgeschritten.«

»Hat sie dir diese Dinge tatsächlich vermittelt, Pol? Oder waren es dein eigener Verstand und deine Gefühle, die menschliche Gedanken und Gefühle in den Drachen projiziert haben?« Feylin brach ab und fuhr sich mit den Fingern durchs Haar. »Dein Argument wegen der Felsenburg funktioniert jedenfalls nicht. Drachen haben dieselben Höhlen Hunderte und Aberhunderte von Jahren benutzt. Keine Geschichten, Gerüchte oder auch Legenden beschreiben, daß sie je nach neuen gesucht haben. Deshalb können wir uns nicht darauf verlassen, daß sie das Bedürfnis empfinden werden, nach Rivenrock zurückzukehren.«

»Sie schwärmen aus, um Futter zu suchen«, berichtete er herausfordernd. »Als die Seuche die Herden in den Catha-Höhen dezimierte, dehnten sie ihre Flüge nach Syr und Gilad hin aus.«

»Und ganz bereitwillig haben sie die angebotenen Schafe akzeptiert, die extra für sie in Drachenruh gezüchtet werden, wo sie früher doch nur rasteten, um etwas zu trinken«, stimmte sie zu. »Aber ich gebe dir dein eigenes Bild zurück: Da sind sie wie Insekten und Vögel. Es gehört nicht viel Verstand dazu, Futter zu finden und sich davon zu ernähren.«

»Ja, ja«, seufzte er. »Da hast du recht. Aber trotzdem behaupte ich, daß der Drache genau wußte, wovon ich gesprochen habe, und daß er viel klüger war, als du zugeben willst.«

»Du warst es, der ihre Farben berührt hat. Nur du allein kannst sagen, was du aufgefangen hast.«

»Nett von dir, das zu sagen«, grollte er. »Obwohl du ja offensichtlich nicht überzeugt bist.«

Sie lachte. »Gebt mir Fakten, mein Prinz! Gute, solide Statistiken –«

»Oder einen Drachenleichnam, den du auseinandernehmen kannst, um herauszufinden, wie er funktioniert!« Pol grinste sie an. »Wenn ich genauer darüber nachdenke, so paßt es ganz gut, daß du deinen Gemahl im Krieg kennengelernt hast. Ihr seid eine blutrünstige Frau, Herrin!«

In diesem Augenblick kam Riyan angeritten. »Entschuldigt, Hoheit. Ich wollte Euch nicht unterbrechen, aber –«

»Aber ihr müßt ungestört etwas besprechen«, warf Feylin lächelnd ein. Sie wendete behutsam ihre Stute und trottete davon.

»Was gibt es, Riyan?« fragte Pol.

»Ich glaube, es ist das beste, wenn niemand in eine der Höhlen eindringt, oder?« Er sagte es sehr beiläufig, aber mit einer vielsagend hochgezogenen Braue.

»Ach, natürlich nicht. Es könnte gefährlich werden.«

»Niemand weiß, ob nicht dabei Wände oder die Decke einstürzen.«

»Oder welche Tiere sich dort möglicherweise einen Bau errichtet haben.«

Ihre Blicke trafen sich in völligem Einverständnis; keiner dieser offensichtlich vernünftigen Gründe hatte etwas damit zu tun, warum niemand die Höhlen erforschen sollte. Es lagen immer noch Schuppen in ihnen, deren Gold glänzte.

Pol sagte: »Ich hatte auf eine Gelegenheit gehofft, mit dir zu reden. Ich habe nachgedacht, was wegen Feruche getan werden sollte.«

Riyan stieß einen leisen Seufzer aus. »Ich kann mir niemand anderen als Sorin dort als *Athri* vorstellen, aber ich nehme an, irgendwer muß es leiten. Habt Ihr jemanden im Sinn?«

»Wem sonst könnte ich es geben, Riyan?« Pol lächelte.

»Mir?« Der junge Herr von Skybowl starrte ihn mit offenem Mund an. »Aber warum?«

»Weil es nicht sehr weit von Skybowl entfernt ist, weil du fähig dazu bist, was du bereits bewiesen hast, und weil ich nicht will, daß es jemand anders bekommt.«

»Aber es sollte für einen Angehörigen Eurer Familie bewahrt werden! Maarken wird sicher noch weitere Kinder haben –«

Pol schüttelte den Kopf. »Nein. Aber verrate nicht, daß ich es dir erzählt habe. Hollis hat am Baum der Mutter herausgefunden, daß sie außer Chayla und Rohannon keine Kinder haben wird.«

»Aber – Eure eigenen jüngeren Söhne oder Töchter –«

»Was ist los? Willst du Feruche nicht?«

Riyan biß sich auf die Lippen. »Alasen und ich haben vor Jahren darüber gesprochen. Sie fand, daß ich als der älteste Sohn meines Vaters nach seinem Tod die Felsenburg bekommen sollte. Aber ich bin in der Wüste geboren, Pol, und ich will nirgendwo sonst leben.«

»Feruche ist nur anderthalb Tagesreisen von Skybowl entfernt, und niemand verlangt, daß du deinen ersten Besitz aufgibst. Und es bedeutet auch keinen Konflikt, der Vasall von zwei Prinzen zu sein, wenn es sich bei den beiden um Vater und Sohn handelt! Was ist also der wahre Grund? Ich weiß sehr gut, daß du keine Angst vor der Arbeit hast.«

»Es ist – was ich bereits gesagt habe«, antwortete Riyan leise. »Ich kann mir dort niemand anderen als Sorin vorstellen.«

»Und ich kann mir niemanden vorstellen, den er dort lieber gesehen hätte als dich. Es gibt niemanden, der daraus das machen könnte, was er sich vorgestellt hat. Wenn du es nicht um deiner selbst willen oder um meinetwillen annehmen willst, dann tue es für ihn.«

Riyan zögerte. »Gewährt Ihr mir Zeit, darüber nachzudenken, mein Prinz?«

»So lange du willst, wenn deine Antwort nur ein Ja ist. Mit den neuen Handelsabkommen, die wir mit Prinz Miyon gewiß vereinbaren werden, brauche ich dort jemanden, dem ich trauen kann, daß er ein paar Pläne ausführt.«

Der ältere Mann lachte. »Gütige Göttin! Ihr seid bis in die Fingerspitzen hinein Rohans Sohn, was? Er macht Pläne über Jahre voraus, noch ehe er den Menschen davon erzählt, die damit zu tun haben! Mein Vater sagt, Rohan wäre der einzige Mann, den er je kennengelernt hat, der sich an die Zukunft erinnert! Nun gut, ich werde Feruche für Euch verwalten, aber unter der Bedingung, daß es an die Prinzenmark zurückfällt, solltet Ihr es für einen zweiten Sohn als Mitgift für eine Tochter benötigen.«

»Und du bist der einzige Mann, den ich kenne, der ein prachtvolles Schloß mit der einen Hand annimmt und mit der anderen verschenkt!« Pol schüttelte in komischem Staunen den Kopf. »Für den Augenblick nehme ich deine Bedingungen an. Aber ich habe den Verdacht, daß du früher oder später eigene Söhne oder Töchter haben wirst, die eine Mitgift benötigen, mein Freund.«

»Je eher, desto besser, würde mein Vater sagen. Der ›Was, noch nicht verheiratet‹-Blick kommt in Eurem Alter schnell, aber wartet nur, bis Ihr erst meines erreicht habt!«

»Oh, ich habe nicht die Absicht, so lange zu warten«, erklärte Pol.

Plötzlich verkündeten wilde Schreie den Beginn eines überraschenden Angriffs aus dem Hinterhalt. Chayla und Rohannon ritten in voller Geschwindigkeit herbei, um Pol zu belagern und mit Blüten zu übersäen. Er kauerte sich in seinen Sattel und rief um Hilfe, was dazu führte, daß die Wachen aus Stronghold allen Ernstes herbeistürmten. Die Erwachsenen unterdrückten heldenhaft ein Grinsen, als die wütenden Soldaten sehr förmlich die Entschuldigungen der Kinder annahmen. Schließlich beschwor Andry einen sanften Wirbelwind, der die Blumen um die entzückten Zwillinge tanzen ließ.

»Welchen Sinn hat es, zu wissen, wie es geht, wenn man es nicht manchmal aus Spaß machen kann?« gab er zurück, als Maarken eine Bemerkung machte, er vergeude nur seine Energie, um ein Paar Ungeheuer zu unterhalten.

»Jetzt verstehe ich, warum man mindestens vierzehn sein muß, ehe man mit der Ausbildung anfangen darf«, lachte Hollis. »Könnt Ihr Euch das Chaos sonst vorstellen?«

Als sie schließlich den Pavillon aus goldener Seide erreichten, den Rialt schon vorher hergebracht hatte, waren alle am Verhungern. Das Zelt war direkt unterhalb des Turmes aufgebaut worden, der den Eingang zu Rivenrock bewachte. Hier hatte Pols Großvater, Prinz Zehava, seine tödlichen Wunden im Kampf mit einem Drachen davongetragen; Rohan hatte denselben Drachen irgendwo in der Schlucht getötet. Hier waren auch alle drei Jahre die Jungdrachenjagden abgehalten worden, ehe Rohan die Schlachterei per Gesetz verbieten ließ. Pol konnte nicht begreifen, wie man einen Drachen auch nur verletzen, geschweige denn nur als Zeichen von Geschicklichkeit zum Kampf fordern konnte. Und die Vorstellung, den Jungdrachen aufzulauern, wenn sie mit noch feuchten Schwingen und geblendeten Augen in die Sonne traten, verursachte ihm Übelkeit.

Aber er verstand, warum Rohan den Drachen töten mußte, der Zehava getötet hatte – der letzte, der getötet worden war bis zu den drei Drachen, die Prinzessin Ianthes Sohn gemeuchelt hatten. Rohan hatte Zehava den Tod dieses Drachen versprochen, aber er hatte auch seine eigene Kraft gezeigt. Pol dankte der Göttin, daß die Umstände es überflüssig machten, daß auch er seine Fähigkeiten auf ähnliche Art mit einem Schwert demonstrierte. Tatsächlich war das ganze Leben seines Vaters darauf ausgerichtet gewesen, vor allem sicherzustellen, daß Pol überhaupt nicht mit dem Schwert leben mußte.

Er lehnte sich faul auf dem dicken Teppich zurück, der unter dem Sonnensegel ausgebreitet war, einen vollen Teller und einen Weinkelch in Reichweite. Ausritte wie dieser waren nur mit seiner Familie weit weniger formell. Da gab es nur Brot, Obst und Käse, an denen man sich gütlich tat, während man im Schatten einer Düne oder eines vorspringenden Felsens saß. Aber in Drachenruh hatte er Gefallen an eleganten Kleinigkeiten gefunden, denn die Gäste erwarteten dort mehr als einen Laib Brot, einen Wasserschlauch und den harten Boden. Außerdem verdiente seine gegenwärtige Begleiterin Eleganz.

Lady Meiglan saß auf einem Kissen rechts von ihm, schlank und fein in einem Reitkleid von cremigem Beige, mit orangefarbener Stickerei. Sie hatte in seiner Nähe genug Zuversicht entwickelt, noch dazu fern von ihrem Vater, um harmlose Fragen zu beantworten. Aber er wußte noch immer nicht, ob ihre Schüchternheit echt oder beabsichtigt war.

Pol hatte immer gewußt, daß Miyons Handelsverträge zweitrangig waren und daß er irgendeinen anderen Plan verfolgte; daß er denken sollte, Meiglan wäre dieser andere Plan, war ihm langsamer aufgegangen, als es seinem Selbstbewußtsein guttat. Er mußte zugeben, daß der Cunaxaner Prinz sein Objekt der Ablenkung sehr gut gewählt hatte. Pols Verstand hatte nicht mit der üblichen Geschwindigkeit gearbeitet, weil sie tatsächlich bezaubernd war.

Daher hatte er beschlossen, sich verzaubern zu lassen.

Voller Belustigung über diese Lösung zog er seine Mundwinkel nach oben. Dieses Spiel würde fast so gut werden wie eines, das vor dreißig Jahren gespielt worden war. Der einzige Punkt, in dem sein Vater ihn übertraf, war die Zahl der Frauen, die er gegeneinander ausgespielt hatte.

Rialt und Edrel hatten Skandal vermutet, als Pol vor zwei Tagen das Spiel eröffnete. Sie sollten ihm helfen, sich für den Tag anzukleiden. Kritische Aufmerksamkeit der Kleidung gegenüber war angesichts der Tatsache, daß er für gewöhnlich anzog, was immer man ihm gab, ohne zu wissen oder sich darum zu kümmern, was es war, etwas, das sie fast ebenso sehr in Erstaunen versetzte wie seine Worte.

»Habt ihr ihre Augen gesehen? Wie ein Teich im Wald, im Herbst, wenn Blätter herabrieseln und das Wasser verdunkeln. Aber wenn sie lächelt, dann scheint die Sonne. Was meinst du, Edrel, den Achat? Zur Verführung?« Er hielt einen groben Stein empor, der in einen silbernen Ohrring gefaßt war.

Rialts Stirnrunzeln war Antwort genug gewesen für beide. »Bernstein wäre angemessener: zum Schutz vor Gefahr! Mein Prinz, bitte vergeßt nicht, wer dieses Mädchen ist!«

Pol hatte nur gelacht: »Eindeutig der Achat!«

Rialt winkte Edrel daraufhin aus dem Raum. »Ihr könnt nicht ernsthaft –«

»– von einem hübschen Mädchen angezogen sein? Komm schon, Rialt. Du kennst mich besser.« Er lümmelte sich in einen Sessel und grinste. »Mich reizen nur die wirklich Schönen.«

»Wenn Ihr sie begehrt, schön und gut. Die Göttin ist mein Zeuge, sie ist reizend. Aber Ihr müßt kein solches Theater daraus machen! Und ganz gewiß müßt Ihr bei ihr nicht den Familiencharme spielen lassen.«

»Warum nicht? Sie ist eine Prinzessin. Gut, von etwas irregulärer Art. Aber man läuft nicht herum und verführt Prinzessinnen, auch nicht uneheliche, Rialt. Ich schäme mich für dich, daß du so etwas auch nur vorschlägst.«

»Aber es gibt Hunderte von Gründen, warum Ihr sie nicht einmal bemerken solltet, geschweige denn so viel Wirbel um sie machen solltet! Erstens einmal ist sie ein Bastard. Zweitens ist sie zu jung. Drittens ist sie aus Cunaxa. Viertens –«

»Ich flehe dich an, erspare mir die vollständige Liste! Davon abgesehen könnte ich mir für jeden Grund, der deiner Meinung nach gegen sie spricht, einen Grund ausdenken, der für sie spricht.« Der Ausdruck von Entsetzen im Gesicht seines Haushofmeisters war entzückend; Pol fragte sich, warum sein Vater ihm nie erzählt hatte, wieviel Spaß das machen konnte. »Erstens ist es eigentlich nicht so wichtig, ob jemand ehelich ist oder nicht. Zweitens kann sie nicht viel jünger sein als Sionell war, als sie Tallain geehelicht hat. Drittens, gibt es überhaupt einen besseren Weg zum Frieden als die Liebe? Und viertens… hat sie nur einen Fehler.«

Rialts blitzende blaue Augen wurden noch größer. Pol lachte.

»Willst du nicht wissen, welcher das ist?«

»Ich kann es kaum erwarten«, fauchte Rialt ihn an.

»Es ist nur ein kleiner«, sagte er und spielte seinen Trumpf voll aus. »Er läßt sich leicht beheben.« Dann machte er eine Pause. »Ihr Fehler ist, daß sie nicht meine Gemahlin ist. Noch nicht.«

»Pol!«

Da hatte er doch Mitleid mit seinem Freund gehabt. »Ich habe dich wirklich zum Narren gehalten, was?«

Mit weichen Knien war Rialt auf einen Stuhl gesunken.

»Ein Augenblick, den ich in der Erinnerung bewahren werde!« Pol schwelgte noch einen Moment darin, ehe er nüchtern wurde. »Niemand darf das erfahren, nicht einmal meine Eltern. Nur du und ich, sonst wird es nicht funktionieren. Ich habe eine ziemlich gute Idee, was Miyon mit diesem Mädchen vorhat. Und ich brauche deine Hilfe, wie mein Vater die von Walvis vor dreißig Jahren gebraucht hat. Kennst du diese Geschichte?«

Es waren mehrere Versuche nötig, bis Rialt einige zusammenhängende Worte über die Lippen brachte. Am Ende sagte er nur eines. »Roelstra?«

»Genau. Miyon ist nicht gerade mit Geist überlastet, aber er ist in der Lage, den Plan eines anderen zu kopieren. Eine von Roelstras unzähligen Töchtern sollte Vater heiraten, ihm einen oder zwei Söhne schenken und dann seine trauernde Witwe werden. Und Regentin, während die kleinen Schlangen heranwuchsen. Es war eine kluge Idee und hätte vielleicht sogar geklappt, wenn Vater wirklich der Dummkopf gewesen wäre, den er für Roelstra gespielt hat.«

»Und wenn da nicht Eure Mutter gewesen wäre. Aber Lady Meiglan kann doch bei so etwas nicht mitmachen!«

Pol hatte achselzuckend gemeint: »Sie sieht so unschuldig aus wie ein frischer Morgen, aber wer weiß? Ich möchte sie nicht unnötig verletzen, wenn sie wirklich nichts von dem Plan ihres Vaters weiß. Trotzdem, ich muß mitspielen. Nur wird es mein Spiel sein, nicht das Seiner Hoheit aus Cunaxa. Deshalb mußt du mir helfen. Sorge dafür, daß alle Leute erfahren, welche Sorgen du dir wegen meines Interesses an ihr machst. Ich habe genug Probleme damit, deutlich zu sein, ohne zu deutlich zu werden. Es wäre nicht gut, wenn jeder, der mich gut kennt, herausbekommt, was ich vorhabe.« Pol verzog das Gesicht. »Ich warne dich, ich werde anfangen zu reden und zu handeln wie ein Verrückter.«

»Warum solltet Ihr Euren Stil dabei auch ändern?« Rialt lachte. »Paßt nur auf, daß Ihr nicht von Eurem eigenen Spiel überwältigt werdet. Und wenn das Mädchen wirklich so unschuldig ist, wie es scheint, dann ist das nicht sehr fair ihr gegenüber.«

Das war das einzige Problem, überlegte Pol jetzt, während er Meiglan über eine Bemerkung von Ruala lächeln sah. Nun, *die* war eine wirklich faszinierende junge Frau, mußte er anerkennen, und es war offensichtlich, daß Riyan das auch dachte. Aber von Meiglan ging etwas aus, das ihn anzog, und er war außerstande, genau zu bestimmen, was das war. Gewiß war sie schön, und in gewisser Weise ganz anders als andere Frauen, die er kannte. Aber obwohl Pol empfänglich war für jede Art von Schönheit, vom Glanz des Veresch im Frühjahr bis zu der zarten Grazie von Fironeser Kristall, war er doch noch nie ein Sklave seiner Sinne gewesen. Ihre Musik verzauberte ihn, aber das hatte Musik schon immer getan. Er entschied, daß das, was ihn reizte, die Ungewißheit war. War sie wirklich so, wie sie schien, oder verbarg sich hinter ihrer Verletzbarkeit ein rücksichtsloser Geist?

Er würde es herausfinden. Aber im Augenblick war er sich zweier Dinge sicher: Erstens stellte sie eine Gefahr dar – entweder durch genaues Wissen darüber, wie Miyons Heirats- und Todesplan ablaufen sollte, oder durch totale Unschuld, die ihn wirklich verzaubern konnte. Zweitens mußte er, bis er herausfand, was davon stimmte, fern von ihren Augen und Ohren handeln. Wenn sie mit Miyons Zielen vertraut war, durfte sie nicht den Eindruck gewinnen, sie hätte Erfolg; wenn nicht, dann wollte er ihr keinen Schmerz zufügen. Seine Gespräche mit Feylin und Riyan an diesem Tag würden seinen Eltern wiedergegeben werden; einfach nur neben ihr zu sitzen, das würde ebenso gut wirken, wie wenn er ganz offen mit ihr flirtete. Außerdem, so überlegte er, wußte sie wahrscheinlich gar nicht, wie man das machte.

Es beunruhigte ihn, daß er absichtlich diejenigen zum Narren hielt, die ihn liebten. Aber ihm blieb kaum eine Wahl. Sein Vater hatte schließlich dasselbe getan. Aber er war ganz anders als Rohan. Rohan hatte gelernt zu warten. Er zog es sogar immer vor zu warten, daß sich die Dinge von selbst entwickelten. Für gewöhnlich arbeitete die Zeit für ihn; manchmal tat sie es nicht. Aber Pol war nicht aus demselben Holz geschnitzt. Er mußte etwas tun und konnte nicht bloß warten, bis ihm oder anderen Dinge zustießen. Er mußte die Ereignisse beeinflussen, sie in die Richtung wenden, die er im Auge hatte. Er vermutete, daß er mit der Zeit die Art von Geduld entwickeln würde, die sein Vater besaß. Aber im Augenblick...

Nach dem Essen stiegen einige aus der Gruppe noch einmal auf die Pferde, um in den Rivenrock Canyon zu reiten. Pol kicherte vor sich hin, als er Riyans Bemühungen beobachtete, Ruala allein begleiten zu können, was von den Zwillingen zunichte gemacht wurde. Sie hatten sie ins Herz geschlossen und bestanden darauf, daß sie mit ihnen ritt, erlaubten jedoch großzügig, daß Riyan sich ihnen anschloß. Maarken und Hollis beschlossen, im Pavillon zu bleiben und gemütlich mit Andry und Sionell zu plaudern. Meiglan jedoch kam mit. Ob sie es wünschte oder ob ihr vorher ein entsprechender Befehl gegeben worden war, darüber konnte frei spekuliert werden.

Feylin spielte die Führerin, als sie in die Schlucht ritten.

Nialdan, Andrys *Faradhi*-Begleiter, lauschte hingerissen, als Feylin den Zyklus der Drachenpaarung beschrieb: zuerst den Verzehr von Bittersüß-Pflanzen, dann den Klippentanz und den Sand-Tanz, in deren Verlauf die Weibchen ihre Partner auswählten.

»Anschließend mauert das Drachenweibchen seine Eier ein, damit sie während des Sommers ausgebrütet werden. Wenn die kleinen Biester dann ausschlüpfen, verschlingen sie ihre schwächeren Geschwister, damit sie selbst die Kraft bekommen, die Mauern zu durchbrechen. Sie atmen Feuer, um ihre Schwingen zu trocknen und zu härten. Und um ihre erste Mahlzeit zu rösten.«

Nialdan würgte. »Verstehe«, bemerkte er zitternd.

Feylin unterdrückte ein Grinsen und fuhr gnadenlos fort. »Ja, es heißt, daß man früher, als die Drachen diese Höhlen noch benutzten, geschmortes Drachenfleisch bis nach Radzyn hinauf riechen konnte, wenn die Mauern schließlich eingerissen wurden. Fragt einmal Lord Andry. Er wird es Euch bestätigen.«

Der große Lichtläufer nickte schwach. Seine Augen waren weit aufgerissen.

»Natürlich ist das nichts im Vergleich zum Paarungsgestank. Die Altdrachen verströmen einen entsetzlichen Gestank. Ihr fragt euch vielleicht, woher ich soviel weiß«, fügte sie hinzu. »Vor ein paar Jahren hatte ich das große Glück, auf einen toten Drachen zu stoßen. Es sind bemerkenswerte Geschöpfe. Die Struktur ihrer Schwingen ist natürlich unglaublich, aber der Magen und das Gehirn waren fast ebenso interessant, nachdem ich erst all das Blut abgewaschen hatte.«

»Tatsächlich, Herrin«, brachte Nialdan hervor. Er war sehr blaß.

Pol warf einen Blick zurück und war erleichtert, als er feststellte, daß Meiglan außer Hörweite war. Sie ritt zwischen Chayla und einem der Wächter aus Cunaxa. Pol lenkte sein Pferd in ihre Richtung und sah amüsiert, wie sich der Mann verneigte und davonritt; keiner von Miyons Leuten kam je in seine Nähe, und wahrscheinlich hatten sie Befehl erhalten, sich zurückzuziehen, wann immer er sich Meiglan näherte.

»Was haltet Ihr von der Schlucht, Herrin?«

»...ich kann mir die Drachen hier gut vorstellen, Herr, auch wenn ich nie einen gesehen habe.«

»Niemals?« kreischte Chayla. »Oh, aber das müßt Ihr! Sie sind so schön!«

»Wenn Seine Hoheit, mein Vater, es erlaubt, dann bleiben wir vielleicht lange genug, um sie zu sehen.«

»Nur noch ein paar Tage«, warf Pol ein. »Sie werden mit ihren Schwingen und ihren Rufen die Himmel erfüllen. Das darf man sich nicht entgehen lassen.«

»Können wir in die Höhlen gehen?« bat Chayla. »Bitte?«

»Heute nicht, Schatz. Hat dein Papa dir nie erzählt, was ihm und seinem Bruder passiert ist, als sie es einmal versuchten? Ein Babydrache war gerade ausgeschlüpft und hätte sie fast zu Tode erschreckt.«

»Und dein Papa und Sioned haben den Drachen verjagt«, schloß sie. »Aber jetzt gibt es hier keine Drachen.«

»Nein.« Mit zusammengekniffenen Augen blickte er zu den Wänden der Schlucht hinüber. Sie mußten hierher zurückkehren, oder sie würden niemals mehr so viele werden, daß ihr Überleben wirklich sichergestellt war.

»Ich wünschte, sie würden zurückkommen«, seufzte Chayla.

Meiglan musterte sie neugierig. »Erinnerst du dich denn so deutlich an sie? Du kannst bei der letzten Paarung doch noch nicht sehr alt gewesen sein.«

»Jedes Jahr fliegen Drachen über die Wüste. Oh, Ihr müßt bleiben und sie ansehen, Lady Meggie! Pol, sag ihr, daß sie bleiben muß!«

Er lächelte ihnen zu. »Ich werde alles in meiner Macht Stehende tun, um dafür zu sorgen.«

Rohannon trottete heran und forderte seine Schwester zu einem Wettrennen auf. Es wurde von Riyan und Ruala überwacht, und so erlaubte Pol es. Als er und Meiglan allein waren, wandte er sich ihr erneut zu.

»Chayla nannte euch ›Meggie‹ statt Meiglan.«

Das Mädchen errötete. »Das ist ein Spitzname, Herr, den mir mein Kindermädchen gegeben hat. Chayla ist wohl zufällig darauf gekommen.«

»Das alte Wort für Honig-Baum ist ›Megna‹, nicht wahr?«

Sie nickte. »So hat mich seit vielen Jahren niemand mehr genannt, Herr.«

»Glaubt Euer Kindermädchen denn, Ihr seid inzwischen zu alt für Spitznamen?«

»Sie ist gestorben, als ich etwa in Chaylas Alter war.«

»Und Ihr habt sie sehr geliebt?«

»Ja«, erwiderte sie unwillig.

Pol war beschämt, aber eine Entschuldigung war unmöglich. Ohne daß man es ihm erzählt hatte, wußte er, daß die einzige Liebe in ihrem jungen Leben mit diesem Kindermädchen zusammenhing. Die Göttin wußte, daß sie von ihrem Vater keine bekam. Die Tatsache, daß sie ihre Mutter in Verbindung mit diesem zärtlichen Spitznamen nicht genannt hatte, deutete darauf hin, daß sie auch aus dieser Richtung keine Liebe bekommen hatte. Pol erkannte wieder einmal, welches Glück er mit seinen Eltern wie mit allem anderen gehabt hatte.

»Sollen – sollen wir zu den anderen reiten, Herr?« fragte Meiglan vorsichtig.

Der düstere Gesichtsausdruck, den seine Gedanken auf seinem Gesicht hinterlassen hatten, hatte sie erschreckt; sie sah aus, als hätte sie Angst, etwas Falsches gesagt zu haben. Aber es gab nichts, was er tun konnte, um sich zu entschuldigen. Er konnte ihr nur ein beruhigendes Lächeln schenken.

Er überließ sie Nialdans Obhut und ritt mit Feylin die Schlucht entlang. Sie sprachen über Drachen, und er versuchte sich vorzustellen, wie es gewesen sein mochte, als sie Rivenrock benutzten. Aber es gab hier nicht das Gefühl ihrer Gegenwart wie in anderen Höhlengebieten.

Hufgeklapper und Gelächter hallte von dem Stein wider, als die Kinder auf ihren Ponies um die Wette ritten. Pol stellte fest, daß es Riyan endlich gelungen war, Ruala von den anderen loszueisen, und er grinste vor sich hin; je eher, desto besser, in der Tat. Elktrap war eine prächtige Mitgift. Ostvel würde froh sein. Aber Riyan würde sich vielleicht ein wenig übernehmen mit der Aufsicht über Skybowl, Elktrap und Feruche –

Plötzlich schrie jemand auf, und Feylin machte in ihrem Sattel einen Satz nach vorn, als sich die Schulter eines anderen Pferdes gegen ihre Stute drängte. Feylins Stute schlug instinktiv aus, aber das zweite Pferd galoppierte bereits durch die Schlucht zurück. Pols Herz setzte einen Moment aus, als er sah, daß der Reiter Creme und Orange trug und daß dichte, goldene Locken um den Kopf sprangen.

Er fluchte und hieb seine Fersen in Pashocs Flanken. Obwohl Meiglans Stute nicht an seinen Hengst heranreichen konnte, war sie doch kräftig und aus Radzyn-Zucht. Die Panik verlieh ihr Flügel. Während sich der Abstand zwischen ihnen nur sehr langsam verringerte, fragte sich Pol, was dieses für gewöhnlich so fromme Tier dazu gebracht haben mochte, auf einmal zu scheuen. Die Zügel waren den Händen des Mädchens entglitten, und sie hatte beide Arme um den Hals des Pferdes geschlungen. Wenn die Stute über die Zügel stolperte und stürzte…

Er verdrängte das Bild ihrer schlanken Gestalt, wie sie über den Kopf der Stute flog und auf dem steinigen Boden zerschmetterte. Dicht über Pashocs Nacken gebeugt, trieb er das Pferd zu größerer Geschwindigkeit an. Sie hatten Rivenrock jetzt hinter sich gelassen und donnerten an dem goldenen Pavillon vorbei. Die Stute ermüdete. Endlich konnte Pol sich aus seinem Sattel beugen und einen der schleifenden Zügel ergreifen. Noch einige wenige Augenblicke, und die Stute wurde langsamer und fiel zitternd und erschöpft in Schritt.

Meiglan klammerte sich noch immer voll Todesangst an das Pferd. Pol rief ihren Namen mehrere Male, ohne eine Antwort zu bekommen. Zitternd hielt sie den Hals der Stute umklammert. Er zügelte beide Pferde, sprang ab und hob Meiglan aus dem Sattel.

Sie machte den Eindruck, als ob es ihr nicht wichtig war, woran sie sich festhielt, solange da nur irgend etwas war. Seine Rippen brachen fast unter der verschreckten Kraft ihrer Arme. Er streichelte ihr zerzaustes Haar und murmelte wortlos und beruhigend auf sie ein. Endlich stieß sie einen langen, bebenden Seufzer aus, und ihre Muskeln entspannten sich genug, daß er wieder frei atmen konnte.

»Nun, nun«, meinte er leise. »Ihr seid in Sicherheit, Meggie. Alles ist jetzt vorbei.«

Ganz plötzlich warf sie den Kopf zurück, und zwei riesige, braune Augen starrten ihn entsetzt an. »Ihr –!« keuchte sie.

»Ja, bloß ich. Nichts verletzt oder gebrochen? Seid Ihr ganz in Ordnung?«

Stolpernd wich sie vor ihm zurück, die Hände vor den Mund geschlagen, die großen Augen noch dunkler im Kontrast mit den goldenen Locken, die um ihr Gesicht hingen.

»Es war sehr tapfer von Euch, nicht zu schreien und dadurch die Stute noch mehr zu erschrecken«, fuhr er fort und wünschte, sie würde ihn nicht ansehen, als hätte er plötzlich zwei Köpfe und einen Drachenschwanz bekommen. »Und Ihr seid stärker als Ihr ausseht, wenn Ihr Euch so festhalten konntet und nicht heruntergefallen seid.« Seine Rippen hatten das auch zu spüren bekommen.

Sie rang die Hände und zitterte wieder.

»Ihr seid doch nicht verletzt, oder?« fragte er, ziemlich sicher, daß sie nur einen Schock erlitten hatte.

»Es tut mir leid!« platzte sie heraus. »Es tut mir leid! Bitte, glaubt mir, Herr!«

Pol begriff, daß der leiseste Fehltritt von ihr, ob es nun ihre Schuld war oder nicht, wahrscheinlich von ihrem Vater bestraft wurde, als hätte sie absichtlich geplant, ihn zu erzürnen. Und sie erwartete von ihm dieselben harten Worte.

So sagte er überhaupt nichts. Statt dessen umfing er sie sanft mit seinen Armen. Wut kämpfte mit schmerzlicher Zärtlichkeit für dieses zarte, verängstigte Mädchen – und mit der wachsenden Erkenntnis, daß es genau das fühlen sollte. Die Panik der Stute war kein Unfall. Aber hatte Meiglan das geplant oder ihr Vater?

Schließlich hörte sie auf zu zittern und trat zurück. Sie sah ihn nicht an, als sie flüsterte: »Bitte vergebt mir, Herr.«

»Seid nicht albern«, sagte er und verfluchte sich selbst für seine schnelle Antwort, als sie zusammenzuckte. »Ich meinte nur, es war nicht Eure Schuld, daß die Stute gescheut hat. Ihr habt keinen Grund, Euch zu entschuldigen.«

Sie erwiderte seinen Blick wieder. »Ihr... ihr werdet es nicht meinem Vater erzählen?«

Er blickte in die großen braunen Augen hinab und versuchte zu entscheiden, ob die Angst darin künstlich oder echt war. Und plötzlich schämte er sich, daß er ihr überhaupt jemals mißtraut hatte. Meiglan war unschuldig. Sie mußte es sein. Wie auch immer es geplant gewesen war, ihr Leben hatte bei diesem kleinen Komplott auf dem Spiel gestanden. Hätte es Miyon wohl gefallen, überlegte Pol wütend, wenn das Mädchen bei dem Versuch, ihn einzufangen, gestorben wäre?

»Ich werde Eurem Vater nur erzählen, daß Ihr sehr tapfer wart.«

»Oh, ich danke Euch, Herr«, hauchte sie und die leidenschaftliche Dankbarkeit in ihren Augen bekräftigte ihre Unschuld. Nicht einmal die Gewißheit, daß sein Beschützerinstinkt angesprochen werden sollte, konnte ihn daran hindern, genau das zu fühlen. Er sagte sich, daß er dasselbe Gefühl jedem entgegenbringen würde, der so völlig schutzlos war.

Kapitel 2

Stronghold: Frühjahr, 33. Tag

Rohan war wütend über Andrys Anwesenheit bei der Audienz, die Lord Barig und den beiden Rechtsgelehrten aus Gilad gewährt wurde, aber er mußte die Taktik seines Neffen doch bewundern. Indem er gerade heute nach Rivenrock ausritt, zeigte er seine Verachtung für Prinz Cadars Anspruch, über die Lichtläufer zu urteilen, und stellte gleichzeitig doch sicher, daß er erfuhr, was gesagt wurde. Er hatte Oclel beauftragt, an seiner Stelle an der Audienz teilzunehmen. Die Anwesenheit eines einfachen *Faradhi* anstelle des Herrn der Schule der Göttin war eine Beleidigung, die Lord Barig mit einem wütenden Blick registrierte, auf den Oclel mit nichtssagender Miene reagierte. Rohan verbarg seinen eigenen Ärger und ließ den ersten Teil der Audienz mit bewundernswerter Geduld über sich ergehen, obwohl er die ganze Zeit daran dachte, daß er viel lieber draußen in der frischen Luft reiten würde. Sie saßen im Sommer-Salon, den Sionell vor Jahren nach den Wandteppichen so genannt hatte, die die Wüste in dieser Jahreszeit darstellten; die Behänge erinnerten Rohan ständig an eine Schönheit, die er weit lieber ganz unmittelbar genossen hätte anstatt in leuchtender Wolle gestickt.

Oclel spielte seine Rolle perfekt. Er lauschte Barigs Vortrag und den Ausführungen der Rechtsgelehrten, wobei das hübsche Gesicht unter der Masse hellen Haares keine Reaktion zeigte. Rohans forschender Blick wanderte mehrmals zu ihm hinüber, während er überlegte, was Andry ihm wohl aufgetragen hatte und wann er es herauslassen würde. Endlich beendeten die Rechtsgelehrten ihren Vortrag hübsch berechneter Argumente, die an Rohans Traditionsbewußtsein appellieren sollten, und Barig faßte zusammen.

»Wir sind deshalb der Ansicht, Hoheit, daß diese Person Gevlia, die ursprünglich aus Isel stammt, mehr als Arzt denn als Lichtläuferin gehandelt hat und deshalb nach den Gesetzen von Gilad bestraft werden sollte. Diese sind durch Hunderte von Jahren von einer Reihe edler Prinzen und in letzter Zeit von meinem Vetter Prinz Cabar formuliert worden, und wir in Gilad segnen seine weise Herrschaft über uns und vertrauen darauf, daß sie noch viele Jahre fortbestehen wird.«

Rohan holte Luft, um Barig für seine Worte zu danken, aber Oclel war schneller.

»Herr«, wandte er sich an Barig, »da die Weisheit und die Jahre, die Seiner Hoheit von Gilad gewährt wurden, ein Geschenk der Göttin sind, solltet Ihr Eure Dankbarkeit vielleicht besser ihr gegenüber ausdrücken.«

Sanfte Worte, aber ernst gemeint. Rohan sah, daß Sioned Oclel mit neu erwachtem Interesse musterte. Die Rechtsgelehrten blähten sich empört auf, aber Barig war überraschend wenig beunruhigt.

»Mir ist allerdings aufgefallen«, meinte er nachdenklich, »daß der Name und die Güte der Göttin in letzter Zeit immer häufiger erwähnt werden.«

»Und zu Recht, mein Herr«, erwiderte Oclel.

»Auffällig oft«, gab Barig zurück. »Zum Beispiel gestern abend in der Großen Halle. Ich weiß nicht, wie die Dinge in der Schule der Göttin gehandhabt werden. Aber im Palast Seiner Hoheit von Medawari machen wir kein Ritual daraus, uns für Speisen und Getränke zu bedanken, die wir und nicht sie produziert haben.«

Sioned mischte sich ein. »Ich bin sicher, daß der Göttin angemessener Dank für Gilads Reichtum bezeugt wird, wie es auch hier in der Wüste getan wird. Schließlich sind wir in diesem Jahr besonders gesegnet.«

»Landwirtschaftlich gesprochen, Hoheit«, bemerkte Barig aalglatt, »hat der Regen die Blüten hervorgebracht. Wenn man überhaupt jemandem danken sollte, dann gewiß dem Vater des Sturms. Und der hat im letzten Winter andererseits auch einen großen Teil der Felder und Herden ertränkt. Sagt mir«, wandte er sich erneut an Oclel, »hatten er und die Göttin vielleicht einen Streit, wie er unter Liebenden üblich ist? Was meint Ihr?«

Oclel zog die Brauen hoch. »Wir können ihr Wesen wohl kaum verstehen, Herr. Aber gewiß sollten wir uns nicht über sie lustig machen!«

»Ich bin sicher, das lag nicht in seiner Absicht.« Unter dem seidenweichen Klang von Sioneds Stimme lag stählerne Härte. »Ich nehme an, Lord Barig ist einfach nicht an die Dankgebete gewöhnt, die in der Schule der Göttin gesprochen werden. Dort werden die Dinge natürlich formeller gehandhabt. Ich fand Lord Andrys Worte reizend.«

»Wie wir alle«, erklärte Barig hastig, denn er hatte ihren warnenden Unterton gehört.

Oclels Antwort war honigsüß. »Dann können wir uns ja darauf verlassen, daß Eure Lordschaft in Medawari in Zukunft ähnliche Danksagungen sprechen wird. Das würde gewiß die Gunst der Göttin finden.«

Ganz zu schweigen von der von Andry, dachte Rohan. »Ich bin sicher, Lord Barig wird mit Seiner Hoheit von Gilad darüber sprechen«, sagte er laut. »Doch so interessant das auch ist, so schlage ich doch vor, daß wir zum Thema zurückkommen.« Sein Ton legte nahe, daß das besser der Fall wäre, sonst... Die beiden Männer nickten, und Rohan fuhr fort: »Ich bin sehr interessiert daran, wie Eure Lordschaft Prinz Cabars Position analysiert. Ich bin überzeugt, daß Oclel als Lord Andrys Repräsentant ebenso überzeugend sein wird.« So nahm er dem Lichtläufer geschickt jede Möglichkeit, weitschweifige Reden zu schwingen, und zauberte den Hauch eines Grinsens auf Barigs Gesicht. Rohan mußte Sioned nicht einmal ansehen, damit sie die Fäden auffing, die er ihr zuwarf.

»So wie ich die Dinge verstehe«, sagte sie, »steht nicht die Schuld dieser unglücklichen Frau zur Debatte, sondern die Zuständigkeit für Verhandlung und Bestrafung. Lord Andry hält es für sein Recht als Herr der Schule der Göttin und Prinz Cabar für das seine als Herrscher von Gilad. Aber hat irgend jemand auch einmal an die Rechte dieser Lichtläuferin gedacht?«

Sie starrten sie an. Rohan lehnte sich auf seinem Stuhl zurück und schloß halb die Augen, während er ihr zuhörte und zusah. Wie sehr liebte er doch diese Beweise ihres gradlinigen Denkens...

»Hat überhaupt schon irgend jemand mit ihr gesprochen? Und herausgefunden, wie sie die Sache sieht?«

»Sie wurde befragt, Hoheit«, fing Barig an.

»Befragt? Meint Ihr ›verhört‹, mein Herr? Hat irgend jemand sie gefragt, warum sie überhaupt eingewilligt hat, Meister Thacri zu behandeln? Sie ist doch gewiß entsetzt darüber, daß sie diesen Fehler gemacht hat.«

»Verzeiht, Hoheit«, erklärte Barig steif, »aber von ›Entschuldigungen‹ werden Meister Thacris Weib und seine Kinder nicht satt.«

Oclel meldete sich. »Das hat auch niemals irgend jemand behauptet, mein Herr. Mir scheint, die Frage ist nicht die, ob sie den Tod dieses Mannes fahrlässig herbeigeführt hat, sondern ob er nicht ohnehin gestorben wäre. Sie war die einzige verfügbare Ärztin. Sie hat versucht, ihn zu heilen, wie es ihre Pflicht als Lichtläuferin war. Denn sie hat geschworen, zu helfen, wann und wo es nötig ist.«

»Der Versuch ist fehlgeschlagen«, sagte Barig tonlos.

Sioned schien einen Moment zornig über die Unterbrechung ihrer Beweisführung. »Ihre Jugend und Unerfahrenheit müssen bedacht werden. Sie ist erst... wie alt, dreiundzwanzig? Vierundzwanzig?«

Einer der Rechtsgelehrten war so unbesonnen, zur Höchsten Prinzessin zu sprechen. »Das macht keinen Unterschied, Hoheit. Der Mann ist tot, und das durch die Schuld dieser Frau. Das Gesetz verlangt deutlich, daß Schadenersatz geleistet werden muß.«

»Und was ist mit der Gerechtigkeit?« rief Sioned aus. »Wenn das Gesetz irgendeine Bedeutung haben soll, dann muß Recht gesprochen werden. Es sind Barbaren, die nur eine Definition von einem Verbrechen und nur eine einzige Sühne dafür kennen. Sollte der Mann, der einen Laib Brot stiehlt, um seine hungernde Familie zu ernähren, ebenso bestraft werden wie der Mann, der nur stiehlt, um zu beweisen, daß er es kann? Das Privileg der Zivilisation ist es, zu denken, zu überlegen und Gnade walten zu lassen. Aber es ist auch der Fluch der Zivilisation, Gerechtigkeit zu suchen. Schließlich ist die einfache, barbarische Entschädigung so viel leichter.«

Rohan wäre beinahe aufgestanden und hätte applaudiert. Nun war er dran, so hatten sie es zuvor vereinbart. Aber er hatte nicht so viel Leidenschaft von Sioned erwartet, so viel Glauben und Gefühl. Vor dreißig Jahren hatte er sich in seiner Verpflichtung dem Gesetz und nicht dem Schwert gegenüber schrecklich allein gefühlt. Aber dann war sie aufgetaucht, zuerst in Andrades Feuerbeschwörung und dann in der Nähe von Rivenrock, windzerzaust und müde in der Wüste. Seitdem war er niemals allein gewesen, weder im Herzen noch im Geiste. Einen Augenblick lang schwieg er in wortloser Dankbarkeit für das Geschenk dieser Gemahlin, seiner Gemahlin. Dann sprach er.

»Ihre Hoheit hat das ausgezeichnet ausgedrückt. Diese Lichtläuferin hat Rechte so wie jeder andere vom Meer der Morgenröte bis nach Kierst-Isel – Bauer, Prinz und Lichtläufer gleichermaßen. Ich will mich nicht in Lord Andrys Recht einmischen, seine *Faradh'im* zu bestrafen. Und ebenso wenig habe ich den Wunsch, Prinz Cabar das Recht abzusprechen, Menschen zu bestrafen, die innerhalb der Grenzen seines Prinzentums gegen die Gesetze verstoßen.«

Oclel, Barig und die Rechtsgelehrten sahen alle gleichermaßen verblüfft aus, als sie seine Rede hörten. Nur Sioned wußte genau, worauf er damit abzielte; ein winziges Lächeln spielte um ihre Augen, als er das abschließende Muster webte.

Rohan machte eine Pause, ehe er sagte: »Und ebenso wenig beabsichtige ich, die Lichtläuferin ihres Rechtes zu berauben.«

»Welchen Rechtes?« Barig verriet sein Erstaunen durch diesen Ausruf.

»Von Lord Andry verurteilt zu werden«, erklärte Oclel mit einem seidigen Lächeln, das jedoch bei Rohans nächsten Worten schnell von seinem Gesicht schwand.

»Von mir verurteilt zu werden.«

Sioned wartete genau so lange, wie nötig war, damit diese Worte einsanken. Dann sagte sie: »Das, was Lady Andrade in den Jahren ihrer Herrschaft in der Schule der Göttin am meisten geärgert hat, war die uralte Tradition, daß Lichtläufer Bürger aller Prinzentümer sind, und daß ihr einziger wahrer Oberhirte der Hoheprinz ist. Der Grund, daß sie dagegen war, war allerdings die Tatsache, daß Roelstra der Hoheprinz war. Als mein Gemahl ernannt wurde, bestätigte sie bereitwillig seine Rechte in dieser Angelegenheit.« Sie lächelte. »Und Lord Andry hat sie natürlich ebenfalls bekräftigt.«

Freundlich meinte Rohan: »Alle Personen schwören irgend jemandem Treue. Das gemeine Volk seinem *Athr'im*, diese ihren Prinzen, die Prinzen mir. Die Schule der Göttin untersteht nicht dem Prinzen von Ossetia, sondern dem Hoheprinzen. Und deshalb, genau wie bei Menschen, die außerhalb der Grenzen ihres eigenen Landes heiraten, fallen die Lichtläufer unter das Gesetz dieses Ortes, wenn sie in die Schule der Göttin eintreten.

Weil Gevlia eine Lichtläuferin ist, hat Lord Andry tatsächlich das Recht, über ihre Bestrafung zu entscheiden. Weil der Verstoß sich in Gilad ereignete, hat auch Prinz Cabar das

Recht, sie zu verurteilen.« Er beugte sich ein wenig vor und sprach jetzt mit jenen Formeln, die dem Herrscher zustanden. »Es ist unsere Meinung, daß jeder von Euch einen schweren Fehler begangen hat, indem er Rechtsprechung unter Ausschluß des anderen forderte, wodurch wir gezwungen waren, zwischen zwei gleichwertigen Ansprüchen zu entscheiden. Und wir sagen Euch jetzt und hier, daß keine Seite diejenige sein wird, die diese Angelegenheit entscheidet. Wir werden es tun. Wir sind der Hoheprinz. Gevlias Recht nach sehr alten Gesetzen wird von uns gesprochen werden.«

Barig sprang auf die Füße. »Schändlich!«

»Nein. Gerecht. Ihre Hoheit, die Höchste Prinzessin, hat sehr klug darauf hingewiesen, daß es schwierig ist, zivilisiert zu sein. Sowohl Lord Andry als auch Prinz Cabar scheint es mehr um die Höhe der Vergeltung zu gehen als um Gerechtigkeit. Wir versprechen Euch, daß wir hingegen letztere suchen werden.«

Es war eine schreckliche Beleidigung, auf die keiner antworten konnte, da sie vom Hoheprinzen ausgesprochen worden war. Sie würde sowohl Cabar als auch Andry übermittelt werden. Aber sie hatten ihn in diesen verschlossenen Raum gezwungen. Es war ihre eigene Schuld, daß sie ihn unterschätzt hatten, und anstatt sich für eine der Türen zu entscheiden, die sie beide so geschickt angeboten hatten, hatte er sich entschlossen, ganz unverhofft aus einem Fenster zu klettern.

Aber er war wütend, daß er überhaupt in diese Lage gebracht worden war. Er wußte, daß seine Entscheidung als ein Schiedsspruch durch einen Autokraten angesehen werden würde, obwohl er das nicht war. Weder Cabar noch Andry würden zufrieden sein, die anderen Prinzen würden sich bedroht fühlen, und die ganze Sache hinterließ schon jetzt einen schlechten Geschmack in seinem Mund. Und dann war da noch diese arme, junge Frau. Sie war schließlich kein abstrakter Streitpunkt. Sie war ein Mensch, der in unglücklichen Umständen gefangen war.

Er musterte Barig, Oclel und die Rechtsgelehrten einen Moment lang und meinte dann: »Habt Dank für Eure Aufmerksamkeit uns gegenüber. Ihr habt nun unsere Erlaubnis, Euch zurückzuziehen.«

Alle vier zogen sich mit gerunzelter Stirn zurück. Rohan kümmerte das nicht sonderlich. Er sank auf seinen Stuhl zurück und stieß einen langen Seufzer aus. Sioned schenkte Wein ein und reichte ihm einen Becher.

»Wie willst du sie bestrafen?«

»Ich will verdammt sein, wenn ich das weiß«, gestand er. »Barig hat Recht, die Familie des Mannes muß entschädigt werden. Zumindest finanziell. Andry wird ein bißchen ausspucken müssen, und das wird ihm überhaupt nicht gefallen.« Er verzog das Gesicht bei dieser Untertreibung. »Aber ich glaube, auch Gevlia wird etwas tun müssen. Ich weiß nur noch nicht, was das sein könnte.«

»Das wird ihr für den Rest ihres Lebens anhaften.«

»Ich weiß. Und was schlimmer ist, sie weiß es zweifellos auch. Welche Zukunft hat eine Lichtläuferin, die des Mordes durch Nachlässigkeit und Inkompetenz für schuldig befunden wurde? Ihr *Faradh'im* werdet schließlich so viel mehr beobachtet als andere Leute.«

»Sie hat ihr Bestes getan.«

»Aber versagt. Irgendwie muß ich einen Weg finden, wie sie ihre Schuld öffentlich sühnt und gleichzeitig wieder Vertrauen in sich selbst findet. Weißt du, daraus kann etwas entstehen, für das ich seit Jahren einen Vorwand suche, damit ich es einführen kann.«

Sie runzelte die Stirn. »Und jetzt soll ich raten, was.«

Er grinste sie an. »Hmm.«

Sie erhob sich und ging langsam vor dem riesigen Wandteppich mit der Wüste im Frühjahr auf und ab, allerdings keinem Frühjahr wie dem jetzigen. Kein Künstler hätte den Glanz der Blumen in diesem Jahr erahnen können. Rohan dagegen schwelgte in einer Schönheit, die – was ihn anbetraf – ebenso blendend war: in der seiner Gemahlin. Sein Blick folgte dem graziösen Schwingen rauschender Seidenröcke, den weichen Linien von Schultern und Armen, Taille und Hüfte. Aber ihre gerunzelte Stirn und die Worte, die sie vor sich hinmurmelte, ruinierten das Bild königlicher Perfektion. Er hatte es nicht anders haben wollen. Was hätte er schon mit einem hübschen Hohlkopf angefangen?

Endlich wirbelte sie auf einem Absatz herum und sah ihn an. »Du willst etwas tun, was die Ausbildung von Ärzten betrifft, richtig?« warf sie ihm vor.

Rohan nickte. »Ich bin überrascht, daß es so lange gedauert hat, bis du daran gedacht hast. Ich habe dir Hinweise genug gegeben«, spottete er.

Sioned ignorierte seine Bemerkung. »Eine Schule, nehme ich an. Wie die Schreibstube in Kierst-Isel.«

»Mehr oder weniger. Die einzig mögliche Ausbildung in der Kunst der Medizin bekommt man in der Schule der Göttin oder als Lehrling bei einem praktizierenden Arzt, und die sind nicht alle gleich gut. Eine Schule würde gemeinsame Grundkenntnisse ermöglichen, verbesserte Behandlungsmethoden. Was meinst du?«

»Ich meine, du bist der hinterlistige Sohn eines – Drachen. Gibt es irgend etwas, was du nicht auf die eine oder andere Art zu deinem Vorteil verwenden kannst?«

»Ich bin nicht auf etwas Derartiges gestoßen«, erwiderte er unbescheiden. »Andry wird das auch nicht sonderlich gefallen. Er wird darin eine Bedrohung sehen.«

Sioned blinzelte überrascht. »Aber die Lichtläufer werden doch weiterhin ausgebildet werden –«

»Natürlich! Abgesehen von ihrer Bedeutung für die Kommunikation ist es wichtig, jemanden an jedem Hofe zu haben, der zumindest über Grundkenntnisse der Medizin verfügt. Aber wenn sie als Ärzte mit Zertifikat arbeiten wollen –«

»– brauchen sie Zeugnisse von deiner Schule. Wo soll sie sein?« Sie grinste plötzlich. »Wie wäre es mit Gilad?«

»Du kannst selbst auch ganz schön hinterlistig sein, meine Liebe.«

»Das besänftigt Cabar vielleicht ein bißchen. Aber was machen wir mit Andry?«

Rohan zuckte mit den Schultern. »Er wird sich daran gewöhnen.«

»Das bezweifle ich. Rohan, wir müssen vorsichtig mit ihm sein«, warnte sie.

»Im Gegenteil, meine Liebe. Es ist Andry, der lernen muß, in meiner Gegenwart ein wenig langsamer zu gehen. Diese Schriftrollen, die Urival und Morwenna mitgebracht haben, wurden ja nicht nur von dir und Pol gelesen. Darin habe ich entdeckt, daß ich das Recht habe, gewisse Lichtläufer-Fragen zu entscheiden.«

»Aber es gibt Grenzen.«

»Und kluge dazu. Ich muß gestehen, daß ich Andrys Bewunderung für diese Lady Merisel teile. Sie scheint eine bemerkenswerte Frau gewesen zu sein.« Er lachte. »Ich mag diesen Typ. Ich würde sogar wetten, daß sie rote Haare hatte.«

* * *

Sioned hielt sich in der Großen Halle auf und starrte staunend auf die Blumen, die Rialt mitgebracht hatte, um die

Tafeln zum Abendessen zu schmücken. Auf einmal stürmte Andry durch die offenen Türen herein. Sie beobachtete, wie er den Mittelgang heraufmarschierte, und rang innerlich mit sich selbst. Dann entschied sie, daß sein Zorn kein gaffendes Publikum verdiente, und machte den Dienern ein Zeichen. Die ließen die Dutzende von Vasen stehen, zogen sich hastig zurück und schlossen hinter sich die Doppeltüren.

»Ist es wahr?« wollte Andry wissen.

Sioned begegnete dem Blick seiner blitzenden, blauen Augen einen Moment, nahm dann ein kleines, scharfes Messer und fing an, Stiele zu kürzen. »Ja.«

»Er hat kein Recht, überhaupt keins! Es ist meine Sache, einen Lichtläufer zu verurteilen.«

»Ich vermute, Oclel hat dir Rohans Gründe genannt. Es ist alles vollkommen legal.«

»Das macht es nicht richtig!«

Sie goß Wasser in eine Vase und wählte Blumen dafür aus. »Dann reiche eine Petition zur Gesetzesänderung ein. Für den Augenblick gilt es.«

Andry holte tief Atem. Offensichtlich wollte er sich beruhigen. »Sioned, du bist Lichtläuferin. Selbst wenn du die Ringe nicht trägst, selbst wenn du schon so lange Höchste Prinzessin bist, so ist in dir doch gewiß noch Loyalität für die Traditionen der Schule der Göttin übrig. Möchtest du, daß diese Rechte und Privilegien deiner eigenen Macht zuliebe zerstört werden? Das ist deiner nicht würdig.«

Sioned ließ sich nicht ködern. »Genauso wenig ist es deiner Unterstellung würdig, daß ich die Macht höher halte als das, was richtig und gerecht ist. Ich vergebe dir das, weil ich weiß, daß du wütend bist. Aber wenn du darüber nachdenkst, wirst du einsehen, daß es das einzige war, was Rohan tun konnte.«

»Was er hätte tun sollen, ist, Cabar zu zwingen, daß er mir Gevlia übergibt! Ich hätte sie nicht für unschuldig erklärt – hattet ihr etwa davor alle Angst? Ich bestreite nicht, daß sie schuldig ist, den Tod von Meister Thacri herbeigeführt zu haben. Aber Lichtläufer werden vom Herrn der Schule der Göttin bestraft. Nicht vom Hoheprinzen!«

Nachdem sie eine Vase gefüllt hatte, fing sie an, Blumen für eine andere zu stutzen. »Ich glaube, du bist dir der Situation nicht ganz bewußt, in die du und Cabar ihn gebracht habt.«

»Ach, hör auf, Sioned. Du beklagst dich doch wohl nicht, daß ihr eine weitere Chance bekommen habt, eure Macht zu zeigen, du und Rohan!«

Sie knallte das Messer so heftig auf den Tisch, daß die leeren Vasen klapperten. »Du magst ja der Herr der Schule der Göttin sein, aber das hat dich nicht gelehrt, was Macht wirklich bedeutet!«

»Herr der Schule der Göttin, auserwählt von Lady Andrade, die uns alle die Macht gelehrt hat!« fuhr er sie an.

Sioned zwang Ruhe in ihre Stimme und erinnerte sich daran, daß er ein stolzer und potentiell gefährlicher Mann war. Und noch so jung, erst neunundzwanzig. »Andry, ich war schon Lichtläuferin, lange ehe ich Prinzessin wurde. Hast du eigentlich vergessen, daß ich deine Eltern gebeten habe, deine Ausbildung als Knappe zu beenden, damit du dein erwähltes Leben als Lichtläufer beginnen konntest?«

»Und das tut dir jetzt wohl leid?« fragte er verbittert.

»Sei kein Narr. Ich bin nicht immer deiner Meinung. Ich war nicht immer einer Meinung mit Andrade. Wir haben alle unsere eigenen Aufgaben, Pflichten, Verantwortungen –«

»Und Rohan hat mir meine genommen!«

»Ihr habt ihm keine andere Wahl gelassen! Siehst du das

denn nicht? Es kann nicht ein Recht für Lichtläufer und ein anderes für alle anderen geben! Die Nachlässigkeit dieser Frau hat den Tod eines Mannes herbeigeführt. Du selbst hast ihre Schuld zugegeben. Du und Cabar, ihr seid beide zu Rohan gekommen und wart bereit, euch seiner Entscheidung zu beugen –«

»Und er hat die falsche getroffen!«

Sioned knirschte mit den Zähnen. »Was glaubst du denn, was Cabar getan hätte, wenn Rohan sie dir übergeben hätte? Was würdest du tun, wenn Cabar erlaubt worden wäre, über ihre Bestrafung zu entscheiden? Benutze deinen Verstand, Andry! Rohans Gesetze bieten die einzig sichere Gerechtigkeit. Das ist seine Pflicht als Hoheprinz.«

Andry erwiderte kühl ihren Blick. »Seine Pflicht. Seine Gesetze. Seine Macht. Alles so, wie er es gerne hat.«

»Du verstehst ihn überhaupt nicht, oder?«

»Ich verstehe ihn sehr gut. Ich habe beobachtet, wie er die anderen Prinzen bei jeder nur möglichen Gelegenheit an der Nase herumführt. Er liebt es, seine Macht als Hoheprinz auszuüben, und es hat keinen Sinn, so zu tun, als wäre es anders. Und er ist so eifersüchtig auf diese Macht wie –«

»Wann hat Rohan jemals als Schiedsrichter gehandelt? Wann hat er jemals etwas getan, weil er einfach Lust dazu hatte? Du hast ihn bei zwei *Riall'im* arbeiten sehen, seit Andrade gestorben ist. Du hast recht, er benutzt jeden Trick, den er kennt, um die Prinzen zu einem Übereinkommen zu bringen. Aber hast du dich jemals gefragt, warum er das tut?«

Andry zuckte mit den Achseln. »Ich nehme an, es macht ihm Spaß. Nun gut, Sioned, halte mir deinen Vortrag. Ich bin ein bißchen zu alt für ein Schulzimmer, aber darüber wollen wir nicht streiten.«

Nur mit Mühe beherrschte sie sich. »Bestrafung für Verbrechen, selbst die Definition von Verbrechen hat niemals Sinn ergeben. Es gab zwei Dutzend Gesetze, die sich mit Pferdediebstahl beschäftigten, und die Göttin allein weiß, wie viele Strafen. Sie unterschieden sich danach, wessen Pferd gestohlen worden war und was es wert war und wie lange es im Besitz des Diebes geblieben war. Rohan hat sein Leben lang das Recht studiert, und selbst er konnte nicht allen Gesichtspunkten in diesem Chaos folgen. Seine Aufgabe war es, dieses Durcheinander zu ordnen. Bei jedem *Rialla* hackt er ein kleines Stückchen mehr ab und überzeugt die anderen Prinzen, einem einzigen Gesetz und einer gerechten Strafe zuzustimmen. Jetzt denkt man an ihn, wenn man von Recht und Gesetz spricht. Als Hoheprinz gehört es zu seiner Verantwortung, zu entscheiden –«

»Und warum sollten die Gesetze dann nicht auch seinen Namen tragen? Denn so ist es doch in Wirklichkeit. Seine Gesetze, Sioned, seine Macht.«

»Die Pflichten des Hoheprinzen haben sich nicht geändert. Rohan hat nichts getan, was Roelstra nicht auch hätte tun können, wenn er gewollt hätte. Aber weil Rohan mit Hilfe des Gesetzes soviel tut, was sich auf das tägliche Leben der Menschen auswirkt, sieht es so aus, als wäre seine Macht größer.«

»Sie ist größer. Er benutzt sie.«

»Genau das tut er nicht.«

»Dann soll er das beweisen. Laß ihn dieses sogenannte Recht, das er über die Lichtläufer hat, nicht benutzen und überlaß die Verurteilung mir, wohin sie gehört.«

Ihr Geduldsfaden riß. »Wo du allerdings gern alle Macht sehen würdest, ist es nicht so, Andry? Wie kannst du es wagen, von Traditionen zu sprechen, wo du sie doch mit einem Gedanken beiseite gefegt hast! Wie kannst du es wagen, Rohan vorzuwerfen, er greife ständig nach Macht, wo doch du es bist, der beide Hände danach ausstreckt! Herr der Schule der Göttin, das wird dir niemals genügen, oder? Glaube nur nicht, ich wüßte nicht ganz genau, was du vorhast! Warum du die Macht der Göttin so betonst und die *Faradhi*-Traditionen verändert hast! Du bist es, der eifersüchtig auf Macht ist, Andry. Vor allem auf die, die einmal Pol zufallen wird, wenn er Hoheprinz ist.«

Er wurde weiß und erstarrte zu Stein und atmete nicht einmal mehr. Dann zerschmetterte er mit einer einzigen, heftigen Handbewegung die Vasen auf dem Fliesenboden.

Sie hörte das wütende Klappern seiner Stiefelabsätze, als er aus der Großen Halle stolzierte. Sie konnte ihm nicht hinterhersehen. Stumm und zögernd kamen die Diener herein, um die Glas- und Tonscherben aufzuräumen. Sioned starrte auf ihre Hände hinab. Von allen Ringen, die zu tragen sie berechtigt war, leuchtete dort nur der Smaragd ihres Gemahls.

»Nun, Liebster«, flüsterte sie, »das hab' ich toll hingekriegt, was?«

Sie wischte ihre Hände an einem Tuch ab und entschied, daß es besser war, wenn sie nach oben ging und Rohan warnte, daß Andry durch ihre Schuld nur noch einen Schritt davon entfernt war, ihr offener Feind zu werden.

* * *

Auch Rohan und Pol sprachen gerade über die Verzweigungen von Macht. Oder besser: Rohan sprach und Pol hörte zu. Nachdem die Ereignisse in Rivenrock und das Ergebnis der morgendlichen Audienz kurz erzählt worden waren, saßen sie allein im Sommer-Salon.

»Niemand wird damit glücklich«, seufzte Rohan. »Das ist meistens so, wenn ich meine Autorität als Hoheprinz einsetze.«

»Aber du hättest nichts anderes tun können.«

»Nein. Aber das wird niemand sehen. Aber darauf kommt es an, weißt du«, fügte er reumütig hinzu. »Das Skriptorium in Neu-Raetia ist ein gutes Beispiel. Ich habe mit mehreren Prinzen Verträge abgeschlossen, was die Ausstattung betrifft – Häute für die Pergamente und Einbände, Tinte usw. –, aber ich habe jedem Prinzen befohlen, Kopisten zur Verfügung zu stellen. Es war die einzige Möglichkeit, die Bücher schnell zu kopieren. Ich habe den Reichtum der Wüste verwendet, um die Materialien zu kaufen, aber ich konnte nicht die Menschen kaufen. Also machte ich daraus einen Befehl des Hoheprinzen. Und niemand hat es gutgeheißen, selbst als die künftigen Vorteile offensichtlich hätten sein müssen.«

»Aber inzwischen arbeiten alle zusammen an dem, was ihnen die Bibliothek an Gutem bringt. Dasselbe wird mit der Schule für Ärzte passieren.«

»Ich hoffe es. Trotzdem bleibt es mein Entschluß, verstehst du. Ich nutze meine Macht. Mein Name wird mit all dem in Verbindung gebracht.«

»Vielleicht brauchen alle eine Weile, bis sie verstehen, aber –«

»Oh, das dauert immer mehr als ein Weilchen. Ich habe mir niemals vorgemacht, ich könnte das alles in meinem Leben vollenden. Vor allem, was die Gesetze angeht. Wie soll man denn ein solches Durcheinander in nur dreißig Jahren berichtigen? Ich hätte Beschlüsse erlassen und dafür sorgen können, daß sich die Prinzen meiner Autorität beugen. Aber ich glaube, ich hätte nicht lange durchgehalten, wenn ich das versucht hätte. Nicht einmal Roelstra hat versucht, alle Prinzentümer durch Dekrete zu beherrschen.

Fast alles, was ich getan habe, geschah auf einem *Rialla*. Das war langsam genug, daß niemand zu nervös wurde. Ich lasse sie einen Streit untereinander aushandeln, und meistens endet es damit, daß sie mir zustimmen. Wenn nicht, dann stimmt für gewöhnlich etwas mit meiner Begründung nicht, und ich muß meine Position neu überdenken. So oft wie möglich habe ich sie glauben lassen, das Ganze wäre ihre Idee gewesen. Aber ich bin noch immer Hoheprinz. Ich bin es, dessen Name auf dem Pergament ganz oben steht.«

»Du bist stolz darauf, Vater, versuch nicht, mich zu täuschen«, meinte Pol lächelnd.

»Natürlich! Aber das ändert nichts an der Tatsache, daß es immer noch so manchen gibt, der das nicht sieht. Ganz gleich, welche Vorteile aus diesen Gesetzen entstehen, gleichgültig, wie sorgfältig ich darauf achte, daß die anderen Prinzen in den Prozeß mit einbezogen werden, irgend jemand ist immer der Meinung, ich würde nur mit der Hand winken und sagen ›So soll es sein, weil wir es so befehlen!‹« Rohan lachte kurz. »Gütige Göttin, wenn es doch nur so einfach wäre!«

»Du gehst vorsichtiger mit ihren Gefühlen um als sie mit deinen. Das ist nicht fair. Du hast fast immer recht.«

»Aha, du hast also genug Erfahrung, zu erkennen, wo ich Fehler gemacht habe – und bist unverschämt genug, es mir ins Gesicht zu sagen!« Er lachte, aber diesmal klang es viel fröhlicher.

»Oh, viele hat es nicht gegeben«, beruhigte Pol ihn grinsend. »Aber gerade das schüchtert einen auch ein, weißt du. Und es ist auch ein Grund, warum ich nichts dagegen hätte, wenn du ewig leben würdest. Es wird schwer werden, dein Nachfolger zu sein.«

»Hab' ich dir eigentlich schon einmal erzählt, daß ich dasselbe Gefühl bei meinem Vater hatte?«

»Aber ihr beide seid so verschieden gewesen. Du hast immer gewußt, daß du nicht die Art Prinz sein konntest, die er gewesen ist, also hast du nie versucht, so zu werden wie er. Ich habe immer gewußt, daß mein höchstes Ziel sein muß, so zu sein wie du.«

Rohan fühlte sich auf absurde Weise geschmeichelt. »Fang einfach nie an zu glauben, daß du immer recht hast, Pol. Ich hatte es auch nicht. Das hast du mir ja gerade erklärt! Und du wirst es auch nicht haben. Hör auf die anderen Prinzen. Erkenne ihre Vorurteile und sieh, wo ihre Eigeninteressen liegen. Beherrsche sie nicht, sondern leite sie. Wenn du ein Problem nicht auf eine Art vorbringen kannst, die sie wirklich befriedigt, dann handelst du wahrscheinlich vorwiegend zu deinen eigenen Gunsten. Und das riechen sie so schnell wie ein hungriger Drache frisches Wild.«

Rohan rutschte auf seinem Stuhl hin und her und zog die Stirn kraus. »Übrigens ist etwas geschehen, was ich nie beabsichtigt hatte. Roelstra strahlte durch seine Persönlichkeit Macht aus und verstand die Kunst des gut eingefädelten Kampfes, den nur der Hoheprinz schlichten konnte. Er machte sich nicht viel aus den Gedanken des gemeinen Volkes. Aber was ich getan habe, betrifft das Leben der einfachen Menschen. Und jetzt wenden sie sich an mich, wenn es um Veränderungen geht, die meinen Namen tragen sollen. Deshalb sieht es so aus, als hätte ich mehr Macht und würde sie öfter benutzen, als es wirklich der Fall ist.«

»Was macht das, solange die Arbeit getan wird?«

»Eine Menge. Ein eifersüchtiger Prinz – Cabar ist dafür ein hervorragendes Beispiel – ist ein gefährlicher Prinz. Er kann Probleme machen. Ich habe ihm die Entscheidung über diese Lichtläuferin abgenommen. Darin wird er eine Bedrohung seiner Macht sehen. Würdest du das nicht tun?«

»Wenn ich ein mißtrauischer Typ wäre, dann gewiß.« Pol machte eine nachdenkliche Pause. »Die neue Schule wird es Cabar erleichtern, deine Entscheidung zu schlucken.«

»Aber nicht für die anderen. Beim *Rialla* in diesem Sommer möchte ich jedem Prinzen befehlen, wenigstens zwei Ärzte als Lehrer zur Verfügung zu stellen. Die Vorzüge werden einige Zeit lang nicht einleuchten, genau wie bei dem Skriptorium. Aber diesmal will ich den Namen eines anderen damit verbunden sehen, deinen nämlich, wenn du nicht aufpaßt.«

»Mutters!« Pol lachte. »Sie war es doch, die daran dachte, die Schule in Gilad zu errichten, um Cabar zu besänftigen.«

»Keine schlechte Idee, aber sie würde das nie wollen. Außerdem wäre das nicht gut für uns. Erstens weiß sowieso jeder, daß mindestens die Hälfte meiner guten Ideen von ihr stammt. Und daß ich, wenn ich das ›Wir‹ verwende, uns beide meine.« Rohan hoffte insgeheim, Pol würde bei diesen Worten über den Vorteil nachdenken, den eine Gemahlin mit sich brachte, die nicht nur das Bett, sondern auch die Arbeit mit ihrem Manne teilte. Nach allem, was Rohan von Meiglan gesehen hatte, war sie kaum der Typ dafür. Doch auf einmal kam ihm der Gedanke, daß Pol diese Art von Frau vielleicht nicht wollte oder brauchte.

Als Pol ihm antwortete, ging es jedoch um die Beziehung zwischen Eltern und Kindern, nicht zwischen Eheleuten. »Als ich klein war, habe ich alles mögliche angestellt, um dich und Mutter von eurer Arbeit fortzulocken –«

»Glaubst du, ich erinnere mich nicht daran?« Rohan schmunzelte. »Nachdem du nach Graypearl gezogen warst, haben wir plötzlich die Arbeit einer ganzen Saison an einem einzigen Tag erledigt. Und dann saßen wir da, starrten uns an und verfluchten die Stille.«

Pol lächelte. »Ich schätze, ich habe ziemlich viel Aufmerksamkeit verlangt. Und ihr habt sie mir immer gegeben. Aber wenn du mit Mutter in eurem Arbeitszimmer verschwunden warst, dann wollte ich auch dort sein. Ihr solltet mit mir so sprechen wie mit jedem anderen. Über wichtige Dinge. Oh, ich war viel zu jung, um irgend etwas davon zu verstehen, aber trotzdem. Verstehst du, was ich meine?«

»Mein Vater hat mich in Seide gewickelt bis ich achtzehn Jahre alt war. Ich verstehe dich, Pol. Wenn man in der Nähe von mächtigen Menschen aufwächst, dann ist es nur natürlich, daß man daran teilhaben will. Erst wenn man älter wird, versteht man, welche Verantwortung das alles mit sich bringt.«

»Andry würde sagen, das alles sei die Gabe der Göttin. Er scheint zu glauben, das würde alle Veränderungen rechtfertigen, die er vorgenommen hat.«

Rohan zuckte mit den Schultern. »Ich glaube kaum, daß ich die Meinung der Göttin dazu kenne.«

»Frag Andry. Er scheint neuerdings ihr Ohr zu besitzen.«

»Der Glaube wird weniger persönlich und dafür öffentlicher, nicht wahr? Er wird zur Schau getragen, würde Barig sagen. Wenn Andry seinen Willen bekommt, dann wird sich die sanfte und sehr angenehme Beziehung ändern, die wir zu der Dame haben. Ich finde das traurig, Pol.«

»Diese langen Reden von Andry beunruhigen mich. Es ist fast so, als würde er seine eigene Bedeutung hervorheben, indem er den Namen der Göttin betont. Als hätte er eine besondere Beziehung zu ihr.«

»Und darüber vermittelt er den Eindruck größerer Macht, als er sie tatsächlich besitzt?« fragte Rohan achselzuckend. »Vielleicht ist Kraft eine Rechtfertigung genug für den Einsatz von Macht. Warum soll man sie schließlich nicht benutzen, wenn man sie hat?« Er freute sich darüber, daß Pol das Gesicht verzog.

»Wenn das so ist, möge die Göttin uns gnädig sein.«

»Da gebe ich dir recht.« Rohan reckte die verspannten Schultern und seufzte. »Inzwischen erwartet man von mir

Macht. Ich glaube, diesmal werde ich niemanden enttäuschen. Nicht einmal dich«, fügte er hinzu.

Pol räusperte sich. »Ich weiß, ich habe in letzter Zeit ein paar rauhe Dinge gesagt. Ich verstehe, warum du wartest, Vater. Aber ich habe einfach noch nicht deine Geduld.«

»Ich habe eine harte Schule hinter mir. Deine Mutter und ich, wir haben beide versucht, es für dich ein wenig leichter zu machen, ohne die wichtigsten Lektionen auszulassen. Und das ist eine. Nur wenige Menschen verstehen wirklich, daß ich mir selbst Grenzen setze.«

»Meine eigenen Grenzen, die sind es ja gerade, worüber ich mir klarwerden möchte«, erklärte Pol ernst. »Ich wollte mit dir über... nun ja, ich glaube nicht, daß du es billigen wirst, aber –«

Er brach ab, als sie Arlis' Stimme voller Erregung auf der anderen Seite der Tür vernahmen. »Es tut mir leid, Herr, aber das ist unmöglich. Hoheit sind –«

»Es ist mir verdammt egal, selbst wenn er gerade seine Frau liebt!« brüllte Barig. Die Tür wurde aufgerissen. Arlis versuchte, dem wütenden Giladaner den Weg zu versperren, und stammelte: »Verzeiht, Hoheit, aber –«

»Wißt Ihr, was geschehen ist?« Barig schwenkte ein Pergament, von dem ein Band und ein gebrochenes Siegel baumelten. »Nun?«

»Erst, wenn Ihr es uns mitteilt, Herr«, erwiderte Rohan. »Bitte, beruhigt Euch und erzählt uns, welche Nachrichten Prinz Cabar gesandt hat.« Das rosa Band war Gilads Farbe ebenso wie die charakteristische Grautönung des Pergaments.

»Sie ist tot! Diese dumme Frau ist tot!«

Pol hielt den Atem an. »Die Lichtläuferin?«

»Wer sonst?« Barig schüttelte das Pergament. »Euretwegen wurde ihr der Aufenthalt in der Sonne gestattet, täglich um Mittag ein Spaziergang, und nach allem, was ich weiß, hat sie den genutzt, um sich mit anderen Lichtläufern in Verbindung zu setzen. Dann gab sie eines Mittags vor, krank zu sein, und verschob ihren Spaziergang einige Stunden. Als sie dann in der Dämmerung hinausging –«

»O Göttin, nein«, seufzte Rohan. »Der Schattentod. Absichtlich.«

»Ja, absichtlich! Sie hat zwei Tage gebraucht, bis sie starb. Der Lichtläufer Seiner Hoheit hat versucht, sie am Leben zu erhalten, aber es war hoffnungslos. Und ich weiß, wer daran schuld hat! Er wird niemals zugeben, daß er ihr diesen Tod befohlen hat, aber er ist des Mordes ebenso schuldig, wie sie es war!«

»Lord Barig!« Rohans Stimme war scharf wie ein Peitschenknall, und unter diesem Ton waren schon stärkere Männer als dieser zusammengezuckt. »Wir haben nicht den Wunsch, Beschuldigungen anzuhören.« Rohan erhob sich und streckte eine Hand nach dem Brief aus. Lord Barig überreichte ihn ungeschickt. Während er ihn schnell überflog, fühlte Rohan, wie sich die Muskeln in seinem Nacken und seinen Schultern verspannten, so groß war seine unterdrückte Wut. »Wir teilen Prinz Cabars Schock. Aber sein Verdacht empört uns. Informiert ihn davon, wenn Ihr dieses Schreiben beantwortet.« Er ließ das Pergament auf den Teppich fallen, als wäre es nicht gut genug, daß er es weiter in Händen hielt. »Arlis, sei so gut, suche Lord Andry und bring ihn zu uns.«

»Sofort, Hoheit.« Nach einem warnenden Blick auf den Giladaner zog sich der Knappe unter Verbeugungen zurück.

Barig hatte seine Haltung zum Teil wiedergefunden, und aus seinen Worten sprach soviel Sarkasmus, wie er dem Hoheprinzen gegenüber einzusetzen wagte. »Das ändert nichts. Die Schuld ist noch immer da, und auch der

Anspruch der Familie von Meister Thacri auf Entschädigung.«

»Versteht Ihr denn nicht, was diese Frau sich selbst angetan hat?« rief Pol aus. »Sie hat genau die Kunst genutzt, die ihr Leben war, um ihrem Leben ein Ende zu machen.«

»Ein unglückliches Ende, Hoheit. Aber selbstgewählt.«

»Und doch habt Ihr gerade erst jemanden beschuldigt, daß er es ihr befohlen habe«, fuhr Pol ihn an. »Entscheidet Euch, Barig. Nennt den Sündenbock beim Namen, wenn Ihr das wagt!«

»Seine Hoheit, mein Vetter, hat nicht von mir verlangt, mich beleidigen zu lassen von –«

»– dem künftigen Hoheprinzen«, erklärte Rohan deutlich. »Wir schlagen vor, daß Ihr Eure Worte und Eure Haltung sorgfältiger wählt, mein Herr. Es wäre unglücklich, wenn Prinz Cabar dafür zur Verantwortung gezogen werden müßte.«

Barig wußte, wann er geschlagen war. Er vollführte eine krampfhafte Verbeugung in Pols Richtung und eine tiefere vor Rohan. »Habe ich die Erlaubnis Eurer Hoheit, mich zurückzuziehen?«

»Gewährt.« Rohan wartete nur, bis sich die Tür geschlossen hatte, um dann wie betäubt in seinen Sessel zu sinken.

Pol hob den Brief auf. »Andry wird Feuer speien.« Nach einer Weile fügte er hinzu, ohne Rohan anzusehen: »Du glaubst doch nicht, daß in Barigs Vorwürfen auch nur ein Fünkchen Wahrheit steckt, oder?«

»Natürlich nicht.« Rohan schüttelte den Kopf. »Pol, ich habe einmal einen Lichtläufer auf diese Art sterben sehen. Sein Name war Kessel. Barmherzige Göttin, so zu sterben, den Schattentod zu erleiden, ohne Verstand dahinzuvegetieren – ah, warum konnte sie sich denn nicht noch ein Weilchen gedulden?«

»Vielleicht dachte sie, daß es das Richtige wäre. Vielleicht wollte sie dem allen nur entkommen. Wie auch immer, Barig hat recht. Es ändert eigentlich nichts.«

»Nein.« Und nach einer Pause: »Vielleicht wäre es besser, wenn ich es Andry allein mitteile.«

»Ich bleibe, wenn du nichts dagegen hast. Vater, was müssen wir tun, wenn Cabar öffentlich Anklage erhebt?«

»Das wird er nicht.« Rohan straffte die Schultern. »Seine Hoheit von Gilad hat gewisse... Schwachstellen... und die kenne ich.« Er schenkte Pol ein müdes, bitteres Lächeln. »Auch die Kenntnis von Geheimnissen bedeutet Macht, mein Sohn.«

Kapitel 3

Stronghold: Frühjahr, 33. Tag

Während des Abendessens hielt Marron in der Großen Halle Wache, und ein riesiger Stab mit Miyons schwerer oranger Flagge lastete auf seiner Schulter. Der Abend hatte mit einer neuerlichen Anrufung der Göttin durch Andry begonnen. Er hatte ein ziemlich großes Publikum; selbst den einfachsten Burgbewohnern war es erlaubt, in der Gegenwart des Hoheprinzen zu essen, abgesehen von jenen, die die Mahlzeiten servierten, an den Toren Wache hielten oder Ehrenwache im Schloß hielten. Er verabscheute Rohans Gewohnheit, mit dem Gesinde Brot zu brechen, anstatt es in Stallungen und Küchen zu verweisen, wohin es gehörte. Er bemerkte nichts von dem lockeren Umgangston der Menschen miteinander, spürte nicht ihre Zuneigung zu ihrer Prinzenfamilie, die davon herrührte, daß sie jeden Bereich ihres Lebens mit ihnen teilte.

Wenn das Mahl vorüber war, würde Marron dasselbe ausgezeichnete Essen genießen können und würde mit den anderen Dienern an niedrigen Tischen sitzen. Aber angesichts seiner Vorfahren und seiner Macht müßte er von Rechts wegen am Tisch der Hohen sitzen, und zwar genau jetzt, um von feinem Kierstianer Porzellan zu essen und aus zartem Fironeser Kristall zu trinken. Daß er schon bald in Stronghold würde tun können, was ihm gefiel, war nur ein schwacher Trost. Er hatte genug davon, den niederen Lakaien zu spielen.

Die Anstrengung dieser Heimlichtuerei zerrte an seinen Nerven. Die ständige Wachsamkeit, um sicherzugehen, daß er nicht sein eigenes Gesicht zeigte, war schon schlimm genug. Sie wurde noch verstärkt durch die ebenso nervenaufreibende Aufmerksamkeit, die nötig war, um außerhalb der Reichweite derjenigen Lichtläufer zu bleiben, die auch *Diarmadhi*-Blut hatten und daher empfindlich waren für den Zauber, den er um sich gewirkt hatte. Und auf einer noch persönlicheren Ebene war er es einfach satt, Befehle auszuführen und ein guter Junge zu sein.

Er hatte diese Pflicht Abend für Abend übernommen, damit Mireva und Ruval Zeit fanden, weitere Pläne zu schmieden, und dennoch wußten, was bei den Mahlzeiten vorging. Er hatte sich freiwillig erboten, in den Ställen zu schlafen. Nach außen hin hatte er vorgegeben, Miyons kostbare Pferde bewachen zu wollen, in Wirklichkeit jedoch wollte er sichergehen, daß ihn niemand im Schlaf überraschte und seine wahre Gestalt sah. Er hatte den Befehl befolgt, Meiglan heute auf dem Ausritt zu eskortieren, obwohl es schwierig gewesen war, Riyan aus dem Weg zu gehen. Er hatte Meiglans Pferd mit einer kurzen, aber lebhaften Beschwörung erschreckt, wodurch Ruval Zeit bekam, zu einer der Höhlen hinaufzuklettern, zu welchem Zweck auch immer. Er hatte jede Aufgabe erfolgreich gelöst, aber es waren die Aufgaben anderer Leute, die sie ihren eigenen Zielen näherbrachten. Er hatte es jahrelang ertragen, daß er sich vor dieser Ziege Chiana verbeugen mußte. Nach diesem Frühjahr, in dem er sich mit niedrigen Wachen abgeben mußte, hatte er die Nase voll. Die Verkleidung würde früher ein Ende haben, als Mireva oder Ruval dachten.

Er sog die Einzelheiten der Großen Halle in sich auf. So vertraut, wie er mit der uralten Eleganz von Swalekup war, die durch Chianas Geschmack ein wenig grell geworden war, sah er in Stronghold ein Wunder an klassischer Schönheit und Kraft. Nur das Beste für den Hoheprinzen Rohan, sagte er sich mißmutig. Exquisite Speisen, prachtvolle Wandteppiche, geschnitzte Möbel aus dem feinsten Syrener Holz, Kerzen aus Grib, die weiches, weißes Licht verbreiteten, anstatt öliger, rauchender Fackeln – obwohl es sich hier um eine Trutzburg handelte, die jederzeit kampfbereit war, so war es doch auch das Schloß eines Prinzen.

Marron war ein Prinz. Und ehe er starb, würde er Hoheprinz sein wie sein Großvater, würde zwischen den Schlössern von zwei Ländern wählen können. Er verlagerte das Banner auf seiner Schulter und beschloß nach kurzer Überlegung, das Frühjahr in Drachenruh, den Sommer in der Felsenburg, den Herbst in Feruche und den Winter hier in Stronghold zu verbringen. Es würde Vergnügungsreisen nach Radzyn und an andere Orte geben, und Elktrap würde eine feine Jagdhütte abgeben... Er grinste vor sich hin. Wenn Mireva und Ruval glaubten, er würde sich mit Feruche als einziger Belohnung für alles begnügen, was er ertragen hatte, dann würden sie eines Besseren belehrt werden.

Sein Magen knurrte. Er verlangte nach seinem Abendessen, und der Posten aus Tiglath, der mit dem Banner seines Herrn in der Nähe stand, sah sich mit einem mitfühlenden Lächeln zu ihm um. Als Antwort zuckte Marron leicht mit der Schulter. Die Versammlung heute war nicht so ein großes Bankett, wie es zu Miyons Ankunft veranstaltet worden war, und so würden sich Musik und Tanz nicht bis in die Nacht hinziehen. Aber die Edlen ließen sich Zeit. Nach all den Gerüchten über den Tod der Lichtläuferin in Gilad war es erstaunlich, daß überhaupt ein formelles Mahl stattgefunden hatte. Er hätte gedacht, sie würden lieber alle in ihren Gemächern essen.

Das Essen hier war hervorragend, selbst das, das dem gemeinen Volk vorgesetzt wurde. Das Fleisch, das Marron aufgrund der ungewohnten körperlichen Anstrengung in Tiglath verloren hatte, kehrte an seinen Bauch zurück. Er fragte sich voller Neid, wie es diesen Wüstenmenschen gelang, ihre Figur zu halten; Rohan hatte den Taillenumfang eines Mannes, der nur halb so alt war wie er, und die Höchste Prinzessin zeigte ihre biegsame Gestalt heute abend in einem schlichten, blauen Kleid, das sie umfloß wie Wasser.

Marron veränderte wütend noch einmal seine Haltung, als die Knappen mit weiteren Kelchen umhergingen. Dann blickte er mit zusammengekniffenen Augen zum Tisch der Hohen hinüber und runzelte die Stirn. Das war kein Taze, was da ausgeschenkt wurde, sondern Wein. Er erkannte winzige Kristallgläser wie diejenigen, die Chiana für süße Obstliköre benutzte. Ein Toast also. Marron schnitt eine Grimasse. Dieser Narr von Miyon hatte wahrscheinlich das eine oder andere Abkommen unterzeichnet – nicht, daß irgendeines davon irgend etwas bedeutete. Weder Rohan noch Pol würden lange genug leben, um irgendeinen Handel zu erfüllen.

Marron zügelte seine Ungeduld so gut er konnte, denn er wußte, daß sein eigener Plan ebenso wie Mirevas von ihm verlangte, daß er noch ein wenig länger wartete. Sie wollte, daß er mitmachte, wenn Ruval Pol herausforderte, aber Ruval würde diese Chance nicht bekommen. Marron würde derjenige sein, der dieses Recht beanspruchte. Er würde es als eine Forderung von Feruche ausdrücken, aber mit Pols Niederlage würde nicht nur dieses Schloß, sondern die gesamte Prinzenmark an ihn fallen. Sollte sein lieber Bruder es doch versuchen, soviel er wollte, er würde ihn nicht vertreiben können. Marron besaß, was Ruval nicht hatte: Chianas Vertrauen und dadurch ihre Armee.

Das laute Geplapper in der Großen Halle wurde zum Flüstern, als Pol aufstand und sein Glas erhob. Das Kristall schimmerte saphirblau im Kerzenlicht von den Wandhalterungen und Tischen. Von allem nur das Beste, dachte Marron wieder. Die Gribaner verlangten immense Summen für ihre Kerzen, und dies hier waren die besten. Sie brannten klar und hell zwischen riesigen Vasen mit Blumen. Nicht, daß im Beisein des Hoheprinzen irgendeine Kerze zu flakkern gewagt hätte, fügte er neidisch hinzu.

Pol wartete auf Ruhe. Marron hielt es für unwahrscheinlich, daß er irgendeine Bemerkung über die tote Lichtläuferin machen würde. Niemand hatte die Gerüchte bestätigt, und der Kurier aus Gilad hatte nichts Genaues gewußt, als Ruval ihn vor einer Weile beiläufig befragt hatte. Lord Andry war ziemlich verkniffen, bemerkte Marron mit einem winzigen Lächeln. Lichtläufer-Tode waren etwas, woran er sich würde gewöhnen müssen.

Pol fing an, mit klarer, bewundernswert tragender Stimme zu sprechen. Selbst am anderen Ende der riesigen Halle hörte Marron jedes Wort.

»Der Tod meines lieben Verwandten, Lord Sorin von

Feruche, hat eine Lücke in unser aller Herzen hinterlassen. Er war alles, was ein Mann sein sollte, und mehr. Er liebte die Wüste und ihre Menschen.«

Marron lächelte vor sich hin. *Sei versichert, daß auch ich dein Prinzentum schätzen und lieben werde, Sternengeborener, wenn es erst mein ist.*

»Aber vor allem liebte Sorin das wunderbare Schloß, das er geschaffen hat. Feruche ist Teil von ihm, von den Grundmauern bis hinauf zu den höchsten Türmen. Jeder einzelne Stein wurde von ihm geplant und bewußt gesetzt. Es ist Sorins Schloß und wird es immer sein.«

Mein wird es sein, und alles andere dazu!

»Sein Verlust wiegt schwer – für seine Familie, seine Freunde, für uns alle. Es bedeutet Kummer für mich, Feruche weitergeben zu müssen. Ich hatte gehofft, Sorin würde es seinem ältesten Sohn übergeben können. Aber ich glaube, er würde wünschen, daß sein wunderschönes Schloß von einem Mann regiert wird, der sein enger Freund war und der aus Feruche machen wird, was Sorin selbst daraus gemacht haben würde. Voller Zuversicht übergebe ich es jetzt – Lord Riyan von Skybowl.«

Das Blut dröhnte in Marrons Ohren, und er bebte vor Wut. Es war Pol, den er wegen des Besitzes von Feruche fordern wollte, nicht irgendein niedrig geborener Lichtläufer ohne einen Tropfen Prinzenblut in den Adern. Pol mußte Feruche besitzen, nachdem Sorin tot war. Wie konnte er das wagen? Er konnte es nicht einfach fortgeben und damit Marrons Chance ruinieren, Ruval zu hintergehen und alles für sich selbst zu gewinnen.

»Nein!«

Sein Schrei wurde von dem Beifall übertönt, als alle Riyans Namen riefen und ihre Gläser erhoben. Aber einen Augenblick später kreischte eine Frau voll Entsetzen auf.

Marrons Wut hatte den Zauber überlagert. Als er zum Tisch der Hohen marschierte, verblaßten sein zweites Gesicht und seine zweite Gestalt.

* * *

Der Schrei am Ende der Großen Halle fand sein hysterisches Echo am Tisch der Hohen. Meiglans Gesicht war eine Maske des Entsetzens, ihre Augen wurden schwarz, ihre Haut totenbleich. In ihrem durchdringenden Schrei ging das Klirren von Kristall und das leise Stöhnen fast unter, das Riyan von sich gab, als er sein Glas fallen ließ und sich mit zitternden Fäusten an die Brust griff.

Eine alte Frau rannte zu Meiglan hinüber und zerrte sie aus dem Raum. Rohan sah das aus dem Augenwinkel und war dankbar, daß jemand so vernünftig war, das Mädchen fortzubringen, ehe es mit seinem Geschrei den ganzen Saal ansteckte. Er zwang sich dazu, aufrecht und still stehen zu bleiben, obwohl die Bruchstücke von Lichtläufer-Erbe in ihm zuckten. Er reagierte genauso auf Riyans Qual, wie Sioned an seiner Seite bebte. Er war der Hoheprinz; er konnte keine Reaktion zeigen, und schon gar nicht Schwäche.

Und erst recht keine Dummheit wie Andry, der noch jung genug war, so etwas zu tun. Er rief seinen *Faradh'im* den Befehl zu, den Mann zu ergreifen, dessen Züge sich veränderten und wechselten. Seine Züge befanden sich in einem Stadium des Übergangs zwischen einem Gesicht und einem anderen, während er offensichtlich darum kämpfte, wieder seine falsche Gestalt anzunehmen. Nialdan und Oclel rannten den Mittelgang hinab und gelangten auf Armeslänge an den Mann heran, ehe ein Kreis aus kaltem, weißen Feuer zu seiner Verteidigung aufflammte.

Rohan hätte Andry sagen können, daß das nicht funktionieren würde. Er blieb stumm, als die Lichtläufer zurückwichen. Der Feind hatte Kraft; Rohan hatte seit vielen Tagen etwas Ähnliches erwartet und war daher nicht so schockiert, wie er hätte sein können. Dennoch hatte keiner von ihnen je von diesem Vermögen der *Diarmadhi*-Macht gehört, von der Fähigkeit, Gesicht und Gestalt zu verändern. Keiner von ihnen wußte, wie man damit umging. Jetzt war vor allem Geduld erforderlich. Kraft war gezeigt worden; Rohan hoffte, daß das Warten Schwächen freilegen würde. Es gab nichts, was er sonst noch hätte tun können.

An seiner Schulter flüsterte Pol: »Es ist der jüngere Sohn von Ianthe. Ich erkenne das rote Haar. Und wo der eine ist, da ist der andere nicht weit.«

Rohan nickte. »Er muß sich ebenfalls unter Miyons Gefolge befinden. Die Suche muß Riyan durchführen. Laß ihn Morwenna mitnehmen. Sie sind die einzigen, die Zauberei durch ihre Ringe fühlen können.«

Pol blinzelte, als seine alte Lehrerin eine Teil-*Diarmadhi* genannt wurde, aber er erholte sich schnell. »Ich lasse sofort alle Cunaxaner einkreisen.«

Sioned murmelte: »Laß das Rialt machen. Ich habe das Gefühl, daß du eine besondere Rolle spielen sollst.«

Miyon hatte sich inzwischen von seiner Verblüffung erholt und gab den Befehl, daß der rothaarige Mann vorgeführt wurde – ein ebenso dummer Befehl wie der von Andry. Hinter der Mauer aus eisigen Flammen, die so hoch war wie sein Kopf, hatte der Mann zu lachen begonnen. Als er jetzt die letzten Schritte den langen Gang entlang machte, wobei ihm Nialdan und Oclel vorsichtig folgten, geschah dies, weil er es so wollte. Das Feuer bildete einen Umhang um ihn.

Miyon stützte seine Fäuste vor sich auf den Tisch. »Ich bin entsetzt!« rief er aus. »Ein Zauberer, der als einer meiner eigenen Wachposten aufgetreten ist!«

Rohan warf ihm einen schiefen Blick zu. Der Schock war echt gewesen, nicht aber dieser Protest. Genau wie er es erwartet hatte. »Wir verstehen«, sagte er und wußte, daß Miyon die Ironie in seinen Worten nicht bemerken würde.

»Tut Ihr das, Herr? Zu entdecken, daß ein Angehöriger dieser faulen Rasse sich unter meinem Schutz befand, die Göttin weiß wie lange!« Miyon schüttelte sich kunstvoll.

»Ihr habt unser Mitgefühl«, versicherte Sioned ihm. »Vielleicht würdet Ihr Euch gern zurückziehen, mein Herr. Eure Nerven müssen recht mitgenommen sein.«

Miyon gaffte sie vorübergehend sprachlos an, ehe er seine Würde wiederfand. Nicht einmal ein ganzer Schwarm Drachen konnte ihn von diesem Schauspiel fortlocken!

»Nein?« fuhr Sioned fort. »Also gut dann. Ihr müßt schließlich an all dem ein großes Interesse haben.«

»Eigeninteresse«, warf Tobin ein, die neben ihnen stand. Was sie wirklich meinte und was Miyon vorspiegeln mußte, aus ihren Worten herauszuhören, waren zwei völlig verschiedene Dinge.

»Ich möchte natürlich wissen, wie das geschehen konnte, Herrin«, wandte er sich an Tobin, die daraufhin nickte, als wenn sie ihm glaubte.

Andry meldete sich ungeduldig zu Wort. Wut blitzte in seinen Augen. »Werft diesen Mann augenblicklich in den Kerker. Es muß doch eine Möglichkeit geben –«

»Und was würdest du vorschlagen?« fragte Sioned. Er hatte keine Antwort und auch keine Gelegenheit mehr, sich etwas auszudenken, denn der Mann hatte jetzt den freien Platz vor dem Tisch der Hohen erreicht.

Mit einem Arm machte er eine ausladende Bewegung, und das Feuer verlosch. Mit lauter Stimme rief er: »Ich bin Marron, Enkel des Hoheprinzen Roelstra und rechtmäßiger Lord von Feruche, wo ich als Sohn von Prinzessin Ianthe geboren wurde! Ich bin bereit, meinen Anspruch gegenüber dem Eindringling Pol zu beweisen. Er möge Zeit und Ort wählen!«

Wenn er Aufruhr erwartet hatte, wurde er enttäuscht. Absolute Stille folgte seiner Ankündigung. Rohan zog nur eine Braue hoch.

Pol sagte: »Wenn ich bereit wäre, mich auf diesen absurden Anspruch einzulassen – was ich übrigens nicht bin –, dann würde ich darauf hinweisen, daß Feruche Lord Riyan in dem Augenblick gehörte, in dem ich ihm seinen Ring übergab.«

»Ihr seid es, den ich herausfordere, nicht er!«

Andry hatte aufgestöhnt, als er den Namen hörte. Nun sagte er im Ton tödlicher Ruhe: »Dieser Mann hat meinen Bruder getötet.«

»Ich bin ein Prinz. Meine Person ist unverletzbar, solange keine formelle Anklage erhoben worden ist. Und selbst dann kann man mich nicht gewaltsam festhalten.« Marron grinste höhnisch. »Seht in Eurem eigenen Gesetz nach, Hoheprinz.«

»Das gehört zu denen, die wir bisher noch nicht haben ändern können«, gab Rohan mit mildem Bedauern zu. »Was die formelle Anklage angeht, der Mord an Lord Sorin steht für uns obenan.«

»Ich habe ihn in Notwehr getötet«, schüttelte Marron den Vorwurf ab. »Er hat mich angegriffen. Wenn jeder Mann, der im Kampf einen Feind tötet, deshalb angeklagt würde, dann wäre mindestens die Hälfte der Anwesenden hier am Tisch der Hohen nicht mehr unter uns. Und außerdem kann mich niemand verurteilen, nur eine Versammlung von Prinzen. Ich habe mich niemandem verdingt, ich bin keines Mannes Vasall. Ich bin ein Prinz.«

»Das wäre noch zu klären«, fuhr Pol ihn an. »Ich habe

selbst gesehen, wie du dabei geholfen hast, einen Drachen zu töten. Und dieses Gesetz gilt für jeden, gleichgültig welchen Ranges!«

»›Geholfen‹?« Marron grinste ihn an. »Das ist eine Sache der Interpretation. Es gibt nichts, wonach Ihr mich verhaften oder festhalten könnt. Und meine Herausforderung habt Ihr noch immer nicht angenommen.«

Riyan ging um den Tisch der Hohen herum. Er war noch immer bleich und rieb sich die Finger. »Ich nehme sie für Prinz Pol an. Die Göttin verbietet es, daß er sich an dir die Hände beschmutzt.«

»Ich nehme das nicht an! Ich fordere Pol heraus, nicht Euch!«

»Und ich sage, Feruche ist mein, und ich bin es, mit dem du kämpfen wirst!« brüllte Riyan. »Mit dem Schwert, du Bastard eines Prinzen, oder mit Zauberkunststücken?«

»Keines davon«, erklärte Andry. »Dieser Mann hat zugegeben, daß er meinen Bruder ermordet hat. Sein Tod ist mein.«

Marron wirbelte zu ihm herum. Plötzlich war er auf der Hut. Im nächsten Augenblick stöhnte Riyan auf und brach zusammen, seine Hände krümmten sich zu Klauen, als Marrons Zauber aufflammte. Ehe noch irgend jemand einen weiteren Atemzug tun konnte, wurde Marrons Körper von Feuer umgeben. Es leuchtete so intensiv golden und rot, daß Nialdan und Oclel aufschrien und ihre Gesichter bedeckten. Aber die Verteidigung kam zu spät. Andry breitete seine Arme weit aus und rief noch mehr Feuer herab. Als es verging, befand sich nur der Gestank von verkohltem Fleisch und ein mitleiderregendes Häufchen geschwärzter Knochen auf den Fliesen.

* * *

»Irgendwie wußte er über die Ringe Bescheid und darüber, was sie anzeigen«, sagte Riyan.

Ruala nickte. »Obwohl ich ihn nur kurze Zeit kenne, habe ich gelernt, daß man Lord Andry besser nicht unterschätzt.«

Sie wanderten zusammen durch die Gärten hinter dem Schloß, wo Prinzessin Milars Springbrunnen höher und kräftiger sprudelte denn je, nachdem es in diesem Frühjahr eine Fülle von Wasser gegeben hatte. Der kleine Bach, der sich durch das saftige grüne Gras und die Blumen wand, war im Winter über die Ufer getreten, und selbst jetzt blieb er kaum in seinem Bett. Feuerschalen leuchteten an den Wegen und auf der kleinen Brücke, die sich über den Bach spannte. Die Sterne waren heute nacht hell genug, um bis auf die Grotte alles rundherum zu erhellen, und genau zu diesem Ort lenkte Riyan jetzt ihre Schritte.

Sie war es gewesen, die zu ihm gekommen war. Nachdem Rohan, der verblüfft aussah und auch, als wäre ihm übel, alle aus der Großen Halle schickte, hatte Riyan die Kühle des Brunnens gesucht. Es war nur noch die Erinnerung, die an seinen Fingern brannte, aber diese Erinnerung reichte aus, daß er seine elend zittrigen Finger ins Wasser tauchen mußte. Ruala hatte ihn dort gefunden.

Jetzt blieb sie an der kleinen Brücke stehen und schaute zu den Sternen empor. »Es war tapfer, daß Ihr Marrons Herausforderung annehmen wolltet.«

Riyan zuckte mit den Schultern. »Ich war furchtbar wütend. Ich wußte gar nicht so recht, was ich sagte.«

Ruala lächelte ihm zu. »O doch. Euch habe ich nämlich auch kennengelernt, seit wir uns in Elktrap begegnet sind.«

»Und mache ich Euch ebenso viele Sorgen wie Andry?« fragte er. Er wollte sie herausfordern, mit ihm zu flirten.

Sie war nicht in der Stimmung dazu. Ihr Blick wurde

ernst, als sie sagte: »Er ändert alles. Alle Traditionen der Schule der Göttin. Ich weiß nicht, warum überhaupt jemand überrascht war, als er Marron mit seinen Gaben getötet hat. Ich habe das erwartet.«

»Das hätte ich auch tun sollen, nehme ich an. Aber meine Ausbildung als Lichtläufer ist so stark, und keiner von uns kann das auch nur in Erwägung ziehen, selbst wenn wir bedroht werden. Und ich habe wirklich nicht gedacht, wißt Ihr. Meine Ringe hatten sich in Feuer verwandelt. Ich frage mich immer noch, warum das passiert ist.«

Ruala zögerte. »Wenn Ihr versprecht, mich nicht zu unterbrechen, kann ich es Euch erklären.«

Er musterte lange ihr Gesicht, die dunkelgrünen Augen, die im Schatten schwarz waren, die kräftigen Linien von Nase und Wange und Kiefer, die das Sternenlicht weich umspielte. Er nahm ihren Arm und ging schweigend mit ihr den Pfad hinab.

»Meine Familie ist sehr alt und hat sehr isoliert gelebt«, fing sie an. »Im Veresch reichen die Erinnerungen weit zurück. Das Bergvolk benutzt immer noch am liebsten seinen Dialekt aus der alten Sprache. Ich spreche ihn selbst ein bißchen, das muß man, wenn man mit ihnen umgehen will. Und manchmal handeln sie auf die alte Art, als gäbe es keine neue. Dinge, die ihr Lichtläufer jetzt mit Hilfe der Schriftrollen neu entdeckt, haben einige Menschen im Veresch schon immer gewußt.«

»Was wißt Ihr denn von den Rollen?« fragte er.

Sie warf ihm ein leises Lächeln zu. »Ihr solltet mich nicht unterbrechen. Aber egal. Mein Großvater war voller Verzweiflung, weil ich die alten Familiengeschichten nie glauben wollte. Aber dieser Frühling hat mich gelehrt, daß sie wahr sind. Wie sonst hätte Andry einen *Diarmadhi* schlagen können, wenn er es nicht aus den Schriftrollen gelernt hätte?

Oh, es wird nicht offen erklärt. Man muß so listig sein wie Lady Merisel, um die Methode zu erkennen.«

Riyan starrte sie an. »Woher wißt Ihr das alles?«

»Ich habe die Geschichten meines Großvaters vielleicht nicht geglaubt, aber ich habe zugehört.«

»Lord Garic«, sagte er plötzlich. »Er heißt genauso wie Lady Merisels Gemahl.«

»Ein häufiger Name im Veresch«, bemerkte sie. »Er hat mir auch erzählt, daß die Zeremonie der Ringübergabe recht einfach, aber wirkungsvoll ist. Das Gold, das Ihr *Faradh'im* verwendet, ist mit Macht erfüllt. Es wird erzählt, Lady Merisel hätte eine ganze Mine in Kierst abgebaut und das Gold zu sich in die Schule der Göttin bringen lassen, wo es mit Macht erfüllt wurde. Lord Garic und Lord Rosseyn halfen ihr, so lange sie konnten, aber nicht einmal sie hatten die Kraft, fünf Tage lang durchzuhalten. Sie war mächtiger, als irgendeiner von uns es sich vorstellen kann. Ringe aus diesem besonderen Gold werden einem Lichtläufer ziemlich beiläufig verliehen, wenn ich auch gehört habe, daß Lord Andry heute eine größere Zeremonie daraus macht. Aber das ist unwichtig. Der Zauber ist bereits im Gold. Das ist Lady Merisels Geschenk an die Lichtläufer. Es warnt sie, wenn Zauberei in der Nähe ausgeübt wird, allerdings nur, wenn sie selbst Zaubererblut besitzen.«

»Ich verstehe das nicht. Warum sollte sie das tun, wenn sie ihr Leben damit verbracht hat, gegen die *Diarmadh'im* zu kämpfen? Natürlich ist die Kraft in den Ringen für diejenigen eine Falle, die versuchen, sich als Lichtläufer auszugeben.«

»Sagt mir, Herr, macht die Tatsache, daß Ihr *Diarmadhi*-Blut in den Adern habt, Euch unweigerlich schlecht?«

»Es gibt eine Menge Menschen, die genau dasselbe fragen werden«, erwiderte er verbittert.

»Die einzige Antwort, die zählt, ist Eure.« Sie blieb stehen und schaute in seine Augen auf, und ihre eigenen waren sonderbar eindringlich.

»Meine Antwort lautet: Nein, natürlich macht es das nicht! Ich verstehe auch Euren Standpunkt, Herrin. Der Charakter entscheidet darüber, wie Macht eingesetzt wird, nicht die Quelle, aus der diese Macht kommt.«

»Aha.« Sie seufzte leise und setzte ihren Weg zur Grotte fort.

»Seid Ihr denn nicht meiner Meinung?« fragte er verwirrt.

»Aber natürlich. Aber wieviel einfacher wäre es doch, wenn man sagen könnte: ›Hier ist ein *Faradhi,* und der handelt immer gut und richtig, und dort haben wir einen *Diarmadhi,* der das nicht kann.‹ Die Menschen hätten es so sicher lieber.«

»Andry auf jeden Fall«, überlegte er. »Er wagt nicht, mich anzurühren, aber ich hatte immer das Gefühl, daß jeder andere gut daran tut, es vor ihm zu verbergen.« Ruala nickte traurig. Riyan zog einen Zweig von Sioneds Weide beiseite und sagte: »Dann wurde dies Brennen also als Warnung in die Goldringe eingearbeitet. Wartet einen Moment – die Silberringe brennen auch.«

»Aber nicht so sehr. Ursprünglich waren alle Lichtläuferringe aus Gold. Vielleicht haben sie einige gegen silberne ausgetauscht, als der Vorrat zu schrumpfen begann, und haben nur ein wenig von dem verzauberten Gold hineingemischt. Das wäre vernünftig, aber ich weiß es wirklich nicht so genau.« Sie blickte auf. »Warum, glaubt Ihr, werden die Ringe einer Herrin oder eines Herrn der Schule der Göttin nach seinem Tod immer eingeschmolzen, um daraus die Ringe des Nachfolgers anzufertigen?«

»Ihr wißt eine Menge dafür, daß Ihr so isoliert gelebt habt«, war sein wachsamer Kommentar.

Sie ignorierte seine deutliche Anspielung. »Nicht, daß es für Lord Andry eine Bedeutung hat, daß er neue Ringe anfertigen ließ. Das Gold und das Silber sind dieselben. Und er ist nicht vom Alten Blut. Aber wenn das spezielle Gold erst einmal verbraucht ist...«

Riyan erkannte, daß er grob werden mußte. »Warum hat Euer Großvater nichts gesagt und es niemandem erzählt?«

»Die Zauberer haben durch Generationen hindurch niemanden bedroht. Aber sie zeigen sich wieder, und Lady Merisels Weisheit erweist Euch sehr gute Dienste. Sie können ihren Zauber in der Nähe von Lichtläufern wie Euch nicht wirken, ohne sich selbst zu verraten, und ohne ihren Zauber sind sie relativ harmlos.«

Sie erreichten den Wasserfall, der aus der verborgenen Quelle von moosbewachsenen Felsen herabrauschte. Dort blieben sie eine Weile still stehen und lauschten den Geräuschen der Nacht. Sie waren anders als in Skybowl. Dort floß das Wasser sanft, es tanzte und plätscherte nicht so wie hier. Die Sterne wurden von sanften Wellen widergespiegelt und schossen nicht hierhin und dorthin und verspotteten das Auge mit blitzenden, sprühenden Tropfen. In Feruche gab es überhaupt kein offenes Wasser, dachte Riyan plötzlich. Merkwürdig, daß er noch am Nachmittag so unwillig gewesen war, das Schloß von Pol zu erhalten, und schon am Abend bereit war, sein Leben dafür zu riskieren.

»Ihr wißt eine Menge über die *Diarmadh'im*«, sagte er schließlich. »Und über die Lichtläufer. Ich würde Lord Garics Geschichten gerne einmal hören.«

»Ihr seid in Elktrap jederzeit willkommen, Herr. Es würde meinen Großvater erfreuen, Euch wiederzusehen.«

Riyan sah sie an. Er würde es riskieren; irgendwie mußte er es riskieren. »Und würde es Euch auch freuen? Würdet Ihr mich willkommen heißen, Ruala?«

Sie begegnete seinem Blick, ohne mit der Wimper zu zukken, und es schien, als würden alle Sterne ihr strahlendes Licht in ihren Augen konzentrieren.

Als eine spielerische Brise Wasser wie eine Handvoll Diamanten auf sie warf, waren sie viel zu sehr damit beschäftigt, sich zu küssen, als daß sie es bemerkt hätten.

* * *

Pol entließ Edrel, sobald er seine eigenen Gemächer betreten hatte, und ließ seine Kleider einfach zu Boden fallen. Nur mit der goldenen Gürtelschließe, die ihm überreicht worden war, als er zum Ritter erhoben wurde, ging er vorsichtig um. Rastlos und krank von den Vorkommnissen dieser Nacht ging er auf dem Teppich aus Fessenden-Wolle auf und ab und versuchte, in sich einen ruhenden Punkt zu finden.

Er hatte sich außerstande gefühlt, bei seiner Familie zu bleiben, als diese Andry angehört hatte. Er wußte, wie das Gespräch verlaufen würde. Andry würde nur wiederholen, was er gesagt hatte, als das Feuer und damit Marron erstorben war. »Er hat Sorin getötet. Er hat den Tod verdient.« Keine Lichtläufer-Ethik, kein Gedanke an einen anständigen Rechtsprozeß, kein Streit in der Welt würde Andry je überzeugen, daß er einen furchtbaren Fehler begangen hatte. Und unter der verzweifelten Wut, die die anderen teilten, wie er wußte, hatte Pol Angst.

Er hätte es nicht ertragen, auch nur noch einen Augenblick länger in der Nähe seines Vaters zu bleiben. Deshalb hatte er unter dem Vorwand, den Rest von Miyons Gefolge suchen und einsperren zu müssen, Rialt begleitet, damit Riyan und Morwenna sie auf Zauberei untersuchen konnten. Aber Riyan war verschwunden. In Anbetracht des Zustandes seiner eigenen Nerven in dieser Nacht hatte Pol nicht das Herz, ihn aufzuspüren.

Er bezweifelte ohnehin, daß vor dem nächsten Morgen noch irgend etwas passieren würde. Gründliches Nachdenken über die Brüder und über das, was Ruval an jenem Tag gesagt hatte, als Sorin starb, hatten Pol überzeugt, daß Marrons Tat unerwartet gekommen war. Er war offenbar kein Teil des meisterlichen Komplotts gewesen. Ruval war der ältere, und seine Herausforderung hätte er ernster nehmen müssen. Pol hatte darauf gewartet. Morgen, übermorgen oder noch einen Tag später – sie würde früh genug kommen. Aber nicht heute nacht.

Eine Brise war mit den aufgehenden Monden aufgekommen, und Pol trat an die Fenster, um die Kühle zu genießen. Die Wüste roch in diesem Jahr anders. Sie war reich getränkt mit Wasser und Blumenduft, und es herrschte nicht die übliche, reine Leblosigkeit, sondern es war fast wie in Drachenruh. Der Springbrunnen seiner Großmutter Milar erhob sich fast zweimal so hoch wie normal, nachdem der Zustrom aus der verborgenen Quelle zugenommen hatte. Als Pol hinabsah, beschloß er, einen langen Spaziergang im Garten zu machen, um wieder einen klaren Kopf zu bekommen. Er sah einen Mann und eine Frau händchenhaltend aus der Grotte kommen. Die Freude darüber, daß es Riyan und Ruala waren, die da wieder stehenblieben, um sich zu küssen, war eine willkommene Ablenkung von dem unangenehmen Aufruhr in seinem Innern.

Aber das war doch nicht Ablenkung genug. Er wandte sich von den Fenstern ab, ging quer durch das Schlafzimmer und spürte weichen Teppich und dann kühlen Stein unter seinen bloßen Füßen, als er immer wieder im Kreis ging. Auch seine Gedanken drehten sich im Kreis: Andry, Marron, Ruval, die tote Lichtläuferin in Gilad, Miyon, Drachen, Meiglan – vor allem Meiglan.

Sie bot genau die Ablenkung, die ihr Vater beabsichtigt

hatte. Pol stieß einen Fluch aus, aber ob sich der gegen Miyon oder gegen ihn selber richtete, war ihm nicht klar. Er hatte geplant, alle anderen davon zu überzeugen, daß er sich in das Mädchen verliebt hatte. Aber inzwischen fing er an zu glauben, daß er sich in seiner eigenen Falle gefangen hatte.

Sie könnte bald wieder fort sein, und die Versuchung mit ihr. Beim *Rialla* in diesem Sommer würde er sicher eine Frau finden, die mehr seinem Geschmack entsprach. Älter, selbstbewußter und fähig, die Höchste Prinzessin zu sein. Schön natürlich, aber auch klug. Jemand wie Sionell.

Und doch... Er konnte sich keine größere Schönheit vorstellen als Meiglan, wenn sie an ihrer *Fenath* stand, sich graziös vor und zurück bewegte, während sie ihren Saiten magische Töne entlockte.

Genau, wie ihr Vater es beabsichtigt hatte.

Pol schlüpfte aus seiner Hose und Unterwäsche und warf sich aufs Bett. Kluges Prinzchen, schalt er sich selbst. Er sollte an die Herausforderung denken, die Ruval gewiß an einem der nächsten Tage für ihn bereithalten würde. Statt dessen erfüllte er ihren Plan und machte sich Gedanken wegen Meggie. Da, er hatte ihr sogar ihren Kosenamen gegeben. Mit einem einzigen Gedanken löschte er die Kerzen und schloß entschieden die Augen. Weder für ihn selbst noch für irgend jemanden sonst würde es gut sein, wenn er nicht etwas Schlaf bekam. Er brauchte morgen einen klaren Kopf.

Doch da war auf einmal das Rascheln von Spitze und Seide in der Dunkelheit, kaum hörbar über dem Plätschern des Brunnens unten, und auch ein schwacher Duft, den er sofort erkannte. Er setzte sich im Bett auf, zog hastig die Laken um seinen nackten Körper und hörte, wie sie den Atem anhielt.

»Nein – bitte, Herr – kein Licht!«

»Meiglan? Was machst du hier?«

»Ich... ich habe dafür gesorgt, daß sie mich hereinlassen«, hauchte sie und glitt näher ans Bett. Ein schlanker Schatten, nur eine Andeutung im Mondschein.

»Sie erzählten mir, Ihr würdet schlafen. Gewiß solltet Ihr –« Er konnte kaum glauben, daß ihre Frauen sie aus ihrem Schlafgemach herausließen, geschweige denn in seines hinein.

»Ich mußte Euch sehen! Ich mußte in Eurer Nähe sein! Ich habe solche Angst, Herr, es war alles so schrecklich, dieser ganze Tag –«

»Nun ist ja alles gut, Meiglan. Kein Grund zur Sorge.«

»Hier wirklich nicht«, sagte sie leise. »Ich fühle mich sicher bei Euch.«

Pol holte zitternd Luft. Obwohl er wußte, daß er das nicht tun sollte und daß ein intensiver Blick auf sie gefährlich sein würde, setzte er dennoch die Kerze neben dem Bett mit einer Geste in Brand. Ihr ganzer Körper bebte, und automatisch griff er nach ihrer Hand. Sie lag klein und kühl in seiner Handfläche. Und er hatte recht gehabt; die Kerze war ein Fehler. Sie trug ein Nachtkleid mit einer hellen, seidenen Robe darüber und dunkle Spitze über dem Haar. Sie bewegte den Kopf, und der Schleier glitt zu Boden. Ihre goldenen Locken schienen ein ganz eigenes Leuchten zu besitzen, und ihr Duft war berauschend. Sie trat einen Schritt näher, und ihm schwindelte.

»In Tiglath seid Ihr zu mir gekommen«, flüsterte sie zitternd. »Von der Göttin in einem Traum gesandt. Ich wußte es nicht, bis ich hierher kam. Aber Ihr wart es, bis hin zu Euren Ringen.« Sie deutete auf den Mondstein, der einst Lady Andrade gehört hatte, und auf den Amethyst der Prinzenmark. »Ihr seid ein *Faradhi,* Herr. Sagt mir, was dieser Traum bedeutet. Bitte.«

»Ich… ich weiß nicht.« Er räusperte sich und ließ ihre Hand los. Sie mußte ein Traum sein. Das alles war doch nicht möglich. Er fühlte sich sonderbar, ganz leicht im Kopf, und sein ganzer Körper bebte, aber nicht vor dem gewohnten Verlangen. »Meiglan –«

»Laßt mich eine Weile bleiben«, bat sie. »Bis ich nicht mehr solche Angst habe.«

Pol nickte, und sie setzte sich ans Fußende seines Bettes – außerhalb seiner Reichweite, wofür er dankbar war. Göttin, sie war die Verkörperung von Magie im Kerzenlicht, bestand nur aus goldenem Haar und dunklen Augen und wolkenheller Haut. Das mußte sie doch wissen. Warum sonst sollte sie hier sein? Er fühlte sich von seiner eigenen Beobachtungsgabe verraten und war wütend, weil er sich so vollkommen in ihr getäuscht hatte. Ihr Vater hatte auch dies geplant, und Meiglan war offenbar ungefähr so unschuldig wie eine Hafenhure.

Es gab nur eine Möglichkeit, sicher zu sein.

Er ergriff wieder ihre Hand und zog sie zu sich heran. Erinnerungen an frühere Verführungen überschlugen sich in ihm. Es hatte nicht so viele Frauen gegeben, wie Rialt spöttisch gemeint hatte, aber doch genug. Und da war Morwenna gewesen. Die liebe, lachende, lustvolle Morwenna, die in der Gestalt der Göttin zu ihm gekommen war, was ihn jedoch keinen Augenblick getäuscht hatte. Sie hatte ihn davon in Kenntnis gesetzt, daß sie es auf sich genommen habe, alle schlechten Angewohnheiten zu korrigieren, die er sich möglicherweise zugelegt habe.

»Sei nicht so grob! Und vergiß nicht, es gibt unzählige Pfade des Vergnügens. Ach, komm schon, Pol, Finesse! Wenn du es noch nicht besser kannst, dann ist es nur gut, daß ich dich unterweise!«

Und sie hatte ihn unterwiesen! Er streichelte Meiglans

Handrücken, drehte sie dann um, um sie zu küssen. Mit der anderen Hand öffnete er die lockeren Bänder ihres Nachtkleides, und bald darauf schob er es von ihren Schultern. Sie bebte, hatte die Augen geschlossen und den Kopf leicht zurückgelegt, so daß er die zarte Linie ihres Halses sehen konnte. Eine offene Einladung für seine Lippen, wie er mit einem verkniffenen Lächeln feststellte. Sie war ebenso wenig eine Jungfrau wie Morwenna, und er würde es sich beweisen und sich damit von dieser schmerzlichen Zärtlichkeit befreien, die ihre angebliche Verletzlichkeit hervorrief.

Aber das Atmen fiel ihm schwer. Je näher er ihr kam, desto mehr schwirrte ihm der Kopf. Sie legte sich auf dem Bett zurück, und ihre Finger verschränkten sich mit seinen. Die goldene Fülle ihres Haares breitete sich über die weißen, seidenen Laken aus. Ihr Körper war schlank und weich und geschmeidig, und der einzige Unterschied in der Farbe zwischen ihrer Haut und der Seide, auf der sie lag, war ein rosiger Schimmer, der an seinen *Faradhi*-Sinnen zerrte.

Pol ließ sich auf sie herab und blickte in dieses Gesicht, das hinter dem weichen Schleier ihres wunderbaren Haares nur undeutlich zu sehen war. Er vergrub seine Lippen an ihrer Schulter. Sie stieß einen leisen Schrei aus, der wie sein Name klang, als sein Knie ihre Schenkel öffnete. Mit dröhnendem Kopf nahm er ihren Mund. Er kümmerte sich jetzt nicht mehr darum, daß er genau dies tun sollte, daß sie mit diesem Gedanken im Sinn zu ihm gekommen war. Er war trunken von ihrem Gesicht und ihrem Körper und ihrem Duft, seine Sinne waren roh, als wäre er in einen kochenden See eingetaucht, dessen Wasser durch die Haut in sein Blut drang, und in Tiefen gestoßen, in denen es keine Luft zum Atmen gab. Ihm war, als würde er ertrinken – und sich keinen Deut um den Tod scheren.

Die Vergewaltigung von kleinen Mädchen gehörte weder zu seinen Lastern, noch entsprach sie seinem Geschmack. Aber dies hier war keine Kindfrau, wie sich ihr Körper dem seinen entgegenkrümmte, keine Jungfrau, wie sich ihre Nägel in seinen Rücken gruben, keine unerfahrene Unschuld, wo ihre Küsse so leidenschaftlich waren wie seine eigenen.

»Finde heraus, was eine Frau will«, hatte Morwenna erklärt. *»Wie sie berührt werden möchte. Wo deine Berührung am besten ist! Gehe auf ihre Stimmung ein. Manchmal wird sie nicht sicher wissen, genau wie du, welchen Weg sie einschlagen möchte. Das ist ganz besonders der Fall, wenn sie keine Erfahrung hat. Aber es kann sehr angenehm sein, das herauszufinden.«*

Meiglan wußte ganz genau, was sie wollte und wie sie es wollte. Pol gab es ihr. Schnell, hart, ohne Vorsicht oder Finesse und ohne sich um etwas anderes als seine eigene Lust zu kümmern.

Als er fertig war, legte er sich auf den Rücken und starrte an den Betthimmel empor. Bitterkeit sengte seinen Stolz wie Lichtläufer-Flammen. Wie klug er doch war, spottete er, und sie war so unschuldig! Er hatte die Wahrheit über sie herausgefunden, und Enttäuschung und Scham verbrannten sein Herz zu Asche.

»Jetzt… jetzt gehöre ich dir«, flüsterte sie neben ihm.

Er wandte den Kopf und sah die süße Freude, die ihr Gesicht leuchten ließ. Seine Benommenheit nahm zu. Falsch, alles an ihr war falsch, wiederholte ein Teil von ihm, und jetzt, wo er sie nicht berührte, konnte er diese Stimme wieder hören. Er stand auf und ging zu den Fenstern. Die Nachtluft trocknete den Schweiß auf seiner nackten Haut.

»Herr?« Ihre Stimme war weich, zögernd und wieder halb ängstlich. »Habe ich Euch mißfallen?«

Pol ballte die Fäuste. Mondschein und die kühle Brise tauchten ihn in blasses Silber, und er schauderte. »Wie kommst du darauf?«

»...ich weiß nicht, wie sich ein Mann nach... nach –«

Er wirbelte herum. »Lügnerin!« zischte er. »Wer bist du wirklich? Du bist doch nicht dieses verschüchterte, verängstigte Kind, das du mir so mühevoll vorgespielt hast! Wer bist du?«

»Herr – warum seid Ihr böse?« Sie setzte sich auf. Ihr Haar fiel um sie herab, als sie das Laken an ihre Brust drückte. Sie streckte eine Hand aus und sah ihn flehend an. Ihre Augen waren erfüllt von der Nacht und sahen aus wie zwei schwarze Höhlen in ihrem Gesicht.

»Wie sieht der Plan jetzt aus?« verlangte er wütend zu wissen. Ihn quälte Zorn über den Verrat und verletzter Stolz. »Willst du behaupten, ich hätte dich vergewaltigt, damit dein Vater vor Gericht ziehen kann? Ihr seid es gewesen, die zu mir gekommen ist, meine Dame! Wer wird schon dem Vorwurf einer Frau glauben, die sich gekleidet wie eine bestellte Hure ins Schlafzimmer eines Mannes schleicht?«

Sie stöhnte auf und wich zurück. »Warum seid Ihr so grausam?« hauchte sie. »Ich dachte, Ihr w-wolltet mich –«

»Ich will, daß du verschwindest. Sofort.« Er blieb, wo er war, mitten im reinen Mondlicht, weil er wußte, daß er sie wahrscheinlich schlagen würde, wenn er sich ihr näherte. Außerdem gab es eine bessere Vergeltung. Mit seidenweicher Stimme sagte er: »Ich bezweifle, daß dein Vater über dein Versagen sehr glücklich sein wird.«

»O nein! Bitte, erzählt meinem Vater nichts davon! Er würde mich umbringen!«

Pol nickte. »Ja, ich glaube, das würde er.«

»Herr – oh, Pol, bitte, du mußt mich vor ihm beschützen –«

Er lachte laut. »Das ist doch wohl nicht dein Ernst! Ich soll dich beschützen? Kennst du denn eigentlich keine Grenzen?«

Das Mädchen schluchzte ängstlich auf. Pol kehrte ihr den Rücken zu und starrte blicklos auf den Brunnen hinab.

Endlich hörte sie auf zu weinen, und er hörte das Rascheln ihres Nachthemds. »Herr?« fragte sie leise. »Helft Ihr mir wenigstens, in meine Gemächer zurückzukehren ohne… ohne daß mich jemand sieht? Ich könnte die Schande nicht ertragen.«

»Ein bißchen spät, was?« fuhr er sie an. Aber ein Mangel an Zeugen war nur zu seinem Vorteil. Er hatte sich ohnehin schon gefragt, warum noch niemand hereingestürzt war. Vielleicht hatte Miyon damit gerechnet, daß er bezaubert sein und der Geschmack von Meiglans süßem weißen Fleisch ihn veranlassen würde, sich offiziell zu erklären, und in dem Fall wären Zeugen einer »Vergewaltigung« nicht nötig.

So sagte er: »Also gut. Ich werde mich vergewissern –«

Er vergaß, was er hatte sagen wollen, als eine Welle von Übelkeit ihn übermannte. Er taumelte gegen den Fensterrahmen und hörte kaum noch, wie Meiglan seinen Namen rief. Farben wirbelten um ihn herum, fingen ihn in ihrer strahlenden Fülle ein und zogen ihn hilflos an langen Seilen aus gewebtem Licht weit fort von Stronghold.

Kapitel 4

Drachenruh: Frühjahr, 33. Tag

Ostvel war jenseits von Erschöpfung. Am Morgen war er nach kurzem Schlaf erwacht, der eher tödlicher Schwäche ähnelte, und hatte festgestellt, daß seine mißbrauchten Muskeln steif und seine Knochen zerschunden waren. Die feuchte Frühlingsnacht ließ jedes Gelenk seines Körpers schmerzen, aber diese Qual war ihm inzwischen so vertraut, als hätte er nie etwas anderes kennengelernt. Seltsamerweise schwamm sein Kopf nicht mehr in der dicken Watte aus Müdigkeit. Alles war so klar geworden wie Fironeser Kristall. Alle Überlegungen, ob er Andry trauen sollte oder nicht, alle politischen Veränderungen durch den Marsch jener Armee gegen den Palast, alle Überlegungen über Motive und Gründe und Verantwortlichkeiten hatten sich aufgelöst, und alles war ganz einfach geworden. Es war so offensichtlich, wirklich. Er mußte nach Drachenruh reiten. Er vermutete, daß er von Glück sagen konnte, daß er noch immer eine Ahnung hatte, warum das so war.

Den beiden Wachen, Chandar und Jofra, ging es besser als ihm. Aber sie waren auch jünger. Donato hatte während der ganzen Reise schrecklich ausgesehen, die inzwischen drei Tage oder drei Jahre dauern mochte, so genau wußte er das nicht mehr. Der Lichtläufer hatte sich tapfer, aber vergebens gegen seine Reaktion auf das Überqueren von Wasser gewehrt. Ostvel hatte eine schwache Erinnerung daran, daß er den Kopf seines Freundes über den Rand des Bootes gehalten hatte, als Donato sich übergab und dann stöhnend und unglücklich zusammenbrach. Die rasche Strömung des

Faolain hatte sie schneller flußabwärts gebracht, als Ostvel errechnet hatte, und sie hätten die Anlegestelle beinahe verpaßt. Aber die Zeit, die sie gewonnen hatten, ging wieder verloren bei dem Bemühen, Donato so weit zu bringen, daß er auf einem Pferd sitzen konnte. Zum Schluß hatten sie ihn bis Mittag mit einem der anderen reiten lassen, wodurch sie noch langsamer gewesen waren. Aber dann hatte er erklärt, er wäre fähig, die Zügel zu halten anstatt sich bloß an Jofras Gürtel festzuklammern. Und seitdem waren sie geritten und hatten nur Pausen eingelegt, um ein wenig zu essen, sich kurz auszuruhen und frische Pferde zu satteln.

Diese waren schwerer zu bekommen, als Ostvel erwartet hatte. Obwohl er Herr der Felsenburg und ehemaliger Regent der Prinzenmark war und jedes Pferd bekommen konnte, das er sich aussuchte, wußte er doch, daß er bessere Tiere nur gegen Geld erhalten würde. Beim ersten Wechsel hatte er Glück gehabt, denn der niedrige *Athri,* zu dessen Besitz die Anlegestelle gehörte, hatte einen Blick für gute Tiere. Aber die Inspektion der Stallungen eines anderen Besitzes am nächsten Tag hatte nichts zutage gefördert, was sich hätte reiten lassen, und schon gar nicht hätte man ein Prinzentum dafür riskieren können.

An diesem Nachmittag hatte er wieder Glück gehabt. Er hatte vier kräftige Ponies gefunden, die für seinen Plan der Annäherung an Drachenruh perfekt geeignet waren. Der Großteil seines Geldes war nötig gewesen, um sie zu bekommen, denn ihr Besitzer war einem Mann gegenüber, von dem er noch nie gehört hatte, natürlich mißtrauisch gewesen. Aber Ostvel hatte nicht zugelassen, daß Jofra den Mann mit Hilfe seines Schwertes überzeugte. Schon gar nicht, nachdem sie den Bericht bekommen hatten, daß viele Pferde und Soldaten erst in der vergangenen Nacht auf genau demselben Weg gesehen worden waren.

»Dann sind wir nicht allzu weit hinter ihnen«, hatte Ostvel geseufzt, als sie weiterritten. »Sie werden wohl bei Einbruch der Dunkelheit dort anlangen. Und wir auch.«

Sie konnten nicht auf dem üblichen Weg ins Tal einreiten. Sie mußten die Hügel hinaufreiten und sich von Westen nähern. Und nun, um Mitternacht, als Ostvel abgestumpft vor Müdigkeit und kaum noch bei Bewußtsein war, zügelte er ganz plötzlich sein Pferd, als er den Palast unter sich sah.

»Alles ruhig«, murmelte Jofra. »Sollen wir hinunterreiten und sie warnen, Herr?«

Ostvel rieb sich die pochenden Schläfen und leerte den Wasserschlauch über seinem Kopf, um wach zu werden. Der Schock durch das kalte Wasser ließ ihn schaudern. Aber trotzdem wurde sein Kopf nicht ganz klar. Jetzt, da sein Ziel erst mal erreicht war, gingen seine Gedanken wieder durcheinander. Das Gehölz auf dem Hügel schützte vor der kühlen Brise, aber die Dunkelheit schien dicht und bedrohlich.

»Es ist zu ruhig«, sagte Chandar stirnrunzelnd.

»Donato? Donato!«

Der Lichtläufer fuhr in seinem Sattel hoch und murmelte etwas. Er sah noch schlimmer aus, als Ostvel sich fühlte.

»Wach auf, Mann. Erzähl uns, was du da unten siehst.«

»Was? Oh! Ja!« Er schwang sich vom Pferd und stöhnte leise, als ein Gelenk knackte. »Glorreiche Göttin! Auf diesem Pferd zu sitzen, das ist ungefähr so wie eine Segelpartie bei Sturm.«

»Woher willst du das wissen, Lichtläufer?« Ostvel lächelte schwach. »Erzähl mir, was da unten vorgeht, oder ich bringe dich auf demselben Weg zur Felsenburg zurück, auf dem wir sie verlassen haben.«

Donato warf ihm einen düsteren Blick zu. »Wenn du das tust, kotze ich auf dich, glaub mir.« Er ging vorsichtig auf den Mondschein am Rand der Bäume zu.

»Herr?« fragte Chandar. »Hat überhaupt irgend jemand schon mal daran gedacht, daß Drachenruh verteidigt werden muß?« Ostvel hatte geholfen, den Palast zu planen. Vertraute Gedanken kehrten so leicht zurück, daß er sich seiner Geistesschärfe schnell wieder sicher war, und er schliff sie bewußt an wohlbekannten Ideen. »Die Lage ist die beste Verteidigung für das Schloß. Das Tal verengt sich gen Süden. Nur dort gibt es die einzige Möglichkeit für eine Armee, sich zu nähern. Dort können vier Pferde nebeneinander reiten, mehr nicht. In dem Gebiet finden außerdem regelmäßig Patrouillen statt, selbst bei Nacht. Die beiden Türme sind so aufgestellt, daß sie bei einem Frontalangriff zur Verteidigung dienen können, und das ist der einzige Angriff, der dort geführt werden kann. Auf halber Höhe im Tal befindet sich am Osthang ein Wachhäuschen. Eindringlinge können zwar Schwierigkeiten machen, aber den Palast unmöglich einnehmen.«

Chandar schien nachdenklich. »Ich will ja nicht streiten, Herr, aber mir kommt es nicht so vor, als wäre das eine normale Armee.«

»Wieso?«

»Ich habe viel darüber nachgedacht. Woher sollte Lord Morlen so viele Leute bekommen? Aus dem Veresch. Aber die denken nicht so wie Soldaten, die anderswo ausgebildet worden sind. Einige unserer eigenen Wachen in der Felsenburg kommen aus den Bergen, und sie haben mir erzählt, es gibt kaum einen Ort, den sie nicht einnehmen können, wenn sie es sich in den Kopf gesetzt haben. Und ich halte das nicht für Prahlerei, Herr. Ich denke, sie werden auf dem Weg angreifen, wo man es erwartet, durch das Tal. Aber ich glaube auch, daß sie von den Hügeln herabkommen werden. Ganz unerwartet.«

Jofra meldete sich. »Ich werde einen Blick darauf werfen,

Herr, wenn es Euch recht ist. Da oben, von dem Sims aus, habe ich bestimmt einen guten Überblick.«

»Tu das. Aber sei vorsichtig und leise dabei. Wenn Chandar recht hat, warten sie vielleicht auf dich.«

Der Wächter stieg ab und verschwand zwischen den Bäumen. Donato kam bald zurück und schüttelte den Kopf. »Nichts Ungewöhnliches im Palast, es sei denn, Ihr zählt ein paar Diener dazu, die bei Mondschein im Rosengarten herumschlendern. Und unten im Tal ist überhaupt niemand.«

»Wie weit hast du gesehen?«

»Bis zur Talenge.«

Ostvel rieb sich die Stirn. »Das gefällt mir nicht. Wo sind sie? Der Mann, von dem wir die Ponies gekauft haben, sagte doch, er hätte sie letzte Nacht gesehen. Wenn sie sich in Nichts aufgelöst haben, dann hast du vielleicht recht, was ihren Angriffsplan angeht, Chandar.«

»Ich werde noch einmal nachsehen. Außerhalb des Tales«, erbot sich Donato und kehrte zum Mondlicht zurück.

»Und dann ist da die Zauberei«, murmelte Ostvel.

»Herr?«

»Nichts.« Ostvel stieg ab, hielt sich am Sattel fest, als seine Knie nachgaben und bückte sich, um seine schmerzenden Schenkel zu reiben. »Ich bin zu alt für diese Dinge. Sieht es so aus, als wäre der Palast gewarnt worden?«

Chandar schüttelte den Kopf. »Sicher nicht. Seht Ihr die Pferde am Ende des Tales, Herr? Sie sollten in den Ställen sein, damit man sie jederzeit schnellstens satteln kann. Aber sie sind auf der Koppel, als wäre es eine ganz normale Frühlingsnacht.«

»Der Kommandeur der Wachen versucht vielleicht, ein möglichst normales Aussehen zu präsentieren, um die Eindringlinge in Sicherheit zu wiegen.«

»Nicht mit Pferden außerhalb seiner Reichweite.«

»Verdammt.« Dann hatte er in bezug auf Andry also recht gehabt. Aber warum wollte Andry Drachenruh belagert sehen?

Donato taumelte regelrecht zu ihnen zurück. Chandar sprang aus dem Sattel und fing den Lichtläufer auf, ehe er fallen konnte.

»Ostvel, du hattest recht, sie sind da draußen! Hunderte und Aberhunderte von ihnen! Mehr sogar, als ich in Rezeld gesehen habe! Jetzt sind sogar die Flaggen in ihrem Lager gehißt.« Er rang nach Luft. »Meadowlords schwarzer Stier!«

»Meadowlord? Im Namen der Göttin, was bildet sich Halian eigentlich ein?« Ostvel fühlte, wie sein Hirn wieder zu wirbeln anfing. Er stand unter einem Schock, der jegliche Erschöpfung vertrieb. Plötzlich kam ihm ein Gedanke. »Donato – deine Ringe. Kein Brennen?«

»Nichts.«

Dann waren ihre Zauberer heute nacht nicht wirksam – ganz offensichtlich, sonst hätte Donato nämlich auch friedlichen, leeren Raum gesehen anstelle von Lagern und Bannern. Ostvel entfernte sich von den beiden Männern und überlegte hastig. Drachenruh wußte nichts davon, in welcher Gefahr es sich befand. Halians Streitkräfte wußten aber auch nicht, daß sich jemand ihrer Gegenwart bewußt war. Es gab vielleicht noch Hoffnung.

Er wirbelte herum. »Chandar, wie groß sind unsere Chancen, wenn wir einen Überfall organisieren? Heute nacht noch, sobald wir zum Palast gelangt sind.«

»Wenn es in völliger Stille getan wird, Herr, und wenn Prinz Halians Armee überrascht wird, könnte es klappen. Die Enge des Taleinganges ist für die Verteidiger aber ebenso ungünstig wie für die Eindringlinge. Vier Pferde nebeneinander, das ist nicht genug für einen Überraschungsangriff.«

»Donato! Welche Art von Pferden hast du gesehen?«

Der Lichtläufer legte die Stirn in Falten. »Ziemlich viele verschiedene. Hauptsächlich die leichtfüßigen Tiere aus Kadar, aber auch eine ganze Menge aus Radzyns Stall und viele Bergponies. Warum?«

»Genau das hatte ich gehofft. Wenn die Ponies noch unten angebunden sind, dann werden ihre Besitzer nicht oben in den Hügeln sein, um sich auf einen Überraschungsangriff vorzubereiten. Wenn Jofra zurückkommt, wird er das sicher bestätigen. Donato, suche Pol in Stronghold. Oder auch Sioned. Auf keinen Fall Andry. Ihn mußt du auf jeden Fall meiden. Erzähle, was geschehen ist und was wir unternehmen wollen.«

»Sofort, Herr.«

Wieder ging Donato in den Mondschein hinaus. Während er arbeitete, kehrte Jofra mit genau den Nachrichten zurück, die Ostvel erhofft hatte: Es gab Anzeichen für eine Versammlung, aber es lauerten noch keine Truppen in den Hügeln.

Donato benötigte lange, aber endlich gesellte er sich wieder zu ihnen. »Ich habe Riyan draußen in den Gärten gefunden. Bei ihm war ein Mädchen, das nicht ausgebildet ist und versuchte, seine Farben vor mir zu verbergen. Er wird Rohan, Sioned und Pol informieren. Aber er hat gesagt, wir sollten in seinem Namen anfangen, wenn wir noch einen offiziellen Befehl brauchen.«

»Ausgezeichnet.« Sie saßen wieder auf und ritten langsam den steilen Hang hinab. Sie wollten keinen Alarm auslösen. Zwei Wachen galoppierten von ihrer regulären Patrouille herüber, erkannten Ostvel und ließen ihn berichten. Bis er dem Kommandanten alles erklärt hatte und die Pferde in den Ställen so schnell und leise wie möglich fertig gemacht worden waren, befanden sich die Monde bereits auf ihrem hastigen Abstieg. Donato blieb draußen, um

Sioneds Nachricht entgegenzunehmen. Als die Vorbereitungen schon ein gutes Stück weit gediehen waren, gesellte sich Ostvel zu ihm.

»Erzähl mir von den Ringen«, bat Donato plötzlich.

»Ich bin überrascht, daß du nicht schon früher danach gefragt hast.«

»Du hattest andere Dinge im Kopf. Erzähl es mir, Ostvel.«

»Es passiert auch Riyan hin und wieder. Wenn Zauberei im Spiel ist, und zwar ganz in der Nähe.«

Donato warf ihm einen scharfen Blick zu. »Riyan, aber nicht Sioned oder anderen Lichtläufern?«

»Nur jenen, die auch *Diarmadhi*-Blut haben und nicht nur die Lichtläufer-Gaben«, erklärte Ostvel nüchtern. »Lord Urival war einer von ihnen.«

Kurze Pause. Dann: »Süße Mutter des Weltalls, willst du damit sagen, daß –«

»Du hast es geerbt. Wie mein Sohn durch seine Mutter. Du kanntest doch Camigwen. War sie eine Zauberin? Oder Urival? Oder Riyan?«

»Bin ich es?« erkundigte sich Donato bitter. Dann erstarrte er, und seine Augen wurden stumpf und blicklos. Ostvel war schon lange vertraut mit dem Anblick eines Lichtläufers bei der Arbeit. Er hielt den Atem an, während der Mondschein um Donatos müdes Gesicht heller zu glühen schien. Als es vorüber war, taumelte der Mann erneut gegen ihn.

»Es... es war Sioned... aber Andry mehr als sie... Göttin, Ihr habt keine Ahnung von –«

»Donato!« Ostvel schüttelte ihn.

»Er hat sich... sich einfach durch das Licht gewebt, hat sie behandelt, als wäre sie ein einzelner Faden in einem riesigen Wandteppich, der nur ihm –«

»Verdammt!« fuhr Ostvel auf. »Sag endlich, was gesagt wurde!«

Donato richtete sich ein wenig auf, atmete schwer. »Tut mir leid, sie haben mich... umgestülpt.« Er strich sich das Haar aus dem Gesicht und fuhr dann ruhig fort: »Ehe er das Gewirkte betrat, hat Sioned mir von der Lichtläuferin in Gilad erzählt. Sie ist tot, Ostvel, sie hat bewußt den Schattentod gewählt.«

»O nein«, stöhnte er.

»Rohan hat die Entscheidung über ein Urteil beiden Parteien, Andry wie auch Cabar, abgenommen. Andry war natürlich wütend. Und dann war er da, wie eine Decke, die uns beide erstickte. Er weiß alles. Ich hatte das Gefühl, er hat genau darauf gewartet. Ehe ich aus dem Gewebe geschleudert wurde – und ich wüßte zu gern, wie er das gemacht hat –, sagte er etwas davon, er werde sich selbst um die Angelegenheit kümmern. Sioned schien... irgendwie gefangen. Fast hilflos.« Sein verwirrter Blick begegnete dem von Ostvel. »Ich kenne Sioned, seit sie in der Schule der Göttin war. Ich weiß, wie stark sie ist. Andry kam später in das Gewebe, aber er übernahm es, als wären wir beide Novizen des ersten Ringes. Er hat uns völlig überrascht.«

»Und er hat gesagt, er werde die Dinge regeln? Wie kann er das von Stronghold aus?«

»Ich weiß nicht. Aber er schien sich dessen völlig sicher zu sein.«

»Ich traue ihm einfach nicht«, murmelte Ostvel. »Ich kann nicht glauben, daß er über solche Entfernung arbeiten kann.«

»Sioned hat es getan. Vor Jahren.«

»Ich weiß. Ich habe ihr dabei zugesehen. Aber ich kann nicht glauben, daß Andry riskieren könnte, was sie tat. Sieh dir die Monde an. Nicht lange, dann werden sie untergehen. Welches Licht will er denn dann benutzen? Donato, ich traue ihm nicht!«

»Dann laß uns an unsere eigene Arbeit gehen.«

»Du bist zu erschöpft, um zu stehen, geschweige denn um zu reiten.«

»Sag mir nach diesem Alptraum einer Reise von der Felsenburg hierher jetzt bloß nicht, was ich tun kann und was nicht. Komm schon.«

Berittene Truppen schwärmten in Gruppen von drei und vier Reitern aus den Stallungen aus. Das Geschirr war mit Lumpen umwickelt, damit es nicht klirrte. Bogenschützen schlichen in kaum größeren Gruppen lautlos durch das Tal und verschwanden dann in den Wäldern oben an den weinbewachsenen Hängen. Ostvel trabte mit einem schwarzen Hengst aus Radzyn unter sich und einem steifen Drink im Bauch zusammen mit Donato und Jofra als letzter aus den Ställen. Chandar war mit Laroshin, dem Kommandeur der Wachen, bereits vorausgeritten, um alles zu organisieren.

Würde es klappen, fragte sich Ostvel immer wieder. Er konnte Andry nicht trauen. Er wollte Drachenruh verteidigen, doch Ostvel glaubte, daß er es nicht konnte, selbst wenn er es wollte. Er war Zeuge von Sioneds Gewebe geworden, das Rohan vor Jahren im Kampf mit Roelstra vor Verrat geschützt hatte. Er war bei ihr in Skybowl gewesen und hatte zugesehen, wie Tobin und sogar der neugeborene Pol, der in jener Nacht gerade erst benannt worden war, hilflos gefangen waren in Sioneds Wirken. Auf dem Schlachtfeld waren Andrade, Urival und Pandsala benutzt worden, als Sioned alle Kräfte erfaßte, derer sie habhaft werden konnte. Aber sie hatte aus Verzweiflung gehandelt. Es war ein instinktives Wirken mit Sternenlicht gewesen, um eine Kuppel über den Kämpfenden zu errichten.

Andry hatte keinen derartigen Grund, Drachenruh zu schützen. Eine Niederlage von Pol würde ihm tiefe Befriedigung bringen, besonders nach der Beleidigung, nicht über die Lichtläuferin in Gilad richten zu dürfen. Welches Motiv sollte er haben, dieses große Symbol von Pols Macht und Ansehen zu sichern?

Als sich die Reiter vor dem Wachhaus am Hügel versammelt hatten, erreichte sie die Nachricht, daß die Bogenschützen auf dem Weg zu den vorgesehenen Plätzen waren. Als Donato abstieg, lähmte ihn plötzlich das letzte Mondlicht.

Achtzig Männer und Frauen sahen mit großen Augen, wie der Lichtläufer in einem mächtigen Gewebe gefangen wurde. Ostvel fürchtete schon, es würde wieder Andry sein, aber als Donato zu ihnen zurückkehrte, lächelte er.

»Die Höchste Prinzessin sendet Nachricht vom Hoheprinzen. Er billigt unseren Plan, hat aber einen Verbesserungsvorschlag, wenn wir den für klug halten.«

»Was immer er vorschlägt«, brummte Laroshin. »Ehrlich gesagt, ich wünschte, er wäre hier!«

»Er auch, sagt Ihre Hoheit. Aber wir haben zumindest seine Anweisungen, wenn schon nicht sein Schwert.«

Rohan schlug vor, daß die Bogenschützen von hinten angreifen und so die Eindringlinge durch die Engpässe treiben sollten. Wenn sie dann ins Tal stürmten, könnte man sie von beiden Seiten angreifen und vollständig schlagen, denn ein Rückzug war nicht möglich.

Der Kommandeur kaute an seinem Bart und nickte. »Seine Hoheit weiß zu taktieren.«

»Er hat Erfahrungen in einem Krieg gesammelt, den er nie gewünscht hat«, sagte Ostvel.

»Aber jetzt kommt das Beste«, fuhr Donato fort. »Nicht nur Pfeile, sondern Feuer soll sie vorwärtstreiben. *Lichtläufer*-Feuer.«

Ostvel sah ihn besorgt an. »Bist du dazu überhaupt noch in der Lage? Es war ein höllischer Ritt, und du hast dich heute nacht an Tempo übertroffen.«

»Willst du behaupten, ich könnte nicht mal ein bißchen Feuer dorthin zaubern, wo es wirklich Gutes tun kann? Ich bin doch noch nicht alt und klapprig?«

»Tut mir leid.« Ostvel grinste plötzlich. »Jofra, geleite unseren Herrn Lichtläufer hier zu einem geeigneten Fleck, von wo er das Feuer beschwören kann.«

Als sie fort waren, musterte Laroshin seine Truppen. »Es wird eine Weile dauern. Ich würde sagen, bis lange nach Monduntergang. Dann teilen wir uns jetzt wohl besser auf und bereiten uns auf den Sturm vor. Aber noch eines: Wenn Prinz Halian auch nur ein Härchen gekrümmt wird, lasse ich den Schuldigen hängen. Seine Hoheit muß eine Menge Fragen beantworten, und ich wünsche, daß er in der richtigen Verfassung dazu ist.« Er blickte zu Ostvel hinüber. »Richtig, Herr?«

»Einverstanden.« Ostvel wandte sich um, als ein Knappe herbeikam und ihm ein Schwert reichte. Er schüttelte den Kopf. »Ich bleibe im Hintergrund, wenn es Euch recht ist. Ich war noch nie sehr gut im Umgang mit einem Schwert.«

»Ich habe es anders gehört«, erklärte der Kommandeur. »Wir wissen von der Schlacht um Stronghold.«

»Das ist viele Jahre her.«

Laroshin grinste ihn an. »Wie alt ist Euer jüngerer Sohn? Noch nicht ganz zwei?«

Ostvel mußte lachen. »Erfolg mit dem Schwert hat nichts zu tun mit dieser Sorte!«

»Ich habe die Erfahrung gemacht, daß ein Mann, der das eine mit ausgezeichneten Erfolgen einsetzt, auch nicht zu alt ist, das andere zu benutzen.«

»Nun, wenn Ihr es so ausdrückt...« Er akzeptierte die feine Klinge, prüfte Gewicht und Balance und nickte zufrieden. Das kleine Wortgefecht war ein gutes Gegengewicht für die Nervosität der Soldaten gewesen. Genau aus diesem

Grund hatte Ostvel mitgespielt. Eigentlich kam es einem Selbstmord gleich, mit nur achtzig berittenen Soldaten, derselben Anzahl Bogenschützen und Lichtläufer-Feuer gegen eine Armee von mehreren Hundert vorzugehen. Aber Überraschung war schon immer eine nützliche Waffe. Er hoffte, daß die Göttin interessiert genug, amüsiert genug oder ausreichend beeindruckt von diesem verrückten Vorhaben sein würde, um es nach Kräften zu unterstützen.

Als die Monde über den Hügeln verschwanden, war alles bereit. Ostvel blickte zu den Sternen hoch und erinnerte sich noch einmal an die Nacht nach Pols Geburt. Er hatte in einer Nacht ohne Monde am Rand von Skybowls Krater gekniet und hatte zugehört, wie Sioned das Kind benannte: nach den Sternen selbst. Er hatte das Gesicht des Kindes gesehen, als sie seine rohe Kraft zu Sternenlicht verwebte und sie Hunderte von Längen weit fortschickte, dorthin, wo Rohan mit Roelstra kämpfte. Er hatte das verängstigte Baby in den Armen gehalten, nachdem das Werk vollbracht war. Er hatte in diesem Augenblick begriffen, was Tobin, Sioned und er getan hatten, als sie dieses Kind von Rohan und Ianthe fortgenommen hatten. Und er hatte versucht, nicht daran zu denken, wie er sein Schwert in Ianthes Brust gebohrt hatte.

Eines Tages würde Pol es herausfinden. Ostvel war dafür gewesen, ihm die Wahrheit zu sagen, solange er noch jung genug war, um flexibel wie ein Kind zu verstehen: *»Wir wollten dich und liebten dich zu sehr um zuzulassen, daß sie dich uns vorenthält.«* Aber jetzt war es zu spät für die einfache Liebe, wie sie ein kleiner Junge hätte verstehen können. Pol war jetzt ein erwachsener Mann. Die Erklärung, daß Rohan und Sioned ihn mehr geliebt und begehrt hatten als Ianthe, reichte nicht mehr aus. Er würde Politik und Macht sehen, würde schockiert sein von den Jahren der Täuschung und würde sich bis ins Innerste verraten fühlen.

Man hätte es ihm vor langer Zeit schon erzählen sollen. Aber irgendwie wünschte sich Ostvel, daß die Rolle, die er selbst dabei gespielt hatte, niemals bekannt werden würde. Pol würde seinen Eltern und Tobin sicher schließlich vergeben. Aber Ostvel war sich nicht sicher, ob er je dem Mann verzeihen würde, der seine Mutter hingerichtet hatte.

Ein Murmeln unter den wartenden Soldaten lenkte ihn zum Glück von seinen Gedanken ab. Er blickte zu dem Engpaß hinunter und konzentrierte sich. Da – ein schwaches, gelbliches Glühen, eindeutig das helle Gold eines Lichtläufer-Feuers.

»Ha! Da ist es! Zu früh und aus der falschen Richtung für den Sonnenaufgang«, flüsterte Laroshin.

Ostvel nickte und beobachtete fasziniert, wie das Leuchten langsam intensiver wurde. Und jetzt hörte man auch etwas: Rufe, kaum hörbar auf der nächtlichen Brise, und fernes Hufgetrappel. Er umfaßte sein Schwert neu und sagte sich, daß sein Stoß mit dieser Klinge nicht mehr derselbe war wie früher, junger Sohn hin oder her. Er wurde in diesem Sommer fünfundfünfzig, nicht zwanzig. Er würde sich im Hintergrund der Schlacht halten, denn er wußte, daß Alasen ihm die Haut bei lebendigem Leib abziehen würde, wenn er auch nur einen einzigen Kratzer bekam. Er wollte nicht darüber nachdenken, was passieren würde, wenn er überhaupt nicht mehr heimkam.

Pferde und Ponies stürzten jetzt in Panik durch den Engpaß, und das Donnern ihrer Hufe prallte von den Felswänden zurück. Ostvel fuhr zusammen, als das erste ins Tal galoppierte, und sein Hengst aus Radzyn schnaubte, als er diesen Eindringling in seinen Bereich sah. Laroshin bedeutete seinen Soldaten, sie sollten sich noch zurückhalten. Sie würden warten, bis die Krieger selbst gelaufen kamen, gejagt von Feuer und Pfeilen. Aber das bedeutete ein langes, angespanntes Warten, und Ostvel fühlte, daß sich die Muskeln in seinen Schultern verkrampften.

Die reiterlosen Pferde galoppierten in Panik vorüber. Sie würden wahrscheinlich erst stehenbleiben, wenn sie den See am oberen Ende des Tales erreicht hatten. Als ihre Hufschläge in der Ferne verhallten, gab es einen Augenblick fast so etwas wie Stille, durchbrochen nur von den Schreien von Männern und Frauen, die durch Pfeile verwundet worden waren. Dem Echo nach zu urteilen, hatten auch sie die Enge erreicht.

»Wartet, wartet«, flüsterte Laroshin. »Wartet, bis sie den richtigen Punkt erreicht haben.«

Die ersten feindlichen Truppen stolperten ins Tal, und dann folgten unzählige andere, die von Pfeilen und Feuer in die Falle gejagt wurden.

»Wartet«, erklang der leise Befehl. »Jetzt dauert es nicht mehr lange. Seht euch das an, wir können sie einkesseln wie ein paar verirrte Schafe!«

»Ich habe noch nie ein Schaf gesehen, das sein eigenes Schwert zur Schlachtbank mitgebracht hätte«, murmelte Chandar.

Viele der fliehenden Soldaten trugen tatsächlich Waffen. Daß sie selbst in ihrer Panik ihre Schwerter ergriffen hatten, sprach für ihre Ausbildung. Obwohl er sich vorher alt genannt hatte, wurde Ostvels Blut jetzt heiß, als der Kampf bevorstand. Das Pferd unter ihm war für den Krieg gezüchtet worden und bebte vor Erregung.

Nachdem sie nicht mehr von Pfeilen bedrängt wurden, blieb eine Gruppe der Eindringlinge stehen, um sich neu zu formieren. Eine der Frauen rief den anderen zu, sie sollten sich um sie sammeln. Ungefähr einhundert Soldaten und Soldatinnen formierten sich neu und schritten vorsichtig vorwärts.

»Verdammt«, brummte Laroshin. »Wenn sie die zum disziplinierten Kämpfen bringt, dann wird der Rest sich ihnen anschließen, sobald sie eintreffen.« Er hob einen Arm. Das war das Signal zum sofortigen Angriff.

Aber die Soldaten aus Meadowlord blieben plötzlich stehen. Sie brachen aus dem Verband aus und flohen kreischend zurück, nur um kopfüber mit der Hauptarmee zusammenzustoßen, die sich jetzt aus dem Engpaß ergoß. Die Verteidiger beobachteten voll Staunen, wie Wogen von Menschen, die von Pfeilen, Feuer und Panik vorangetrieben wurden, gegen eine unsichtbare Mauer prallten und vor Entsetzen schreiend zurückwichen.

»Was bei allen Höllen –?« Ostvel vergaß seine selbstauferlegte Zurückhaltung und trieb sein Pferd den Hang hinab. Chandar fluchte und folgte ihm, dann auch Laroshin und der Rest der Truppe. Aber es war keine Schlacht, in die Ostvel ritt. Heute nacht würde es kein Blutvergießen geben.

Er ritt näher und näher und starrte mit offenem Mund auf das Spektakel. Er ignorierte Chandars Bitte, sich wieder in Sicherheit zu begeben. Er war hier ebenso sicher wie in seinem eigenen Bett in der Felsenburg. Das Voranstürmen und das entsetzte Zurückebben faszinierten ihn. Es war so, als würden Männer und Frauen gegen eine große Glaswand geschleudert werden, die niemand durchbrechen konnte.

Gefangen zwischen dem Angriff von hinten und der gespenstischen Barriere vor ihnen, brach die Armee aus Meadowlord zusammen wie ein Schloß, dessen Stützpfeiler fortgerissen worden sind. Die Verteidiger von Drachenruh mußten nichts weiter tun als zusehen.

»Das Werk des Hoheprinzen?« fragte Laroshin.

»Ich weiß nicht. Vielleicht.« Ostvel schaute nach oben. Keine Monde; nur Sterne, um damit zu arbeiten. Sterne, eine *Diarmadhi*-Quelle von Macht und Licht.

Kapitel 5

Stronghold: Frühjahr, 34. Tag

Der Sonnenaufgang kündigte einen neuen Frühlingstag an, der wieder warm und strahlend und vollkommen sein würde. Andry war erschöpft von der Arbeit der Nacht, aber wollte verflucht sein, wenn er das zeigen würde. Schon gar nicht jenen, die sich im Sommer-Salon versammelt hatten. Keiner von ihnen hatte geschlafen. Alle sahen grimmig drein.

»Du hast es geschehen lassen!« erklärte Pol gerade wütend. »Du hast gewußt, daß Drachenruh angegriffen werden würde, und du hast es zugelassen.«

Andry zuckte die Schultern. »Und was hättest du von hier aus unternehmen können, Pol? Das haben wir mindestens zehn Mal besprochen.«

Oclel, der an Andrys Seite saß und bisher geschwiegen hatte, sagte: »Mein Herr hat recht, Hoheit. Es war keine Zeit, Truppen von der Felsenburg auszuschicken. Die einzige Hoffnung, den Angriff abzuwenden, waren die *Devri*-Mittel.«

Sioned, die zwischen Chay und Tobin Andry gegenübersaß, wandte sich von der Betrachtung ihrer Hände ab und ihm zu. »Dann laß uns über deine Mittel sprechen«, schlug sie ruhig vor.

»Du hast es gesehen. Du warst Teil davon, obwohl ich eigentlich nicht wollte, daß du in dem Gewebe gefangen wirst. Oder du, Pol.«

Der junge Mann stand neben dem Stuhl seines Vaters. Seine Augen funkelten vor Wut. »Ich würde gerne deine

Erklärung hören. Du hast das natürlich aus den Schriftrollen gelernt.«

»Natürlich. Es ist eine subtile Variante gewisser Lichtläufer-Techniken.«

»Subtil?« platzte Pol heraus. »Du hast jeden *Faradhi*-Geist ergriffen, der in Reichweite war, und hast uns gezwungen, dabei mitzumachen, weiß die Göttin, was das war. Und das nennst du subtil? Etwas, was so mächtig ist, daß es unzählige Menschen zu brabbelnden Idioten werden läßt?«

»Eine Folge der Stärke bei den geistig Schwachen. Ich weiß nicht, was du gegen die Methoden hast, Pol. Sie stießen auf die Barriere, und was sie sahen, hat vorübergehend –«

»Das sollte es auch besser sein: vorübergehend«, schnappte Pol.

»Und was ist mit den Pfeilen und Schwertern deiner Soldaten? Wie vorübergehend ist der Tod, den sie bringen? Auf meine Art sind sie am Leben geblieben, und sie werden sich wahrscheinlich erholen.«

»Wahrscheinlich.« Sioned ließ das Wort in lastende Stille fallen.

Verärgert zuckte Andry wieder mit den Schultern. Er hatte Drachenruh gerettet, und jetzt stritten sie wegen des Ergebnisses. Aber was hatte er anderes erwarten können, fragte er sich mißmutig. »Normale Arten der Verteidigung hätten nicht funktioniert. Meine Art war die einzige Hoffnung. Nur wenige sind gestorben, und die Eindringlinge wurden so verschreckt, daß sich niemand je wieder Drachenruh nähern wird. Sie saßen doch alle fein säuberlich in der Falle. Ich habe gehört, daß Ostvel heute Verhöre durchführen wird. Ich würde gern hören, wie Chiana sich herausreden wird – ganz zu schweigen von Geir von Waes. Oh, und natürlich Euer eigener Vasall, Lord Morlen, der dafür sorgte, daß sich die Armee in der Prinzenmark selbst sammeln konnte.«

Pol erstarrte bei der verschleierten Beleidigung, aber seine Stimme war seidenweich, als er Andry widersprach: »Ich bin mehr daran interessiert, warum ein derartiges Komplott und soviel Zauberei unentdeckt geblieben sind, obwohl doch regelmäßige Observierungen von der Schule der Göttin aus vorgenommen werden.«

Andry kniff die Augen zusammen. Er haßte Pol ebenso wie dieser ihn. »Du scheinst mich für einen Spion zu halten – und noch dazu für einen unfähigen. Es hört sich außerdem so an, als würdest du lieber deinen Palast in Schutt und Asche sehen, als Hilfe von einem Lichtläufer anzunehmen.«

Chay mischte sich jetzt ein, ehe sie anfangen konnten, sich anzubrüllen. »Ich denke, wir alle möchten einfach nur wissen, was getan worden ist und warum, Andry.«

»Ich habe es dir gesagt, Vater. Es handelt sich um eine alte Technik, die von Lady Merisel im Kampf gegen die *Diarmadh'im* vor langer Zeit schon eingesetzt worden ist. Es hat für sie gearbeitet – und auch für mich, der Göttin sei Dank.«

»Der Gedanke, Herr«, begann Nialdan, »ist, daß –«

»Ich wünsche es von meinem Sohn zu hören.« Chays wacher Blick ließ Andry nicht los.

Er hatte gedacht, es wäre schon lange vorüber, daß sein Vater ihm das Gefühl vermitteln konnte, nicht mehr als zwölf Winter alt zu sein. Sein Ton verriet jedoch keine Ablehnung, als er antwortete: »Jeder hat seine Ängste. Dieses besonderer Weben wirkt wie ein Spiegel. Es ist nicht viel anders als das, was ich Marron angetan habe. Nur daß jene Technik seinen eigenen Zauber auf ihn zurückwarf. Mit der, die ich gestern nacht eingesetzt habe, werden Visionen der Angst, ganz gleich, wie tief sie in jemandes Kopf begraben sind, zurückgeworfen, wenn jemand auf die Barriere stößt. Die offizielle Bezeichnung dafür ist *Ros'salath*, die Traummauer des Kriegers.«

»Es geht um Alpträume«, verbesserte Pol in scharfem Ton.

»Andry...« Tobins Augen blickten gequält. »Ich habe erlebt, was geschehen ist. Du und Nialdan und Oclel, ihr haltet auch mich darin gefangen. Aber ich verstehe nicht, warum ihr so etwas so bereitwillig tun konntet.«

»Ich bin sicher, du hast schon früher davon gewußt, Mutter. Selbst wenn Maarken und Hollis nichts erzählt haben, so hat Pol doch auch seine Spione.«

Pol zwang sich, reglos stehenzubleiben. Er sehnte sich danach, dieses sarkastische halbe Lächeln von Andrys Gesicht zu wischen, zwang seinen Körper aber trotzdem zu absoluter Ruhe. Es würde andere, befriedigendere Wege der Rache geben. Er befahl sich, geduldig zu sein.

Rohan hatte die ganze Zeit über geschwiegen. Jetzt stand er auf, und Pol beobachtete mit der gewohnten Ehrfurcht und ein wenig Neid, wie sein Vater mühelos die Augen aller Anwesenden auf sich zog. Pol staunte, wie er das machte. Als er die Macht der bloßen Anwesenheit seines Vaters analysierte, erkannte Pol, daß sie hauptsächlich auf der Art beruhte, wie er sich hielt – aufrecht, stolz, doch ohne Arroganz – und auf seinen Augen, die nichts verrieten. Er blickte klar, aufmerksam, aber ohne Furcht. Dies war ein Mann, den man nicht mit Reichtum oder Macht oder Schmeicheleien beeindrucken konnte, nur mit den Qualitäten von Verstand und Charakter. Zu Zeiten wie diesen war seine Macht beinahe sichtbar. Ob man nun sein Feind oder sein Verbündeter war, der Respekt dieses Mannes war etwas, das man in Ehren hielt.

Pol konnte auch aus der ruhigen Autorität von Rohans Stimme Macht hören, als er sagte: »Wir alle wußten davon. Was wir nicht wissen ist, warum du es getan hast. Du hast viel von Andrade gelernt. Sie hätte sich sicher auch nicht weiter erklärt, als es jetzt in deiner Absicht zu liegen scheint.

Aber bedenke eines, Andry. Was du als Lichtläufer tust und was ich als Hoheprinz tue, diese Dinge hängen zusammen. Was jeder von uns tut, fällt auf den anderen zurück. Genau wie deine Alptraum-Weberei. Dein Mord an Marron gestern abend –«

»Es war Sühne«, erklärte Andry kalt.

»Es war Mord. Eine Verspottung der Justiz. Schlimmer noch, du hast deinen Schwur gebrochen, daß du deine Gabe niemals einsetzen würdest, um jemanden zu töten.«

Andry riß die Augen auf und lachte überrascht. »Du denkst doch wohl nicht daran, mich dafür zu bestrafen!«

»In diesem Prinzentum bleibt ein Mord nicht ungesühnt. Der Einsatz von Macht bleibt nicht unbemerkt. Wir haben uns entschlossen, jetzt unsere eigene zu nutzen.«

Der königliche Plural verblüffte Andry. »Er hat Sorin getötet! Er hat den Tod verdient! Wer hätte ein größeres Recht dazu als –«

Rohan kümmerte sich nicht um Andrys Ausbruch und fuhr unbeirrt fort: »Wir beherbergen in unserem Prinzentum keine Mörder. Ihr habt drei Tage, um Euch aus unserem Land zu entfernen. Wenn Ihr Euren Fuß noch einmal auf unseren Besitz setzt, so werdet Ihr wegen Mordes festgenommen und bestraft.«

Andrys Gesicht wurde blaß. Aber es kam noch mehr.

»Des weiteren verbieten wir Eure Gegenwart in jedem Prinzentum, in dem wir uns aufzuhalten gedenken, für welchen Zeitraum auch immer. Diese Einschränkung wird aufgehoben für das *Rialla* alle drei Jahre und für die beiden vorangehenden und folgenden Tage.«

»Du hast kein Recht –«

Rohans Wut ging nun doch mit ihm durch. »Wir haben jedes Recht! Seid dankbar, daß wir nicht befehlen, daß Ihr Euch auf die Schule der Göttin beschränkt!«

Andry sprang auf und brüllte: »Und wie wolltest du das tun?«

»Dieses *Ros'salath* mag uns daran hindern, dort einzudringen – aber wir könnten Euch auch daran hindern, sie zu verlassen. Außerdem –«

»Wie kannst du es wagen?« schrie Andry. »Ich werde mich nicht wegen eines Verbrechens verurteilen lassen, das kein Verbrechen war, und das durch jemanden, der nicht die Autorität besitzt –«

»Des weiteren«, wiederholte Rohan, »ist jede Anwendung dessen, was Ihr als *Ros'salath* bezeichnet, verboten, es sei denn zur direkten Verteidigung der Schule der Göttin, solange wir der Hoheprinz sind. Ihr habt es für nötig gehalten, es zu lernen, zu lehren und sogar anzuwenden. Aus welchem Grund es auch geschah, bedenkt Eure Motive sorgfältig. Seid versichert, daß wir es genauso halten werden.« Er starrte Andry an. »Euer Großvater hat einmal gesagt, daß die Versprechungen eines Prinzen mit ihm sterben. Wenn Pol hier herrscht, mag er über diese Dinge entscheiden, wie es ihm gefällt. Aber so lange wir leben, Lord Andry –«

»Du hast nicht das Recht!«

»Wir haben jedes Recht«, sagte Rohan noch einmal. »Oder habt Ihr vergessen, daß die Tradition vorschreibt und die alten Schriften das bestätigen, daß den *Faradh'im* die Schule der Göttin vom Hoheprinzen übergeben wurde? Was glaubt Ihr wohl, wie lange es dauern würde, dieses Geschenk rückgängig zu machen?«

Andry stöhnte auf.

»Ihr habt unter den Prinzen kein Vertrauen geweckt«, bemerkte Rohan kalt. »Nicht einmal unter den alten Lichtläufern.«

Der Kampf um Beherrschung machte aus Andrys Zügen ein Schlachtfeld. Er behielt die Herrschaft über sich und wandte sich an Pol. »Du glaubst, du wärest unterrichtet in der Schriftrolle, die Urival für dich gestohlen hat, was? Du glaubst, du kannst dich selbst gegen alles verteidigen, was kommen wird, wenn... wenn die Prinzen genug von einem Lichtläufer-Hoheprinzen haben. Denke lieber nochmal darüber nach, Vetter!«

Pol kümmerte es wenig, was Andry dachte oder glaubte; er war wütend angesichts der Folgen, die das Zögern seines Vaters hervorgerufen hatte. Warum war nicht früher etwas getan worden, schrie er innerlich. Warum mußte es so weit kommen.

Rohan sprach wieder. »Wir schlagen vor, daß Ihr Eure Strafe annehmt, Herr. Sie ist in der Tat milde, verglichen mit dem, was wir hätten entscheiden können.«

Andry wandte sich flehentlich an seine Eltern. »Das könnt Ihr doch nicht zulassen!«

»Du hast es geschehen lassen«, erklärte Chay ihm ernst. Sein Gesicht war dabei von Kummer verzerrt.

»Mutter!«

Tränen liefen über Tobins Wangen. »Andry, verstehst du das denn nicht? Du hast keine andere Wahl gelassen.«

Andry wandte sich an Maarken, seinen geliebten ältesten und jetzt einzigen Bruder. Auch dort hatte er keinen Erfolg, sondern fand nur den gleichen Kummer. Andrys Gesichtsausdruck wurde hart, als er sich wieder Rohan zuwandte.

»Ich verstehe, Hoheprinz. Ihr seht in mir eine Bedrohung. Ihr fürchtet, meine Macht sei größer als die von Pol, und deshalb wollt Ihr mich so machtlos sehen wie Eure anderen Feinde. Ich bin nicht Euer Feind, Hoheprinz, nicht einmal der Eures Sohnes. Ihr versteht nichts von mir oder meiner Absicht. Ich habe Euren kostbaren Palast für Euch gerettet, und so lohnt Ihr es mir. Oh, ich nehme die Strafe an. Dem Gesetz nach kann ich nichts anderes tun, und Ihr habt ja gestern schon einen Präzedenzfall geschaffen, als Ihr mir die Verurteilung der Lichtläuferin genommen habt. Wie klug von Euch«, höhnte er, »wie geschickt Ihr Eure Macht nutzt. Als Hoheprinz könnt Ihr über uns alle Recht sprechen.«

»Wir freuen uns, daß Ihr das versteht«, sagte Rohan.

»Ich hoffe aber, Ihr versteht auch folgendes, Hoheprinz: Ich werde die Wüste verlassen und werde niemals wiederkehren. Ich werde mich selbst Euren Auflagen unterwerfen, was meine Bewegungsfreiheit angeht. Aber in der Schule der Göttin werde ich tun, was mir beliebt. Eines Tages werdet Ihr und die Euren nach *Devr'im* rufen, zu Eurem Schutz. Laßt Euch vom Herrn der Schule der Göttin warnen: Ihr werdet uns gewiß brauchen.«

Ein letzter, eisiger Blick streifte die Anwesenden, dann marschierte er aus dem Raum, und seine Lichtläufer folgten ihm auf dem Fuß.

Rohan ging zu seiner Schwester hinüber. »Tobin… es tut mir so leid.«

Sie blickte zu ihm auf, und ihre schwarzen Augen glänzten vor Schmerz. »Ich habe zu Beginn des Frühjahrs einen Sohn verloren«, flüsterte sie. »Und jetzt habe ich noch einen verloren.«

* * *

Pol stand unentschlossen im Vorzimmer seiner Suite. Er wollte das Schlafgemach nicht betreten, wo gewiß noch der Geruch von Meiglan und dem, was sie in der vergangenen Nacht getan hatten, in der Luft hing. Als Edrel mit einem Arm voll Bettwäsche durch die innere Tür trat, wandte sich Pol ab, um das Zucken in seinem Gesicht zu verbergen. Er hatte recht gehabt; die Laken verströmten den Duft ihres Parfüms und den Geruch von Sex.

Der Knabe entledigte sich seiner seidenen Last bei einem

großen Haufen und näherte sich dann Pol. Wortlos hielt er ihm einen zarten Schleier aus taze-brauner Spitze hin. Pol nahm ihn hilflos entgegen. Seine frühere Scham war nichts im Vergleich zu der jetzigen.

»Edrel«, begann er.

»Ich habe das Bett mit frischen Laken bezogen, Herr. Eure Frau Mutter ordnete an, daß Ihr ruht.«

»Ich könnte das nicht. Nicht nachdem –« Genauso wenig konnte er den Blick des Knappen erwidern. Dreizehn unschuldige Winter alt; er konnte sich nicht erinnern, was es hieß, in diesem Alter zu sein, und noch so unschuldig. »Edrel«, sagte er wieder, fuhr aber nicht fort. Er hatte kein Recht, den Knappen mit Gesprächen darüber, was geschehen war, aufzuregen, und vor allem nicht, damit sein eigenes Gewissen zu erleichtern. Wenn er sich schmutzig fühlte, dann war das seine eigene Schuld.

»Ihr solltet wirklich versuchen zu ruhen, Herr«, sagte Edrel.

»Wenn du meinst.« Er ging auf die Schlafzimmertür zu.

»Herr?«

Er zwang sich, sich umzudrehen und den Knaben anzusehen. Aber in den schwarzen Augen lag dieselbe vertrauensvolle Bewunderung wie immer. »Ja? Was gibt es?«

»Ich werde bald zurückkommen und etwas zu essen bringen.«

Pol nickte und floh ins nächste Zimmer. Das Bett war jungfräulich. Er ließ sich in einen tiefen Sessel am Fenster sinken, starrte auf die Klippen und den Himmel und versuchte, an nichts zu denken.

Seine Gedanken spielten nicht mit. Meiglan war teilweise schuld, aber hauptsächlich Andry und die Strafe, die Rohan verhängt hatte. Nicht, daß Pol sie mißbilligte; sie war das, was sein Vetter verdiente. Gesetz war Gesetz, egal für wen.

Aber etwas in ihm murrte, daß keine Bestrafung nötig gewesen wäre, wenn sein Vater schon früher gehandelt hätte. Dann wäre Andry jetzt kein offener Feind.

Und was war mit seiner Drohung, eigentlich schon einem Versprechen, daß sie sich früher oder später um Hilfe an ihn wenden würden? Wollte er sie nur erschrecken, oder hatte er tatsächlich in die Zukunft gesehen? Pol wußte, daß seine Mutter das mehrmals gemacht hatte. Er wünschte, er hätte diese Gabe von ihr geerbt. Da das nicht der Fall war, mußte er sich auf seine Instinkte und andere Fähigkeiten verlassen. Und diese verlangten, daß er handelte.

Marron war tot, aber sein Bruder war irgendwo hier in Stronghold. Pol konnte es mit all seinen Nerven spüren. Das Warten war unerträglich. Heute, heute nacht, morgen – wann? Eine Herausforderung würde kommen, und er würde sich ihr stellen müssen. Aber er würde wieder nur reagieren, statt zu agieren. Er war anders als sein Vater, er konnte nicht so geduldig sein.

Aber was konnte er tun? Der Fluch, wenn man Macht klug einsetzte, bestand darin, das man sie nicht benutzte, bis es absolut notwendig war. Das hatte er aus Lektionen und Beobachtungen sein Leben lang immer wieder gelernt, und er hatte es geglaubt. Aber nicht diesmal. Er mußte etwas tun. Er wollte die Ereignisse kontrollieren und mußte dafür sorgen, daß sie geschahen, anstatt zu warten, daß sie ihn in eine Ecke drängten. Er war Prinz und Lichtläufer und hatte die Macht, zu handeln, wie es ihm gefiel. Was war schon gut an der Macht, wenn man sie nicht benutzte?

Pol stemmte sich aus seinem Stuhl und verließ seine Gemächer. Zumindest konnte er herausfinden, ob Riyan oder Morwenna noch andere Zauberer im Schloß entdeckt hatten.

Er traf den neuen Herrn von Feruche in der Begleitung von

Rialt auf der Haupttreppe. Ruala war bei ihnen. Selbst der Ernst des Tages konnte die Freude nicht dämpfen, die sie und Riyan aneinander gefunden hatten.

»Kein Glück«, sagte Riyan. »Aber Ruala sagt, einer der Wächter würde fehlen.«

»Wenn sie ihre Gestalt verändern können, Herr«, sagte sie zu Pol, »dann könnte er jeder sein und sich sonstwo aufhalten.«

»Ich habe mir die Freiheit genommen, zu befehlen, daß die Tore geschlossen werden. So kann niemand ohne schriftliche Erlaubnis Eures Vaters oder Eurer Mutter das Schloß verlassen.« Achselzuckend fuhr Riyan fort: »Es ist wohl kaum möglich, ihre Siegel zu imitieren, aber –«

»Wer weiß, wozu diese Menschen fähig sind?« schloß Rialt.

»Ruala hat allerdings eine recht gute Idee gehabt«, erzählte Riyan. »Wie es scheint, sollten wir den Legenden des Veresch besser lauschen. Sie hat sie früher nie so recht geglaubt, aber das ganze Frühjahr über hat sie nun ihre Wahrheit erleben können.«

Pol deutete die Treppe hinauf. »Ich benötige jede Information, die ich bekommen kann, meine Dame, Legenden, Gerüchte und vor allem Fakten. Wenn Ihr nicht zu müde seid, dann könnt Ihr mich vielleicht unterweisen.«

»Ich bin nicht müde, Herr.«

Rialt runzelte die Stirn, als er Pol ansah. »Aber Ihr seid es.«

»Das kann ich mir jetzt nicht leisten.«

Sie stiegen die Treppe hinauf und gingen den Gang entlang zur Bibliothek, die für Generationen von Prinzen, einschließlich von Pol, Schulzimmer gewesen war. Als sie an einer Stelle vorüberkamen, wo sich zwei Gänge kreuzten, stöhnte Ruala plötzlich auf.

»Was ist los?« Pol packte ihren Arm. »Was gibt es?«

»Fühlt Ihr es denn nicht?« Sie zitterte und klammerte sich haltsuchend an seine Schulter, während ihr Blick Riyan suchte. »Fühlt Ihr es denn nicht durch Eure Ringe?«

Er hob die Hände und starrte sie mit weißem Gesicht an. »Gütige Göttin, es ist schwach, aber es ist da. Ruala, woher kommt das?«

Sie ging ein paar Schritte vorwärts. Rialt half ihr; Riyan fing an, unter wachsenden Schmerzen zu zittern. Dann fühlte Pol es auch, eine Verzerrung seiner Gedanken und Gefühle einer Benommenheit, einen trockenen Schmerz aus Farben und Lauten und Stoffen in seinem Kopf, die aber nicht wirklich dort waren. Es fühlte sich sonderbar vertraut an, aber er konnte nicht klar genug denken, um es zu identifizieren. Ruala hob ihr Gesicht zu ihm empor, und ein neuer Schock befiel sie, als er den Atem anhielt.

»Ihr auch?« wisperte sie.

Rialt starrte von einem zum andern. Er war verwirrt. »Was ist los? Und was immer es ist, woher kommt es?«

Ruala blinzelte den Korridor entlang, der in der Morgensonne leuchtete, die in Pols Augen schmerzte. »Da«, sagte sie und wies mit dem Finger. »Da – «

* * *

Mireva traf Ruval in den Ställen. Er zog sie hastig und stumm in die kleine Sattelkammer, wo er gewöhnlich schlief, und schloß die Tür. Müde sank sie auf eine Bank.

»Was, bei allen Höllen, tun wir jetzt?« krächzte er. »Chiana und ihre sogenannte Armee sind für uns verloren! Dieser Narr Marron hat alles verdorben –«

»Sei still! Laß mich nachdenken!« Die ganze lange Nacht und den gesamten Morgen über hatte sie kaum etwas anderes getan.

Aber eine starke Dosis *Dranath* hatte sie wieder auf die Beine gebracht, wenn sie auch noch immer müde war. Panik erschöpfte nicht nur den Geist, sondern auch den Körper. Sie zwang sich, sich zusammenzureißen, und durchbohrte Ruval mit ihrem Blick.

»Riyan wird Miyons gesamtes Gefolge nach Anzeichen von Zauberei durchsuchen«, berichtete sie und fing mit dem Schlimmsten an. »Du wirst die Gestalt ablegen müssen, die du jetzt trägst, und eine andere benutzen.«

»Als ob ich das nicht wüßte! Ich habe mir schon Kleider gestohlen.« Er deutete auf ein Bündel am Boden. »Du wirst mir helfen müssen, damit der Wechsel klappt. Verdammt, Mireva –«

»Beruhige dich. Wir können Marrons Dummheit ausgleichen. Aber nicht, wenn du dich weiterhin wie ein geistloser Narr aufführst anstatt wie ein Prinz.«

»Gib mir bloß ein anderes Gesicht, für einen Tag oder so, und ich zeige dir einen Prinzen«, gab er zurück.

Ein paar Augenblicke später war es geschafft. Ruvals dunkles Haar war nun grau gesträhnt, seine blauen Augen braun, sein glattes Kinn wies ein tiefes Grübchen auf. Mireva arbeitete ein paar Falten in sein Gesicht, um den Eindruck eines Mannes zu stützen, der doppelt so alt war. Dann lehnte sie sich gegen die Wand und seufzte müde. »So. Präge das deinem Gedächtnis ein. Und verwechsle es aus Angst vor dem Namenlosen nur nicht mit dem anderen!«

Ruval zog sein Hemd aus. Die Tunika eines Bediensteten aus Cunaxa war am Morgen verbrannt worden. »Wie ist dein kleines Spiel mit Pol letzte Nacht gelaufen?«

»Ein voller Erfolg, bis auf den Schock am Ende. Andry hat ihn in einer Weberei gefangen«, sagte sie. »Ich dachte, Pol würde ›Meiglan‹ mit Liebesschwüren umarmen, was nützlich gewesen wäre. Aber seine Haltung war recht unerwartet.« Sie grinste plötzlich. »Er hält sie für eine lügende, betrügende, kleine Hure. Und das ist sogar noch besser, denn jetzt traut er seinem eigenen Urteil und seiner Wahrnehmung nicht mehr. Der Schlag für seinen Stolz und seine Klugheit war verheerend.«

»Natürlich hat ›Meiglan‹ geweint und gefleht.«

»Natürlich. Ich hatte wirklich einen wundervollen Auftritt, bis Andry ihn unterbrach.«

»Naja, seinetwegen brauchen wir uns nicht mehr viele Sorgen zu machen.« Ruval zog ein schlichtes Hemd und eine Weste an, wie sie die meisten Diener in Stronghold trugen.

»Was hast du gehört?«

»Meinst du, ich wüßte etwas und du nicht?« Er lachte wieder. »Wie es scheint, ist er für alle Zeit in die Schule der Göttin verbannt. Zumindest will es so das Gerücht. Ich bezweifle, daß Rohan je versuchen wird, ihn dort einzusperren, aber es läuft darauf hinaus. Einer von Miyons Leuten hat ihn voller Wut aus dem Sommer-Salon stürzen sehen. Und seitdem gehen die Gerüchte um.«

»Ah!« Sie wiegte sich hin und her und kicherte. »Köstlich!«

»Einige sagen, er hätte Zeit bis heute abend, um zu verschwinden, andere erklären, man hätte ihm fünf oder sechs Tage eingeräumt.«

»Das ist unwichtig. Er wird ihnen niemals helfen und Pol gegen unseren Angriff verteidigen. Vielleicht war diese Sache mit Chiana doch nicht so schlecht.«

Ruval gluckste vor Vergnügen. »Oh, der Grund ist nicht, was er mit dem *Ros'salath* gemacht hat.«

»Aber warum –«

»Du wirst es nicht glauben! Rohan bestraft ihn wegen Mordes! Hast du jemals so etwas Verrücktes gehört? Ich habe gehört, wie einer der Lakaien mit stolzgeschwellter Brust berichtete, daß seine Hoheit das Gesetz befolgt, egal, um was es geht. Obwohl Marron eine Gefahr und selbst ein Mörder war, muß Rohans Gesetz befolgt und Andry bestraft werden!«

Mireva erstickte fast an ihrem Lachen. »Ein wirklich ehrenhafter Idiot! Hoffen wir, daß sein Sohn genauso ist!«

»Um so leichter wird es sein, Pol zu schlagen«, grinste Ruval. »Denn wie wir beide wissen, besitze ich überhaupt keine Ehre.« Er brach ab, und seine Finger rieben sein Kinn. »So, du hattest also eine wundervolle Nacht mit ihm, ja?«

»Sehr«, schnurrte sie.

»Ich habe dich niemals mit Meiglans Gesicht gesehen. Es könnte interessant sein.«

»Wenn die Prinzenmark erst einmal dir gehört, trage ich jedes Gesicht, das du haben willst.«

»Wenn mir die Prinzenmark gehört, dann werde ich Meiglan selbst besitzen oder jede andere Frau, die mir gefällt.«

Sie warf den Kopf herum. »Glaubst du etwa, du wirst mich nicht mehr brauchen, wenn du erst in der Felsenburg bist?« fuhr sie ihn an. »Ich habe dich gemacht, und ich kann dich auch zerstören.«

»Aber du wirst es nicht.« Er lachte rauh. »Ich bin der einzige, der dir noch geblieben ist, Mireva. Ich bin deine einzige Hoffnung, nachdem meine Brüder von uns gegangen sind. Und das, meine Dame, ist die Macht, die ich über Euch habe. Ich würde vorschlagen, Ihr denkt daran und benehmt Euch entsprechend.«

Als er sie verließ, kochte sie vor unterdrückter Wut. Es gelang Mireva nur mit Mühe, sich zu beruhigen. Nach einer Weile kehrte sie in die Burg zurück, stieg die Stufen zu Meiglans Gemach hinauf und sperrte sich mit dem immer noch bewußtlosen Mädchen ein. Sie warf einen neidischen Blick auf die jugendliche, blonde Schönheit, die so hilflos im Bett lag, und wühlte dann in einer Truhe nach einem bestimmten Armband. Marron hatte es ebenso wie ein Gegenstück aus Chianas riesiger Sammlung gestohlen, ehe er Swalekeep verließ.

Mireva holte eine flache Schale mit Wasser und ließ sich auf dem Cunaxaner Teppich nieder. Das Armband fiel klirrend ins Wasser, und sie stellte die Schale in ihren Schoß. Dann umfaßte sie sie mit gespreizten Fingern. In ihr war noch genug *Dranath* übrig, um den Zauber zu erleichtern. Angesichts der flinken Sicherheit ihrer Gaben wurde ihr Stolz besänftigt.

Chiana ging vor einem Banner im hellen Meadowlord-Grün auf und ab. Der Spiegel stand in der Nähe, weil sie einem entsprechenden starken Impuls nachgegeben hatte. Er spiegelte die Prinzessin und Morlen aus Rezeld wider. Beide hatten Angst. Mireva konnte sich ihr Gespräch vorstellen, das sie da notwendigerweise mit leiser Stimme führten, da so viele Wachen in der Nähe waren, die das Violett der Prinzenmark trugen. Ostvel würde bald eintreffen, dessen war sich Mireva sicher. Er würde anfangen, Fragen zu stellen, die, dem Namenlosen sei Dank, keiner von ihnen in einer Weise beantworten konnte, die Mireva schaden würde. Aber es bestand die Gefahr, daß der Lichtläufer mit dem *Diarmadhi*-Blut ebenfalls anwesend sein würde. Sie war ihm vor einigen Tagen begegnet, als er die Armee mit dem Spiegel abgewehrt hatte; die Berührung war unverkennbar gewesen. Der Spiegel mußte zerstört werden, ehe der Lichtläufer erfaßte, was er bedeutete.

Sie sammelte sich und langte nach Chianas Geist. Es war so einfach, sie dazu zu bringen, daß sie sich umdrehte und in den Spiegel sah. Gleich darauf näherte sie sich ihm. Am Rande ihres Gesichtsfeldes sah Mireva Morlen, der mit vor

Überraschung offenem Mund zusah, was ihr momentane Belustigung verschaffte. Chiana bewegte sich wie ein schlafwandelndes Kind.

Mireva konzentrierte sich und wurde plötzlich wütend, als ihr Kontakt zu Chiana enger wurde und sie sah, daß Marron an Chianas Ehrgeiz für ihren Sohn appelliert hatte. Nach all der Mühe, die es sie gekostet hatte, die Prinzessin von der Hoffnungslosigkeit von Rinhoels Anspruch zu überzeugen, hatte Marron ihre Arbeit zunichte gemacht. Er hatte gewußt, daß Chianas Interesse noch größer sein würde, wenn es um ihren Sohn ging. Zweifellos hätte er Rinhoel getötet, sobald die Prinzenmark sicher in seinen Händen lag. Ein kluger Plan, für den nun Chiana zahlen mußte.

Die Prinzessin stand blicklos vor dem Spiegel. Ihre blassen, weichen, beringten Finger hatte sie zu Fäusten geballt erhoben. Einen Moment später lag der Spiegel in blutbedeckten Scherben am Boden. Chianas Mund verzog sich in einem unhörbaren Schmerzensschrei, und sie fiel zwischen dem zersplitterten Glas auf die Knie. Von ihren zerfetzten Fingern tropfte Blut.

Mireva sah aus einem schmalen Splitter des Spiegels noch ein paar Augenblicke lang zu, ehe sie sich zurückzog. »Das als ewiges Andenken für jene, die ungehorsam sind«, murmelte sie.

Und dann krachte die Tür von Meiglans Schlafzimmer auf einmal auf. Das Schloß wurde zerstört, das Holz splitterte, und drei Paar *Diarmadhi*-Augen starrten sie an.

Kapitel 6

Stronghold: Frühjahr, 34. Tag

Die alte Frau handelte mit verblüffender Geschwindigkeit. Die Wirkung dieses plötzlichen Ansturms von Zauberermacht auf ihre Sinne war verheerend. Pol, Riyan und Rialt waren starke, athletische junge Männer, aber sie fing ihre Blicke mit ihren merkwürdigen, graugrünen Augen ein, und sie hatten ihr gegenüber keine größere Chance als neugeborene Babys.

Sonnenstrahlen wurden zu Schwertern aus goldenem Kristall, die sich in die Augen der Männer bohrten. Die Luft verwandelte sich in winzige Nadeln mit scharfen Spitzen, die in ihre Haut stachen. Ihre eigenen Schreie wurden zu schwarzen Messern, die sich in ihre Schädel senkten. Und mit diesen Messern kam Bewußtlosigkeit, aber keine Erlösung von den Schmerzen.

Als Pols Gehirn wieder zu arbeiten begann, war die Alte verschwunden. Und Ruala mit ihr.

Er versuchte auf die Füße zu kommen, aber seine Knie schienen nicht richtig zu arbeiten. Riyan lag gleich neben ihm. Rialt, dem die Gaben fehlten, die den Angriff für die beiden anderen verstärkt hatten, war bereits auf den Füßen. Er half Pol hoch und stützte ihn, als er taumelte.

»Gütige Göttin«, hauchte Pol, als er sicher war, daß seine Stimme nicht umkippen würde. »Was bei allen Höllen war das?«

»Genug Zauberei, daß sie mit Lady Ruala fliehen konnte«, erklärte Rialt verbittert. »Seid Ihr in Ordnung, Herr?«

»Das werde ich bald sein.« Er half Riyan auf die Füße.

Rialt schickte sich an, zur Tür zu gehen. »Wir müssen sie finden, aber die Göttin allein weiß, wieviel Zeit sie hatten, um zu verschwinden.«

»Und was schlägst du vor, wo wir suchen sollen?« fragte Riyan matt. »Es ist hoffnungslos, Pol. Du und ich, wir wissen beide noch aus unserer Kindheit, daß es in Stronghold unzählige Orte gibt, an denen man sich verstecken kann.«

»Folgt doch einfach der Spur gefällter Diener und Wachen«, schlug Rialt vor.

Pol schüttelte den Kopf. »Wenn sie erst einmal hier heraus sind, muß sie nur Ruala zwingen, ruhig zu bleiben. Wer sieht schon zweimal hin, wenn eine Dienerin einer Dame an einen Ort hilft, wo sie ausruhen kann?«

»Aber aus dem Schloß kommen sie nicht«, beharrte Rialt. »Riyans Befehl an die Wachsoldaten –«

»Sie ist an uns dreien vorbeigekommen. Welche Schwierigkeiten bedeuten schon ein paar Wachen? Wir könnten Stronghold auf den Kopf stellen und würden sie nicht finden, außer mit sehr, sehr viel Glück. Du hast selbst gesagt, daß wir nicht feststellen können, wohin sie sind.«

Rialt nickte unglücklich. Er trat an einen Nachttisch und schenkte Wein aus einer Karaffe ein, die dort stand. Pol sah sich um und erkannte plötzlich, in wessen Zimmer sie waren. Meiglan lag in einer Wolke aus weißer Seide und Spitze dort und sah aus wie das unschuldige Mädchen, für das er sie bis gestern noch gehalten hatte. Abwesend nahm er einen Weinkelch von Rialt entgegen und wollte gerade trinken, als Riyan ihm den Kelch aus der Hand schlug.

»Riech daran«, sagte er und hielt ihm seinen eigenen Kelch entgegen. »Ich habe in der Schule der Göttin zwar nicht viel Talent in Medizin gezeigt, aber ich habe zumindest gelernt, gewisse Gerüche zu erkennen. Ein Schluck davon, und Ihr hättet bis Mittag am Boden gelegen.«

Da er die Nase seiner Mutter für Wein nicht geerbt hatte, konnte Pol nichts Außergewöhnliches ausmachen. Aber ihn beschäftigte viel mehr die Frage, warum der Wein versetzt war und für wen er gedacht war. Er starrte Meiglan an. Sie atmete kaum.

»Sie ist betäubt worden«, sagte er langsam. »Aber warum?«

»Vielleicht sollte sie schweigen?« riet Rialt. »Sie wurde gestern abend aus der Großen Halle entfernt, weil sie völlig hysterisch war. Vielleicht weiß sie etwas.«

»Es kümmert mich einen Deut, was sie weiß oder nicht weiß!« Riyans Geduldsfaden war gerissen. »Nicht jetzt, wo diese *Diarmadhi*-Hexe Ruala hat –«

»Geiseln sind nicht in Gefahr, es sei denn, die Forderungen werden nicht erfüllt«, erklärte Pol grimmig.

»Da ist noch ein interessanter Gedanke«, fügte Rialt hinzu. »Warum Lady Ruala? Warum nicht Ihr, Herr? Ihr seid wertvoller für einen Zauberer, der zweifellos mit Roelstras Enkel im Bunde ist. Sie könnten Euch einfach töten und die Prinzenmark fordern.«

Pol starrte noch immer Meiglan an. »Das muß öffentlich geschehen. Ich muß Ruvals Recht zur Herausforderung anerkennen und es dann von Prinz zu Prinz austragen.«

»Und weil er jetzt Ruala hat«, sagte Riyan, und vor Kummer klang seine Stimme belegt, »ist deine Einwilligung sicher.«

»Bis dahin ist sie sicher.« Pol näherte sich dem Bett. »Sie sollte schweigen«, wiederholte er Rialts früheren Vorschlag.

Der Haushofmeister nickte. »Die alte Frau war eine ihrer Dienerinnen und wurde aus Cunaxa nach Tiglath und nun hierher mitgenommen. Was ist es, was Lady Meiglan uns nicht erzählen kann, solange sie von dem Mittel betäubt ist?«

»Und wie lange ist sie es wohl schon?« Pol hob das Handgelenk des Mädchens und fühlte den Puls so schwach flattern wie einen winzigen Vogel, der in einem zarten Knochenkäfig gefangen ist. »Rialt, suche eine der Dienerinnen meiner Mutter und befehle ihr, sie soll hier Wache halten. Und postiere Wachen vor der Tür. Niemand darf dieses Zimmer betreten, nicht einmal ihr eigener Vater. Wenn sie aufwacht, soll niemand außer einem von uns hören, was sie zu sagen hat.«

»Nicht einmal ihre eigenen Dienerinnen?« fragte Rialt.

»Nein.« Er legte Meiglans Hand zurück und erhob sich. »Wir bleiben hier, bis du zurückkommst.«

»Sehr wohl, Herr.«

Nachdem Rialt fort war, wandte sich Pol an Riyan. »Wie konnte Ruala es spüren, noch bevor deine Ringe zu brennen anfingen?« fragte er leise.

»Das weißt du so gut wie ich. Und wir beide wissen auch noch etwas anderes.« Riyan erwiderte ruhig seinen Blick.

Pol antwortete unwillig: »Wir drei haben es draußen im Gang gespürt. Rialt nicht. Von ihm weiß ich genau, daß er keinen Tropfen Lichtläufer-Blut hat. Entweder ist Ruala eine von uns, eine Lichtläuferin, oder sie und ich sind dasselbe wie du. *Diarmadh'im.*«

»Die Ringe würden für letzteres sprechen«, sagte Riyan ausdruckslos.

»Macht es dir nichts aus, daß –«

»Daß sie sein könnte, was ich bin? Meine Mutter war vom Alten Blut. Genau wie Urival. Ich habe da keine Vorurteile«, erwiderte er achselzuckend.

»Sie muß doch wissen, was sie ist. Warum hat sie nichts gesagt?«

»Würdest du es nicht auch geheimhalten?« Riyan sah ihn nicht an.

»Um Geheimnisse geht es hier tatsächlich. Wenn das wahr ist, und ich wirklich –« Er versuchte, seine Stimme ruhig klingen zu lassen.

»Es kann nicht von deiner Mutter kommen, Pol. Sie ist eine vollblütige *Faradhi.* Ihre Ringe brennen in der Präsenz von Zauberei nicht.«

»Sie hat keine Lichtläufer-Ringe mehr getragen, solange ich lebe. Es könnte von meinem Vater kommen. Und wenn das so ist, dann ist unsere ganze Familie –« Er holte tief Luft. »Wenn sie es nicht wissen, wie kann ich es ihnen sagen? Und wenn sie es wissen, dann haben sie mich mein Leben lang belogen. Es geheimgehalten. Geheimnisse verleihen Macht«, zitierte er verbittert.

»Andry darf davon nichts erfahren«, warnte Riyan.

»Zur Hölle mit Andry! Er kann seine *Devr'im* und seine Lichtläufer-Ringe nehmen und –«

»Ringe – da haben wir es. Pol, du bist überhaupt kein *Diarmadhi*!« Riyan riß Pols rechte Hand hoch. »Das ist doch Andrades Ring, oder?«

»Was hat das damit zu tun –«

»Er hat nicht gebrannt wie meiner. Kein Brennen, kein Zauberblut. Das Gold ist etwas Besonderes. Es gab da eine Zeremonie, Lady Merisel hat etwas damit getan, hat Ruala erzählt. Dieses müßte immer noch die Kraft beinhalten.«

Pol zögerte und sagte dann: »Nein. Das ist nicht das Original. Er hat mir nicht gepaßt. Wir haben den Mondstein herausgenommen und Drachengold benutzt, um eine neue Fassung herzustellen.«

»Das beweist gar nichts.«

Pol schämte sich seiner Reaktion auf die Möglichkeit, Zaubererblut zu haben. Er nahm sich zusammen und erklärte: »Ich bin es, oder ich bin es nicht. Das ist jetzt nicht wichtig. Ruala ist wichtig.«

»Wenn sie ihr etwas tun, bringe ich sie mit bloßen Händen um.«

»Ihr wird nichts geschehen, Riyan. Sie brauchen sie, damit ich mich kooperativ erweise. Aber es wird jetzt nicht mehr lange dauern. Die Forderung wird innerhalb der nächsten Tage an mich herangetragen werden. Sie können sich nicht ewig verstecken. Und selbst wenn es ihnen gelungen ist, durch die Tore zu kommen – die Wüste ist kein Ort, wo man mehr als eine einzige Nacht verbringt, nicht einmal im Frühjahr.«

Riyan nickte, aber seine Ringe blitzten, als er in seiner hilflosen Wut die Hände immer wieder zu Fäusten ballte.

Rialt kehrte mit zwei Wächtern und einer Magd zurück, die das smaragdgrüne Abzeichen trug, das sie als persönliche Bedienstete der Höchsten Prinzessin auswies. Pol gab kurz und bündig seine Anordnungen und sagte dann zu Riyan: »Komm. Es wird Zeit, daß mein Vater davon erfährt.«

Aber er mußte Meiglan noch einen letzten Blick zuwerfen. Sie konnte das Mittel letzte Nacht eingenommen haben, um jegliches Nachfragen zu vermeiden – nachher. Er wollte glauben, daß sie es so gemacht hatte und fürchtete, daß es nicht so war. Denn wenn Zauberer die Gestalt wechseln konnten, dann war die Frau, mit der er letzte Nacht zusammen gewesen war, vielleicht überhaupt nicht Meiglan gewesen.

* * *

Chay und Andry standen auf den Festungswällen mit Blick auf die Wüste hinter den Klippen, die Stronghold schützten. Vater und Sohn bemühten sich ein letztes Mal darum, einander zu verstehen. Der eine, ein mächtiger *Athri* und berühmter Krieger, der schon sechzig Winter gesehen hatte, hatte sich *Faradhi*-Fähigkeiten gegenüber niemals wohl gefühlt, obwohl er von Lichtläufern umgeben war. Der andere, halb so alt wie sein Vater und Herr der Schule der Göttin seit seinem zwanzigsten Lebensjahr, hatte Veränderungen der Lichtläufer-Techniken eingeleitet, die letzte Nacht ihren Höhepunkt in etwas gefunden hatten, das Talentlose niemals verstehen konnten. Jeder kannte die Zweifel und Vorurteile des anderen; aber sie waren nicht zwei beliebige Männer, sie waren auch Vater und Sohn. Sie mußten es versuchen.

»Hör nur, welches Wort du soeben benutzt hast«, sagte Chay. »Magie. Davon habe ich in meiner Jugend vielleicht ein Dutzend Mal gehört.«

»Es ist ein passender Ausdruck –«

»Für etwas, das früher jeder als gegeben hinnahm, einfach als Teil des Lebens. Die Lichtläufer taten, was sie tun mußten, aber es war keine Magie.« Chay stützte die Hände auf die Steinmauer und blinzelte in die Sonne. »Wir pflegten von den ›Künsten‹ oder ›Fähigkeiten‹ zu sprechen, wenn es um Lichtläufer ging. Jetzt fangen wir an, von Magie zu reden. Andry, hörst du den Unterschied denn nicht?«

»Wenn die Leute es gern so nennen möchten...« Andry zuckte mit den Schultern. »Was wir tun, ist nichts Gewöhnliches.«

»Es ist für jemanden wie mich nicht zu erklären. Und die Menschen fürchten, was sie nicht verstehen können.«

»Vater!« Andry fing an zu lachen. »Du hast in deinem ganzen Leben nie vor etwas Angst gehabt, am wenigsten vor deiner eigenen Gemahlin und deinen Söhnen!«

»Ich rede nicht von mir. Ein Lichtläufer bei der Arbeit ist ein merkwürdiger Anblick, aber es ist nicht erschreckend, wenn man es als eine Geschicklichkeit ansieht wie z. B. eine Geschicklichkeit im Krieg. Aber Magie – das ist etwas ganz anderes.«

»Du und ich, wir sind einfach Krieger verschiedener Art. Und außerdem, was du gesehen hast, war Respekt, nicht Angst.«

»Ja?«

»Genau derselbe Respekt, wie man ihn dir entgegenbringt, wenn du dein Schwert an der Seite trägst«, erklärte Andry entschieden.

»Ja, aber jeder andere Mann mit einem Schwert kann mir unter gleichen Voraussetzungen entgegentreten.« Chay fing an, in dem Mörtel zwischen den Steinen zu stochern. »Aber Schwerter sind nutzlos gegenüber dem, was du gestern abend in Drachenruh getan hast.«

»Ich bin jetzt nicht an Drachenruh interessiert. Mich beschäftigt mehr, daß du mir für irgend etwas die Schuld zu geben scheinst. Ich wüßte gern, was das ist.«

Chay schwieg einen Moment, drehte sich dann um und verschränkte die Arme vor der Brust. »Es geht nicht um Schuld. Es handelt sich um eine Verantwortung, die du mit Andrade teilst. Sie hat etwas in Gang gesetzt, als sie ihre Schwester mit Zehava und Sioned mit Rohan verheiratete. Sie drängte Lichtläufer in das Leben und das Blut von Prinzen. Das machte euch sichtbarer.«

»Und? Wir sind zum Dienen geschaffen und sind nicht bloß Prinzen.«

»Aber siehst du denn nicht, daß ihr in das alltägliche Leben verwebt werdet? Du hast *Faradh'im* an allen prinzlichen Höfen eingesetzt, in jedem größeren Gut. Jetzt sind sogar schon die Kleineren dran. Als die Lichtläufer noch ferne Wesen waren, mußte niemand viel über Euch nachdenken. Aber jetzt müssen die Menschen sehr oft direkt mit euch umgehen.«

»Und steht nicht Rohans Name mit all den neuen Gesetzen in Zusammenhang, die Eingang in das Alltagsleben der

Menschen gefunden haben? Er ist der sichtbarste Hoheprinz seit einhundert Jahren. Die Menschen gehen auch mit ihm viel direkter um. Ich sehe keinen Unterschied. Außerdem ist es nicht meine Schuld, wenn die Menschen unbedingt glauben wollen, wir wären geheimnisvolle –«

»Was passiert, wenn die Nachricht von deinen *Devr'im* Kreise zieht? Du weißt, daß das geschehen wird. Der Einsatz von Lichtläufern als... als Waffen in einer Schlacht – Andry, das ist so weit von allem entfernt, was du je gewesen bist, daß nur ein Narr sich nicht davor fürchten würde!«

Andry zögerte. Dann dachte er daran, daß er gewiß zum letzten Mal mit seinem Vater hier stand und auf das Land seiner Geburt hinausblickte, und erklärte: »Du weißt nicht, was ich gesehen habe.«

»Gesehen?« Die Falten auf Chays breiter Stirn wurden noch tiefer. »Erklär dich genauer.«

Andry biß sich auf die Lippen. »Vergib mir, aber du mußt mir dein Wort geben, nichts davon vor irgend jemandem zu wiederholen.«

Chay erstarrte. »Mein Wort?«

»Es tut mir leid. Glaube mir, daß ich dich nicht darum bitten würde, wenn es nicht so ungeheuer wichtig wäre. Bitte.«

Ein zögerndes Nicken. Andry seufzte vor Erleichterung. Sein Wissen war plötzlich zu viel für ihn, er konnte nicht allein damit leben; und hier war der einzige Mann der Welt, mit dem er es teilen konnte.

»Vater, an dem Tag, als ich Herr der Schule der Göttin wurde, hatte ich eine... eine Vision.« Er beschwor die Erinnerung herauf, und als er sich zwang, das Entsetzliche noch einmal zu durchleben, hörte er den Schatten davon in seiner Stimme. »Hunderte von Toten. Schlösser in Ruinen – schreckliche Zerstörung. Unvorstellbare Schlachten in einem Krieg, den wir verlieren müssen, wenn nicht etwas getan wird. Ja, die *Devr'im* bedeuten eine Abkehr von der Tradition. Aber hat nicht auch Andrade Traditionen gebrochen, als sie Sioned, eine voll ausgebildete Lichtläuferin, mit einem Prinzen verheiratet hat? Nach allem, was ich weiß, wird es zu diesem Krieg kommen, weil Pol ist, wer er ist, nämlich Lichtläufer und Prinz zugleich. Ich weiß es nicht genau. Ich kann nicht sicher sein. Aber ich habe den Schmerz gesehen, Vater. Ich tue alles, was ich kann, um eine Verteidigung dagegen aufzubauen. Findest du, ich sollte untätig zusehen? Wäre ich dein Sohn, wenn ich das täte?«

Die grauen Augen suchten seine. »Du hast all das gesehen?«

»Ich habe Graypearl gesehen, geplündert«, murmelte er. »Medawari in Gilad, Faolain Riverport – sogar Stronghold, sogar Radzyn.« Chay zuckte unwillkürlich zusammen. »Es war alles in Trümmern«, betonte Andry hartnäckig. »So tot wie Feruche, ehe Sorin es wieder aufgebaut hat.« Er schluckte, als er seinen Zwillingsbruder erwähnte.

»Ich will nicht sagen, daß ich dir nicht glaube«, meinte Chay langsam, »aber… könnte es sein, daß du Dinge tust, die deine Vision schneller wahr werden lassen?«

»Du hast nie viel mit *Faradh'im* anfangen können, nicht wahr? Aber ich denke, das ist nicht wichtig. Ich glaube, daß geschieht, was mir gezeigt worden ist. Und ich glaube auch, daß mir die Mittel gegeben wurden, uns dagegen zu verteidigen. Welchen anderen Sinn hätte sonst die Sternenrolle? Und wenn die wachsende Furcht vor Lichtläufern Tausende rettet, ist der Preis dann zu hoch?«

»Wenn Furcht der Preis ist, dann mußt du die Kosten selbst berechnen, mein Sohn.«

»Wie kann ich es dir begreiflich machen?« rief er. »Ich suche keine Macht um ihrer selbst willen oder um mich als Pols Rivale aufzubauen. Was ich auch tue, so sind es nicht

Gier oder Ehrgeiz, die mich antreiben. Ich habe Angst vor dem, was die Zukunft bringt.«

»Sei vorsichtig, was du der Zukunft opferst«, warnte Chay.

»Ich würde mein eigenes Leben opfern, wenn ich dadurch verhindern würde, was sicher kommen wird.«

Zum ersten Mal schien sein Vater wirklich erschüttert. »Andry, du hast Recht, ich verstehe Lichtläufer nicht. Ich sollte es. Ich habe mit deiner Mutter – gütige Göttin – achtunddreißig Winter inzwischen gelebt, ich habe zwei *Faradhi*-Söhne, und es sieht aus, als würden meine Enkel ebenfalls Lichtläufer. Die Zerstörung, die vor uns liegt, wie du mir erzählst –«

Andry erstarrte. »Du glaubst nicht daran.«

»Du tust es«, sagte Chay leise. »Also muß ich es.«

Nie im Leben hatte er sich so stolz oder so klein gefühlt. Er legte eine Hand auf den Arm seines Vaters. Er war unfähig zu sprechen. Aber der Augenblick herzlichen Verstehens verging bei Chays nächsten Worten.

»Ich habe vorhin gesagt, daß die Menschen fürchten, was sie nicht verstehen können. Aber es ist auch wahr, daß sie keine Angst vor etwas haben können, was sie verstehen. Du verwandelst die Kunst und die Geschicklichkeiten der Lichtläufer in Magie. Es geht nicht nur darum, daß du Dinge tun kannst, die wir anderen nicht tun können. Du stößt uns mit der Nase hinein. Diese Anrufungen der Göttin, all die Worte aus der Sprache der Alten, die niemand versteht, kunstvolle Rituale in deiner eigenen Gemeinschaft –«

»Wer hat uns beobachtet?« fragte er. »Pol? Sioned?«

Die grauen Augen musterten ihn ruhig. »Dein Bruder. Und es gefällt ihm nicht besonders, was er gesehen hat.«

»Maarken?« Der Verrat ließ Andrys Atem einen Augenblick lang stocken. Allein – er stand ganz allein in dieser

Sache. Sein Heim – verboten; seine eigenen Eltern verteidigten ihn nicht, seine Familie mißtraute ihm – und nun das. Maarken spionierte ihm nach.

Aus Chays Stimme klang Müdigkeit. »Andry, ist es wirklich Respekt, den du suchst? Wäre es nicht besser, wenn du dich um Vertrauen bemühen würdest? Wenn du offen arbeiten würdest, so daß alle es sehen und verstehen können?«

»Ihr fürchtet mich wirklich«, flüsterte er. »Ihr alle.«

»Du bist mein Sohn«, krächzte Chay. »Ich möchte dir vertrauen, aber du machst das fast unmöglich. Warum bist du nicht zu uns gekommen, als du von der Armee erfahren hast, die nach Drachenruh marschiert ist?«

»Warum bist du dagegen, daß ich Lichtläufer-Macht gegen die Feinde der Wüste einsetze? Ist es nicht das, was Andrade gewollt hat?«

»Sie wollte eine Linie von Prinzen, die auch Lichtläufer sind. Keine Lichtläufer, die sich benehmen, als hätten sie alle Rechte und Privilegien von Prinzen.«

»Oh, jetzt verstehe ich«, sagte er. Er war jetzt zutiefst verletzt und wütend. »Ihr wart alle erstaunt, daß ich überhaupt einen Finger krumm gemacht habe, um Drachenruh zu verteidigen! Ihr dachtet, ich würde lachend zusehen, wie es zerstört wird!«

»Andry!«

»Es stimmt doch, oder?« tobte er. »Nun, von mir aus kann Ruval Pol zerstören, das ist mir egal! Keiner von ihnen spielt eine Rolle. Verglichen mit dem Horror, der seit nunmehr neun Jahren mein Hirn erfüllt, zählt überhaupt niemand sonst!«

»Außer dir?« fragte Chay rauh.

Andry erstarrte kurz, machte dann auf dem Absatz kehrt und marschierte davon.

Rohan hörte Pol und Riyan zu, ohne eine Frage zu stellen oder etwas dazu zu sagen. Als sie geendet hatten, sagte er nur: »Kommt mit.« Er führte sie in die Bibliothek und das Büro, das er mit seiner Gemahlin teilte, und verschloß die Tür. Das, zusammen mit seinem Schweigen, ließ die jungen Männer unruhig werden. Aber sie trauten ihren Augen kaum, als er das Geheimfach öffnete, in dem die übersetzte Sternenrolle aufbewahrt wurde.

»Dies ist eine Kopie dessen, was Meath vor Jahren in Dorval gefunden hat. Das Original und eine andere Übersetzung sind in der Schule der Göttin. Du weißt von der Sternenrolle, Pol, wenn du sie auch nie gesehen hast. Urival und Morwenna haben dich einiges daraus gelehrt. Aber nur deine Mutter und ich wußten, wo sie versteckt war. Wenn ich sie zurücklege, zeige ich dir, wie das Versteck funktioniert. Eines Tages mußt du sie vielleicht sehr schnell holen.«

Pol trat vor, als er das Kästchen auf den riesigen Schreibtisch stellte, doch Riyan hielt sich zurück. Rohan sah zu ihm hinüber.

»Was ist los?« fragte er, obwohl er sehr gut wußte, was Riyan beunruhigte.

»Das heißt... sehr viel Vertrauen in mich zu setzen«, murmelte der junge Mann.

Rohan lächelte ein wenig, als er das Pergament entrollte. Er hatte richtig geraten, doch das war nicht allzu schwierig gewesen. Der Sohn war wie der Vater, und Ostvel kannte er ein halbes Leben. »Ich habe dir auch bei dem Geheimnis des Drachengoldes vertraut«, gab er zu bedenken.

»Aber dies –«, stammelte Riyan.

»Du bist genauso neugierig wie ich«, sagte Pol ungeduldig. »Hör auf herumzureden und komm her.«

Angesichts der Ungeduld seines Sohnes zog Rohan die

Brauen hoch und öffnete die Rolle auf der ersten Seite. »Urival hat darauf bestanden, diesen Abschnitt ganz genau so zu reproduzieren, wie er in der echten erscheint. Zwei Worte und eine Grenze aus Sternen.«

»›Über Zauberei‹«, flüsterte Riyan an Pols Schulter.

»Ja.« Er entrollte die Schriftrolle bis zu ihrem Einführungsabschnitt. »Das schwierigste an dem Original ist der Code. Wie es scheint, war Lady Merisel so sehr Gelehrte, daß sie dieses Wissen erhalten wollte. Aber sie war auch klug genug, seinen Inhalt so zu verstecken, daß er nicht schon bei einem flüchtigen Durchschauen bekannt wurde. Dies hier ist eine dechiffrierte Fassung. Alles darin ist entschlüsselt. Deshalb wird sie geheim gehalten.«

»Wieviel davon hat Mutter ausprobiert?« fragte Pol.

»Nicht viel. Auch sie ist klug.« Rohan setzte sich und fing an, nach den Abschnitten zu suchen, die er brauchte.

»Steht darin irgend etwas über das Gestaltwechseln?«

»Nichts.«

»Schade. Das hätte nützlich sein können.«

»Und gefährlich«, murmelte Riyan.

Rohan beschloß, sich nicht um das Geplänkel zu kümmern. »Pol, du hast einmal gesagt, daß ich nur darauf warte, daß sich die Dinge entwickeln, und daß ich nicht handle, ehe ich das muß. Ich habe meine Gründe – obwohl ich weiß, daß du damit nicht immer einverstanden bist.« Die Sternenrolle entrollte sich Seite für Seite vor ihnen und erzählte von Macht, die er niemals besitzen konnte. – Und auch nicht haben wollte. »Vor neun Jahren ließ ich den Betrüger Masul lange genug leben, daß er deinen Anspruch in Frage stellen konnte, denn Gerüchte können manchmal realer werden als die Wahrheit. Er mußte gehört und öffentlich geschlagen werden, sonst wäre dein Recht immer angezweifelt worden. Womit ich nicht grechnet habe, das war die Zauberei. Und Maarken wäre wegen meines Fehlers fast gestorben.«

»Aber das war nicht deine Schuld –«

»Ich bin der Hoheprinz. Das machte es zu meiner Schuld. Und zu meiner Aufgabe, ihn zu töten, ehe er Maarken töten konnte. Mein Fehler, meine Schuld, meine Aufgabe, meine Verantwortung. Das bedeutet es, Hoheprinz zu sein.« Er bedeutete Riyan, er solle die Schriftrolle oben festhalten, während er den unteren Teil befestigte. »Ich beschloß damals, diesen Fehler nicht zu wiederholen. Als Urival dies hier nach Stronghold brachte, war Sioned nicht die einzige, die es studierte. Ich kenne diese Rolle von vorne bis hinten, und auch die Überlieferungen, die Meath damit gleichzeitig wiederfand. Sie befähigten mich, auf meine Rechte zu verweisen, als es um diese Lichtläuferin in Gilad ging.«

»Du wußtest es die ganze Zeit«, sagte Riyan bewundernd. »Die Worte waren da, damit du sie benutzen konntest, und du hast es getan.«

Rohan lehnte sich in seinem Sessel zurück und stieß einen langen Seufzer aus. »Worte«, wiederholte er. »Ich habe neulich zu Andry gesagt, daß ich mein Leben lang Worte auf Probleme geschleudert habe. Sie sind die Waffen eines zivilisierten Mannes, zumindest sage ich mir das immer wieder. Aber wir sind nicht zivilisiert, keiner von uns. Wir haben unsere Messer immer in Reichweite.« Er fuhr mit den Fingerspitzen über das Pergament. »Was sind diese Worte anderes als Messer?«

»Macht«, erklärte Pol tonlos. »Wirksamer als Messer.«

Rohan wurde traurig, als er ihn hörte. Die Unschuld, von der Sioned gesprochen hatte, die Eigenschaft, unberührt zu sein, war aus Pols Augen und seiner Stimme gewichen. Er war nicht so abgeschirmt worden wie Rohan, aber es war ohnehin klar, daß er nicht länger geschützt werden konnte.

»Ich wußte die ganze Zeit, daß weder Andry noch Cabar auch nur ein Fünkchen ihrer Privilegien abgeben würden. Aber ich mußte warten, bis sie mich um eine Entscheidung ersucht haben. Ich hatte gehofft, sie würden es unter sich ausmachen und es mir ersparen, die Macht einsetzen zu müssen, die mir die Schriftrolle verleiht. Aber jeder von Euch hat Macht, das verborgene Messer, wenn ihr so wollt, die sich außerhalb meiner Reichweite befindet. In diesem Punkt bin ich blind. Aber du bist ein Lichtläufer, Pol. Riyan, du hast auf beide Arten Talent. Zauberei ist zweifellos das Mittel, das Ruval wählen wird. Deshalb gebe ich euch dieses Messer.«

All das strahlende Gold und Bronze waren aus Riyans dunklen Augen gewichen. »Das bedeutet viel Vertrauen für uns.«

Und eine große Last für euch, dachte Rohan und verbarg seine Melancholie hinter einer ruhigen Antwort. »Ich würde es euch nicht geben, wenn ich euch nicht vertraute.«

Pol beugte sich über die Rolle und las laut. Er stützte dabei einen Ellbogen auf den Schreibtisch. »Der *Rabikor* ist nur durch Regeln gebunden, die vor dem Kampf festgelegt werden. Deshalb lerne deine Tradition gut, damit dein Gegner dich nicht in deiner Unwissenheit packen und alle Ehre legal beiseite schieben kann, um dich zu schlagen.« Er schaute zu Rohan hinüber. »*Rabikor* – das heißt ›Kristall-Kampf‹ in der Sprache der Alten.«

»Eine klingende und genaue Bezeichnung. Zu schön allerdings für einen Kampf bis zum Tode.«

»Einen Moment«, protestierte Riyan. »Heißt das, daß der andere Mann, wenn er die Regeln kennt, du aber nicht, sich dann nicht daran halten muß?«

»Ganz genau. Er ist nur an das gebunden, was vereinbart worden ist. Jede Taktik ist fair. Ich schlage vor, Ihr lernt diesen Abschnitt Wort für Wort«, fügte er täuschend sanft hinzu. »Jeder, der die festgelegten Regeln bricht, verliert, selbst wenn er gewinnt, alle Rechte und Ansprüche an dem, was er gefordert hat. Lies weiter.«

Pol fuhr fort. »›Die erste der Regeln ist folgende: Dieser Kampf soll nur zwischen zwei Personen ausgefochten werden. Die Einmischung einer weiteren Person ist verboten. Zweitens: Alle Elemente können angerufen werden, soweit Macht und Geschick es zulassen. Drittens: Das Unwirkliche kann jederzeit genutzt werden!‹« Er runzelte die Stirn. »Das bezieht sich doch auf das Heraufbeschwören von Entsetzen, wie Andry es getan hat.«

»Der Abschnitt über alle Elemente beunruhigt mich«, gestand Riyan. »Wir können natürlich das Feuer anrufen und auch die Luft. Aber Wasser und Erde hineinzuwirken, das ist normalerweise nicht unsere Art.«

»Dann lernt es«, meinte Rohan nur.

»›Viertens: Eine *Perath* soll für jeden Wettkämpfer von drei Personen errichtet werden. Innerhalb dieser Kuppel aus verwebtem Licht wird der *Rabikor* ausgetragen. Sollte einer der Sechs während des Kampfes sterben, wird er nicht ersetzt.‹« Er blickte wieder auf. »*Perath*? ›Nadelwand‹? Nein, ›Kralle‹!«

»Ein Tribut an die Drachen vermutlich. Sie hält jeden davon ab, einzudringen oder hinauszugelangen. Der Sieger zerstört am Ende des Kampfes die *Perath*.«

Riyan zögerte. »Ist es so gefährlich, daß die Teilnehmer daran sterben können?«

»Augenscheinlich.«

Pol fuhr fort: »›Fünftens: Körperliche Berührung und Waffen aus Eisen, Bronze, Gold, Silber oder Glas sind verboten.‹ Verdammt. Es scheint so, als könnte ich mich nicht auf saubere Art Ruvals entledigen. Ich muß ihn durch Zauberei schlagen.«

»Nur wenn du dich auf diese Bedingung einläßt«, erinnerte Riyan ihn. »Wenn es nicht erwähnt wird, kannst du tun, was du willst.«

»Hhmm.« Pol dachte nach und schien besorgt. »Was sorgt dafür, daß wir dabei ehrlich bleiben, Vater? Die Zeugen doch wohl nicht. Niemand hat die Macht, eine Niederlage herbeizuzwingen, wenn die Regeln verletzt werden. Außerdem ist Miyon gegen uns, Barig repräsentiert einen Prinzen, der ebenfalls wütend auf uns ist, und was Andry angeht –« Er brach ab und verzog noch einmal das Gesicht. »Er wird nicht so dumm sein, einen Zauberer an meiner Statt zu wollen, ganz gleich, wie sehr er mich haßt.«

Rohan nickte. »Ich gehe davon aus, daß du die Ironie zu schätzen weißt. Du giltst als Lichtläufer, obwohl du nicht in der Schule der Göttin ausgebildet wurdest. Deine Niederlage würde das Vertrauen in alle *Faradh'im* erschüttern, und das ist kein wünschenswertes Ergebnis für Andry. O ja, er wird dich unterstützen. Er kann gar nicht anders.«

»Ich weiß nicht«, äußerte Pol offen seine Zweifel. »Er war wütend genug, eine Menge Drohungen auszusprechen. Aber ich verstehe noch immer nicht, warum wir uns an die Regeln halten sollten.«

Rohan zuckte mit den Schultern. »Wegen der Ehre, was dich angeht. Und wegen der alten Traditionen, was ihn betrifft, zumindest kann man das nur hoffen. Vielleicht glaubt er, daß du die Regeln nicht kennst.«

»Pol... sieh dir mal die sechste an«, murmelte Riyan.

Er las sie still für sich, erbleichte und las sie dann laut. »›Sechstens: Der Gebrauch von *Dranath* ist unerläßlich. Es soll öffentlich genommen werden, zu gleichen Teilen und von jedem Kämpfer.‹ Vater, *Dranath* macht doch süchtig, oder?«

»Ja. Es verspricht dir keine angenehme Zeit, wenn es

nachläßt. Aber eine einzelne Dosis kettet dich auch noch nicht daran.« Er vergaß bewußt Sioneds Erfahrungen mit der Droge und Hollis schreckliche Qual, als sie sich aus der Abhängigkeit freimachte.

»Haben wir etwas vorrätig?« Pol zuckte zornig mit den Schultern. »Dumme Frage.«

»Verziehen«, meinte Rohan nur. »Schließlich plant man nicht jeden Tag einen Kampf gegen einen Zauberer.« Er erhob sich. »Ich lasse euch zwei jetzt mit der Schriftrolle allein. Lest sie durch, von Anfang bis Ende. Sie wird euch verraten, wie ihr mit *Dranath* im Blut funktioniert, und vielleicht bietet sie noch ein paar Einzelheiten, die euch helfen können, Ruval zu schlagen.«

Sioned wartete im Gang und ergriff schweigend seinen Arm, als sie zu ihrer Suite gingen. Als sie allein im Schlafgemach waren, legte sie zitternd ihre Arme um ihn.

»Psst«, murmelte er. »Sioned, Liebste, es wird alles gut. Ich schwöre es dir.«

Ihre Stimme an seiner Schulter klang erstickt: »Rialt hat mir alles erzählt. Rohan, es ist schlimmer als vermutet.«

Er hielt sie mit gerunzelter Stirn von sich ab. »Was ist los? Was hat dir solche Angst gemacht?«

»Ruala ist die perfekte Geisel. Sie ist *Diarmadhi.*«

»Was?« Rohans Kopf drehte sich. »Bist du sicher?«

»Sie spürte den Zauber, bevor es Riyan mit seinen Ringen merkte.«

»Das haben er und Pol mir erzählt. Aber das heißt nicht –«

»Nein? Sie werden nach der *Perath* verlangen. Sie brauchen drei gegen drei *Faradhim.* Marron sollte teilnehmen, davon bin ich überzeugt. Diese Frau, Mireva, ist die zweite. Und ich weiß, wen sie als dritten im Sinn hatten.«

Er fühlte, wie sich seine Finger um ihre Schultern krampften. »Riyan«, hauchte er.

Sie nickte. »Nachdem Marron tot war, fehlte ihnen ein wichtiges Glied. Aber sie haben jetzt Ruala, und die ist vom Alten Blut. Sie kann mit Drogen gefügig gemacht werden. Alles, was sie brauchen, ist ihre Kraft, nicht ihre bewußte Mithilfe.«

»Und Riyan wird nicht wollen, daß sie das allein durchsteht. Wir haben beide die Blicke gesehen, die sie einander zuwerfen. Er wird tun, was sie von ihm verlangen.«

»Er hat keine andere Wahl.«

Rohan entfernte sich von ihr und dachte verzweifelt nach. »Er ist jetzt drinnen und liest mit Pol die Sternenrolle. Das sollte ihm helfen.«

»Eine *Perath* kann töten.«

»Ich auch.«

»Rohan, nein! Es ist schon zuviel passiert! Und wie wolltest du das überhaupt tun? Du hast gesehen, wie Andry Marron vernichtet hat. Was du nicht gefühlt hast, das war die Anstrengung, die ihn das gekostet hat, obwohl er mehr oder weniger wußte, was er zu tun hatte!«

»Sioned, ich kann Riyan und Ruala nicht diesen Kampf für mich austragen lassen. Ich habe zu lange gezögert, Masul zu töten, vor neun Jahren. Ich werde nicht –«

»Es gibt noch anderes«, unterbrach sie. »Und Schlimmeres.«

Er lachte rauh. »Natürlich gibt es das. Das gibt es immer.«

Sioned zögerte und sah ihn nicht an. »Ich habe Meiglan besucht. Edrel begegnete mir vor ihren Gemächern und fragte, ob sie in Ordnung wäre nach der letzten Nacht. Ich dachte, er meinte ihren Schrecken wegen Marrons falscher Gestalt.« Sioned schlang die Arme um sich und zitterte. »Ich sagte ihm, es sähe so aus, als hätte man ihr kurz danach ein Schlafmittel gegeben und als hätte sie seitdem geschlafen. Und er... er sagte, das wäre nicht möglich, weil er heute morgen einen Spitzenschleier von ihr in Pols Zimmer gefunden hätte. Aber sie kann nicht diejenige gewesen sein, die ihn dort vergessen hat.«

Rohans Kehle zog sich zusammen, als würde sich eine Faust darum legen.

»Kannst du dir vorstellen, daß sich dieses armselige Kind in das Gemach eines Mannes schleicht, selbst wenn ihr Vater sie mit Drohungen dazu gebracht hat? Außerdem wurde sie völlig hysterisch fortgebracht, und ich glaube nicht, daß sie sich so schnell erholt hat.«

»Du… hast Beweise«, brachte er trotz seiner schrecklichen Angst hervor.

Sie nickte. »Ich kenne so manche Medizin. Tobin kennt mehr und Feylin noch mehr als wir beide zusammen. Ihre Mutter war Ärztin. Ich habe mir von ihnen bestätigen lassen, was ich bereits vermutet habe. Die Menge der Droge, die sich in Meiglans Wein befand, führt zu langer Bewußtlosigkeit. Als ich sie verließ, befand sie sich in den letzten Stadien. Die Droge muß ihr also verabreicht worden sein, kurz nachdem ihre sogenannte Magd sie aus der Großen Halle geleitet hat. Pol hat uns erst sehr viel später verlassen.«

»Es würde nicht klappen, Sioned.« Er hörte die Verzweiflung in seiner Stimme und versuchte, sie zu beherrschen. »Du kannst nicht sicher sein, ob die Dosierung der Droge sich geändert hat, ob ihr mehr hinzugefügt worden ist, seit –«

»Aber Tobin und Feylin haben es bestätigt.«

»Ihr könntet euch alle drei irren.«

»Du weißt doch, daß wir das nicht tun.« Sie bewegte sich auf ihrem Stuhl. »Du weißt es ebenso gut wie wir, Rohan!«

»Gütige Göttin«, flüsterte er ganz ohne Stimme.

»Ianthe konnte ihre Gestalt nicht ändern, also hat sie mit Dranath deine Wahrnehmungen verändert«, erklärte ihm

Sioned tonlos. »Diese Frau, diese Mireva, was hätte sie wohl getan, wenn Pol Zauberei gefühlt hätte? Selbst wenn nicht, wenn er erst einmal etwas über Meiglan herausfindet, dann kann er alles zusammenrechnen. Ich weiß nicht, was ich tun soll. Ich weiß nicht, wie ich ihn schützen kann.«

»Wir können es nicht. Nicht mehr.« Rohan war sich dessen jetzt sicher, und eine seltsame Erleichterung ging von diesem Wissen aus. »Er muß erfahren, wer er ist.«

Sioned sprang entsetzt auf. »Nein! Bitte, Rohan, bitte!«

»Es wird Zeit. Es muß heute noch sein.«

»Nein!«

»Möchtest du lieber zusehen, wie er stirbt, weil er eine Macht nicht einsetzen kann, nur weil er nicht weiß, daß er sie besitzt?« schleuderte er ihr entgegen.

Grüne Augen blitzten in einem Gesicht von der Farbe weißen Kalks. »Wir könnten ihm erzählen, er habe das *Diarmadhi*-Blut von einem von uns bekommen, wir könnten –«

»Ihn belügen? Immer wieder? Wann hören die Lügen denn endlich auf, Sioned? Wen schützt du jetzt, Pol oder dich selbst?«

»Und was passiert, wenn er herausfindet, daß der Mann, der seinen Tod wünscht, sein eigener Bruder ist?«

»Er muß das eben akzeptieren!« Rohan wandte sich zur Tür, aber ihre nächsten Worte ließen ihn auf halbem Wege stehenbleiben.

»So, wie du ihn akzeptiert hast, als du in jenem Winter nach Stronghold zurückgekehrt bist? Du konntest einen von uns beiden kaum ansehen. Ich hatte dir einen Sohn geschenkt, den du nicht haben wolltest, und Pol war der lebende Beweis dafür, daß du nicht perfekt warst! Sollen wir ihm das auch erzählen?«

Er hörte, daß seine Stimme so eisig und spröde wurde wie sonst, wenn er mit jemandem sprach, den er nicht mochte.

»Er wird heute abend noch erfahren, wer er ist. Du kannst dabei sein oder auch nicht, wie es dir beliebt. Aber er wird es erfahren.«

Kapitel 7

Stronghold: Frühjahr, 34. Tag

Bei Sonnenuntergang stand Stronghold kopf. Wachen und Lichtläufer durchkämmten das Gebiet rund um die Burg, solange es noch hell war, konnten aber nichts Ungewöhnliches berichten. Rohan hatte es nicht anders erwartet. Ruval und Mireva würden sich ausrechnen, daß es zu einer derartigen Suche kommen würde, also mußte es sie geben. Er hoffte, die Vorstellung hatte sie zufrieden gestellt, so daß sein nächster Schachzug unerwartet kommen konnte.

Aber bevor er anfing, war da noch Pol.

Auf Rohans Bitte hin trafen sie sich noch einmal in der Bibliothek. Pol war gerade gekommen, als Sioned eintrat und sich auf ihre Seite ihres doppelten Schreibtisches setzte. Rohan hätte sein halbes Prinzentum darauf gesetzt, daß sie nicht kommen würde, besonders nach ihrer Auseinandersetzung am heutigen Tage, daß sie vor dieser Aufgabe fliehen würde, die sie so lange gefürchtet hatte. Aber sie erwiderte seinen Blick, ohne mit der Wimper zu zucken.

Pol hatte einen Stuhl nahe an Sioneds Schreibtischhälfte herangezogen. Angesichts des Schweigens seiner Eltern war er neugierig. »Worüber wolltet ihr mit mir sprechen?«

Rohan verschloß die Tür und lehnte sich mit dem Rücken

dagegen. Tausend Mal hatte er sich die Worte überlegt und hatte versucht, sich diesen Augenblick vorzustellen, die richtige Art zu finden, so daß er Pol und Sioned jeglichen Schmerz ersparen würde. Aber die Worte waren vergessen, und es mußte Schmerz geben.

Sioned faltete die Hände auf dem Schreibtisch und senkte den schimmernden Kopf. Die grazilen Linien ihres Halses und ihrer Schultern wurden vom Kerzenlicht unterstrichen. Rohan hatte die Kerze schon früher entzündet. Er wußte, daß die Flammen getanzt und gezüngelt hätten unter der Gewalt ihrer Emotionen, wenn sie es mit Lichtläufer-Kraft getan hätte. Das Licht, das der Smaragd an ihrer Linken reflektierte, zitterte leicht, doch das war das einzige Anzeichen ihrer Angst.

Rohan wußte, daß er das Unvermeidliche nur aufschob, aber trotzdem sah er sich im Zimmer um. Kartenteppich, Bücher, Pergamente, die sich auf den Tischen stapelten, Kisten, die die Siegel ihres Prinzentums enthielten – vielleicht hätte er besser einen anderen Ort wählen sollen. Schließlich war dieser hier ein politischer Raum. Aber jetzt war es zu spät, um in ein Privatgemach umzuziehen, in dem sie Menschen und keine Prinzen hätten sein können, keine Prinzen.

Er holte tief Luft und fing an: »Pol… du verkörperst alles, was wir uns von einem Sohn gewünscht haben.« Der Kopf des jungen Mannes neigte sich in einer Geste des Erstaunens auf die Seite. »Du kennst deine eigenen Stärken. Du hast deine Fähigkeiten als Prinz erforscht, und du hast gelernt, deine *Faradhi*-Gaben klug und sicher einzusetzen. Du bist ohne Zweifel ein Lichtläufer.«

»Das zeigt sich schmerzlich jedes Mal, wenn ich Wasser überqueren muß«, bestätigte Pol lächelnd. »Was versuchst du mir zu sagen, Vater? Daß meine Lichtläufer-Fähigkeiten

Ruvals Zauber besiegen können? Wenn ja, dann sprich weiter. Ich fürchte ihn nämlich, obwohl ich jetzt weiß, was in der Sternenrolle steht.«

Sioned murmelte: »Du hast keinen Grund, dich zu fürchten, Pol. Du bist tatsächlich alles, was wir uns erträumt haben.« Sie zögerte und warf einen Blick auf Rohan. »Und du bist das, was du schon immer gewesen bist, ganz gleich, was du auch darüber hören magst, wer du seist.«

Seine blaugrünen Augen weiteten sich. »Mutter! Sag bloß nicht, du machst dir Sorgen wegen dieses alten Gerüchts?«

»Welches Gerücht?« Rohans Stimme war scharf.

»Ich habe es zum ersten Mal gehört, als ich in Graypearl war. Der Kern davon ist, daß ich nicht wirklich dein Sohn sei, daß Mutter kein Kind von dir habe bekommen können. Manche sagen, mein richtiger Vater wäre jemand in Stronghold, andere behaupten, ein Lichtläufer wäre heimlich hierher gebracht worden. Das alles war eine bloße Beleidigung, bis sie sogar behaupteten, Mutter hätte dich nur geheiratet, weil Lady Andrade es ihr befohlen hat, und sie hätte dich überhaupt nie geliebt. Das machte es dann einfach lächerlich! Ich habe es immer lachend abgetan, und das solltest du auch«, fügte er mit leichtem Vorwurf an Sioned hinzu.

»Davon habe ich nie gehört«, grübelte Rohan.

»Es gibt auch andere Gerüchte. Alle sind einfach lächerlich. Mutter, mach dir keine Sorgen wegen –«

»Pol, bitte!« Sioned sprang auf die Füße wie eine nervöse Katze und schritt auf die andere Seite des Schreibtisches. »Hör einfach zu. Mach mir die Sache nicht noch schwerer.«

Pol war jetzt offensichtlich verwirrt und wandte sich hilfesuchend an seinen Vater. Rohan sagte leise: »Es ist nicht leicht, was ich erzählen muß. Pol, glaubst du, daß der Besitz von *Diarmadhi*-Macht von Natur aus teuflisch macht?«

»Darüber habe ich bereits mit Riyan gesprochen. Wenn

ich das jemals geglaubt hätte, was nicht der Fall ist, dann ist er der lebende Beweis für das Gegenteil.« Er rutschte ungeduldig hin und her und warf Sioned einen Blick zu. »Würdet ihr mir bitte einfach erzählen, was ihr glaubt, mir erzählen zu müssen?«

Ihre Schultern reckten sich, als müßte sie sich selbst Mut machen. Sie stand hinter Rohans Schreibtischstuhl und umklammerte die geschnitzte hölzerne Rückenlehne. Langsam holte sie Luft – aber Rohan sprach zuerst.

»Du bist ein Lichtläufer, Pol«, sagte er. »Aber du bist auch *Diarmadhi*. Du bist mein Sohn, aber nicht der von Sioned. Deine Mutter war Prinzessin Ianthe, die Tochter des Hoheprinzen Roelstra und seiner einzigen rechtmäßigen Gemahlin, Lallante.«

Der Schock ließ das junge Gesicht starr werden. Pols Augen wurden leer und seine Haut farblos. Rohan bemerkte Verwirrung, Leugnen und Mißtrauen. Einhundert Emotionen gleichzeitig zogen über die Züge seines Sohnes. Endlich bewegten sich Pols Lippen in tödlichem Flüstern. »Warum erzählst du mir eine solche Lüge?«

Rohan konnte kaum atmen. Sioned klammerte sich so heftig an den Stuhl, daß ihre Hände blutleer waren.

»Warum?« Pols Stimme war leer, rauh.

Sioned antwortete. »Ich habe jedes Kind verloren, das ich je getragen habe. Einer Prinzessin wird alles verziehen, nur eines nicht: keinen Sohn zu gebären. Aber ich... ich sah mich selbst in einer Vision aus Feuer und Wasser. Ich hielt ein Neugeborenes in den Armen. Dich. So sehr war dieses Kind der Sohn deines Vaters, daß es keinen Zweifel daran geben konnte, daß du sein Sohn warst. Trotzdem wußte ich, daß ich nie wieder ein Kind empfangen würde.« Sie stand ganz still und starrte auf ihre Hände. »Du weißt, daß Ianthe deinen Vater in Feruche gefangen hielt. Ich war auch dort.

Als sie sicher wußte, daß sie schwanger war, ließ sie uns gehen.«

»Ich will mich nicht entschuldigen, Pol«, sagte Rohan leise. »Ich –«

»Das erste Mal«, fuhr Sioned fort, als hätte er nichts gesagt, »ging sie zu ihm, als er noch betäubt war vom *Dranath* und wegen einer Wunde fieberte. Sie... gab vor, ich zu sein. Sie wünschte sich einen Sohn, der gleichzeitig Erbe der Prinzenmark und der Wüste sein würde. Und außerdem wollte sie sich an Rohan dafür rächen, daß er mich erwählt hatte und nicht sie.«

»Das zweite Mal habe ich sie vergewaltigt.« Rohan hörte den Abscheu, den er eigentlich niemals hatte verraten wollen, und verfluchte sich selbst, daß er diesen Schwur nicht halten konnte. »Ich ziehe es vor zu glauben, daß du das Ergebnis des ersten –« Er brach ab und schluckte krampfhaft. »Als... später... begab ich mich zu unseren Armeen, die bereits im Feld waren. Sioned bleib in Stronghold und schickte bis auf einige Vertraute alle Bewohner fort. Tobin und Ostvel waren ebenfalls hier.«

Pol zuckte zusammen. »Dann... haben sie es immer gewußt. Wer sonst noch?«

»Chay. Myrdal. Maeta.« Sie nannte die Namen langsam und zögernd.

»Und die Diener?«

»Die sind inzwischen alle tot. Bis auf Tibalia.« Ihre Augen schimmerten vor Sorge, als sie ihn musterte. »Menschen, die dich lieben, Pol. Die –«

»– es mir nicht vorwerfen?« Zum ersten Mal war Schärfe in seiner Stimme und ein sonderbares Funkeln in seinen blaugrünen Augen.

Rohan sagte sanft: »Sie hat aufgepaßt. Sie hat gewartet, als wäre sie diejenige, die dich in ihrem Körper austragen durfte. Du warst ihr Kind, Pol. Verstehst du das nicht? Sie hatte dich in ihren Armen gesehen. Da warst du unser Kind.«

»Ich habe gesehen, wie Ianthe dick wurde mit dem Sohn, den sie mir gestohlen hatte. Und ihm genauso. Ihre Zeit kam früh. Ostvel und Tobin und ich ritten nach Feruche.« Jetzt blickte sie auf, und Erinnerungen wirbelten in ihren verschleierten Augen. »Ich habe dich ihr heimlich fortgenommen. Ich habe mir zurückgeholt, was mein war. Feruche selbst habe ich dem Feuer übergeben. Jeder dachte, daß das Kind, das sie geboren hatte, mit ihr in den Flammen umgekommen wäre. Aber das war nicht so. Du bist dieses Kind, Pol. Wir zogen nach Skybowl. Nur wenige sahen uns dort, denn die Arbeiter waren alle in den Krieg gezogen, um die Wüste zu verteidigen. Skybowl war fast ebenso leer wie Stronghold. Für diejenigen, die uns gesehen haben, gab es... eine Erklärung.«

»Eine Lüge«, bemerkte Pol tonlos.

»Ja«, gab sie zu. »Nämlich die, daß ich die Geburt meines Sohnes erst im Winter erwartet hätte. Daß ich aus einer Laune heraus nach Skybowl aufgebrochen wäre, mit Tobin und Ostvel zur Begleitung. Ich... war in diesem Sommer und Herbst nicht ich selbst. Ich erinnere mich an vieles aus dieser Zeit nicht mehr, was nach jener Nacht geschah, als Ianthe mich festhielt, mich ohne Licht in eine Zelle sperrte... ich glaube, ich war ein wenig verrückt.« Ihre Hände verdrehten sich. »Mein Handeln war verständlich, als Teil dieses Irrsinns. Es war plausibel. Schwangere Frauen haben manchmal seltsame Einfälle.« Sie atmete tief ein, um sich zu beruhigen, und fuhr fort: »In Skybowl haben wir erzählt, du wärest unterwegs geboren worden. In jener Nacht gab ich dir deinen Namen, und Ostvel und Tobin waren Zeugen. Und in jener Nacht –«

»– tötete ich Roelstra«, warf Rohan knapp ein. »Du hast bereits gehört, wie es passiert ist. Mit Hilfe einer Kuppel aus Sternenfeuer, die den ganzen Weg von Skybowl aus herübergesandt worden war und jeden *Faradhi*-Verstand dort und auf dem Schlachtfeld einfing – einschließlich des deinen. Roelstra wußte, daß du geboren worden warst. Er wußte nicht, daß seine Tochter tot war.«

»W-wer hat sie getötet?«

Rohan begegnete Sioneds gequältem Blick.

»Oh Göttin«, hauchte Pol. »Mutter –«

»Nein!« stieß Rohan hervor.

»Ich habe sie nicht getötet.« Sioned sah Pol an, und ihre Augen waren hart. »Aber ich wünschte mir nichts mehr in der Welt. Sie hat uns gefangen, hat deinen Vater gequält und mich vom Sonnenlicht ausgesperrt. Und sie hätte dich erzogen und genauso schlecht gemacht, wie sie es war. Ich konnte das nicht geschehen lassen, Pol. Sie hat dich ausgetragen, aber du warst niemals ihr Sohn.« In Sioneds Stimme lag jetzt ein flehender Unterton. Aber Rohan erkannte, daß sie es selbst in ihrer Qual fertiggebracht hatte, eine andere Wahrheit für sich zu behalten: daß es Ostvel gewesen war, der Ianthe getötet hatte. Das würden sie Pol niemals erzählen.

»Dann... dann ist Ruval mein Halbbruder«, sagte Pol langsam, als erwache er aus einem langen Schlaf. »Und mein Leben ist eine Lüge.«

»Pol!« Rohan trat zu ihm und ergriff seine Schultern. »Du bist jetzt niemand anderer als vorher, bevor du die Wahrheit gekannt hast! Was hat sich denn geändert? Du stammst von Prinzen ab, du bist ein *Faradhi*, und du bist mein Sohn. Und Sioneds.« Er starrte ins Gesicht seines Sohnes und wollte Pol dazu bringen, daß er die Worte sagte, die Sioned von ihren Qualen erlösen würden.

»Niemand anderer?« fragte der junge Mann ungläubig. »Ich erfahre, daß ich ein *Diarmadhi* bin, daß ich das Kind einer Vergewaltigung bin, daß mein Vater meinen Großvater getötet hat, daß meine Mutter –« Er stieß ein kurzes, ersticktes Lachen aus. »Welche Mutter?«

»Pol –«

»Niemand anderer?«

»Bist du denn weniger als vorher, ehe du das wußtest?« fuhr Rohan ihn an.

»Ich bin mehr«, antwortete Pol mit leiser, tödlicher Stimme.

Rohan trat von ihm zurück. »Das kann dich nur verändern, wenn du es zuläßt. Ianthe mag dich zur Welt gebracht haben, aber du warst niemals ihr Sohn. Niemals. Fühlst du Verwandtschaft mit Ruval? Die Bindung an einen Bruder? Wer hat dich denn ernährt, erzogen, geliebt, gelehrt –«

Sioned stöhnte tief aus ihrer Brust. Rohan wandte sich zu ihr um und wurde traurig, als er den Ausdruck in ihren Augen sah. Was sie immer befürchtet hatte, war jetzt eingetreten. Pol gab ihr die Schuld und stieß sie zurück. Für etwas, was Rohan getan hatte.

Er sah seinen Sohn wieder an. »Es ist für uns nicht einfacher als für dich. Wenn wir eine Wahl gehabt hätten –«

»Dann hättet ihr es mir nie erzählt. Das ist offensichtlich. Ihr hättet mich weiter eine Lüge glauben lassen!« Pol sprang auf.

»Daß du Sioneds Sohn bist? Ist das denn wirklich eine Lüge? Pol, sieh dich doch an. Erkennt man Ianthe in dir?«

»Warum habt ihr es mir nicht erzählt?« schrie Pol. »Warum habt ihr es geheim gehalten?«

»Wenn du jemandem die Schuld geben mußt, dann gib sie mir«, bat Rohan.

»Weiß du, was sie für Rohan geplant hatten, Pol?« Sioned

sprach mit absichtlich harter Stimme. »Weißt du, was sie vorhatten, deine Mutter und ihr Vater? Rohan und Ianthe sollten heiraten. Sobald ein Erbe geboren worden war, sollte Rohan getötet werden. Die Wüste wäre Teil der Prinzenmark geworden. Ianthes Sohn sollte als Hoheprinz beides regieren, wenn Roelstra einmal tot war. Erkennst du solche Menschen als dein Fleisch und Blut an? Sie hatten bisher nichts mit deinem Leben zu tun!«

»Außer, daß sie es mir geschenkt haben! Und die Dinge sind doch jetzt auch nicht so viel anders, oder? Ich habe die Prinzenmark, und am Ende werde ich die Wüste haben und Hoheprinz sein. Gütige Göttin, es ist alles so gekommen, als wenn mein... mein Großvater noch am Leben wäre!«

»Hör auf damit!« befahl Rohan. »Ich habe Roelstra getötet, weil es nötig war, und nicht, weil ich seine Macht für einen von uns begehrt habe. Wenn du nach so vielen Jahren noch etwas anderes glaubst, dann bist du ein Narr! Das war alles mein Werk, Pol. Alles. Es ist meine Schuld, daß sie sich gegen mich verschworen haben, meine Schuld, daß deine Mutter gefangen genommen und im Dunkeln eingesperrt und –«

Sioned gab einen leisen, animalischen Laut von sich und hob die Hände, als wollte sie die Erinnerung an die Vergewaltigungen abwehren. In ihren Augen lag eine Dunkelheit, die sie verschlungen hätte, wären die Worte ausgesprochen worden. Rohan kniff die Lippen zusammen und grub die Finger in die Handflächen. Er sprach erst wieder, als er verhältnismäßig ruhig bleiben konnte.

»Ich habe Ianthe vergewaltigt und Roelstra getötet, und ich habe zugelassen, daß du dich für den gehalten hast, den alle in dir sahen. Du kannst mir an all diesen Dingen die Schuld geben. Aber Tobin kennt die Wahrheit deiner Geburt. Und Chay. Und Myrdal. Und Ostvel. Und Maeta kannte sie auch. Hätte die ihr Leben für dich hingegeben, wenn sie geglaubt hätte, du seist tatsächlich Ianthes Sohn? Hat je irgendein anderer an dir Zeichen von Roelstra gefunden? Deine wahre Mutter steht hier vor dir und liegt nicht in der Asche unterhalb von Feruche!«

Endlich sah Pol Sioned an. Sie hatte die Arme um sich geschlungen und zitterte, und ihre Augen waren groß und flehend vor Schmerz und einer stummen Bitte. Er starrte sie lange stumm an. Ohne einen Vorwurf, aber auch ohne Verständnis. Dann drehte er sich um und verließ den Raum.

* * *

Er wußte nicht, daß er rannte. Doch auf einmal konnte er nicht mehr weiter.

Die Tür zur obersten Kammer im Turm der Ewigen Flamme hielt ihn auf. Er starrte einige Augenblicke lang verständnislos auf das geschnitzte Holz und stieß die Tür dann mit einer Schulter auf. Augenblicklich schlug ihm sengende Hitze vom Ewigen Feuer entgegen. Die Tür quietschte in den Angeln; er stieß sie zu, lehnte sich dagegen und versuchte Luft zu holen. Der intensive Feuerschein brannte in seinen Augen, und alle Farben, die er je gesehen oder von denen er geträumt hatte, wirbelten in der Mitte des Raumes und griffen nach ihm, als wolle eine *Faradhi*-Vision seine Sinne erfassen.

Luft kratzte in seinen Lungen. Er stolperte an ein Fenster und war doch unfähig zu atmen, so schmerzte es ihn in der Brust. Belogen, verraten, getäuscht, und das von den beiden Menschen, die er geliebt, denen er vertraut und die er mehr verehrt hatte als irgend jemanden sonst auf der Welt. Er schrie seinen Protest hinaus, ohne Worte und ohne Sinn. Das konnte ihm nicht passieren. Es war nicht richtig, es war nicht fair – wie hatten sie ihn nur so belügen können? Er hatte gedacht, sie würden ihn lieben und nur das Beste für ihn wollen. Und doch hatten sie ihm das angetan.

Die kühle, duftende Dunkelheit der Wüste legte sich über Stronghold. Der Nachthimmel über ihm war übersät mit Sternen. Er legte die Finger um die Steine, als könnte er sie auseinanderbrechen und in den stillen Garten aus Rosen und Wasser unter ihm hinabstoßen, um dann davonzufliegen wie ein Drache am Himmel.

Das war es, was ihn hier hinaufgebracht hatte. Das Bedürfnis, allem zu entkommen, Freiheit zu finden, einsam und wild die Muskeln seiner Flügel spielen zu lassen und schließlich zu fliegen. Er starrte auf seine nutzlosen Hände, und ein leises Stöhnen der Wut entrang sich seiner Kehle.

Das Feuer, das hinter ihm prasselte, hüllte ihn in Hitze und Schweiß, und er wußte, daß er sich nur umwenden brauchte und schon würde er in diesem Feuer Visionen heraufbeschwören können. Er konnte sicher auch Szenen aus der Vergangenheit lebendig werden lassen. Die Sternenrolle hatte ihn das heute gelehrt. Eine Vergewaltigung, ein gestohlenes Kind, ein Schloß, vernichtet durch Lichtläufer-Feuer. Szenen, die stummes Zeugnis jener Lüge ablegten, die sein bisheriges Leben war.

Oder er konnte die Flammen höher und heißer aufflakkern und sich von ihnen verzehren lassen.

»Pol?«

Voller Wut, daß jemand es gewagt hatte, hier einzudringen, wirbelte er herum. »Raus!« brüllte er, noch ehe er die junge Frau erkannt hatte, die neben der schief geneigten Tür stand. Ihr dunkelrotes Haar war bereits von Schweiß getränkt, der auch ihre Haut mit einem Schimmer überzog. »Laß mich allein!«

Sionell zögerte, trat dann ein und brachte es auch fertig, die Tür hinter sich zuzudrücken. Sie lehnte sich mit dem

Rücken dagegen, wie er es getan hatte, und ihre Stimme klang fast beiläufig, als sie sagte: »Du kannst von Glück sagen, daß ich die einzige bin, die um diese Stunde noch herumläuft und dich sieht, wie du durch die Gänge stürmst wie ein rachedurstiger Drache.«

Es war ein schwacher Trost, daß niemand Zeuge seiner Flucht geworden war. Sionell hatte ihn gesehen. Und das würde er ihr niemals verzeihen. »Ich bin niemandem Rechenschaft schuldig, und dir am allerwenigsten!«

»Na, das hört sich genau so an wie der arrogante, kleine Knabe von früher. Der mich als lästiges Übel betrachtet hat. Das tust du wohl immer noch, nehme ich an.«

»Bring mich nicht dazu, dich fortzuschicken, Sionell. Geh einfach.«

Sie zog die Brauen hoch. »Als ich ungefähr elf Jahre alt war, hat deine Mutter einmal eine unserer ständigen Streitereien unterbrochen. Sie hat dir gesagt, daß ein Prinz, der andere an seinen Rang erinnern muß, kein richtiger Prinz ist.«

Sein ganzer Körper erstarrte, als sie seine Mutter erwähnte. Nicht seine Mutter. Seine Mutter war Prinzessin Ianthe, und die war in der Nacht seiner Geburt gestorben.

»Was ist los, Pol?« fragte Sionell. Ihre Stimme klang diesmal sanfter. Sie strich sich feuchtes Haar aus dem Gesicht und machte einen Schritt auf ihn zu. Ihre blauen Augen waren von Sorge umschattet. »Wir kennen uns so lange. Du kannst mit mir reden, weißt du.«

»Wirklich?« fragte er schneidend. »Ich kann mit dir reden, dir alles erzählen, ganz egal was, und du wirst mich dennoch lieben?« Ein Teil Boshaftigkeit in ihm wollte jemand anderen jetzt ebenso tief verletzen, wie er selbst verletzt worden war. Es war Sionells Pech, daß sie greifbar war. »Glaubst du, ich hätte das nicht all die Jahre gewußt?«

Das traf. Alle natürliche Farbe wich aus ihrem Gesicht, und auf Wangen und Stirn, wo die Hitze des Feuers auf der weißen Haut schimmerte, blieben häßliche rote Flecken zurück.

»Geh zurück zu dem Gemahl, den du erwählt hast, weil du mich nicht haben konntest«, spottete er. »Geh zurück zu ihm, und laß mich allein.«

»Du Bastard«, flüsterte sie.

Lachen kratzte in seiner Kehle. »Das ist wahrer, als Ihr wißt, Herrin! Mein Vater, der Prinz, und meine Mutter, die Prinzessin! Nur nicht die, von der es jeder glaubt!«

In ihren Augen trat Verwirrung an die Stelle der tödlichen Verletztheit.

»Ianthe!« brüllte er. »Meine richtige Mutter war Prinzessin Ianthe!«

»Nein... das ist nicht möglich –«

Ihr Schock bestätigte seine schlimmsten Befürchtungen. Er würde es von nun an bei jedem erleben, jedesmal. Sie würden wissen, wessen Sohn er war. Und wessen Enkel.

»Es ist wahr. Sie haben es mir heute abend gesagt. Endlich haben sie mir die Wahrheit gesagt, wer ich bin!«

Sionell sammelte sich erstaunlich schnell. »Na und? Was ist mit deinen eigenen Wahrheiten? Wirst du über eine Frau definiert, die tot ist, seit –«

»Seit ich lebe, weniger einen Tag! Jetzt weißt du es. Also verschwinde!«

»Nein«, widersprach sie ruhig und trat näher ans Feuer.

»Verstehst du denn nicht? Du giltst doch als klug, oder etwa nicht? Ich bin Roelstras Enkel, genauso wie der Mann, den ich töten soll! Er ist mein Bruder!«

»Na und?« wiederholte sie.

»Das Beste hast du noch nicht gehört! Kannst du es erraten, Sionell?« höhnte er. »Geht deine Klugheit so weit?

Weißt du etwa schon, daß ich Zaubererblut habe, genau wie mein Bruder?«

»Riyan auch. Und Lord Urival. Na und?« schrie sie zum dritten Mal. »Macht das einen Unterschied für das, was du sein möchtest?« Mit langen Fingern strich sie erneut das schweißnasse Haar vor den blitzenden blauen Augen beiseite. »Wählst du dein eigenes Leben? Oder läßt du dich von dem einfangen, was du glaubst, daß deine Vorfahren aus dir machen?«

»Laß mich in Ruhe!« brüllte er. »Du kannst das nicht verstehen!«

»Ich verstehe sehr gut«, antwortete sie mit einer Gelassenheit, die ihn wütend machte. »Ich habe es immer getan. Ich habe es nur nicht gewußt, bevor ich aufhörte, dich zu lieben. Erst da habe ich angefangen, dich so zu sehen, wie du wirklich bist.«

Sie hatte aufgehört, ihn zu lieben? Plötzlich fühlte er eine Leere in sich, die er nie für möglich gehalten hätte.

»Du bist arrogant und unerträglich und selbstsüchtig«, fuhr sie eiskalt fort. »Das Ergebnis von zu viel Stolz auf zu viele Gaben. Und du bist klüger, als gut für dich ist.«

»Habt Dank für diese trostreiche Liste meiner Tugenden«, schnappte er.

»Sie ist unvollständig«, schoß sie zurück. »Aber das ist jetzt nicht wichtig. Was zählt, ist, daß du andererseits stark genug bist, so zu leben, wie es deine Intelligenz und dein Herz dir vorschreiben. Nicht so, wie es deiner Meinung nach zwei tote Menschen wollten.«

»Mein ganzes Leben ist eine Lüge, Sionell! Ich bin nicht ich, ich bin –«

Ihr Temperament ging plötzlich mit ihr durch. »Du bist ein Narr! Vielleicht hast du recht. Vielleicht reicht es tatsächlich aus, Roelstras Enkel zu sein, um alles auszulöschen, was du bist, was man dich gelehrt hat, alle Liebe und Fürsorge, die vom Tag deiner Geburt an über dich ergossen wurde! Vielleicht vergißt du all das, wenn du Ruval gegenüberstehst, und verwandelst dich in einen... Gütige Göttin, ich habe heute wirklich genug Grausamkeit erlebt! Du hast mir wirklich nichts erspart.« Sie brach ab, als ein plötzlicher Verdacht ihre Züge starr werden ließ. »Und deiner Mutter auch nicht, was? Pol, wie konntest du das tun?«

»Sie ist nicht meine Mutter!«

Sionell trat zu ihm und schlug ihm ins Gesicht. »Zur Hölle mit dir«, zischte sie und rang nach Atem. »Grausamkeit und Untreue geben einen schönen Anfang ab! Du hast recht, Pol, du bist genau wie dein Großvater! Warum läßt du dich nicht von Ruval umbringen? Dann mußt du wenigstens nicht dein Leben lang allen anderen beweisen, was für ein Ungeheuer du in Wirklichkeit bist. Wie du es mir heute abend gezeigt hast!«

Sie riß die Tür auf, und der Luftzug verwehte die Flammen. Im nächsten Augenblick war sie fort.

* * *

Rohan stand heimlich in einer Nische in der Nähe der Haupttreppe. Er versteckte sich nicht bewußt, aber er wollte beobachten, ohne mit endlosen Fragen bestürmt zu werden, während sich auf seinen Befehl hin jeder Raum in der Burg leerte.

Es war lange nach Mitternacht. Die Unterhaltungen waren deshalb meistens gereizt, wenn auch nicht direkt wütend, als Diener, Knappen, Wachen und Edle zusammen die Treppe herabkamen. Murmelnd und maulend drängten sie sich in der Eingangshalle, die von zwei hohen Kerzenleuchtern schwach erhellt wurde. Um sich die Zeit zu vertreiben, während das Schloß geräumt wurde, wettete Rohan mit sich selbst, daß er erraten konnte, was sie sagen würden. Meistens war es ziemlich leicht vorhersagbar.

»Was ist los?«

»Woher soll ich das wissen?«

»Wir haben bereits vom Turm der Ewigen Flamme bis zu den Kellern gesucht –«

»Befehl vom Hoheprinzen. Tut es einfach!« Das war der Befehl eines Unterhaushofmeisters an eine Gruppe schlaftrunkener Mägde, die er die Treppe hinabtrieb.

»Aber warum soll jeder sein Zimmer verlassen?«

Rialt, der die letzten Stufen immer zwei auf einmal nahm, grinste: »Warum auch immer das angeordnet wurde, seht lieber ein bißchen lebendiger drein. Es ist nicht gut, einen Prinzen warten zu lassen.«

Hollis und Maarken trugen ihre schlafenden Kinder und sagten nichts. Morwenna kam mit verrutschtem Nachtgewand die Treppe herab und murmelte leise vor sich hin, daß auf einen Tag mit anständiger Arbeit auch eine Nacht mit anständigem Schlaf folgen sollte. Die Wachtposten waren höflich, aber entschieden, als sie die Schloßbewohner und Miyons Diener in den Hof hinaus trieben.

»Das ist eine Unverschämtheit!« tobte Lord Barig. Seine Giladaner Rechtsgelehrten stimmten ihm zu. Rohans Lippen formten die nächsten, unvermeidlichen Worte zusammen mit seiner Lordschaft: »Ich verlange, den Grund hierfür zu wissen!«

Rohan nickte vor sich hin, als er sah, wie Barig Arlis in den Weg trat, der in der Halle stand und die Leute aufforderte, sich eilig im Hof zu versammeln. Der junge Mann lauschte mit ernster Höflichkeit, zuckte entschuldigend mit den Schultern und deutete auf die Türen.

Andry war schweigsam, aber Nialdan grollte »Es ist mitten in der Nacht! Warum treibt man uns aus dem Bett?« Worauf Andry mild erwiderte: »Zweifellos, damit wir Zeugen von etwas werden, das gleichermaßen unterhaltsam wie lehrreich sein wird. Bist du nicht froh darüber, daß man uns bis zu unserer Abreise drei Tage Zeit gelassen hat?

Dann kam Sionell die Treppe herab. Sie war in einen dikken Umhang gehüllt und hatte tropfnasses Haar. Rohan zog überrascht die Brauen hoch; es war ein wenig spät für ein Bad. Tallain erwartete seine Frau in der Eingangshalle. Rohan konnte die Worte nicht verstehen, die sie miteinander wechselten, aber als sie sich in seine Arme schmiegte, war seine beschützende Zärtlichkeit ausgesprochen vielsagend. Rohan grübelte noch darüber nach, als eine Gruppe lärmender Knappen und junger Diener vorbeitrabte. Irgend etwas hatte Sionell verletzt. Mehr noch, erkannte er, irgend etwas hatte ihr das Gefühl gegeben, unrein zu sein. Er hatte denselben Impuls auch hin und wieder verspürt, dieses Bedürfnis nach kühlem, reinigendem Wasser. Aber der Grund für ihren Kummer war ihm rätselhaft. Pols Flirt mit Meiglan vielleicht? Nein, dafür war Ell zu vernünftig. Überhaupt – wo war eigentlich Meiglan?

Chay kam mit Jahnavi vorüber. Er machte dem Jungen ein Kompliment, weil der instinktiv nach seinem Schwert gegriffen hatte. Die Reaktion eines echten Kriegers, wenn man ihn abrupt aufweckte. »Möge die Göttin dir gnädig sein, damit du das hoffentlich nie brauchen wirst«, fügte er hinzu.

Miyon war der nächste. Rohan hätte wetten mögen, daß der Prinz aus Cunaxa Barigs Worte nachsprechen würde, vielleicht noch mit dem Zusatz: »Wie kann er es wagen?« Aber Miyon überraschte ihn. Er kam gelassen und sorglos die Treppe herab. Doch diese Reaktion sagte viel mehr, als wenn er laut jammernd in die Halle gestürmt wäre. Rohan schüttelte den Kopf. Der Mann war allzu zuversichtlich und noch dazu so arrogant, daß er es nicht verbarg.

Walvis und Feylin mußten beide helfen, um Meiglan auf dem Weg die Treppe hinab zu stützen. Von seinem Aussichtsplatz in der Nische konnte Rohan Feylins leise, aufmunternde Worte hören, ehe er das Mädchen selbst erblickte. Ihr Aussehen war ein Schock für ihn. Sie konnte kaum laufen. Die blonden Locken waren zerdrückt und die dunklen Augen stumpf. Sie war gerade wach genug, um Angst zu haben. Sie klammerte sich an Feylin, während Walvis sie mit einem Arm um die Taille stützte. Nach der letzten Stufe blieb sie schwankend stehen, und ihre Lider bebten, als würde sie jeden Augenblick ohnmächtig.

»Meiglan!«

Auf das Gebrüll ihres Vaters hin richtete sie sich auf wie nach einem Peitschenschlag auf ihren Rücken. Walvis warf ihm einen mordlüsternen Blick zu; Feylin einen empörten. Rohan war nahe daran, vorzutreten und Miyons Zorn abzuwenden, als Pol aus dem Nichts auftauchte und an Meiglans Seite trat. Geschickt befreite er Walvis von seiner Last. Aber sie war zu erschrocken, als daß sie den Mann erkannt hätte, dessen kräftiger Arm sie jetzt stützte.

Miyon war auf halbem Wege zu ihr stehengeblieben, und seine erhobene Hand sank herab. Aber mit Worten tat er, was er sich physisch in Pols Gegenwart nicht zu tun getraute. »Wie kannst du es wagen, den Herrn und die Herrin von Remagev mit deiner wertlosen Person zu belästigen.«

Meiglan klammerte sich an Pols Hemd. »Vater... es tut mir leid... was habe ich getan?«

»Gütige Göttin, welche Dummheit! Glaubst du etwa, diese Versammlung wurde deinetwegen einberufen?«

Ganz offensichtlich tat sie das. Anscheinend war sie überzeugt, daß eine öffentliche Erniedrigung vor dem gesamten Schloß seine letzte und äußerste Grausamkeit darstellen würde. Die Verwirrung in ihrem drogenmatten Blick wich langsam mitleiderregender Erleichterung, und sie lehnte sich schwer gegen Pol.

Der warf Miyon einen einzigen, herrischen Blick zu, der diesen verstummen ließ, und erklärte: »Ich freue mich, Euch wieder auf den Beinen zu sehen, Herrin.«

Rohan erwartete, daß sie zusammenbrechen würde, wenn sie Pol erkannte. Statt dessen wurde sie zwar noch ein wenig blasser, falls das überhaupt möglich war, aber es gelang ihr doch, sich aufzurichten und ein wenig zusammenzureißen. Sie vertraute ihm. Rohan fand das sehr interessant. Und er beschloß, daß Miyon und seine *Diarmadhi*-Helfer nicht nur für ihre Verbrechen bezahlen würden, sondern auch dafür, daß sie dieses unschuldige Kind benutzt hatten.

Als sich die Halle leerte, lehnte er an der Mauer, die Hände tief in die Taschen vergraben, und ging in Gedanken ein letztes Mal seine nächsten Schritte durch. Viel hing davon ab, wie gut er die beteiligten Personen kannte, aber er hatte von seiner Frau gelernt, Gefallen am Spiel zu finden. Die Erinnerung daran, daß Sioned niemals wettete, außer wenn sie sich ihrer Sache ganz sicher war, brachte ein trokkenes Lächeln auf sein Gesicht. Er konnte es sich nicht leisten, so vorsichtig zu sein. Nicht in dieser Nacht.

Arlis, der die ganze Zeit über gewußt hatte, wo er war, näherte sich der Nische. »Es hat ein bißchen länger gedauert, als ich hoffte, aber Stronghold ist leer, Herr.«

»Gut. Ich hoffe, Barig hat dich nicht zu sehr beleidigt.«

Arlis grinste. »Ich muß gestehen, er hat mich zu einer Geschmacklosigkeit verleitet – ich mußte ihn daran erinnern, daß ich ein Prinz von Kierst und Isel bin.«

»Ich verzeihe dir. Und ich zittere schon jetzt, wenn ich daran denke, daß du mit Cabar verhandeln wirst, wenn du erst über deine Insel herrschst. Weise zehn Wachen paarweise an, ein letztes Mal durch alle Räume zu gehen. Sie müssen zusammenbleiben, vergiß das nicht. Oh – und dann laß Myrdal zu mir kommen.«

»Sofort, Herr. Ich werde dafür sorgen, daß es schnell geht. Sie werden draußen unruhig.«

»Und dabei ist es eine so schöne Nacht«, überlegte Rohan kopfschüttelnd.

Arlis stieß ein Schnauben aus. »Sechs Jahre bei Euch haben mich gelehrt, daß Ihr absolut nichts Gutes vorhabt, wenn Ihr diesen Ton anschlagt.«

»Das werde ich mir merken. Für den Fall, daß wir jemals auf verschiedenen Seiten stehen, wenn es beim *Rialla* um etwas geht. Ich hätte mir darüber klar sein sollen, daß es eine schlechte Idee war, einen künftigen herrschenden Prinzen in meinem Haushalt aufzuziehen.«

»Ich hätte um nichts in der Welt darauf verzichten mögen. Ich würde nur wirklich gern wissen, was Ihr diesmal vorhabt.« Der Knappe entfernte sich durch die Haupttür, um den Befehl zur Durchsuchungsaktion zu erteilen.

Rohan setzte sich auf die Bank in der Nische. Er fand es immer noch angenehm, einfach nur zu warten und die anderen so unruhig werden zu lassen, wie sie wollten. Pol wollte, daß er handelte. Nun ja, man hatte ihm niemals nachsagen können, daß er zauderte, wenn er sich erst einmal zu etwas entschlossen hatte. Er hoffte, daß Pol eines Tages verstehen würde, daß ein Hoheprinz nur dann handeln sollte, wenn er dazu gezwungen wurde – dann aber rücksichtslos.

Die zehn Wachen kamen und durchquerten die Halle, ohne ihn zu bemerken. Myrdal humpelte ein Weilchen später herein. Das weiße Haar floß über ihren Rücken hinab, und der Stock mit dem Drachenkopf tappte ungeduldig über die Steine.

»Nun?« schnappte sie. »Wo steckst du, Junge?«

Rohan löste sich aus den Schatten. »Hier. Ich möchte

mich dafür entschuldigen, daß ich deinen Schlaf gestört habe.«

Die alte Frau beäugte ihn mißtrauisch, und ihren Blicken entging nichts an seiner schwarzen Kleidung, die durch einen Hauch Wüstenblau und goldene Stickerei hier und da aufgehellt wurde. »Gekleidet als Hoheprinz, wie ich sehe, während wir anderen im Nachtgewand rumstehen. Nicht sehr taktvoll, Rohan.«

»Ich habe es nicht mit taktvollen Menschen zu tun, Myrdal.«

»Zugegeben. Nun also, was willst du von mir?«

»Dein Wissen. Du kennst in Stronghold Plätze, von denen sonst niemand vermuten würde, daß da etwas sein könnte.«

»Und du glaubst, die Zauberer verbergen sich an einem davon? Hmmm. Du könntest recht haben. Es ist ein sehr altes Schloß.«

»Du kennst es besser als ich. Und dabei gehört es mir.«

»Es wird wohl Zeit, daß ich dir davon erzähle«, gab sie zu. »Dein Urgroßvater, Prinz Zagroy, kannte alle Geheimnisse, aber er traute seinem Sohn nicht so recht. Deshalb hat er sein Wissen meiner Mutter anvertraut.«

»Seiner illegitimen Tochter«, bemerkte Rohan.

Myrdal grinste nur. »Vielleicht, vielleicht auch nicht. Auf jeden Fall hat meine Mutter ihr Wissen mit mir geteilt, und ich habe Maeta das meiste davon erzählt. Ich dachte, sie würde selbst eine Tochter oder einen Sohn bekommen, denen sie es weitergeben könnte. Aber wie es scheint, bin ich die letzte.« Sie ließ ihre alten Knochen vorsichtig auf die dritte Stufe nieder und seufzte. »Einige der Geheimnisse kennst du. Kannst du mir sagen, was sie gemeinsam haben?«

»Sie funktionieren durch verborgene Auslöser, sie sind alle in Stein eingelassen, keiner in Holz und –« Er brach ab und starrte mit offenem Mund auf sie hinab.

Myrdal nickte. »Du hast noch nie viel darüber nachdenken müssen, was? Der Auslöser ist immer mit einem Stern oder einer Sonne gekennzeichnet.«

»Du hast mir fünf, nein sechs gezeigt. Zwei mit einem Stern, vier mit einer Sonne. Für Zauberer und Lichtläufer?«

»Denke mal darüber nach, wie oft diese Burg den Besitzer gewechselt hat«, schlug sie vor.

»Verdammt, ich habe keine Zeit für Spielereien!«

»Ungeduld war schon immer eine Schwäche von dir«, schalt sie. »Du hast dich in letzter Zeit allerdings bemerkenswert gut unter Kontrolle; jetzt ist nicht der Augenblick, aufzugeben. Um deine Frage zu beantworten: Ja, es hat damit zu tun, wer das jeweilige Geheimversteck im Schloß einbauen ließ. Einige sind tödlich. Im Turm der Ewigen Flamme gibt es eine Tür, durch die man recht unsanft im Keller landet.«

»Das ist von der Bauweise her unmöglich«, erklärte er.

Sie lachte nur.

»Also gut«, grollte er. »Hatten die Lichtläufer auch so eine tödliche Neigung?«

»Im allgemeinen nicht. Meine Mutter ließ die einzige Todesfalle, die von ihnen stammte, zumauern und das Symbol auf den Steinen auslöschen. Hat was mit einem mit Messern versehenen Boden zu tun.«

Gegen seinen Willen starrte er sie an. »Hier? In Stronghold?«

Sie zuckte nur mit den Achseln. »Du hast als Hoheprinz den Frieden bewahrt. Die Zeiten waren nicht immer so problemlos. Als die *Diarmadh'im* hier waren, suchten sie alles ab und lernten die *Faradhi*-Tricks. Die Lichtläufer machten es umgekehrt genauso, als sie das Schloß wieder einnahmen. So ging es ungefähr dreißig Jahre lang fröhlich hin und her, und jedesmal stellten sie sich gegenseitig Fallen.«

»In den Geschichtsbüchern wird das überhaupt nicht erwähnt«, bemerkte er.

»Würdest du all deine Geheimnisse niederschreiben? Ich vermute, du bist an den Stellen interessiert, wo sich ein paar Personen mehr oder weniger bequem aufhalten können.«

»Ich muß sie schnell finden, Myrdal«, erklärte er.

»Die Zauberer und ihre Merida-Mörder hatten sich auf schnelle Fluchtwege spezialisiert – wie den in der Grotte. Aber die Verstecke wurden von *Faradh'im* in Stronghold eingerichtet.«

Rohan hielt den Atem an. »Und die brauchten vor allem Sonnenlicht!« Er dachte nach. »Eine Außenmauer also. Und nach Süden gelegen, wo es am hellsten ist.«

»Sehr gut. Hilf mir auf, Junge.«

Das tat er, als die Wachen wiederkehrten. Arlis trat mit einem negativen Bericht zu ihm. »Nicht einmal eine verirrte Wanze, Herr.«

»Das hätte ich auch nicht anders erwartet!« spottete Myrdal. »Prinzessin Milar hat das erste Jahr ihrer Ehe damit verbracht, sie alle vertreiben zu lassen. Ich kann mich noch erinnern –«

Rohan unterbrach sie sanft: »Arlis, bring meine Gemahlin und meinen Sohn hierher, bitte. Ich brauche außerdem Lord Chaynal, Lord Maarken und Lord Riyan.«

»Sehr wohl, Herr.«

Myrdal blinzelte düster zu ihm auf. »Hast du dir schon überlegt, was du tust, wenn du diese Zauberin gefunden hast?«

Rohan schob die Hände wieder in die Hosentaschen. »Ich habe da so ein, zwei Ideen.«

»Sie wird alles nach dir werfen, was ihr in die Hände fällt«, warnte die alte Frau.

»Ich weiß. Aber sie weiß nicht, was ich mit ihr vorhabe.«

»Ich bezweifle, daß du fähig bist, sie zu töten.«

»Ich auch.«

Myrdal stieß mit dem Stock auf die Stufe. »Spiel bei mir nicht den Schüchternen.«

Er warf ihr einen unschuldigen Blick zu und erklärte: »Das würde ich nicht wagen.«

»Nun gut, wie du willst«, murmelte sie. »Du hast dich seit dem Tag deiner Geburt überhaupt nicht verändert.«

»Und ob ich das habe!« widersprach er ernst. »Ich weiß jetzt, was es heißt, Angst zu haben.«

* * *

Pol half Meiglan in den Innenhof, der von Fackeln erhellt wurde. Er war froh darüber, daß sie mit jedem Schritt kräftiger zu werden schien. Ein Hauch Farbe war in ihre Lippen und Wangen zurückgekehrt, sie atmete leichter, und ihre Augen waren heller und leuchtender.

Derzeit wohnten Hunderte von Menschen in Stronghold. Jeder einzelne von ihnen – bis auf einige wenige, die Pol suchte, aber nicht finden konnte – kämpfte um einen Platz im Hof. Es herrschte bereits ein großes Durcheinander; Wachtposten sorgten dafür, daß es nicht zum Chaos kam. Pol fing Bruchstücke der Unterhaltungen auf, als er und Meiglan über die Außentreppe hinabgingen, und es faszinierte ihn, daß junge Bedienstete und die Fremden aus Cunaxa, Gilad und Tiglath alle spekulierten, was der Hoheprinz wohl im Sinn hatte, während diejenigen, die seinen Vater kannten, einfach schweigend abwarteten. Ihre lange Dienstzeit hier hatte bei ihnen Vertrauen aufgebaut, über das er nie zuvor nachgedacht hatte. Es war jedoch kein blindes Vertrauen; es war die Sicherheit der Erfahrung, das Wissen, daß Rohan jegliche Schwierigkeit auf die denkbar schnellste und sauberste Art lösen würde.

Pol geleitete Meiglan zu einem Platz neben Walvis und Feylin. An die beiden gewandt murmelte sie Worte der Dankbarkeit für ihre Hilfe.

»Nichts zu danken«, erklärte Feylin fröhlich. »Ehrlich gesagt, ich bin erstaunt, daß du überhaupt stehen konntest, geschweige denn gehen. Ich habe noch nie von einem so starken Schlafmittel erfahren.«

»Fühlt Ihr Euch jetzt besser, meine Liebe?« erkundigte sich Walvis.

»Ja, Herr.« Sie warf einen kurzen Blick auf ihren Vater, der außerhalb der Hörweite war. »Ich... ich muß erklären, was geschehen ist, Hoheit«, wandte sie sich an Pol.

»Ich wünschte, das würdest du«, bat Feylin mit unverhüllter Neugier.

Noch tiefere Röte stieg in ihre Wangen, und wieder schaute sie zu Miyon hinüber.

»Es wird unter uns bleiben«, beruhigte Pol das Mädchen.

Meiglan nickte ihm sonderbar würdevoll zu. »Habt Dank, Hoheit. Aber ich h-habe nichts mehr zu fürchten.«

Pol starrte sie verblüfft an. »Hier natürlich nicht«, sagte er und rang nach Worten. »Ihr seid hier ganz sicher, Herrin.«

»Vollkommen«, stimmte Walvis zu. »Ich kann verstehen, daß es erschreckend war, wie sich das Gesicht dieses Mannes so vollkommen veränderte. Ich muß zugeben, ich mußte mir beide Hände vor den Mund halten.«

»Es geht um das, was ich sah, als die Veränderung vollständig war, Herr. Ich habe ihn erkannt.«

»Als was?« fragte Pol, ohne sein Mißtrauen verbergen zu können.

»Ehe wir Castle Pine verließen, überraschte ich meinen Vater im Gespräch mit einem Fremden, während sich ein anderer Mann ihm näherte. Er war außer sich und schschickte mich fort.« Das Stocken in ihrer Stimme bei der

Erinnerung daran, wie schlecht sie behandelt worden war, zerrte an Pols Herz. »Dieser Mann war einer der beiden. Ich… ich habe sein rotes Haar erkannt.«

»Und als Ihr seine wahre Gestalt gesehen habt…« ermutigte Feylin sie.

Meiglan schauderte. »Mein Verhalten tut mir leid. Aber ich… als ich wußte, wer er war, und als Mireva kam, um mich aus der Großen Halle zu führen –«

»Sie hat dich bis unter die Augenbrauen mit Drogen abgefüllt, damit du nichts sagen kannst«, erklärte Feylin.

»Es ist meine Schuld«, klagte Meiglan unglücklich. »Ich war die Ausrede und über mich bot sich die Gelegenheit, Zauberer in dieses Schloß zu schmuggeln.«

Walvis ergriff ihre Hand. »Unsinn. Niemand kann Euch die Schuld daran geben.«

Pol sah, wie sich die riesigen dunklen Augen mit Tränen der Dankbarkeit füllten. Aber sie weinte nicht. Er versuchte, vernünftig zu bleiben und über ihre Geschichte nachzudenken. Wenn alles so war, wie sie gesagt hatte, dann konnte sie letzte Nacht nicht in seinem Schlafgemach gewesen sein.

Meiglans Gestalt vielleicht, aber nicht Meiglan. Mireva.

Ihm wurde übel, als sich sein Magen zusammenkrampfte, und er sagte sich, daß es besser wäre, nicht zu lange darüber nachzudenken. Meiglan war es, die jetzt zählte. Sollte er ihr glauben? Mißtrauen? Vertrauen?

Was hatte sie jetzt zu verlieren? Jeder wußte jetzt, wer die *Diarmadh'im* waren. Es bestand keine Gefahr für sie, wenn sie jetzt ihre Geschichte erzählte. Er sah, wie sie mit dem Ärmel ihre Tränen trocknete, und diese kindliche Geste rief neue Schmerzen in seinem Herzen hervor. Konnte er es wagen, ihr zu glauben? Was, wenn es wirklich sie gewesen war letzte Nacht, nicht Mireva? Wenn dies nur eine weitere Lüge war, die von Zauberern und ihrem Vater geplant war?

Aber sie hatte ihm soeben ihren Vater auf einem goldenen Tablett überreicht. Miyon war mit Marron und Ruval gesehen worden. Miyon hatte sie in seine Dienste gestellt. War sich Pol zuvor Miyons Mittäterschaft sicher gewesen, so hatte er jetzt einen Beweis.

In gewisser Weise jedenfalls. Wenn er ihr glauben konnte.

Sie blickte zu ihm auf und flehte um seine Vergebung und sein Verständnis. Er öffnete den Mund, um etwas zu sagen, ohne zu wissen, ob er sie beschuldigen oder akzeptieren würde.

»Verzeihung, Hoheit, aber der Hoheprinz befiehlt Euch zu sich in die Burg.«

Pol wirbelte herum. Arlis' Stimme und seine formelle Wortwahl überraschten ihn. »Was? Warum?«

»Der Hoheprinz hat mir seine Gründe nicht mitgeteilt, Hoheit. Aber er hat sehr deutlich erklärt, daß Hoheit seiner Bitte unverzüglich nachkommen möchten.«

Pol blickte in Meiglans dunkle, gequälte Augen. *Entscheide dich. Auf die eine oder die andere Weise!* Er sah, wie seine Finger liebevoll die Tränen von ihren Wangen entfernten. Ihre Lippen öffneten sich in ängstlichem Staunen über seine Berührung. Unfähig, auch nur diesen leichten Kontakt mit ihr zu ertragen, wandte er sich um und folgte Arlis die Stufen hinauf.

Kapitel 8

Stronghold: Frühjahr, 34. Tag

Sioned fühlte sich in Dunkelheit gehüllt und von der Sonne fortgesperrt wie damals in Ianthes Verließ. Es war, als sei sie dem Irrsinn ausgesetzt wie in jener längst vergangenen Zeit. Ihre Tränen hatten weder ihre Augen noch ihr Herz gereinigt; ihr war übel, ihre Augen pochten, und ihr ganzer Körper schmerzte. Sie wollte sich in ihr Schlafgemach schleppen und sich in der Dunkelheit zusammenkauern wie ein verwundetes Tier.

Schweigend stand sie neben den geschlossenen Türen zur Großen Halle. Als Pol eintrat, geriet ihre Beherrschtheit vorübergehend ins Wanken. Die Kerzen enthüllten Schatten um Augen, die bereits vor Kummer matt waren. Dunkelheit lag um ihn, wo früher immer nur Licht gewesen war.

Er sah sie und blickte hastig fort. Sioned starrte auf den Smaragd, der schwer auf ihrer Hand lastete. Sie erinnerte sich daran, wie sie ihn von Ianthes Finger abgezogen hatte. Sie hatte alles zurückgeholt, was ihr gehörte. Wie jung war sie damals gewesen, nur ein paar Jahre älter als Pol jetzt. Wie sicher ihrer selbst und ihrer Vision. Aber die Wunde an ihrer Schulter, die sie in Feuer und Wasser gesehen hatte, war in Wirklichkeit eine Narbe auf ihrer Wange. Andrade hatte ihr vor langer Zeit erzählt, daß Visionen sich erfüllen würden, wenn man nur daran arbeitete, daß sie sich bewahrheiteten. Der Unterschied zwischen dem, was sie gesehen hatte, und dem, was geschehen war, wurde durch die halbmondförmige Narbe in ihrem Gesicht symbolisiert, aber das hatte sie bis zum heutigen Abend nie beunruhigt. Jetzt erschreckte es sie. Vielleicht bedeutete es, daß sie einen Fehler begangen hatte, als sie Pol holte, daß es falsch gewesen war, Feruche zu zerstören.

Doch als sie einen Blick auf ihn riskierte, zerstreuten sich ihre Zweifel. Selbst wenn er ihr niemals verzeihen würde, selbst wenn er nicht ihr Sohn war, so gehörte er doch Rohan. All seine Kraft und sein Stolz, seine Intelligenz und seine Macht wären verdreht worden, wenn Ianthe ihn aufgezogen hätte. Was Sioned getan hatte und wie sie es getan hatte, war nicht falsch gewesen.

»Vater?« hörte sie Pol. »Was gibt es?«

»Warte bis die anderen hier sind. Ich möchte das nur einmal erklären.«

»Welche anderen?«

»Wenn du nichts Wichtiges zu sagen hast, schweig!« fuhr Rohan ihn an.

Pol erstarrte und erwiderte kalt: »Wie Ihr wünscht, Hoheit.«

Myrdal schnaubte. »Aber, aber. So stachlig wie ein *Pemida*-Kaktus heute abend, was?«

Die Situation wurde durch das Eintreffen von Maarken und Riyan gerettet. Rohan hatte darauf bestanden, daß Arlis die Einladungen ganz formell vorbrachte; die beiden jungen Männer verstanden und verneigten sich vor dem Hoheprinzen und sagten nichts, bevor sie nicht angesprochen wurden. Rohan begrüßte sie mit einem Nicken und den Worten: »Ich vertraue darauf, daß Ihr Eure vielfältigen Talente selbst mitten in der Nacht einzusetzen versteht.«

»Unsere Gaben stehen Hoheit zur Verfügung«, bekräftigte Maarken.

Chay kam mit Andry neben sich, gerade rechtzeitig, daß sie Maarkens Worte hören konnten. Andrys Lippen wurden schmal, als er dieses Angebot seines Bruders, Lichtläuferfähigkeiten einem Prinzen zur Verfügung zu stellen, hörte. Er näherte sich Rohan sehr kühn und erklärte: »Ich werde hier eingesperrt wie alle anderen, auch wenn wir beide wünschen, daß ich gehe. Ihr wünscht vielleicht nicht meine Gegenwart, aber möglicherweise die des Herrn der Schule der Göttin.«

»Wir heißen Euch willkommen, Herr«, antwortete Rohan ruhig.

Besänftigt, aber wachsam nickte Andry.

Sioned gesellte sich nicht zu ihnen. Sie wartete im Schatten der Tür und beobachtete Pols Gesicht.

»Wir haben Stronghold von allen Bewohnern räumen lassen, die offen auftreten«, erklärte Rohan. »Jetzt wird es Zeit, sich um die zu kümmern, die weniger offen auftreten.« Ohne weitere Erklärung ergriff er Myrdals Arm und half ihr die Treppe hinauf.

Die anderen folgten, und auf ihren Gesichtern standen Verwirrung, Neugier und Sorge. Noch immer hielt sich Sioned zurück. Und was sie sich beide wünschten und auch beide fürchteten, geschah. Pol stieg nur zwei Stufen empor, blieb dann stehen, wandte sich um und kam zu ihr.

Sioned hielt den Atem an. Sie zwang sich, Pol in die Augen zu blicken, als er vor ihr stehenblieb. Seine Augen waren voll Scham.

»Ich... es tut mir leid. Ich habe nie daran gezweifelt, daß du mich liebst.« Er berührte die Narbe auf ihrer Wange. »Ich... ich habe nur niemals diese Art von Beweis erwartet. Daß du meinetwegen soviel riskieren würdest.«

Zögernd umfaßte Sioned sein Gesicht. Sie fürchtete, er würde zurückweichen. Doch er tat es nicht. In ihren Augen brannten Tränen.

»Ich habe dich schon geliebt, ehe du auch nur geboren warst«, murmelte sie. »Ich habe dich gesehen, und du warst mein. Ich habe dich benannt, dich gelehrt, dir alles gegeben, was mir selbst etwas bedeutet hat. Aber jetzt bist du nicht mehr mein, Pol.« Seine Augen weiteten sich in Protest, und sie schüttelte den Kopf. »Laß mich ausreden. Du gehörst nur noch dir allein. Das bedeutet es, die Kindheit hinter sich zu lassen. Niemand kann etwas von deinem Herzen besitzen, wenn du es nicht so willst. Was immer du für mich fühlst –«

»Ich liebe dich«, sagte er. »Bitte, weine nicht, Mama.«

Tränen liefen über ihre Wangen. »Ach, verdammt, ich hatte mir geschworen, nicht zu –«

»Ssch. Ich liebe dich.« Pol umarmte sie kurz und kräftig. Dann trat er zurück und hielt ihr eine Hand hin. »Wir müssen uns beeilen, sonst verpassen wir es.«

Sie wischte die Tränen aus ihrem Gesicht. »Ja.« Sie brachte ein Lächeln zustande, als sie hinzufügte: »Dein Vater haßt es doch so, ohne Publikum dazustehen, wenn er seine Klugheit beweist.«

* * *

Es gehörte keine besondere Klugheit zu der Feststellung, daß diejenigen, die er suchte, sich irgendwo in Stronghold versteckt halten mußten.

Rohan überlegte das auch. Es war unwahrscheinlich, daß ihnen die Flucht aus dem Schloß gelungen war, denn Riyan hatte sehr schnell seinen Befehl aus Torhaus gegeben. Wenn doch, dann war wahrscheinlich Zauberei im Spiel, mit der sie ihre Bewegungen verschleierten. Sioned, Maarken und Morwenna, die Hügel und Dünen der Umgebung von Grund auf kannten, hatten alles mit Lichtläufermethoden abgesucht und keine Spur gefunden. Riyan, mit *Diarmadhi*-Blut und *Faradhi*-Ringen versehen, hatte bei seinen eigenen Erkundungsgängen nichts gespürt. Soldaten, sowohl berittene als auch Fußvolk, hatten konventionellere Nachforschungen durchgeführt. Ebenfalls mit negativem Ergebnis. Die Möglichkeiten, sich vor so vielen Verfolgern erfolgreich zu verstecken, waren gering. Mireva, Ruval und Ruala waren nicht außerhalb von Stronghold.

Wenn sie sich jedoch nicht außerhalb befanden, dann mußten sie drinnen sein. Aber Riyans Touren durch die Burg, vom Keller bis zu den Zinnen, hatten ebenfalls keinen Hinweis auf Zauberei ergeben. Und die Suche durch Diener und Wächter war gleichermaßen erfolglos geblieben.

Alles deutete darauf hin, daß die drei weder drinnen noch draußen waren. Aber nicht einmal ein Zauberer konnte sich in Luft auflösen. Trotzdem gab es in Stronghold Plätze, die dem recht ähnlich waren.

Rohan wußte, daß sie sicher in ihrem Versteck in seinem eigenen Schloß lachten, während er sich selbst zum Narren machte, weil er sie zu finden versuchte. Welchen Vorteil hätte es gehabt, wenn sie Stronghold verließen? Wieviel mehr und besser konnten sie alles beobachten, wenn sie im Schloß selbst blieben. Er hätte es genauso gemacht. Sie mußten warten, bis sie sich zeigen würden.

Rohan hatte genug vom Warten.

Nachdem er von Myrdal das Zeichen bekommen hatte – stures altes Drachenweib, sagte er sich mit einem innerlichen Lächeln, das gleichermaßen zärtlich wie erschöpft war –, führte er seine kleine Gruppe zum südlichen Trakt des vierten Stocks. Auf dem Weg nach oben flüsterte Myrdal ihnen zu, welche Räume geheime Verstecke enthielten. Obwohl es ihr Spaß machte, ihn gnadenlos zu necken, tat sie dies nur unter vier Augen; zu den Privilegien eines Hoheprinzen gehörte es, nicht in aller Öffentlichkeit zum Narren gehalten zu werden. Daher betrat er die Quartiere der Mägde ausgesprochen zuversichtlich und segnete ihre zartfühlende Rücksichtnahme auf sein Ansehen.

Ohne daß er dazu aufgefordert worden wäre, ließ Riyan Kerzen anzünden. In ihrem Glanz wurde das Zimmer erleuchtet. Da stand eine Reihe von Betten mit zerwühlten Decken an der Wand; ein geschnitzter Schirm um den privaten Bereich von Tibalia; Kleiderschränke, die den Schlafbereich von Tischen und Stühlen vor den Fenstern trennten. Auf diese Wand ging Rohan zu.

Chay meinte: »Ich hasse es zu fragen, aber würde mir bitte irgend jemand einmal erklären, was wir hier tun sollen?«

Maarken antwortete ihm. »Wir werden ein paar unerwünschte Gäste finden. Andry, Riyan, wir müssen auf nahezu alles vorbereitet sein.«

Rohan tastete sich vorsichtig an den Wänden entlang. »Ich bedaure, daß ich keine Möglichkeit kenne, sich auf einen Angriff von Zauberern vorzubereiten. Ich verlasse mich auf Euren Instinkt.«

»Was sagt denn deiner Rohan?« wollte Chay wissen.

»Daß dies hier logischerweise der richtige Ort sein muß. Mireva muß während ihres Aufenthalts mehrmals täglich hierher gekommen sein. Unsere tyrannische kleine Tibalia ist mit den Dienerinnen der Gäste genauso streng wie mit unseren eigenen Mägden. Deshalb werden die beiden Begleiterinnen von Lady Meiglan ihre Abende hier verbracht haben, statt durch die Burg zu streifen.«

»Was der Hexe ausreichend Gelegenheit gegeben hat, auszukundschaften, was wir jetzt suchen«, schloß Myrdal. »Wirklich sehr gut, mein Prinz«, lobte sie.

»Warum Zeit an Orten verlieren, wohin sie nicht geflohen sein kann? Schließlich konnte sie nicht frei umherstreifen. Und ich bin einfach nicht überzeugt davon, daß sämtliche Geheimnisse von Stronghold allen *Diarmadh'im* bekannt sind, die – aha!«

Das Sonnenmuster war in einer dekorativen Blumenschnitzerei gut versteckt. Er winkte die anderen näher, hielt den Atem an und drückte darauf.

Nichts geschah.

Er tastete alle Steine um die Sonne herum ab und versuchte herauszufinden, wo die Mauer nachgeben würde. »Zum Teufel, wo ist es? Hier muß irgendwo ein Riegel sein. Myrdal, hilf mir dabei.«

»Ich weiß nur, daß es das dumme Ding gibt, aber ich habe nie zuvor damit gearbeitet«, grollte sie. Aber sie gehorchte.

»Riyan«, sagte Pol, und seine Anwesenheit überraschte Rohan, »erinnerst du dich an die Verteidigung, von der wir heute gelesen haben? Wir werden sie jetzt wirken, nur vorsichtshalber.«

Rohan warf einen Blick über die Schulter und sah seinen Sohn schützend vor Sioned stehen. Ihr Gesicht war angespannt, aber der schreckliche Schmerz war aus ihrem Blick gewichen.

»Die Sternenrolle?« Die Frage von Andry klang scharf.

»Du hast sie auch schon benutzt«, erklärte Pol aggressiv. »Warum sollten wir es nicht tun?«

Rohans Finger tasteten und drückten, drehten, zerrten und schoben. Leise fluchend trat er etwas zurück. »Seht, hier kann man sehen, wo er in der Mauer einrastet. Im Stein ist ein kleiner Riß, aber es klappt nicht!«

»Vielleicht haben sie den Mechanismus irgendwie gestört«, meinte Chay. Und dann fragte er mit einem merkwürdigen Blick auf Myrdal: »Wie viele von diesen kleinen Geheimnissen gibt es denn wirklich hier?«

»Eine Menge mehr als in Radzyn«, erwiderte sie einfach. »Ich glaube, dies hier ist hoffnungslos. Ich habe schon viele andere geöffnet, und alle haben perfekt funktioniert. Chaynal hat recht, da ist etwas zerbrochen.«

»Absichtlich?« wollte Sioned wissen.

Rohan seufzte. »Das ist nicht wichtig. Soviel zu meiner ersten brillanten Idee. Wir müssen ein anderes Versteck suchen –« Er brach ab und starrte auf die Steinschnitzereien.

»Vater? Was ist?«

Er ignorierte seinen Sohn und wandte sich statt dessen an Myrdal. »Du hast erzählt, die Herren von Stronghold hätten immer wieder gewechselt und jeweils die Geheimnisse der anderen herausgefunden und setzten statt dessen neue ein.«

»Ja, aber –«

Er fuhr mit den Fingern über den Stein und untersuchte jeden Schatten. »Von der Logik her muß es dieser Raum sein. Alle anderen wären schwierig auszukundschaften, ohne ertappt zu werden. Sie hat bestimmt keine Aufmerksamkeit auf sich ziehen wollen. Das hier muß er sein.«

Sioned meinte zögernd: »Aber die Zauberei, Rohan. Wir wissen nicht, wozu sie fähig ist. Nichts hat uns auf das Gestaltwechseln vorbereitet. Es könnte alles mögliche andere geben –«

»Aber es gibt nur einen einzigen Stern in dieser Wand!« unterbrach er triumphierend.

»Bei der Göttin und ihren Wundern!« staunte Myrdal.

»Vorsichtig!« warnte Chay. »Sie erwarten uns sicher!«

Damit rechnete Rohan. Wieder sah er die Lichtläufer an. »Bereitet euch vor. Wir werden sicher nicht mit offenen Armen empfangen.«

Auch in seinem eigenen Schlafgemach gab es einen Ausgang, der mit einem Stern gekennzeichnet war. Myrdal hatte Sioned diesen vor Jahren gezeigt. Man drückte leicht auf das Schnitzwerk, bis es nachgab, und dann mußte man es nach links drehen. Wieder hielt Rohan den Atem an, als er seine Finger auf das Sternen-Symbol legte. Er hoffte, daß es auf dieselbe Art funktionierte.

Es bewegte sich. Der Riß teilte sich, erst langsam, dann

schneller. Von Kopfhöhe bis zum Boden öffnete sich ein Riß und wurde breiter, als ein Stück Mauer zurückglitt. Etwas raschelte darin, und dieser Laut ließ sein Herz vor Aufregung und Furcht schneller schlagen, aber er wich nicht zurück.

Aus der Dunkelheit sprang ein frischgeschlüpfter Drache von der Farbe frischen Blutes. Er warf den Kopf zurück, stieß einen wütenden Schrei aus und breitete die Flügel aus. Schimmernde Krallen zischten plötzlich durch die Luft. Der Drache verdoppelte seine Größe, als er ins Zimmer platzte und seine Herausforderung herausschrie. Die Kreatur war der Alptraum eines Drachen, wenn es je so etwas gegeben hatte, bis hin zu den Flammen, die er zu den Deckenbalken emporspie. Seine Kiefer waren kräftig genug, einen Mann mit einem Biß zu zerstückeln. Die Kehle pulsierte, als ein neuer Feuerstoß vorzischte. Ein weiteres Brüllen, ein Spielen der massiven Muskeln in den Flügeln – und dann fixierte er aus glitzendern, rubinroten Augen Rohan.

Der hatte schon früher in Drachenaugen geblickt. Keine waren so gewesen wie diese hier. Sein Wille verließ ihn, wie Wasser im Sand versickert. Er war nichts. Die Flammen würden ihn zu einem Nichts verbrennen, sein Fleisch würde versengt und seine Knochen auf den geschwärzten Steinen in Asche verwandelt werden.

»Rohan!«

Das Wort ergab kaum einen Sinn für ihn. War das sein Name? Ja. Sioneds Stimme. Sioned –

Sie schrie wieder seinen Namen, und diesmal reagierte er. Er ängstigte sich nicht um sich, sondern um sie. Er löste seinen Blick aus den rubinroten Augen des Drachen, die ihn festhalten wollten, und erkannte leicht erstaunt, daß er zu Boden gestürzt war. Der Drache ragte über ihm empor; er konnte sehen, wie sich die Schwingen hoben, so daß die

Decke wie hinter einer blutroten Wolke verschwand, die über einen weißen Himmel zieht.

Aber dort hätte es schwarz sein müssen. Das Feuer hätte weißgetünchte Balken und Steine schwärzen müssen. *Unwirklich.* Er suchte nach einem Halt und war kaum wieder auf die Füße gekommen, als der Drache mit messerscharfen Krallen ausholte. Sie fuhren direkt durch ihn hindurch – und ließen ihn doch unverletzt.

Benommen vor Erleichterung lachte er in die heißen, glühenden Augen hinauf. Der Drache war kein Umriß, den Mireva selbst angenommen hatte, sondern eine Beschwörung. So harmlos wie Frühnebel. Er brüllte in die klaffende Dunkelheit des Verstecks: »Wenn das das Beste ist, was du fertigbringst, dann versuch es doch noch einmal!«

Der Drache verschwand. An seine Stelle trat ein junger Mann mit dunklem Haar und Ianthes Augen. Ein tödliches Grinsen lag auf dem hübschen Gesicht. »Besser, Hoheprinz?«

Rohan durchquerte den Raum, der sie trennte. Er war überzeugt, daß es sich auch hierbei um eine Illusion handelte. Aber das spöttische Lachen war echt. Das Messer, das sich in seine Schulter bohrte, war echt. Der Schmerz war echt.

»Nein!« Riyan taumelte vor. Seine Hände waren in vertrautem Schmerz verkrampft. Er krachte gegen Ruval und schlug ihn nieder. Das blutbefleckte Messer klapperte auf die Steine. Chays Stiefel senkten sich auf die Klinge, als Ruvals Finger danach tasteten.

Als Riyan so abrupt ihr Verteidigungsgewebe durchbrach, erblindete Pol für einen Moment. Von seinem Platz hinter ihrem Schutz aus hatte er die Drachenbeschwörung gesehen. Es war ein erschreckender Anblick, aber einer, der seinen Vater nicht verletzen würde, wie er wußte. Der Drache hatte keine Substanz. Seine Sinne, die des Lichtläufers und die des Zauberers, sagten ihm das ohne bewußtes Begreifen.

Aber das Messer war echt. Als er spürte, daß es solider Stahl war, durchflutete Panik seinen ganzen Körper und erschütterte das Gewebe ebenso sehr wie Riyans plötzlicher Rückzug daraus. Aber Ruval bewegte sich zu schnell. Pol konnte wieder klar sehen und machte einen Satz nach vorne. Er war bereit zu töten. Ehe er jedoch dort war, hatte Riyan sich schon herumgedreht und die bebende Form fest mit beiden Armen umklammert. Sie rollten gegen die Mauer neben der klaffenden Öffnung, Ruval wurde durch Riyans Körper geschützt. Chay, der einem Angriff mit Zauberei gegenüber nicht so verletzlich war, stürzte sich mit einem Messer vor.

»Nein!« schrie Riyan wieder. »Das ist nicht er! Meine Ringe brennen das Fleisch von meinen Fingern. Das ist nicht Ruval! Es ist Ruala!«

Pol sah voll Entsetzen, daß sich die große, muskulöse Gestalt in eine kleinere verwandelte. Die hatte sanfte Kurven und zerzaustes schwarzes Haar. Hose, Hemd und Tunika waren alles, was von der Illusion von Ruval noch blieb.

Rohan erholte sich als erster. Er zog Riyan und die halb bewußtlose junge Frau auf die Füße. Doch dabei fuhr er plötzlich zusammen. Er lehnte sich an die Wand und hielt seinen Arm umklammert. Sioned schob seine Finger von der Wunde. Ihre gerunzelte Stirn beunruhigte Pol, aber ihre Worte besänftigten seine Furcht. »Als hättest du noch nicht genug Narben, du Dummkopf!« Sie riß den Ärmel auf und wickelte einen Streifen davon um seinen Arm, um die Blutung anzuhalten.

Rohan verzog das Gesicht unter ihrer groben Behandlung, die noch mehr als ihre Worte zeigte, daß es keine ernsthafte Verletzung war. Zu Pol gewandt meinte er grimmig: »Sie ist noch immer da drin. Es sei denn, es gibt einen Fluchtweg aus diesem Versteck.«

Maarken drängte sich an seinem Vater vorbei, der Riyan und Ruala auf die nächsten Stühle half.

»Maarken – nein!« rief Pol, aber sein Vater tauchte bereits in die Dunkelheit ein. Irgend etwas flammte strahlend auf, man hörte einen überraschten Schmerzensschrei, und Maarken taumelte rücklings gegen Pol.

»Gütige Göttin«, hauchte er. Dann riß er sich zusammen und sagte: »Nun wissen wir wenigstens, wo sie ist.«

Andry trat neben seinen Bruder. »Du Idiot! – Sie hätte dich umbringen können. Bist du in Ordnung?«

Maarken nickte. »Ein wenig erschüttert. Diese Zauberei ist nicht ganz ohne«, meinte er täuschend sanft. »Wir können nicht hineingehen, soviel steht fest. Aber wenn sie hätte fliehen können, dann hätte sie das inzwischen getan.«

»Ich weiß nicht, wie es mit euch anderen aussieht, aber ich habe keine Lust, sie auszuhungern.« Andry drehte sich um. »Sioned, kannst du eine Art Schutz für dich selbst und die anderen wirken?«

»Ja, ich denke, aber...«

»Bitte tu es.« Er erwiderte Pols Blick mit ironischer Herausforderung. »Nun? Sollen wir herausfinden, welchen von uns sie am liebsten tot sehen möchte?«

»Interessante Entscheidung für sie«, erwiderte der. »Fertig?«

Andry nickte. Er murmelte leise etwas und rief dann: »Hast du mich gehört, du widerwärtige Kreatur? Du hast die Wahl! Zwischen dem Herrn der Schule der Göttin oder dem künftigen Hoheprinzen! Welcher von uns wäre leichter für dich?«

»Welchen von uns du auch vernichtest, der andere wird dich jagen!« rief Pol.

Gelächter schlug ihnen aus der Dunkelheit entgegen. »Welcher von euch hat denn den Mut, zu mir zu kommen und den Tod zu suchen?«

»Nein!« zischte Rohan hinter ihnen. »Geht nicht hinein! Bringt sie heraus!«

»Könnt ihr mir denn gegenübertreten?« spottete Mireva.

»Kannst du uns beiden denn gegenübertreten?« höhnte Pol.

»Euch beiden, wenn ihr als einer arbeitet?« Sie lachte schallend. »Ihr vereinigt eure Kräfte erst, wenn Drachen über die Meere fliegen anstatt durch die Himmel!«

Pol erwiderte und hielt Andrys Blick fest. Sein Vetter flüsterte Worte in der alten Sprache, die Pol für einen Augenblick verwirrten. *Feuertraum?* Andry machte eine ungeduldige Geste, und plötzlich begriff Pol. Er nickte und machte sich bereit.

Zwei Gestalten entstanden aus dem Lichtläufer-Feuer. Eine davon wurde Pol; die andere Andry. Die Beschwörungen trieben in die Dunkelheit. In ihrem Licht sah Pol die Form des Raumes und die Frau darin. Allein und noch immer lachend. Seine Wut darüber, daß er von Ruval getäuscht worden war, zeigte sich in einem Aufflackern seiner Beschwörung. Im nächsten Augenblick schrie er auf und verlor völlig die Kontrolle, als Mireva seinem Feuer ihr eigenes entgegenschleuderte. Es war weiß und kalt und zerrte an jedem Nerv seines Körpers.

»Versuch es nochmal, Prinzchen.«

»Soll ich dir zeigen, wie man es macht?« Aus Andrys scharfer Stimme sprach Verachtung für sie beide. Pols Sinne wirbelten, als die Macht stark und glatt von Andry ausstrahlte. Es war fast wie ein Spiel; weder in seinen Augen noch in seinem Gesicht zeigte sich Anstrengung. Aber Mireva wich zurück, und das weiße Feuer verlosch.

»Pol! Pack sie, sie hat den Zauber verloren, sie ist verletzlich!« schrie Andry.

Sein Kopf war ein Durcheinander von Nadeln, und die Befehle, die er seinen Gliedmaßen gab, waren so wirr, daß er sich bewegte wie eine schlecht zusammengesetzte Puppe. Aber er warf sich vorwärts und prallte mit Mireva zusammen. Der Feuerschein verging, als sie auf die harten Steine aufschlugen.

Pol griff ihr an die Kehle. Die lose und faltige Haut des Alters war plötzlich von jugendlicher Straffheit und Geschmeidigkeit, und das Gesicht über seinen pochenden Händen zeigte die zarten Züge von Meiglan in einer Fülle goldener Haare. Sein Griff versagte. Obwohl er wußte, daß es sich um eine Illusion handelte, stockte er.

Seine Gedanken wirbelten durcheinander. Wie Blitze über den Wüstenhimmel zuckten Feuerstrahlen durch sein Hirn. Er floh davor. Aber Meiglans Gesicht mit Mirevas graugrünen Augen lachte aus jedem Winkel seiner Gedanken. Krämpfe zuckten durch seine Muskeln, als er in Gedanken schreiend davonlief. Aber es gab kein Entkommen.

Es war wieder Mirevas Gesicht. Ein rubinrotes Triumphleuchten zeigte sich tief in ihren Augen. Doch nur für einen Augenblick. Entsetzen durchschnitt ihn, und wieder zuckte ein Blitz, als sich das Gesicht wieder veränderte, zu Formlosigkeit verschwamm und sich neu formte, zu einem Alptraum formte. Der Nacken, den er umklammerte, wurde ledrig und das Gesicht darüber wurde zu einer entsetzlichen Masse mit offenen Wunden und Schuppen. Hörner mit blutigen Spitzen wuchsen aus der Stirn; geschwungene Fangzähne und eine gegabelte Zunge zeigten sich zwischen schleimigen Lippen. Der dicke Körper wand sich unter ihm; mehr Hände, als möglich waren, berührten seinen Körper in obszönen Liebkosungen. Ein Kreischen hallte endlos in seinem Schädel wider, ein Geheul, halb Lachen und halb Jagdschrei.

Aber die grau-grünen Augen mit ihrem roten Schimmer waren immer noch die von Mireva.

Dieser Fehler von ihr erhielt ihm seine geistige Unversehrtheit. Er war sehr nahe daran, den Kampf mit dem Schrecken zu verlieren, als ein letztes Restchen von Verstand ihm sagte, daß es sich um eine Illusion handelte: ganz gleich, wie entsetzlich sie war, es war nur eine Illusion. Die Angst löste ein Schluchzen in seiner Kehle, aber er bohrte die Daumen so fest, wie er konnte in den Nacken und versuchte, die Knochen zu zerschmettern. Er konzentrierte sich auf seine eigenen Hände, den Mondstein-Ring, den Amethyst der Prinzenmark, die weißen Knöchel und die Schwäche, die seine Finger zucken und zittern ließ, so daß er nicht töten konnte.

Hände, die den seinen sehr ähnlich waren, griffen nach unten. Er versuchte, sie nicht anzusehen, denn er fürchtete, es könnte sich um eine weitere Beschwörung handeln. Aber ein Finger trug einen Topas, umringt von Smaragden. Die Hände arbeiteten schnell in der Nähe des massiven Kiefers. Und das Ungeheuer brüllte vor Schmerz auf.

»Tut weh, was?« meinte Rohan.

Mireva wand sich wie tödlich verletzt am Boden. Pol wich zurück. Er war verblüfft, daß das Ding plötzlich verschwunden war. Rohan schob ihn beiseite und fesselte geschickt die Handgelenke der Frau mit einem dünnen Draht. Dann packte er Pol bei den Schultern.

»Alles in Ordnung?« Pol nickte stumm, und Rohan seufzte erleichtert. Er hockte sich auf die Fersen und wischte sich den Schweiß aus dem Gesicht, ehe er sanft fragte: »Nun? Findet meine Version des Handelns deine Billigung?«

Pol lief rot an und blickte fort. Kerzenlicht ergoß sich aus dem äußeren Raum über Mirevas Oberkörper. Sie lag jetzt still, den Kopf zu einer Seite gewandt. Und dann sah Pol es: Ein dünnes, silbriges Schimmern wand sich um ihr Ohrläppchen. Nein, nicht Silber. Stahl. Er starrte seinen Vater erstaunt und bewundernd an. Rohan lächelte knapp.

»Das bringt sie nicht um. Sie sind nicht so anfällig für Eisen wie Lichtläufer. Aber wenn sie auch nur den geringsten Versuch zu einem Zauber macht, wird ihr neuer Ohrring ihr alle Schmerzen der Hölle bescheren.« Achselzuckend erklärte er: »Nicht sehr elegant, aber wirkungsvoll.«

Beim zweiten Versuch kam Pol mit Hilfe seines Vaters auf die Füße. »Warum hast du sie nicht einfach getötet?«

»Weil es noch andere wie sie gibt. Und es könnte nützlich für uns sein, daß wir sie besitzen. Ruval gegenüber. Außerdem habe ich etwas anderes mit ihr vor. Etwas Besseres.«

Nie zuvor hatte Pol in den Augen seines Vaters den Tod einer anderen Person gesehen. Er fragte sich plötzlich, ob dieser Blick auf Ianthe gefallen war. Auf seine Mutter.

Rohan rieb abwesend seine verletzte Schulter. »Ich glaube, im Keller gibt es passende Unterkünfte. Überbleibsel aus unserer barbarischen Vergangenheit«, fügte er ironisch hinzu. »Pol und Maarken, wenn ihr beide bitte so gut sein würdet, sie dorthin zu geleiten, wenn sie wieder zu sich kommt. Aber ich sehe, das ist bereits der Fall.«

»Rohan? Willst du die ganze Nacht da drin bleiben?« Chays Stimme eilte seinem Schatten im Durchgang voraus. »Was ist los?«

»Geduld«, kam die Antwort. »Geh raus und erzähle allen, daß sie wieder in ihre Betten zurückkehren können. Wir sind hier fast fertig.«

»Was ist mit Ruval?« Das war Sioned. »Er ist doch immer noch irgendwo.«

»Ja?« grübelte Rohan. »Da bin ich nicht sicher.«

Pol stieß Mireva mit der Zehenspitze zwischen die Rippen und fragte: »Nun? Wo steckt Ianthes Ältester?«

Mireva funkelte sie an. »Er hat sich dort versteckt, wo ihr ihn niemals finden werdet: in den Mauern dieses Schlosses!«

Rohan lächelte. »Danke. Du hast mir gerade klargemacht, daß er nicht hier ist. Wenn er es wäre, dann hättest du mit seiner Flucht geprahlt, um mir anschließend zuzuschauen, wie ich für den Rest der Nacht das Schloß durchsuche. Dann laß uns mal überlegen, wie er aus Stronghold entflohen sein könnte? Ach ja, natürlich. Die Wachen, die ich heute ausgesandt habe, damit sie in den Bergen nach euch suchen. Ich dachte mir schon, daß das ein Fehler sein könnte, aber – nun, egal.«

Mireva spuckte ihn an, und in ihren Augen war zu erkennen, daß seine Schlußfolgerung richtig war. Pol konnte nur noch staunen und den nächsten unerwarteten Schritt seines Vaters abwarten. Aber wenn er etwas Spektakuläres erwartet hatte, so begegnete er doch nur einem müden Lächeln.

»Ich denke, es wird Zeit, daß wir uns alle ein wenig ausruhen«, meinte Rohan. »Der morgige Tag könnte recht anstrengend werden.«

Sie schleiften Mireva hinaus. Andry näherte sich ihr mit der Neugier eines Gelehrten, der eine neue Entdeckung mustert.

»So«, meinte er, »das ist also das Gesicht einer Zauberin.«

Sie sprang auf die Füße. Ihre Handgelenke waren bereits wund, weil sie sich gegen die Drahtfesseln gewehrt hatte. »So«, höhnte sie, »das ist also das Gesicht eines Schwächlings von Lichtläufer.«

Seine Brauen schossen in die Höhe. »Du bist die Gefangene hier, nicht ich.«

»Nicht für lange.« Trotzig warf sie den Kopf zurück, und der Stahl schimmerte an ihrem Ohrläppchen.

»Erspare uns deine Drohungen«, fuhr Riyan sie an. Er hielt Ruala in den Armen. »Für Ruval gibt es jetzt keinen Schutz mehr. Er wird Pol fair bekämpfen müssen.«

»Ach«, murmelte Sioned und warf Rohan einen überraschten Blick zu.

Auch Pol hatte es gerade erst gemerkt. Indem sie Mireva ihrer Zauberei beraubten, konnte beim *Rabikor* nicht die Kuppel aus Sternenfeuer geformt werden. Riyan und Ruala waren sicher.

»Ihr glaubt, Ihr habt gewonnen, Hoheprinz«, spottete Mireva. »Denkt gut nach. Ihr wißt nicht, wo er ist und was er tut, was er weiß und wie er es verwenden wird.« Sie wandte sich lachend Pol zu. »Was nützen Euch Eure Lichtläufer-Tricks gegenüber der vollen Macht eines *Diarmadhi*?«

Andry antwortete ihr. »Sie scheinen dir gegenüber recht gut gewirkt zu haben.«

»Nicht für lange«, wiederholte sie.

Myrdal stieß ihren Stock auf die Steine. »Ich habe genug von diesem Stück Dreck«, verkündete sie. »Schafft sie mir aus den Augen.«

Pol und Maarken gingen auf Mireva zu. Andry blieb einen Schritt hinter ihnen.

»Drei junge Männer, um eine arme, hilflose, alte Frau zu bewachen?« höhnte sie. »Ihr müßt mich ja noch mehr fürchten, als ich dachte.«

»Schmeichel dir nur nicht selbst«, erklärte Pol. »Die kommen nur mit, um sicherzugehen, daß ich dich nicht auf der Stelle umbringe.«

»Glaubst du, das könntest du?«

Er lächelte süß. »Ich weiß es. Aber ich möchte dich nicht der Gelegenheit berauben, Ruvals Tod beizuwohnen.«

Sie brachten sie nach unten. Jetzt waren Menschen in den Gängen. Sie kehrten auf Chays Befehl in ihre Betten zurück, aus denen sie vertrieben worden waren, und Neugier ließ ihre Augen fast aus den Höhlen treten. Nicht nur, daß diese gewöhnlich aussehende Frau eine außergewöhnliche Eskorte hatte, noch dazu erhellten drei kleine Flämmchen aus Lichtläufer-Feuer ihren Weg die Treppen hinab. Pol wußte, daß sich die Nachricht im Schloß ausbreiten würde, noch ehe jedermanns Kopf auf den Kissen lag. Alle würden glauben, die Gefahr sei gebannt, was immer es auch gewesen war, und sie wären sicher. Sein Vater übte stets diese Wirkung auf Menschen aus.

Als er hinter Mireva die Kellertreppe hinabging, erkannte er, daß seine eigene Furcht nachgelassen hatte. Gütige Göttin, wie listig Rohan doch war. Zuerst hatte er Pol die Sternenrolle gezeigt, damit er mit ihrem Zauber arbeiten konnte und die Traditionen des *Rabikor* kennenlernte. Dann war die Enthüllung über Ianthe gefolgt, damit er wußte, daß er Ruval an Macht gleichkam, wenn auch nicht an formeller Ausbildung. Und schließlich hatte er Mireva mit einem harmlosen Stück Stahl zur Hilflosigkeit verurteilt, da es jeden Versuch von Zauberei unterbinden würde; es gab keine anderen Kräfte als seine eigenen und Ruvals, wenn der ihn forderte. Noch immer krampfte sich sein Bauch angespannt zusammen. Aber Pol wußte, daß er dem Mann ohne Angst gegenübertreten würde. Sein Vater hatte ihm das ermöglicht.

Und seine Mutter. Sionell hatte recht. Es mußte Sioned ihre Seele gekostet haben, ihm davon zu erzählen. Und er hatte es ihr mit Grausamkeit vergolten. Er würde es mit mehr als den Worten, die er vorhin zu ihr hatte sagen können, wiedergutmachen. Prinzessin Ianthe verdankte er vielleicht seine Existenz, aber seiner Mutter verdankte er sein Leben.

Und Sionell. Er mußte sich entschuldigen.

»Hier«, sagte Maarken und unterbrach Pols Gedanken. »Großvater Zehava hat mir das gezeigt, als ich noch klein war. Dort hat er die seltenen Idioten festgehalten, die es wagten, ihn ein zweites Mal zu belästigen.« Er wies Mireva in den winzigen Raum und verbeugte sich schwungvoll und sarkastisch. »Ehe er sie persönlich in den Weiten Sand hinausgeleitete und sie dort allein ließ.«

»Warum verfahrt ihr mit mir nicht ebenso?« fragte sie.

»Ihr habt Hoheit ja gehört«, erinnerte Maarken sie. »Er wünscht, daß ihr zuseht, wie eure letzte Hoffnung stirbt.«

Sie lächelte. »Wenn das geschieht, was noch überhaupt nicht sicher ist, dann auf jeden Fall erst dann, wenn die Schuld an Segevs Tod von deinem mörderischen Weib beglichen worden ist.«

Pol sah, daß Maarken unter dem plötzlichen Ansturm von beschworenem Feuer weiß wurde, und dann preßte sein Vetter Mireva an der Kehle gegen die Wand.

»Wenn du auch nur etwas denkst, was meiner Gemahlin oder meinen Kindern schadet, dann bringe ich dich persönlich um«, zischte Maarken und schob sie höher an den Steinen hinauf. »Und ich warne dich: Ich bin weder so mächtig noch so zivilisiert wie mein Bruder oder mein Vetter. Ich würde sehr lange brauchen, und ich würde sicherstellen, daß jeder einzelne Augenblick von höchster Qual erfüllt ist. Also hüte selbst deine Gedanken, Hexe. Irgend jemand wird immer zuhören.«

Pol hatte schon früher Tod in Maarkens Blick gesehen, aber nicht so wie jetzt. Selbst Mireva war entsetzt. Maarken ließ sie benommen auf den Steinboden fallen und machte auf dem Absatz kehrt. Er überließ es Andry und Pol, die Tür zu sichern.

Pol unterzog die Zelle einer eiligen Inspektion. Sie war

vollkommen kahl und es gab nicht einmal eine Decke, auf der man liegen oder einen Halm Stroh, mit dem man ein Licht hätte anzünden können, wenn es dunkel wurde. Es gab keine Fenster. Die schwere Eisentür hatte keinen Schlitz, durch den man etwas zu essen oder zu trinken schieben konnte. Offensichtlich hatte sein Großvater gnadenlose Strafen verhängt; war sie erst einmal geschlossen, wurde diese Tür nur geöffnet, um den Gefangenen zu einem schnellen Tod in den Weiten des Weiten Sandes abzutransportieren.

Ihm kam der Gedanke, daß Ianthe Sioned wahrscheinlich in genau so einem Raum gefangen gehalten hatte.

»Es gibt hier nichts, was sie benutzen kann, selbst wenn sie ihre Hände frei bekäme«, bemerkte Andry. »Und so, wie Rohan die Drähte gebunden hat, würde sie ihre Hände an den Handgelenken aufschneiden, ehe sie sich befreien könnte.« Andry musterte Mireva einen langen Moment und warf dann die Tür mit lautem Knall zu. »Und jetzt warten wir.«

Pol versperrte das Schloß. »Es wird nicht lange dauern.«

»Bist du darauf vorbereitet? Darauf, was er dir antun will?«

Pol dachte seine winzige Fingerflamme näher, damit er Andrys Gesicht sehen konnte. »Nun sag bloß nicht, du würdest dir Sorgen machen.«

Sein Vetter zuckte mit den Achseln. »Besser, du wirst Hoheprinz, als Roelstras Enkel.«

Pol verzog keine Miene. »Ich dachte mir schon, daß du es so sehen würdest.« Dann seufzte er. »Tut mir leid. Ich wollte das nicht sagen. Ich wollte dir für deine Hilfe heute abend danken. Du mußtest das nicht, aber du hast es getan.«

»Richtig.« Andry nickte, und sie schickten sich an, nach oben zu gehen.

Die nächsten Worte fielen Pol noch schwerer, aber dennoch sagte er sie. »Wir haben gut zusammengearbeitet. Ich finde, das zeigt, daß wir das auch weiterhin tun sollten.«

Andry warf ihm einen fragenden Blick zu. »Was hat sie noch gesagt? ›Wenn Drachen über die Meere fliegen anstatt durch die Himmel‹?«

»Warum mußt du alles immer so schwer machen?«

»Ich habe meine Pflichten und meine Verantwortungen. Du hast deine. Wenn sie zusammenprallen... Zumindest kann man uns nicht vorwerfen, daß wir uns zur totalen Tyrannei verbünden, nicht wahr? Ist das nicht ein wünschenswertes Ergebnis? Das müßte für die anderen Prinzen doch beruhigend sein.«

Pol hielt ihn zurück, indem er ihn am Arm packte. »Hör auf damit, verdammt! Andrade und Roelstra haben ihrer Macht gegenseitig Zügel angelegt und sind lebenslange Feinde gewesen. Wir müssen es nicht genauso machen.«

»Du bist ein Träumer, Vetter. Du denkst daran, was sein könnte. Ich denke daran, was – wie ich weiß – kommen wird.«

Es fiel Pol schwer, sich zu beherrschen. »Immer wieder erwähnst du diese mysteriöse Zukunft. Was genau fürchtest du eigentlich?« Einen Augenblick lang dachte er, Andry würde es ihm erzählen. Doch dann erklärte sein Vetter ihm achselzuckend: »Wenn du lange genug lebst, findest du es vielleicht heraus.«

Sein Griff wurde fester. »Du glaubst also nicht, daß ich Ruval besiegen werde?«

»Im Gegenteil. Ich glaube, du wirst es schaffen. Aber du hast andere Feinde. Vagabundierende *Diarmadh'im*, die auf Rache aus sind, weil ihr Anführer und Prinz getötet wurde. Herumstreifende Merida gibt es immer. Auch Chiana darf nicht außer acht gelassen werden. Und ebenso wenig

Miyon.« Andry machte eine Pause. Dann, mit spöttischem Ernst: »Was wird wohl sein, wenn du das Mädchen schließlich heiratest – glaubst du, das Messer in deinem Rücken wird seine Fingerabdrücke aufweisen oder ihre?«

Pol gab ihn frei, als würde die Berührung ihn verbrennen. »Es ist verdammt gut, daß man dir dieses Prinzentum verboten hat.«

»Denk daran, wenn die Zukunft kommt, die ich vorausgesehen habe.«

Sie funkelten sich im wütenden Flackern von zwei kleinen Flammen an. Nach wenigen Augenblicken zuckte Andry erneut mit den Achseln und stieg weiter die Treppe hinauf. Pol wartete, bis er wieder die Kontrolle über sich hatte. Die Kellertür öffnete sich hinter seinem Vetter und schloß sich wieder.

»Das war der letzte Versuch – dieses Mal«, schwor er sich. »Nie wieder.«

Glücklicherweise hatte er sich ausreichend beruhigt, um selbst auch zu hören, was er sagte – und um das Gesicht zu verziehen. Soviel zu dem, was er seiner Meinung nach an diesem Abend gelernt hatte. Er hatte schnell und entschlossen gehandelt, was Mireva anging, und er hatte lange genug durchgehalten, damit sein Vater seinen Plan ausführen konnte. Und das war der Unterschied zwischen ihnen: Rohan hatte genau gewußt, was er tat, aber Pol nicht. Pol hatte instinktiv gehandelt. Aus dem Gefühl heraus. Sein Vater arbeitete aus sicherem Wissen und geduldiger Überlegung heraus; diese Dinge waren Rohans größte Kraft.

Maarken mochte in schneller Wut schwelgen, aber Pol durfte das nicht. Schon gar nicht, wenn es um Andry ging, der die Kunst, wie er ihn in Wut bringen konnte, meisterhaft zu beherrschen schien. Und ebenso wenig, das erkannte er plötzlich, angesichts der mysteriösen Zukunftsdrohung.

Obwohl er sich der Schule der Göttin gegenüber nicht verpflichtet fühlte und ihrem Herrn oder ihrer Herrin nichts von der Ehrfurcht und Unterwürfigkeit der anderen Menschen, vor allem der anderen Lichtläufer, entgegenbrachte, konnte er doch nicht umhin, Andrys Gewißheit zu respektieren, daß diese Drohung wahr werden würde. Er selbst war das lebende Zeugnis der Macht von *Faradhi*-Visionen.

Geduld. Die Fähigkeit zu warten, Dinge durchzudenken, nur dann zu handeln, wenn man es verstand. Die Fähigkeit, Macht und Kraft dort einzusetzen, wo sie am meisten Gutes taten. Sicher zu sein, wann, wie, wo und warum man handelte. Immer vorsichtig zu sein – und rücksichtslos, wenn nötig. Die Fähigkeit, genau zu wissen, was zu tun war. Rohan und Sioned hatten auf diesen Eigenschaften Frieden aufgebaut. Er zweifelte plötzlich daran, daß er jemals ihre Weisheit erlangen würde.

Wären seine Eltern sich der hohen Tugenden bewußt gewesen, die Pol ihnen zuschrieb, sie hätten ihn mit vor Staunen offenem Mund angestarrt und wären dann in schallendes Gelächter ausgebrochen. Ihre Liste an Fehlern, falschen Berechnungen und Einschätzungen war ebenso lang wie die jedes anderen Menschen – und sie hätten sicher als allererste zugegeben, daß sie oft aus blindem Instinkt heraus gehandelt hatten, ohne auch nur einen Hauch von Geduld.

Doch als er nun die letzten Stufen erklomm, lehrten Pols Selbstvorwürfe ihn mehr, als wenn seine Wahrnehmungen genauer gewesen wären. Irgendwann einmal würde er die Geschichte überprüfen und zu dem Schluß kommen, daß Perfektion nicht zu den Verdiensten seiner Eltern zählte. Aber für den Augenblick war es von weit größerem Nutzen für ihn, ihnen jederzeit Geduld, Vorsicht und Wissen zu unterstellen.

Das ermöglichte es ihm, mit ruhigem Geist zuzuhören, als

Ruvals Herausforderung kurz vor der Morgendämmerung auf dem letzten Sternenlicht widerhallte. Pol hörte die Arroganz und die Wut, die Beleidigungen und die Unverschämtheit und erkannte, daß Ruval seine Furcht überspielte. Er stand in einem Fenstergang inmitten eines Tümpels aus hellem, weißen Licht und lächelte. Er gab keine Antwort. Seine Antwort würde morgen kommen, wenn die Mittagssonne den Rivenrock Canyon in einen Backofen verwandelte.

Kapitel 9

Stronghold: Frühjahr, 35. Tag

Kurz nach der Morgendämmerung stürmte Tobin in die Gemächer ihres Bruders. Ihre Wut erinnerte ihn auf einmal stark an ihre Eltern. Das blitzende, feurige Temperament hatte sie von Milar und die wütenden, schwarzen Augen von Zehava. Als er ihr zuhörte, fragte er sich, was die beiden wohl von den gegenwärtigen Ereignissen gehalten hätten. Ganz zu schweigen von ein paar anderen Dingen, die er in seinem Leben getan hatte…

»– so klar, als hätte der Bastard neben mir gestanden!« Tobin kochte und marschierte vor dem Bett auf und ab, in dem er sich auf weiche Kissen lehnte.

»Warum hat es so lange gedauert, bis du hergekommen bist?« unterbrach er sie.

»Ich hatte mit Hollis und Maarken zusammen damit zu tun, die Kinder daran zu hindern, hysterisch zu werden!« brüllte sie. »Erst reißt du mitten in der Nacht alle aus ihren

Betten, und dann erschreckt Ianthes Bastard die Kinder halb zu Tode!«

»Sind sie jetzt in Ordnung?« Rohan war schon halb aus dem Bett, um zu Chayla und Rohanon zu gehen, wenn es auch nichts gab, was er hätte tun können.

»Das wird sich zeigen, wenn sie aufwachen. Wir mußten ihnen ein Schlafmittel geben!« Tobin funkelte ihn an.

Rohan ließ sich seufzend wieder zurückfallen. »Hör mal, tu mir einen Gefallen und erzähl Pol nichts davon. Er würde wütend, und das würde ihm überhaupt nicht helfen.«

»Wütend? Ich werde dir zeigen, was Wut ist! Ich werde diesen Kerl kastrieren, der seine Herausforderung jedem Lichtläufer in der ganzen Burg entgegenschleudert! Ich –«

»Und jedem Lichtläufer sonstwo, auf den Sternenlicht fiel«, unterbrach Rohan sie.

Tobin stutzte. »Was?«

»Sioned bestätigte das heute morgen bei Sonnenaufgang. Oder vielmehr hat sie Nachrichten von Donato aus Drachenruh und Meath aus Grayperl erhalten. Im Augenblick nimmt sie den Kontakt zu verschiedenen anderen Freunden auf. Ich vermute, am Himmel wird heute genau so viel los sein wie gestern abend.«

Tobin setzte sich aufs Fußende des Bettes. »Und was willst du tun?«

»Das ist jetzt Pols Kampf, nicht meiner. Ich habe getan, was ich konnte.«

»Was du konntest?« wiederholte sie ungläubig. »Du hättest Ruval ebenso finden können wie Mireva und –«

»Die Chance, Ianthes Söhne heimlich zu töten, liegt Jahre zurück. In der Zeit, bevor irgendwer von ihrer Existenz wußte. Hollis hat einen von ihnen erledigt, Andry den zweiten. Der dritte gehört Pol.«

»Und wenn er verliert?«

»Das wird er nicht.«

»Du bist dir deiner selbst sehr sicher!«

»Nein, ich bin seiner sicher.« Rohan fuhr sich mit beiden Händen durchs Haar. »Ich muß es sein. Ich war genau da, wo sich Mireva versteckt hielt, und ich hatte recht, was Ruvals Mittel zur Flucht anging. Sein Pferd mit dem Sattel und Zaumzeug aus Stronghold kam kurz vor Tagesanbruch zurück und einer unserer Wächter wurde in einem Nebenraum der Stallungen gefesselt aufgefunden. Ich habe in fast allem recht gehabt, und ich habe auch recht, was Pol angeht. Ich muß recht haben«, wiederholte er.

»Niemand hat je daran gezweifelt, daß du schlau bist«, fuhr sie ihn an. »Und ich zweifle auch nicht an Pol. Aber Ruval ist eine völlig andere Gefahr als dieser Thronbewerber vor neun Jahren.«

»Da bin ich anderer Ansicht. Die Drohung gilt nicht allein der Prinzenmark. Masul hat das versucht. Er hat gedacht, wenn er bei dem *Rialla* auftaucht, würde er automatisch als Roelstras wahrer Erbe anerkannt werden. Ich sehe jetzt, daß Alasen recht hatte, daß dies den ersten Schritt der *Diarmadh'im* zurück zur Macht bedeutete. Masul hat das nie gewußt. Wenn er gewonnen hätte, hätte Ruval ihn getötet und die Prinzenmark übernommen, nachdem er sich als Ianthes Sohn zu erkennen gegeben hätte. Aber wir können nicht nur in Land und Schlössern denken. Sieh dir nur die Art an, wie Ruval es gemacht hat, Tobin. Wie viele Lichtläufer haben letzte Nacht die Forderung gehört? Seinen Anspruch auf die Prinzenmark? Einhundert? Zweihundert? Pol ist der nächste Hoheprinz, aber er ist auch ein Lichtläufer. Wenn man ihn tötet, gewinnt man seine Länder und übernimmt seine Stellung, und dann haben die *Diarmadh'im* eine Machtposition, von der aus sie gegen Andry und alle anderen Lichtläufer arbeiten können.«

Sie sah ihn mit gerunzelter Stirn an. »Und mein ehrenwerter Narr von einem Bruder hat das Gefühl, er müßte sich kopfüber in diese Herausforderung stürzen anstatt den Hurensohn auf der Stelle zu töten, wie er es tun sollte.«

»Wenn ich ihn gestern abend gefunden hätte, dann hätte ich ihn vielleicht getötet – oder hätte Pol das tun lassen. Obwohl ich glaube, daß Andry mit ihm um dieses Privileg gekämpft hätte. Aber jetzt kann ich das nicht tun. Zu viele Leute wissen Bescheid.«

»Und was weiß Pol?«

»Alles.«

Tobin hielt den Atem an, und alles Feuer wich aus ihr. »Oh, Rohan«, flüsterte sie.

Er blickte auf seine Hände hinab. »Es war das Schwerste, was ich je gemacht habe. Und Sioned – aber er hat es verstanden. Vielleicht verzeiht er uns sogar. Irgendwann. Er mußte es erfahren, Tobin. Er braucht den Vorteil, den dieses Wissen über seine andere Macht ihm schenken kann.«

»Gegen seinen eigenen Halbbruder.«

Rohan nickte. Dann warf er die Decken zurück, erhob sich und schlüpfte in eine dünne, helle Seidenrobe. »Arlis läßt sich heute aber Zeit mit dem Frühstück.«

»Wechsle nicht das Thema.« Tobin brach wieder ab und runzelte die Stirn. »Warte mal. Du hast gesagt, zwei von Ianthes Söhnen wären tot. Hollis hat einen getötet?«

»Vor neun Jahren. Segev. Er war von Mireva geschickt worden, sich in die Schule der Göttin einzuschleichen. Wahrscheinlich sollte er die Schriftrollen stehlen, die Meath in jenem Jahr gefunden hatte. Das ist nur eine Vermutung, die allerdings auf der Tatsache beruht, daß er mit Andry und Hollis daran gearbeitet hat. Aber Urival hat ihn erkannt und Pol davon erzählt, bevor er starb. Pol hat es uns gestern erzählt, nachdem er herausgefordert wurde. Mireva hat eine Drohung ausgesprochen, daß Hollis für den Mord zahlen wird –«

»Und Maarken hat es gehört?« Tobins schwarze Augen funkelten.

»Ja. Ich bin selbst überrascht, daß sie das überlebt hat. In der Sattelkammer, in der man den Wächter gefunden hat, befanden sich auch verschiedene Dinge, die Hollis gehören. Und eines von Chaylas kleinen Hemden und ein Paar von Rohanons Schuhen. Ich mag gar nicht daran denken, was sie mit ihnen vorhatten.«

Tobin holte tief Luft, und ihre Augen blitzten wieder. »Ich werde diese Hexe persönlich umbringen!«

»Ich glaube, meine Hinrichtungsmethode wird dir auch gefallen«, erwiderte Rohan grimmig.

Sie nickte zufrieden. »Dann weiß Pol jetzt also alles.« Ihr Blick wurde scharf. »Auch über meine Rolle und die von Ostvel?«

»Nicht, daß er es war, der Ianthe getötet hat.«

»Erzähl ihm das niemals.«

Für ihn ist sie im Feuer gestorben.« Er trat an die Fenster und stützte seine Fäuste auf das Fensterbrett.

»Weißt du, Tobin, wenn Masul die Prinzenmark gewonnen hätte, dann hätte ich in den Krieg ziehen müssen. Dabei hätte ich nicht einmal ahnen können, was für Feinde mir begegnen würden. Ich schulde Maarken und Hollis mehr, als sie jemals wissen werden. Ohne sie wäre es zu entsetzlichen Kämpfen gekommen, wären Tausende gestorben. Statt dessen…« Wieder zuckte er mit den Schultern. »Wir haben einen kleinen Krieg. Nur einer von ihnen wird lebend daraus hervorgehen. Sie sind einander jetzt ebenbürtig, Tobin. Beide sind jung, stark und mächtig und haben durch das Blut ihrer Mutter denselben Anspruch…«

»Wenn es zum Krieg käme, würden unsere Leute kämpfen. Sie würden darauf bestehen, für dich und Pol zu kämpfen.«

»Warum sollten Tausende zum Wohle einiger weniger leiden? Als ich schwor, niemals mehr mein Schwert im Kampf zu erheben, hat niemand gehört, daß ich für mein Volk denselben Eid geleistet habe.« Er wandte sich zu ihr um. »Um sie gegen einen Angriff zu verteidigen schon. Aber wenn wir jemals wirklich angegriffen werden, wird das die Schuld meiner Unfähigkeit sein. Ich hätte kein Recht, sie zu bitten, für einen Dummkopf in den Krieg zu ziehen.

Auch jetzt werde ich das nicht verlangen. Weil ich vor Jahren ein Dummkopf war. Irgendwie habe ich trotz meiner Dummheit einen Sohn bekommen, der mein Stolz und meine Hoffnung ist. Was ich in Feruche getan habe, dafür bin ich verantwortlich. Es beschämt mich, daß Pol für das leiden muß, was ich getan habe. Aber so kalt das auch klingen mag, mir ist lieber, er übernimmt es, als all die Männer und Frauen, die geschworen haben auszuziehen und zu sterben, wenn ich es befehle.«

»Dein Gewissen war schon immer zu stark ausgeprägt«, bemerkte sie. »Du würdest Ruval selbst bekämpfen, wenn du könntest, nicht wahr?«

»Es ist nicht mein Kampf. Ich bin unbedeutend. Ich bin nur der Hoheprinz. Pol ist Lichtläufer und *Diarmadhi* gleichzeitig. Ich beneide ihn, wenn du die Wahrheit wissen willst.« Er lächelte wehmütig. »Nicht um den Kampf, den er führen muß, was ich nicht kann, sondern weil ich zu alt bin, nicht seine Gaben habe und es nicht einmal versuchen darf.«

»Ach ja, du bist uralt, nutzlos und kraft- und machtlos«, spottete sie. »Entschuldige bitte, wenn ich nicht deiner Meinung bin.«

»Du kannst doch kaum etwas anderes sagen. Du bist sechs

Winter älter als ich.« Er sank auf einen Stuhl und legte die Stirn in Falten. »Verdammt, wo steckt Arlis?«

»Er hat nicht viel geschlafen. Du?«

»Genug.«

»Ich hätte wetten können, du würdest keinen Bissen essen können.«

»Daß ich vor Hunger ohnmächtig werde, steht heute nicht auf dem Programm.«

Sie beugte sich eifrig vor. »Dann hast du also Pläne. Erzähle.«

Er seufzte. »Tobin, du bist meine Schwester, und ich habe dich von Herzen lieb. Ich ehre deine Meinung und deinen Verstand, und ich habe mich seit Jahren auf deinen Rat verlassen. Deine Ehe hat mir den besten Freund geschenkt, den ich habe. Du hast mich unterstützt, hast für mich geplant und mir dein Leben lang absolute Treue entgegengebracht.«

»Und wenn ich jetzt nicht den Mund halte und von hier verschwinde, dann läßt du mich mit Gewalt entfernen.« Sie trat zu ihm und nahm sein Gesicht zwischen die Hände. »Wir sind nicht mehr so jung wie früher, das gebe ich zu. Aber ich finde, wir haben uns ganz gut gehalten, alles in allem. Ich liebe dich auch, kleiner Bruder. Mehr als das: Trotz meiner lästigen Fragen vertraue ich dir.« Sie küßte ihn zärtlich auf die Stirn. »Du bist mein Bruder und mein Prinz. Also tu, was du tun mußt. Was immer es ist, es wird richtig sein.«

Erschöpft schloß er die Augen unter ihrer Liebkosung. Nur ihr konnte er zeigen, wie mitgenommen er war. »Ich bin froh, daß wenigstens jemand so denkt.«

»Wer dich kennt, kann gar nichts anderes denken.«

Rohan blickte auf. »Aber du hast recht, weißt du. Wir hätten die ganze schreckliche Sache verhindern können, wenn wir ihn ohne irgendwelche Rücksichten getötet hätten. Ich hätte Masul außerdem viel eher, Tage eher, töten sollen, als ich es endlich getan habe. Aber mir wurde diese Lage aufgezwungen, wo ich mich einfach wie ein Barbar verhalten mußte, nicht wie ein zivilisierter Prinz. Und jetzt habe ich Pol in dieselbe Klemme gebracht.«

»Die Umstände sind doch wohl kaum zivilisiert«, erinnerte sie ihn, und ihre Finger ruhten leicht auf seinen Schultern. »Was ist an Zauberei denn zivilisiert?«

»Aber Pol muß noch immer zwischen den beiden wählen: Prinz zu sein oder ein Wilder.«

»Er ist dein Sohn. Du und Sioned, ihr habt ihn erzogen. Lleyn und Chadric und Audrite haben sich um ihn gekümmert. Urival und Morwenna haben ihn ausgebildet. Du hast mir erzählt, du wärest dir seiner einfach sicher, weil du es sein mußt. Ich sage dir, Rohan, du bist so sicher, weil er ist, wer er ist. Dein Glaube an ihn, das ist dein Glaube an dich selbst, und ich habe bei dir selten einen Mangel daran erlebt. Und falls du jetzt tatsächlich einmal Zweifel hast, dann vergiß bitte nicht, daß wir anderen die nicht haben.« Sie lächelte. »Erweise uns die Ehre, uns zu glauben, ja?«

Er konnte nicht anders, er mußte ihr Lächeln erwidern. »Jetzt weiß ich wieder, warum ich dir vor langer Zeit vergeben habe, daß du meine Kindheit so schrecklich gemacht hast.«

»Schrecklich? Oh, du meinst so?«

Rohan schrie auf, als sie sein Ohr verdrehte. »Hör auf damit! Ich nehme alles zurück! Du bist heute noch genau so ein Ungeheuer wie damals!«

»Und du bist steif, eingebildet und langweilig geworden!« Sie attackierte seine Rippen, und im nächsten Augenblick rollten sie über den Boden, kitzelten einander und kicherten wie die Kinder, die sie schon seit vierzig Jahren nicht mehr waren.

Wenn Arlis auch die königlichen Nachkommen mit offenem Mund anstarrte, weil sie sich benahmen, als hätten sie die Kinderstube noch nicht hinter sich gelassen, so tat Chay das nicht. Er warf einen Blick auf den Kampf und erklärte: »Sie werden offenbar alt – keiner von beiden kämpft noch so schmutzig wie früher.« Dann bedeutete er dem Knappen, er solle das Tablett auf einen Tisch stellen, und machte sich daran, sich Rohans Frühstück einzuverleiben. »Übrigens«, fuhr er fort, als das Paar die letzten Punkte verteilte, »falls es jemanden interessiert: Miyon packt.«

Beide setzten sich auf und rangen nach Atem. »Was glaubt er eigentlich, wer er ist?« wollte Tobin wissen, während Rohan rief: »Laß mir noch ein, zwei Krümel übrig, Chay!«

Seine Schwester starrte ihn an. »Macht dir das keine Sorgen?«

»Überhaupt nicht.« Rohan sprang auf und streckte Tobin eine Hand hin, um ihr aufzuhelfen. Sie ergriff sie, zog die Beine unter sich – und setzte sich hart, als er ihre Finger wieder losließ. »Geschieht dir recht. Du und deine verdammten Nägel.« Er rieb sich die Seite.

»Vergiß es«, fuhr sie ihn an. »Was wirst du mit Miyon machen?«

»Ich werde Sioned bitten, ihn auf ihre unnachahmliche Art zu fragen, warum er den Ereignissen nicht beiwohnen will. Wenn seine Antwort mich genug amüsiert, lasse ich ihn vielleicht sogar ziehen.« Er griff sich sein Frühstückstablett und biß in einen Apfel.

»Rohan, du weißt doch, daß er hinter einem Großteil der Vorfälle steckt«, wandte Tobin ein. »Du kannst ihn doch nicht einfach gehen lassen!«

»Keine Angst«, tröstete Chay. »Ich glaube, er wird keine Antwort für amüsant genug halten. Außer er gibt rundheraus zu, daß er davon überzeugt ist, daß Ruval verliert.«

»Genau«, stimmte Rohan zu. »Weil Pol gestern abend nämlich etwas anderes gesagt hat. Erinnert Ihr Euch an Meiglans hysterischen Anfall? Es ist ein bißchen kompliziert zu erklären, aber sie hat in Marron jemanden erkannt, der sich einmal mit ihrem Vater getroffen hat und der ihr auch Mireva als zweite Magd aufgedrängt hat. Ich weiß nicht, ob Miyon weiß, daß seine eigene Tochter ihn verraten hat, aber ich glaube nicht, daß ihn hier viel hält.«

Tobin runzelte besorgt die Stirn. »Wenn er es weiß, dann ist das Leben des Mädchens in Gefahr.«

»Ich glaube nicht«, murmelte Rohan. »Zumindest nicht, wenn Pol das hört.«

Chay sah irritiert aus. »Er kann doch unmöglich vorhaben, sie zu heiraten!«

»Was können wir tun, um das zu verhindern?« überlegte Tobin.

»Viel! Sie ist der Bastard eines lügenden, intriganten, machtbesessenen –«

»Genau wie Pol«, sagte Rohan sehr leise.

* * *

Sioned hatte auf dem Rand von Prinzessin Milars Springbrunnen einen anstrengenden Vormittag verbracht. Wie sie vermutet hatte, hatten *Faradh'im* von Dorval bis zur Schule der Göttin selbst im Sternenlicht Ruvals Anspruch und seine Herausforderung vernommen. Und ihre Reaktionen zeigten eines ganz klar: *Wenn dieser Mann gewinnt, dann wird es Krieg geben.*

Wenigstens waren sich alle darin einig. Unter den Lichtläufern herrschte eine Einheit, wie sie seit Andrades Tod nicht mehr vorhanden gewesen war. Es würde Andry sicher verbittern, wenn er erfuhr, daß sie sich zur Unterstützung von Pol verbündeten, nicht seinetwegen.

Sie spritzte sich Wasser ins Gesicht, um die Müdigkeit zu vertreiben, und tauchte ihre Hände wieder und wieder in das kühle Naß. Pol hatte ihnen gestern abend erklärt, daß er bei Sonnenuntergang nach Rivenrock reiten würde, um sich der Herausforderung zu stellen. Zwischen jetzt und dann blieb ihr noch viel Zeit. Aber was konnte sie tun? Nichts. Wenn es nötig gewesen wäre, die Lichtläufer-Hälfte der Sternenfeuer-Kuppel zu formen, dann hätte sie Maarken und Hollis den ganzen Tag über in dieser Technik unterwiesen. Aber nachdem Rohan Mireva neutralisiert hatte, war das nicht mehr notwendig. Pol hatte einen Teil des gestrigen Tages damit verbracht, die Sternenrolle zu lesen und würde heute damit weitermachen. Wenn er sie bat, würde sie ihm helfen. Aber wenn er das nicht wollte, würde sie es ihm nicht anbieten. Rohan hatte recht; er mußte dies allein durchstehen. Es war seine Prüfung als Prinz, als Lichtläufer und als Mann.

Wieder zog sie auf dem Sonnenlicht dahin. Ihr Ziel war Rivenrock, von wo die Herausforderung gekommen war. Längen blumenübersäter Wüste erstreckten sich unter ihr, und sie folgte genau demselben Weg, den sie vor dreißig Jahren gekommen war. Sie verhielt über der Stelle, an der sie Rohan zum ersten Mal gesehen hatte, und hatte sich selbst wieder vor Augen: eine unerprobte Lichtläuferin, der man befohlen hatte, jenen Prinzen zu ehelichen, den sie in Feuer und Wasser gesehen hatte. Der Anblick der zu Fleisch gewordenen Vision, als er durch die trockene, abweisende Landschaft auf sie zugeritten war, hatte ihr den Atem verschlagen. Er konnte ihr das immer noch antun. Manchmal fühlte sie immer noch die erste freudige, wirre Aufregung in seiner Gegenwart. Mit ihm war sie an Orten gewesen, die zu besuchen sie nie auch nur geträumt hatte. *Wir haben eine lange Reise hinter uns, mein Liebster,* dachte sie. *Und fast jeden Schritt des Weges sind wir Seite an Seite gegangen.*

Rivenrock Canyon war leer, so weit sie das sagen konnte. Aber Ruval hielt sich sicher in einer der Höhlen versteckt, um der Hitze des Tages – und prüfenden Augen – zu entgehen. Eine weitere Erinnerung stieg hoch. Jenes erste Mal, wo sie in einer Drachenhöhle gewesen war. Das war bei der letzten Jungdrachenjagd gewesen, nachdem sie und Rohan Maarken und seinen Zwillingsbruder Jahni davor bewahrt hatten, von einem verschreckten kleinen Drachen angesengt zu werden. Schuppenstücke und Bruchstücke kleiner Knochen hatten den Sand darin übersät; sie wünschte Ruval einen angenehmen Tag inmitten der Überreste von hundert Generationen von Drachen.

Sorgfältig suchte sie die Klippen nach Anzeichen von Verrat ab: Haufen loser Steine, die auf den Gedanken eines Zauberers hin fallen konnten; eine Grube, die nur mit einem Tuch bedeckt und dann mit Pflanzen und Sand getarnt war; Seile, die so zwischen Felsen gespannt waren, daß sie im Dunkel kaum sichtbar sein würden. Es gab nichts, und das beunruhigte sie. Alles, was sie wußte und alles, was sie im Hinblick auf Ianthes ältesten Sohn vermutete, ließ sie nur an List und Tücke denken. Aber dann wurde ihr klar, daß es nicht nur Ianthes Sohn, Roelstras Enkel, sein würde, gegen den er kämpfte. Seinen Anspruch begründete er aus seiner Abstammung, aber seine Herausforderung hatte er als Zauberer erklärt. Und mit Zauberei würde er Pol bekämpfen, bis einer von ihnen zwischen den sonnenheißen Blumen tot im Sande lag.

Sie kehrte in die Gärten zurück, tauchte ihre Hände noch einmal in das kühle Wasser und überließ sich einer letzten Erinnerung. An diesem Ort hatte sie Pol zum ersten Mal gesehen. In Feuer und Wasser hatte sie die Vision eines winzigen, perfekten Sohnes gehabt, der mit seinem goldenen Haar und den fein geschnittenen Zügen so offensichtlich

Rohans Kind war, daß ihr Herz sich in der Brust überschlagen hatte. Sie hatte sich selbst gesehen, wie sie ihn nährte. Und dann war da die Wunde, die ihr von ihrem eigenen Feuer in ihre Schulter gebrannt worden war. Die Zweifel der vergangenen Nacht kehrten mit voller Kraft zurück. War es nur Zufall, daß die Narbe sich nicht auf ihrer Schulter, sondern auf ihrer Wange befand? Oder hatte sie wirklich einen Fehler begangen, als sie dafür gesorgt hatte, daß diese Vision in Erfüllung ging? Mußte sie für diesen Fehler, der aus Ungeduld und zu starken Gefühlen geboren war, nicht nur mit der Narbe auf ihrem Gesicht bezahlen, sondern auch mit Gefahr für Pol?

In der langen Zeit, in der sie Ianthe von Stronghold aus beobachtet hatte, hatte sie die drei anderen Kinder mehrmals gesehen. Wenn sie in jener Nacht rücksichtslos genug gewesen wäre, wenn sie sich nicht so ausschließlich auf Pol konzentriert hätte, wären Ruval, Marron und Segev dann damals ebenfalls gestorben? War der Unterschied in den Narben das sichtbare Zeichen dafür, daß sie einen fatalen Fehler begangen hatte?

Derartige Gedanken trieben zum Irrsinn. Sioned erhob sich vom Brunnen und trocknete ihre Hände an ihrer Hose ab. Was geschehen war, war geschehen und konnte nicht ungeschehen gemacht werden. Aber es erschreckte sie, daß Pol vielleicht leiden mußte, weil sie Fehler gemacht hatte.

Sie verließ die Gärten in Richtung auf den Haupthof, wo Pferde in dem Orange aus Cunaxa gesattelt wurden. Es war eine der Belastungen als Persönlichkeit des öffentlichen Lebens, daß Sioneds feuergoldenes Haar überall sofort erkannt wurde; sie war nie in der Lage gewesen, sich heimlich unter eine Menschenmenge zu mischen, ganz gleich, wie schlicht sie gekleidet war. Als Miyons Wächter sie sahen, hörten sie auf zu reden, ja sogar zu atmen.

»Guten Morgen«, wandte sie sich an deren Kommandanten. »Wie ich sehe, geht Ihr auf Patrouille?«

»Ja, Hoheit«, erwiderte er hilflos.

Sie nickte und fuhr mitfühlend fort: »Der Verdacht, der durch die letzten Ereignisse auf Eure Soldaten gefallen ist, muß äußerst schockierend gewesen sein. Daß Ihr herausfinden mußtet, daß nicht nur einer, sondern sogar zwei Angehörige der alten Rasse der Zauberer sich irgendwie eingeschmuggelt hatten.«

»Ein... ein Schock, Hoheit.«

»Es muß gleichermaßen eine Erleichterung bedeuten, daß Euer Ansehen nicht länger durch ihre Gegenwart beschmutzt wird. Ich frage mich aber immer noch, wie es ihnen gelungen sein kann, in Euren Reihen aufgenommen zu werden. Zugegeben, Zauberei ist ein mächtiges Werkzeug, aber jemand muß sie Euch doch vorgeschlagen haben, vielleicht sogar darauf beharrt haben, daß Ihr sie auf diese wichtige Reise mitnehmt.«

Der Mann wand sich jetzt förmlich, hatte aber Verstand genug, nicht auf ihre Verdächtigungen einzugehen. Sie hatte nichts anderes erwartet; er hätte nicht einen so wichtigen Rang in Miyons Wache bekleidet, wenn er vollkommen dumm gewesen wäre. Aber ebenso wenig, so stellte sie interessiert fest, war er willens, seinem Prinzen die Verantwortung dafür abzunehmen, daß er die beiden angeheuert hatte. Er sagte: »Es ist eine große Erleichterung, Hoheit, daß wir nicht länger verdächtigt werden.«

»Natürlich. Trotzdem wäre es interessant zu wissen, wie es ihnen gelungen ist.« Sie ließ ihn einen Moment an seiner Antwort schwitzen, ehe sie fortfuhr: »Nehmt Euch heute genug Zeit zur Erfrischung. Wie so oft in der Wüste täuscht einen die Hitze oft.«

»Habt Dank, Hoheit.« Er verneigte sich. Sioned lächelte.

Sie war noch nicht außer Hörweite, als er hörbar einen tiefen Seufzer der Erleichterung ausstieß.

Mit Miyon würde sie kein so leichtes Spiel haben, das wußte sie. Wenn sie Glück hatte, dann würde er einen Wink verstehen und ohne direkten Befehl des Hoheprinzen in Stronghold bleiben. Sie betrat die Eingangshalle und hoffte, daß kein Streit nötig werden würde.

Aber der war bereits ohne sie ausgebrochen, und das auf eine Art und Weise, die Sioned nie für möglich gehalten hätte. Meiglan lehnte oben an der Treppe, und zum ersten Mal in ihrem Leben stand sie ihrem Vater aktiv, starrsinnig, und äußerst trotzig gegenüber.

»Was soll das heißen: ›Nein‹?« Miyons Ton verriet eher Unglauben als Wut.

»Es tut mir leid, Vater, aber ich möchte Stronghold nicht verlassen.«

»Was du möchtest ist noch unbedeutender als das kleinste Sandkorn in der Wüste! Deine Sachen sind gepackt und bereit!« Er wies auf die Diener, die unter dem Gewicht von Truhen und Taschen schwankten. »Du wirst jetzt auf dein Pferd steigen und –«

»Nein, das werde ich nicht.«

Sioned blinzelte fast ebenso erstaunt wie Miyon. Aber sie war gezwungen, Meiglans Taktik grollend zu bewundern; vielleicht war das Mädchen nicht ganz so dumm, wie es den Anschein hatte. Vielleicht war sie sogar überhaupt nicht dumm. Zeit und Ort ihres Trotzes waren hübsch geplant. Sie war offensichtlich brav mitgekommen. Bis sie ein Publikum hatte. Sioned hatte es immer für schlechten Geschmack und noch schlechtere Politik gehalten, einen privaten Streit öffentlich auszutragen, obwohl sie Menschen kannte, die überall stritten, wo es ihnen gerade einfiel. Und die machten das in einer Art, die sie für vornehmes, aristokratisches

Erhabensein über die Meinung anderer hielten. Aber Meiglan brauchte Zeugen, vor allem den Abgesandten eines anderen Prinzen. Lord Barig stand auf dem Treppenabsatz in der oberen Halle und starrte ohne jede Hemmung nach unten, als Miyon die Stimme hob.

»Wie kannst du es wagen, du kleine Hure!«

Sie zuckte nicht einmal mit der Wimper. Sioneds Brauen schossen empor. Vielleicht hatte das Beisammensein mit Frauen, die ohne Furcht vor ihren Männern sagten und taten, was sie für richtig hielten, Meiglan den Rücken gestärkt.

»Ihre Hoheit, die Höchste Prinzessin, hat mir gesagt, ich könnte bleiben, so lange ich es möchte«, erklärte Meiglan. »Und ich will nicht abreisen.«

»Du willst nicht –?« echote Miyon schockiert.

»Was hat denn all dieser Lärm zu bedeuten?«

Sanft und unschuldig mischte sich Tallain ein, der gerade mit Sionell über die zweite Treppe nach unten gekommen war. Meiglans Gesicht leuchtete kurz auf angesichts dieser neuen Quelle von Kraft und Unterstützung, doch dies Leuchten verschwand schnell wieder hinter gesenkten Wimpern. Sioned lehnte sich an den Treppenpfosten, verschränkte die Arme, grinste und richtete sich schamlos darauf ein, Tallain ihre Arbeit tun zu sehen.

Miyon knirschte mit den Zähnen, aber er brachte es fertig, sich zivil zu verhalten. »Ich habe mein Prinzentum in diesem Frühjahr schon viel zu lange vernachlässigt. Es wird Zeit, daß ich wieder nach Castle Pine reise.«

»Abreisen? Aber Ihr versteht doch gewiß, daß Eure Anwesenheit hier dringend erforderlich ist, Herr!« Tallain klang ernsthaft beunruhigt und so sah er auch aus. Sioned biß sich auf die Lippen, um nicht laut aufzulachen. Rohan selbst hätte es nicht besser gekonnt. »Glücklicherweise ist Lord

Barig anwesend und kann daher seinem Vetter in Gilad die Wahrheit übermitteln, aber Ihr seid neben ihm der einzige unparteiliche Prinz in Stronghold, und Euer Wert als Zeuge ist unschätzbar.«

»Das ist richtig«, warf Sionell ein, als hätte sie gerade darüber nachgedacht. »Mein Herr ist so überaus klug.« Sie warf Tallain einen bewundernden Blick zu, der so übertrieben war, daß sie fast Sioneds Entschluß gefährdet hätte, nicht zu lachen. »Ihr müßt einfach bleiben, Herr. Euer Wort wird bei dem *Rialla* entscheidend sein. Eine formelle Untersuchung ist schließlich gewiß.«

»Du siehst also, Vater, wir müssen wirklich bleiben«, fügte Meiglan hinzu.

»Ja, natürlich müßt Ihr das«, sagte Tallain. »Es werden Fragen gestellt werden, die nur Ihr beantworten könnt.«

Das Schlucken fiel Miyon recht schwer. Und Sioned stellte erfreut fest, daß sogar Meiglan verstand, auf welche Fragen Tallain anspielte. Sie sagte sich, daß es an der Zeit war, daß sie einschritt. Sie glättete ihre Miene und schickte sich an, die Treppe hinaufzugehen.

»Ach, Herr«, wandte sie sich an Miyon. »Ich habe gerade Eure Wache zur Patrouille ausziehen sehen. Es war sehr rücksichtsvoll von Euch, zu unserer Sicherheit auch noch Eure eigenen Leute auszusenden.«

Er saß in der Falle, und er wußte das. Sie mußte bewundern, wie schnell er sich erholte und mit angemessener Würde erklärte: »Ich war der Ansicht, Ihr und der Hoheprinz hättet genug zu tun, und vielleicht wird diese Person unvorsichtig und kann gefaßt werden.«

»Das können wir nur hoffen«, erklärte Sioned. »Ich möchte vor allen Dingen genau hören, was er zu sagen hat.«

»Das gibt gewiß eine schöne Geschichte.« Tallain seufzte und schüttelte den Kopf.

Sioned versuchte ein kleines Experiment. »Sagt mir, Herr, glaubt Ihr, daß Prinzessin Chiana unter dem Einfluß von Zauberei gestanden hat? Nur das würde den Irrsinn dieses Angriffs auf Drachenruh erklären.«

»Ich halte es für wahrscheinlich«, sagte Miyon, und in seinen Augen schimmerte Hoffnung. Sioned fragte sich, ob er wirklich glaubte, sie würden ihn mit dieser Ausrede davonkommen lassen. Aber sie vermutete, daß er es versuchen würde. Selbst wenn er in den Augen anderer Prinzen lächerlich dastehen würde, wenn er zugab, verzaubert worden zu sein, so konnte ihm das vielleicht das Leben retten. Sie würde es genießen, zuzusehen, wie er sich wand, ehe Rohan ihn zum Tode verurteilte.

»Ich glaube das auch«, warf Tallain ein und spann den Faden schamlos fort. »Lord Ostvels Bericht durch den Lichtläufer Donato, daß sie diesen Spiegel zerschmettert hat – schockierend. Zauberei ist die einzige glaubhafte Erklärung. Niemand ist so dumm zu glauben, daß die Herrscher der Wüste und der Prinzenmark besiegt werden könnten.«

Sioned sah, daß Meiglan die Wimpern senkte und bleich wurde. Also verspürte sie noch immer Angst. Nicht vor ihrem Vater, aber für ihren Vater. Erstaunlich. Aber Sioned konnte ihr daraus keinen Vorwurf machen. Sie hätte sogar weniger von ihr gehalten, wenn sie Miyons bevorstehendem Sturz freudig entgegengesehen hätte.

Die Spannung, die Tallains letzten Worten folgte, wurde von Sionell gelöst. Sie nahm Meiglans Arm und sagte: »Ich wollte gerade einen Spaziergang im Garten machen. Willst du nicht mitkommen?«

»Danke, sehr gern.«

Ihr Rückzug nach diesem Sieg war graziös und ließ Farbe der Wut in Miyons Wangen steigen. Sioned lächelte.

Ein bißchen später hatte sie Rohan, Chay und Tobin die

ganze Geschichte erzählt. »Sie war kühl wie eine Wolke und hat sich nicht nur gewehrt, sondern war sich ihrer selbst auch ganz sicher, ohne jede Spur von dem hysterischen Kind. Ich weiß nicht, wie das geschehen konnte, aber ich hätte den Anblick von Miyons Gesicht um alles Gold von Skybowl nicht vermissen mögen!«

»Du besitzt bereits Gold von Skybowl«, erinnerte Chay sie grinsend. »Aber ich verstehe, was du meinst. So, er bleibt also. Gut. Rohan, wirst du ihn hier hinrichten lassen oder beim *Rialla*?«

»Ach, warte doch!« bat Tobin mit bösem Funkeln in den Augen. »Ich möchte zu gern hören, wie er vor allen Leuten zu erklären versucht, daß das alles nur durch Zauberei geschah.«

»Wo wir schon davon sprechen...« Sioned haßte es, die lockere Stimmung zu stören, aber sie mußte es tun. »Hat irgendwer von euch Pol heute morgen schon gesehen?«

»Maarken sah ihn auf dem Weg zu eurem Arbeitszimmer«, sagte Chay. »Ich vermute, er studiert die Sternenrolle. Und man hat mir gesagt, er wüßte jetzt alles. Du glaubst doch wohl nicht, er wäre so dumm, als weiteren Beweis seines Anrechts auf die Prinzenmark seine Abstammung öffentlich bekanntzugeben. Oder?«

»Ich hoffe nicht.« Tobin schüttelte den Kopf. »Ich glaube langsam, du hast all die Jahre über recht gehabt, Chay, und ich nicht. Er hätte mit dem Wissen aufwachsen sollen, dann wäre es kein solcher Schock für ihn gewesen.«

Ihr Herr und Gemahl schlug beide Hände auf sein Herz. »Holt einen Schreiber! Sucht Pergament und Stift! Das ist ein historischer Augenblick – sie gibt einen Fehler zu!«

Sioned begegnete Rohans Blick. *Unser Fehler,* sagten sie einander stumm.

Tobin sah und verstand ihren Blick. »Hört sofort damit

auf«, verlangte sie ernst. »Wir haben alle nur das getan, was wir für das Beste hielten.«

»Und nun muß er dafür bezahlen«, murmelte Sioned.

»Ich sagte, hört auf, und ich habe es auch so gemeint!« rief Tobin.

Chay fügte leichthin hinzu: »Ich bin überzeugt, Ihr könnt etwas Besseres finden, um Euch zu beschäftigen, als darüber zu grübeln, was hätte sein können oder sein sollen.«

»Macht mir keine Vorschriften«, fuhr Rohan die beiden wütend an.

Sioned erkannte die Anzeichen und wechselte einen Blick mit Tobin. Aber sie mußte der stummen Botschaft zustimmen, die sie als Antwort erhielt. Wenn sie Rohan jetzt allein ließen, würde das sogar noch schlimmer sein, als ihm Gesellschaft zu leisten. Eigentlich wollte keiner von ihnen allein bleiben. Sie würden nur zuviel denken. Pol würde bei Anbruch der Dämmerung nach Rivenrock reiten. Niemand konnte bis dahin irgend etwas tun. Sie mußten warten. Und darin hatten sie alle viel Übung. Was es aber nicht leichter machte.

* * *

So dankbar Meiglan offensichtlich für Sionells Unterstützung und den zeitlich richtigen Abgang war, den sie ihr bot, so hatten sie kaum die Grotte erreicht, als Sionell schon wußte, daß das Mädchen mit seiner Erregung allein sein wollte. Zuvor mußte sie erst noch gewisse Dinge herausfinden. Sie ging so unauffällig dabei vor, wie sie nur konnte.

»Halte dich sorgfältig im Schatten, dieses helle Haar ist nämlich kein Schutz vor der Sonne.« Sie strich über Meiglans wirre Locken. »Hatte das Haar deiner Mutter auch diese Farbe? Du siehst deinem Vater nämlich überhaupt nicht ähnlich.«

»Meine Mutter war blond –« Meiglan brach ab, und ihre dunklen Rehaugen blinzelten verwirrt. Sionell wartete und lächelte dann, als das Mädchen die wahre Bedeutung ihrer Bemerkung verstand. »Nein, ich bin überhaupt nicht wie mein Vater.«

»Das dachte ich mir. Warum bleibst du nicht eine Weile hier? Dein Mädchen braucht Zeit, um deine Sachen wieder auszupacken.«

Auch dahinter verbarg sich eine andere Bedeutung; diesmal reagierte Meiglan schnell. »Ich glaube nicht, daß sie viel gepackt hat. Sie war es, die den Vorschlag gemacht hat, daß ich hier in Stronghold bleibe.«

»Verstehe. Nun, ich hoffe, es bedeutet nicht zuviel Arbeit für sie, sich um dich zu kümmern. Schließlich kann Mireva ihr jetzt nicht länger helfen.«

Sionell stellte fest, daß Meiglan immer schneller auf das Spiel einging. Als die großen Augen noch größer wurden, wurde es interessant zu entscheiden, ob ihr plötzliches Verstehen echt war oder ob es das vermutlich nicht war. Sionell hatte den Anfang gemacht. Sie würde sehen, was Meiglan damit anfing.

Wie erwartet umwölkte unschuldige Sorge deren Gesicht. Aber Sionell hatte nicht gedacht, daß sich diese Augen verengen würden oder Meiglans Stimme nachdenklich klingen würde, als würde sie laut überlegen.

»Thanys? Die hat nur getan, was Mireva ihr aufgetragen hat. Sie war länger bei mir, schon über zwei Jahre, aber dennoch –« Wieder Panik und ehrliche Sorge um ihre Dienerin. »Ach, Herrin, glaubt Ihr, sie hätte auch ein Opfer des Zaubers sein können?«

»Ich denke, das ist wohl möglich.« Sionell verbarg ihre Überraschung. Und ihre Bewunderung über diese kluge Ausrede, wenn es überhaupt Klugheit war. Gütige Göttin, dachte sie ungeduldig, wann würde dieses Kind endlich sein wahres Wesen zeigen?

»Ich muß sie sehr genau befragen«, fuhr Meiglan fort. Scheinbar bemerkte sie den Zorn ihrer Begleiterin gar nicht. »Oder sollte ich jemand anders bitten, das zu tun? Sagt mir, was ich tun soll, Herrin.«

»Was du für das Beste hältst«, antwortete Sionell. Ihre Stimme klang schärfer als beabsichtigt. »Schließlich bist du eine Herrin, die ein eigenes Gut besitzt. Du bist für deine Diener verantwortlich.«

»Aber ich weiß nicht, wie ich das machen soll!« platzte das Mädchen heraus. »Ich habe Euch in Tiglath beobachtet. Und die Höchste Prinzessin und die anderen hier. Ihr müßt niemals einen Befehl zweimal geben, manchmal müßt Ihr überhaupt keinen geben! Ich kann nicht sein wie Ihr, ich weiß nicht, wie man eine große Dame ist, ich bin nicht einmal eine kleine!«

»Aber du siehst und verstehst, wie wir die Dinge erledigen. Es ist nicht schwer, Meiglan.« Sionell zuckte mit den Schultern. Jetzt war nicht die Zeit für Lektionen über das Leben der Edlen. Wollte sie deshalb hier auf Stronghold bleiben? Um zu lernen, wie man eine Höchste Prinzessin war? *Hör auf damit!*

»Niemand hat mir je gehorcht«, murmelte Meiglan.

»Ach, ich weiß nicht. Du hast heute bei deinem Vater ein gutes Stück Arbeit geleistet.«

Ein kaum merkliches Lächeln spielte um Meiglans Mund. »Ja, hab' ich, nicht wahr?« Sie ergriff die Hände der überraschten Sionell und fuhr fort: »Das hätte ich ohne Euch und Lord Tallain und die Höchste Prinzessin nie geschafft. Ich hatte solche Angst. Ich war sicher, er würde mich vor Euer aller Augen schlagen. Aber ich habe ihm getrotzt, nicht wahr? Ich habe gesagt, was ich wollte. Ach, Sionell, ich war so wütend! Er hat mich gegen Euch alle benutzt, die Ihr so nett zu mir gewesen seid, er hat mir all diesen Schmuck und die hübschen Kleider und die *Fenath* geschenkt, und dabei hat er nur versucht zu –«

»Zu?« bohrte Sionell sanft, und als die kleine Hand zu entkommen versuchte, hielt sie sie fest. »Wie wollte er dich benutzen, Meiglan?«

»I-ich weiß nicht –«

»Natürlich weißt du das.«

»Nein!«

»Ich weiß, daß es Pol gewesen ist, den du in jener Nacht in Tiglath gesehen hast. Oder hast du nur behauptet, ihn zu sehen?«

»Aber ich... er war in meinem Zimmer, ich habe ihn gesehen –«

»Hast du?«

»Ja!« heulte sie und versuchte sich zu befreien. Tränen traten in ihre sanften Augen. »Bitte, Ihr tut mir weh –«

Sionell ließ los. In ihrer Erinnerung sah sie noch einmal diese Nacht vor sich. Für wen war dieses Theater gedacht gewesen? Für sie? Für Meiglan? Für Pol? Zur Hölle mit –

Meiglan rieb sich das Handgelenk. Es überraschte Sionell, daß sie nicht geflohen war. Sie wußte doch sicher, daß es noch weitere Fragen geben würde.

»Herrin«, erklärte das Mädchen mit pathetischer Würde, »ich kann Euch nicht zwingen, mir zu glauben. Ich weiß nur, was ich gesehen habe. Und... und was ich empfand, als wir hierher nach Stronghold kamen und er da war. Ich glaube, mein Vater hat mich als A-ablenkung benutzt. Damit Ihr alle auf mich schaut und m-mich verdächtigt. Und so konnte Mireva m-mitkommen und f-frei arbeiten. Er hat mich benutzt, um eine Zauberin herzubringen, die Euch alle vernichten sollte –«

Als sie sah, daß bei Meiglan der Augenblick der Selbstbeherrschung vorbei war und Tränen hochstiegen, blickte Sionell in die flehenden Augen und wußte, daß sie ihre Wahl treffen mußte, so oder so. Sie konnte Meiglan für unschuldig halten oder ihr mißtrauen. Das hatte nichts mit Pol oder Miyons Intrigen oder irgend etwas anderem zu tun. Dies war etwas zwischen ihr und Meiglan. Sie hatte der jungen Frau einmal ihre Freundschaft angeboten; sie konnte das auch weiterhin tun und es Wahrheit oder Lüge sein lassen, aber sie konnte sie auch jetzt und hier zurückweisen.

Niemand konnte so unschuldig sein. Möglicherweise konnte aber auch niemand so schuldig sein und sie dennoch mit solch unschuldigen, feuchten Augen ansehen.

* * *

So, wie die Lichtläufer zwischen Dorval und Kierst Ruvals Herausforderung im letzten Sternenlicht vernommen hatten, so erlebten sie auch Pols Antwort auf der Mittagssonne.

Kräftig und sicher und erfüllt mit einer Macht, die früher nur jenen bekannt gewesen war, die Kontakt mit Meistern wie dem verstorbenen Lord Urival oder jenen aus Pols eigener bemerkenswerter Familie gehabt hatten, flossen die Farben auf dem Sonnenstrom dahin. Diamantweiß, tiefes Smaragd, leuchtendes Perl, schimmerndes, goldenes Topas, die Edelsteintöne seines Geistes erinnerten an ein Muster aus buntem Glas, durch das schattenloses Licht strömt.

Einige wenige der so Berührten antworteten in Worten. Meath, der Pols erster Lehrer gewesen war, unterbrach seinen Gang durch die Ruinen jener *Faradhi*-Burg auf Dorval, wo er die Schriftrollen gefunden hatte. Donato, der Sioned vor dreißig Jahren auf Andrades Befehl hin in die Wüste begleitet hatte, meldete sich von Pols eigener Burg Drachenruh. Verschiedene andere, die Pol oder Sioned oder beide kannten, gaben stolz Antwort. Eine, die es gern getan hätte, konnte es nicht: Alasen, die in der Kühle des Gartens bei der Felsenburg mit ihren Kindern spielte, fehlte die Ausbildung, um antworten zu können. Aber zum ersten Mal in ihrem Leben hätte sie gern gewußt, wie es ging. Sie wollte Pol sagen, wie sicher sie sich seines Sieges war.

Die übrigen nahmen seine Botschaft wahr und schwiegen. Von ihnen verspürten die Lichtläufer in der Schule der Göttin am meisten Unruhe, wie sie sich auch am meisten Sorgen gemacht hatten nach der Herausforderung der vergangenen Nacht. Denn wie Rohan verstanden sie, daß nicht nur Pol und sein Prinzentum auf dem Spiel standen; es ging um alle *Faradh'im.* Als sie antworteten, geschah das, um Andry zu suchen.

Er bestätigte ihren Verdacht und beschwichtigte ihre Ängste. Er verriet jedoch nicht, daß er mit Mireva andere Pläne hatte, die er umsetzen wollte, während Pol mit Ruval kämpfte. Andry wollte noch eher abreisen, als Rohan und Pol es wünschten, aber er würde in Stronghold bleiben, bis das hier vorüber war. Nialdan und Oclel tobten wegen dieser Verzögerung. Sie verstanden nicht, warum er nicht unverzüglich losgeritten war, nachdem der Hoheprinz das ungerechte Urteil wegen der Lichtläuferin erlassen hatte. Er wußte, daß sie glaubten, er würde auf ein Einlenken von Rohan hoffen; Andry macht sich nicht die Mühe, ihnen zu sagen, daß er bleiben würde, bis Ruval und Mireva tot waren, und wenn er selbst das Gestaltwechseln lernen mußte, um dafür zu sorgen.

Pol beendete seine Arbeit und ruhte sich im Schatten auf einer Bank aus, die einen Baum im Garten umrundete. Sein Instinkt hatte ihn veranlaßt, Sonnenlicht zu wählen statt der Sterne. Er mochte ja *Diarmadhi*-Blut haben, aber er war als Lichtläufer ausgebildet, und so verstand er sich auch.

Irgendwann würde er sich schon an die Vorstellung gewöhnen, daß er auch über andere Kräfte verfügte, Fähigkeiten, die er noch am selben Abend einzusetzen gedachte, aber im Augenblick war er nichts als ein Lichtläufer. Niemand durfte je etwas anderes erfahren.

Einer der wenigen Menschen, die etwas anderes wußten, tauchte plötzlich auf dem Weg zur Grotte auf. Bei Sionells Anblick richtete Pol sich aus seiner müden, zusammengesunkenen Haltung auf. Sie sah ihn im selben Augenblick, und ihr Schritt stockte. Gefühle versperrten seine Kehle: Scham, Bedauern, Abscheu und Sehnsucht nach der alten Sionell mit ihrem Lächeln, das jederzeit aufstrahlte, und nach dem alten Pol, der so unschuldig gewesen war. Da saß er nun, starrte sie an, und war zum ersten Mal in seinem Leben unsicher, wie sie ihn aufnehmen würde. Schweigen oder Sprechen, beides konnte die Kluft zwischen ihnen vergrößern oder verringern.

Sie nahm ihm die Entscheidung ab. Nach einem Moment des Zögerns kam sie näher und sagte: »Ich habe gehört, daß Ruval dich herausgefordert hat.«

Pol nickte. »Ich habe gerade seine Forderung angenommen. Auf dem Sonnenlicht.«

»Natürlich.« Ihre Augen, die von einem tieferen und echteren Blau waren als seine, blickten ruhig und sanft. »Ich hätte sie gern gehört.«

»Bloß Arroganz und Angabe«, erklärte er achselzuckend. »Das wird so erwartet. Ich treffe ihn heute abend. In Rivenrock.«

»Allein?« Ihre Stimme war rauh und voller Mitleid. »Ach nein, mit unzähligen Zeugen natürlich.«

Und doch allein, sagten ihre Augen, und er fragte sich, warum sie Mitleid mit ihm hatte. »Ich hätte es gerne, wenn du dort wärst, Ell.«

»Einladung zu einer Hinrichtung durch Zauberei«, überlegte sie. »Etwas, das man nicht verpassen sollte.«

Die Muskeln seiner Arme, Schultern und seines Rückens spannten sich, als bereite er sich auf einen Kampf mit dem Schwert, nicht mit Worten vor. »Wenn du lieber nicht –«

»Oh, ich werde dort sein. Es wird gewiß sehr lehrreich sein, selbst für diejenigen von uns, die nichts von dem wissen, was Andry jetzt Magie nennt.« Sie machte eine Pause und strich sich das dunkelrote Haar aus den Augen. »Weißt du, als ich klein war, wünschte ich mir nichts sehnlicher, als eine von euch zu sein. Auf dem Sonnenlicht zu fliegen, wie die Drachen durch den Himmel ziehen…« Sionell verschränkte die Hände hinter dem Rücken; er überlegte, ob sie so ihr Zittern verbergen wollte. »Die Kunst, *Faradhi* zu sein, ist eine Sache. Die Macht der Magie, die würde ich jetzt nicht mehr haben wollen, wenn jemand sie mir anbieten würde.«

»Warum?« wollte er wissen. »Hast du Angst davor?«

»Vor dem, was sie den Menschen antut. Deine Mutter und Morwenna und Maarken und Hollis, sie alle freuen sich so an dem, was sie tun können. Sie genießen es, fliegen zu können. Andry nicht. Vielleicht ist es ihm einmal möglich gewesen. Aber jetzt nicht mehr. Man kann es aus seinen Augen sehen. Er hat gelernt, seine Gaben zum Töten einzusetzen.« Sionells blaue Augen wurden durchdringend. »Wie ist es mit dir, Pol? Wieviel Freude wirst du an deiner Macht haben, wenn du sie erst dazu benutzt hast, deinen eigenen Bruder zu töten?«

»Was kann ich sonst tun? Warum machst du es noch schlimmer für mich? Willst du es mir heimzahlen?«

»Glaubst du, ich wäre so?« fuhr sie ihn an. »Daß ich absichtlich –« Sie brach ab, beruhigte sich mit sichtlicher Mühe und schloß: »Ich habe das gesagt, weil ich nicht zusehen will, wie du genauso wirst wie Andry. Ohne Freude in deinen Augen.«

Das tat weh. »Ell –«

»Ich schulde Loyalität in erster Linie deinem Vater, als meinem Prinzen, aber eines Tages wirst du an seiner Stelle sein, gleichzeitig der Hoheprinz und ein Lichtläufer. Ich möchte sehen, daß du wirst, was du sein kannst, nicht das, was die Ereignisse aus dir machen.« Sie sah aus, als wollte sie noch mehr sagen, zuckte aber nur mit den Achseln.

»Deine Sorge gilt also der Frage, wie dein künftiger Prinz sein wird«, meinte er verbittert, und wieder schmerzte ihn die Erkenntnis, daß er ihre Liebe verloren hatte. Für sie war er jetzt eine politische Realität, und sie sah weniger den Menschen in ihm. Aber es war seine eigene Schuld; er hatte alles zerstört, was sie vielleicht noch für ihn empfunden hatte. Etwas in ihm flüsterte, daß es so besser war. Tallain verdiente all ihre Liebe. Aber es schmerzte; gütige Göttin, wie weh tat es, daß er wußte, daß seine eigenen Worte ihm den Teil von ihr geraubt hatten, von dem er immer geglaubt hatte, er gehöre nur ihm.

Er stand auf und fühlte sich jetzt erschöpfter als nach dem anstrengenden Lichtlauf. »Hab Dank für deine Ehrlichkeit. Was hat Mutter noch zu dir gesagt, als wir klein waren? Daß ein Prinz, der andere daran erinnert, kein richtiger Prinz ist? Und wieviel weniger ist er ein Prinz, wenn er sich von anderen daran erinnern lassen muß! Wenn du mich bitte entschuldigst, ich habe noch Vorbereitungen zu treffen für den bevorstehenden Akt des Brudermords.«

»Hör auf damit, Pol!«

Aber er ging schon fort von ihr und suchte die schattige Stille eines kleinen Hains nahe der Grotte auf, aus der sie gekommen war. Sie folgte ihm nicht. Und das schmerzte vielleicht am meisten.

»So«, höhnte Miyon. »Meiner kleinen Gewächshausrose, die so sorgfältig gehegt wurde, sind also Dornen gewachsen.«

Meiglan erstarrte. Miyon lächelte auf sie herab, wie sie da auf dem flachen Fels neben dem Teich in der Grotte saß. Daß er sich leise genähert hatte, hatte sie mehr erschreckt, als wenn er sich ihr wutbrüllend genähert hätte. Gut.

»Du hast nur wenig brauchbaren Verstand, aber das sollte reichen, um zu begreifen, daß du mir dadurch nicht lieber geworden bist. Hast du einmal überlegt, was passiert, wenn du keine edlen Verbündeten mehr hast, die dich schützen?«

Sie sah aus, als wäre ihr übel, und ihre Haut färbte sich leicht grün.

»In Castle Pine wird niemand zu deiner Rettung herbeieilen, wenn ich dir die Haut von den Knochen peitsche.«

»Ich gehe nicht. Ich bleibe hier.«

Ihr Trotz erzürnte ihn, aber er zwang sich zu lachen. »Gütige Göttin, das Kind hat tatsächlich ein Gehirn! Ja, du wirst hierbleiben! Kannst du dir denken, warum?«

»Bleiben?« hauchte sie. »Du willst mich wirklich bleiben lassen?«

Miyon baute sich vor ihr auf, und Drohen trat an die Stelle seines Lachens.

»Bis zum *Rialla* in Drachenruh. Und danach wirst du dort bleiben. Als Pols Gemahlin.«

Meiglan starrte ihn verständnislos an. Der Atem kratzte in ihren Lungen, und sie zitterte wie ein gefangenes Tier.

»Er kann den Blick nicht von dir wenden. Es müßte recht einfach für dich sein, ihn dazu zu bringen, dich zu seiner Erwählten zu erklären. Benutze deinen eben entdeckten Verstand. Denn nur als seine Gemahlin wirst du sicher sein.«

Ihre stumme Angst machte ihn schließlich doch wütend. Er riß sie an den Schultern hoch und schüttelte sie, bis ihre Glieder klapperten. Aber sie schrie nicht auf, was ihn nur noch wütender werden ließ.

»Hast du verstanden? Hast du gehört, was ich gesagt habe, du Tochter einer Hure? Deine Mutter hat Intrigen angezettelt, um Prinzessin zu werden. Du wirst Höchste Prinzessin sein, wenn dieser Drachenabkömmling, der Pol gezeugt hat, erst einmal tot ist. Das ist für dich die einzige Möglichkeit, dein Leben zu retten.«

»Und deines«, hauchte sie, und das Leuchten kehrte in ihre Augen zurück.

Miyon ließ sie zu Boden fallen, wo sie wie eine Stoffpuppe zusammensackte. »Ich fürchtete schon, ich müßte noch zur Babysprache übergehen«, fuhr er sie an. »Du hast ganz recht, mein Schatz. Rohan kann wohl kaum den Vater der Gemahlin seines Sohnes hinrichten.«

»Nein.« Aber das war nicht Zustimmung zu seiner Analyse, sondern Trotz.

»Du wirst es tun«, erklärte er. »Du wirst ihn heiraten und mit ihm ins Bett gehen und die perfekte kleine Prinzessin für ihn abgeben. Möge die Göttin ihm gnädig sein!« Diesmal lachte er wirklich. »Eine Maus hat mehr Temperament, ein Pflugelch mehr Verstand! Du besitzt Schönheit und Musik, das ist alles. Das ist ohne Nutzen für einen Prinzen. Er wird allein herrschen. Du wirst nie einen Wert für ihn haben, außer wenn es darum geht, seine Erben auszutragen und ihn mit deiner Laute in den Schlaf zu singen.«

Sie zuckte zusammen, aber in ihren Augen war irgend etwas. Irgend etwas. Er durfte seinen Vorteil ihr gegenüber, den er ihrer Angst verdankte, jetzt nicht verlieren, sonst würde sie seine eigene Furcht erkennen. Sein Leben lag in der Hand dieser Tochter, die er so verachtete. Sie hielt jetzt die Peitsche; er konnte nicht zulassen, daß sie sie in ihren Fingern spürte.

»Nein«, wiederholte sie. Diesmal lauter. »Ich werde das nicht tun. Sionell wird mich beschützen... sie ist meine Freundin, sie hat das gerade eben gesagt –«

»Tapferer Versuch«, höhnte er. »Es gibt da nur ein Problem. Du willst Pol. Nicht wahr, du süße, kleine Blume? Das willst du doch!«

Jetzt hatte er sie. Es war nicht so wichtig, warum sie ihm gehorchte, ob aus Angst vor ihm oder aus Liebe zu Pol, solange sie nur gehorchte. Und das würde sie, oder sie würde den Sohn des Drachen für immer verlieren. Sie senkte den Kopf auf die Knie und zitterte, aber kein Stöhnen kam über ihre Lippen, sondern ein »Ja«.

Zufrieden blickte Miyon noch einen Moment auf sie hinab. Dann zerrte er sie an den Schultern wieder hoch. »Künftige Höchste Prinzessinnen vergraben ihr Gesicht nicht im Schmutz«, spottete er. »Nicht einmal ihren Vätern gegenüber.«

Sie schaute zu ihm auf, und in ihren dunklen Augen funkelte ein Rest des Mutes von diesem Morgen. Er schlug ihr ins Gesicht, so daß ihr Kopf zur Seite flog und er ihr fast die Nase gebrochen hätte.

»Vergiß das nicht«, murmelte er und ließ sie los. Sie taumelte, aber es gelang ihr, sich auf den Beinen zu halten. Mit einem letzten, verächtlichen Blick, der seine Erleichterung verbarg, machte Miyon auf dem Absatz kehrt und marschierte davon.

* * *

Meiglans Knöchel schmerzte, als sie zum Teich humpelte. Sie kniete nieder, um ihr Gesicht abzuspülen, und weinte leise, als ihre zerkratzten und blutigen Hände mit der Kälte in Berührung kamen. Das Wasser, das ihr vom Gesicht tropfte, färbte sich dunkel. Ihre Wange brannte, und ihre Nase war fast gefühllos. Mit Bewegungen, die nach einer Weile ganz automatisch wurden, spülte sie ihr Gesicht, bis kein Blut mehr floß.

Zum zweiten Mal an diesem Tag wurde sie von einer Stimme hinter sich erschreckt. Aber diese war sanft, besorgt und müde und griff an ihr Herz. »Herrin? Fühlt Ihr Euch nicht wohl?«

Verzweifelt goß sie noch ein wenig Wasser über ihr brennendes Gesicht. Wenn es auch nicht mehr blutete, konnte sie doch fühlen, daß Wange und Nase immer stärker anschwollen. Aber sie konnte ihm nicht aus dem Weg gehen. Also stand sie auf, versuchte, ihren verletzten Knöchel nicht zu belasten, und begegnete seinem Blick mit soviel Stolz, wie sie aufbrachte.

Seine Reaktion kam unmittelbar und erschreckte sie. Seine Augen blitzten vor Wut, und die Lippen wurden zu tödlich schmalen Streifen. Es war ein Gesicht, wie sie es nie zuvor bei ihm gesehen hatte. »Euer Vater?« verlangte er zu wissen.

Sie nickte hilflos. »Ich will nicht nach Castle Pine zurückgehen! Niemals mehr!«

Er trat zu ihr. Sprühregen aus dem Wasserfall sammelte sich in seinem Haar. Als er aus dem Schatten in einen Sonnenstrahl trat, der durch die Bäume fiel, leuchteten die Tropfen wie eine Krone aus winzigen Regenbogen. »Ach, Meggie«, flüsterte er und strich ihr die Locken aus der Stirn. »Du brauchst nie wieder Angst vor ihm zu haben. Das verspreche ich dir.«

Der Klang ihres Kindheitsnamens war von solcher Süße, daß ihr Tränen in die Augen traten. Und wieder überraschte sie sich selbst, denn vor ihrem Vater hatte sie nicht geweint, nicht einmal, als er sie geschlagen hatte. Aber jetzt... Ein Schluchzer erstickte sie fast. Er kam als ein leises Stöhnen über ihre Lippen, und sie wandte sich ab.

»Glaubt Ihr mir nicht?« fragte er.

Sie zwang sich, ihm zu antworten. »Wenn Ihr es sagt, dann muß es wahr sein.«

Seine Hände ruhten leicht und zärtlich über den blauen Flecken auf ihren Schultern. »Es hilft mir, wenn ich weiß, daß Ihr Vertrauen zu mir habt. Davon scheint man mir nicht allzuviel entgegenzubringen.«

Sie riskierte einen Blick über die Schulter. Sein Gesicht war nachdenklich und ernst. »Wie könnte irgend jemand Euch nicht vertrauen?«

Ihre ehrliche Überraschung ließ ihn lächeln, und er wandte sich ihr zu. »Ihr seid die unschuldigste Person, der ich je begegnet bin. In Euch ist keine Täuschung, nicht wahr? Nichts von der stolzen Klugheit, die mich umgibt und die ich, so schmeichle ich mir jedenfalls, selbst besitze.«

Sie erinnerte sich an den Spott ihres Vaters und errötete.

»Das ist der Unterschied zwischen mir und meinem Vater«, fuhr er fort. Er sprach jetzt mehr zu sich selbst als zu ihr. »Er verfügt über eine Geduld, um die ich ihn beneide, die ich aber nie besitzen werde. Es ist die Geduld der List. Aber ich fühle mich damit nicht wohl. Ich kann es ihm nicht gleichtun.«

Sie bemühte sich, ihn zu verstehen. »Ihr habt Eure eigene Art, Dinge zu tun, Herr.«

Er fuhr fort, als hätte sie nichts gesagt. »Ich glaube, er fühlt die Dinge tiefer, als ich es tue. Er nimmt sie persönlich. Nicht in dem Sinne, daß er beleidigt ist. Aber er fühlt sich wohl immer irgendwie verantwortlich, selbst wenn er es nicht ist. Ich habe nicht den Mut, mir das aufzuerlegen. Ich weiß nicht, wie er es macht, offen gesagt. Oder warum. Ich habe weder Geduld noch Kraft, um so zu kämpfen, wie er es tut.«

»Aber Ihr seid nicht für alles, was schiefgeht, verantwortlich«, versuchte sie es. Sie mühte sich, ihn zu begreifen. »Euer Weg ist besser als seiner.«

»Glaubt Ihr?« Ihre Antwort war ihm wirklich wichtig. Und sie gab sie ohne Zögern.

»Ja, Herr. Ihr seid nicht Euer Vater. Eure Kämpfe sind nicht die seinen.«

»Und heute abend steht mir ein Kampf bevor, an dem er nicht teilhaben kann.« Wieder berührte Pol ihr Haar. »Meggie, anschließend, wenn ich das überlebe –«

»Natürlich überlebt Ihr! Ihr müßt!« Sie konnte sich nicht vorstellen, was geschehen mochte, wenn es nicht so war; die bloße Vorstellung ängstigte sie zu Tode.

Ein Lächeln erschien auf seinem Gesicht, und seine Miene wurde sanfter. »Habt Dank. Ob Ihr das nun gesagt habt, weil Ihr wißt, daß ich genau das hören mußte, oder weil Ihr es wirklich glaubt, auf jeden Fall danke ich Euch.«

»Ich glaube an Euch, Herr. Ihr werdet siegen.«

Es mußte so sein.

Pol beugte sich zu ihr herunter und küßte ihren Mund: zuerst sanft und ruhig, aber mit wachsender Leidenschaft, die nicht einmal eine unerfahrene Jungfrau falsch deuten konnte. Als seine Lippen langsam ihren Hals hinabfuhren, stieß sie einen leisen Seufzer aus und erschauderte.

Sie war verwirrt, als er den Kopf hob und wieder in ihre Augen sah. Hatte sie etwas Falsches getan? Mußte sie etwas sagen, etwas tun?

»So unschuldig«, flüsterte er. »Du bist unschuldig, Meggie.«

Ihre Wangen brannten wieder. Natürlich war er an Frauen gewöhnt, die wußten, wie man einen Mann küßt. Er war der erste Mann, dem sie begegnete. Sie schämte sich, daß dies für ihn so offensichtlich war.

Er lächelte sie jetzt an. Es war ein trauriges Lächeln, das alle Gefühle bis auf ihre neu entdeckte Liebe zu ihm dahinschmelzen ließ. Er war mächtig; er würde sie mit seiner Klugheit und seiner Kraft beschützen; sie würde sicher sein. Das Gefühl war ihr ebenso fremd wie die Liebe, wie das plötzliche Verlangen, das sie durchzog, während sie zu seinem sanft geschwungenen Mund emporblickte.

»Darf ich heute nacht zusehen, Herr, wenn Ihr mit Eurem Feind kämpft?« Überraschung erschien auf seinem Gesicht. »Ich möchte Euch gewinnen sehen.«

»Du glaubst das wirklich, nicht wahr?« staunte er.

»Ja, Herr.«

Er lächelte wieder. »Meggie, mein Name ist Pol. Sag es, für mich.«

Sie tat es. Schüchtern. Zum ersten Mal in ihrem Leben erwachte ihr weiblicher Instinkt, und als sie seinen Namen aussprach, wußte sie, daß er sie wieder küssen würde.

Kapitel 10

Rivenrock Canyon: Frühjahr, 35. Tag

Ruval preßte den Rücken an die zerklüftete Höhlenmauer. Er atmete schwer. Zum fünften Mal an einem einzigen Tag hatte er jetzt das verhaßte Sonnenlicht benutzt, um Mireva zu finden. Doch von ihr war keine Antwort gekommen, nicht das leiseste Flüstern. Er war kurz davor gewesen, auf der Mittagssonne zu suchen, als Pols Erwiderung ihn erreichte. Seine Erklärung war so kräftig wie ein Sturmwind, der durch Pinien rauscht. Die Befriedigung darüber, daß seine Herausforderung endlich angenommen worden war, hatte nicht lange gedauert, denn seine Suche nach Mireva war erfolglos geblieben. Jetzt ging es auf den Abend zu. Bald würde der Himmel sich verdunkeln, und die Sterne würden die Nacht mit Lichtpunkten versehen. Er mußte hinnehmen, daß er Pol allein gegenübertreten würde.

Allein!

Er unterdrückte die aufkommende Panik mit dem Stolz auf seine Abstammung, seine Kräfte und seine Ausbildung. Er würde siegen. Mireva hatte ihn als ihr Werkzeug der Rache gegen alle Lichtläufer auserwählt. Er würde Mirevas Wahl rechtfertigen, würde seine Mutter rächen und als Prinz der Felsenburg den Platz seines Großvaters einnehmen. Roelstra hatte versagt, und auch Ianthe hatte Rohans Macht nicht brechen können. Sie waren listig gewesen, er aber besaß Kenntnisse, wie er Pol auf eine Art töten konnte, an die nie jemand denken würde.

Auf diese Weise vertrieb er seine Ängste. Er setzte sich erneut auf ein kleines Steinsims am Eingang der Höhle und verzehrte den letzten Rest seiner mageren Vorräte, während die Schatten länger wurden. Er mochte den Canyon nicht besonders, obwohl der eine prachtvolle Arena für seinen Sieg abgab. Die Schatten, die tief in die Felswände einschnitten, waren schwarz und stumm wie Augen, die Geheimnisse verbergen. Der Boden der Höhle, in der er sich befand, war mit den Überresten zahlloser Drachengenerationen übersät: Schädel mit leeren Höhlen, wo Augen hätten sein sollen, und abgeworfene Schuppen, vom Feuer geschwärzt. Ein steifes, ledriges Stück Flügel hatte in der Nachmittagsbrise geflattert, die durch den Canyon zog und hatte ihn so erschreckt, daß sein Schrei als Echo von den Wänden zurückgeworfen worden war. Er schickte sich an, die Ausrottung eines jeden noch lebenden Drachen zu planen, denn er hatte festgestellt, daß das ein hübscher Sport war. Er fand, daß es eine gute Idee von dem alten Prinz Zehava gewesen war, daß man seine Tüchtigkeit beweisen mußte, indem man die großen Tiere tötete. Aber mehr als alles andere mißfiel ihm das Gefühl, das er in dieser Umgebung verspürte, wo einst Drachen gelebt hatten. Es war ihre Heimat, nicht die seine; er wollte dafür sorgen, daß jede Handbreit Erde dieses Kontinents ihm allein gehörte.

Kurz ehe die Sonne verschwand, stäubte er *Dranath* in seinen Weinschlauch und trank davon. Die Droge stärkte seinen Mut und verlieh ihm neue Kräfte. Ganz leise fing Ruval an zu lachen. Der sinnliche Dunst der Droge lief durch seinen Körper und dann das willkommene Gefühl von Macht. Er knetete Sand in seinen Fäusten, ließ ihn durch die Finger rinnen und bewunderte das goldene Funkeln des Staubs, das selbst in der Dämmerung noch zu sehen war. Auch das war Macht. Ruval beschloß, Rohan noch eine Weile leben zu lassen, damit er den Schmerz über Verlust und Versagen ebenso kennenlernte wie Ianthe. Dann würde er sterben. Und seine gesamte Familie mit ihm. Die Prinzenmark, die Wüste, das Gold, das alles würde ihm gehören. Und dazu der Titel des Hoheprinzen.

Mit den ersten Sternen kam der Ruf der Drachenhörner. Ruval stand auf, säuberte seine Hände und lächelte. Er brauchte niemanden. Er war allein, aber das war besser so. Jeder würde sehen, daß seine Kräfte stärker waren, und alle würden sich dann vor ihm, dem Zauberer und Prinzen, verneigen. Es war der Augenblick, den seine Mutter herbeigesehnt hatte und um den man sie betrogen hatte. Mit ihrem Namen auf den Lippen würde er Pol töten.

Die untergehende Sonne färbte die Wüste blutrot und verwandelte die Höhen und Tiefen des blumenübersäten Sandes in die Wellen einer dunkelroten See. Sioned ritt mit ihrem Gemahl hinter ihrem Sohn. Sie sah, wie das Licht Pols Haar rötlich färbte, bis es fast vom selben Feuergold war wie das ihre.

Sie konnte die Gegenwart der anderen hinter sich spüren. Sie ritten immer paarweise: Chay und Tobin, Maarken und Hollis, Tallain und Sionell, Walvis und Feylin. Miyon ritt mit Barig, Arlis mit Morwenna. Rialt und Edrel bildeten den Schluß. Ruala und Riyan fehlten. Sie war noch immer sehr mitgenommen, und obwohl Riyan sich sehnlichst wünschte, Zeuge des Kampfes zu werden, hatte Pol ihm befohlen, bei Ruala zu bleiben. Andry und die Lichtläufer Oclel und Nialdan waren ebenfalls im Schloß geblieben. Meiglan ritt wie Pol allein. Sie war an diesem Nachmittag Gegenstand einer hitzigen Auseinandersetzung zwischen Sioned und Rohan gewesen.

»Also: Er kann sie nicht heiraten.« Sie hatten das Paar soeben von ihren Fenstern aus gesehen, wie es durch die Gärten schlenderte.

»Ist dir schon mal der Gedanke gekommen, er könnte sie tatsächlich lieben?«

»Unmöglich! Sie ist nicht das, was er braucht. Sieh sie doch an! Sie geht da unten mit ihm spazieren, obwohl er die Sternenrolle noch einmal ansehen sollte. Wenn sie sich auch nur ein bißchen aus ihm machen würde, dann –«

»Sioned, es steht in ihren Augen, wann immer sie ihn ansieht. Und er sieht sie an –«

»O ja, das habe ich gesehen«, erklärte sie verächtlich. »Er spielt den starken, großen, beschützenden Mann ihr gegenüber. Möge die Göttin mich vor solchen dämlichen, maskulinen Phantasien bewahren! Pol braucht keine zarte kleine

Blume, die von der ersten steifen Brise zermalmt wird. Er braucht eine Gemahlin und eine Prinzessin. Und er weiß, welche Art von Frau er erwählen sollte.«

»Du meinst, die Art von Frau, die er deiner Meinung nach erwählen sollte.«

»Warum verteidigst du sie?« rief sie. »Meiglan würde nie auch nur den kleinsten Teil von Pols Arbeit als Prinz begreifen können!«

»Ist dir jemals der Gedanke gekommen, daß er vielleicht nicht dasselbe braucht wie ich? Ich habe vielleicht eine lebende Flamme verlangt, aber nicht jeder Mann braucht solch eine Frau.«

»Du wirst mich niemals davon überzeugen, daß er eine dumme, kleine Närrin braucht, die ihren Mund nur aufmacht, um zu jammern.«

»Nach allem, was du mir selbst erzählt hast, hat es den Anschein, als hätte sie sich ihrem Vater gegenüber heute morgen ganz gut gehalten.«

Sie runzelte die Stirn. »Das ist etwas ganz anderes. Sie ist nicht die Richtige für ihn.«

»Pol ist nicht mehr fünf Winter alt, Sioned. Er ist ein erwachsener Mann, und er hat das Recht auf eigene Entscheidungen.«

»Und eigene Fehler?« Wütend wirbelte Sioned zu ihm herum. »Ich werde nicht zulassen, daß er etwas tut, was sein Leben ruiniert!«

Er antwortete in dem täuschend sanften Ton, der für gewöhnlich Warnung genug bedeutete. »Mein Vater hätte dich wahrscheinlich auch für einen Fehler gehalten. Aber mein Leben ist wohl kaum ruiniert worden.«

»Ich werde es nicht erlauben, Rohan. Er wird sie nicht heiraten!«

Schließlich riß Rohan der Geduldsfaden. »Und wenn er es

tut, dann wirst du dich, verdammt noch mal, daran gewöhnen müssen! Zwing ihn lieber nicht, zwischen Euch zu wählen«, schloß er. »Das Ergebnis würde dir vielleicht nicht gefallen.«

Jetzt starrte sie beschämt und besorgt auf ihre behandschuhten Hände an den Zügeln. Sie wußte, daß es in Pols Leben Frauen gegeben hatte, die keine Bedeutung für ihn gehabt hatten, die ihm Spaß gemacht hatten, die er aber nicht geliebt hatte. Sie zählten nicht. Aber es war so wichtig, wen er als Gemahlin erwählte. Sie hätte ihn Sionell geben können, oder einer Frau, die ihr ähnlich war. Hätte er eine kräftige, intelligente und tüchtige Frau erwählt, hätte sie ihn gehen lassen können, wenn auch nicht freudig, denn keine Mutter gibt einen vergötterten Sohn ohne Bedauern fort. So sehr Tobin Hollis liebte, so hatte sie ihr gegenüber doch zugegeben, daß sie Trauer darüber verspürte, daß sie für ihren Sohn nicht mehr an erster Stelle stand. Sioned hatte ihr versichert, daß das nur natürlich sei. Jetzt fühlte sie dasselbe.

Aber es wäre nicht so schlimm gewesen, wenn er sich für eine Frau entschieden hätte, die seiner wert war.

Meiglan war es nicht. Sie war es nicht wert, daß sie ihren eigenen Platz an sie abtrat, weder als wichtigste Frau in Pols Leben noch als künftige Höchste Prinzessin. Und Sioned hatte große Angst, daß das Mädchen tatsächlich dazu werden würde.

Ihre Emotionen quälten sie wie ein schmerzender Zahn während des gesamten Rittes, bis ihr klar wurde, daß das genau das war, was sie nicht zulassen durfte. Sie mußte all ihre Gedanken und Energien auf das richten, was bei Sonnenuntergang geschehen würde. Später würde noch Zeit genug sein, Pol von einer unheilvollen Ehe abzubringen.

Sioned beruhigte sich gerade noch rechtzeitig; die Drachenhörner erklangen am Zugang zum Tal und erschreckten sie. Sie hatte nicht einmal bemerkt, daß sie in Rivenrock angelangt waren. Hastig überflog sie das Gelände und hielt noch einmal Ausschau nach Fallen. Es gab keine, so weit sie das sehen konnte. Sie hatte daran gedacht, das Gebiet im Schein von Lichtläuferfeuer zu überprüfen, aber Rohan war deutlich gewesen: Dieser Kampf gehörte Pol von Anfang bis Ende. Sie akzeptierte das. Sie mußte es tun.

Chay und Maarken ritten voraus, um den Ruf der Hörner zu wiederholen. Pol saß wie eine Statue auf seinem Hengst, als sie an ihm vorüberritten. Chay hielt neben Rohan, und als er das Horn über die Schulter hängte, hörte Sioned ihn murmeln: »Das verdammte Ding macht mich immer fertig. Aber der Klang!«

Er war sechzig Winter alt, und sein dunkles Haar hatte sich silbrig verfärbt. Sein verkrampftes Grinsen ließ die Falten in seinem Gesicht jetzt noch deutlicher hervortreten. Aber aus seinen Augen blickte der feurige junge Krieger, der an der Seite von Prinz Zehava gekämpft und dessen Tochter gewonnen hatte, der mit Rohan geritten war und Roelstras Armeen besiegt hatte, und der achtunddreißig Jahre lang der Kommandeur der Wüste gewesen war. Sioned fühlte, daß sich ihre Laune ein wenig besserte. Macht lag in den Fähigkeiten der Lichtläufer und in der Zauberei, im Gold und in der List, aber vor allem in den Menschen, die ihr und Rohan und Pol geschenkt worden waren.

Ein Schatten tauchte hoch oben an der Wand auf: groß und schlank, die Gestalt eines Mannes, schwärzer als die Höhle, aus der er getreten war. In seiner Hand blinkte ein Schwert wie ein stählerner Blitz. Er blieb stehen und vergewisserte sich, daß alle Aufmerksamkeit ihm galt. Dann suchte er sich auf den schlüpfrigen Steinen seinen Weg nach unten.

Pol machte eine Handbewegung, und Edrel sprang von seinem Pferd, rannte vor und hielt die Zügel des großen Hengstes, als Pol abstieg. Die anderen ritten herbei und bildeten einen Halbkreis. Hollis Zöpfe schimmerten wie geflochtenes Gold, Tallains glatter, blonder Schopf schimmerte wie eine metallene Sturmhaube, und Meiglans Locken lagen wie eine bleiche, neblige Wolke um ihr weißes Gesicht. Aber der rötliche Schimmer an Pols Haar blieb haften, und als er sich seinen Eltern näherte, waren seine Augen vollkommen blau, ohne eine Spur von Grün. Er sah aus wie Rohan und Sioned zusammen. Überhaupt nicht wie Ianthe.

Und doch war da etwas. Als er zwischen ihren Pferden stand und voll Ruhe und Zuversicht zu ihnen aufsah, war die Klarheit der Unschuld vergangen. An ihre Stelle waren Wissen und Entschlossenheit getreten, harte Dinge alle beide. Traurig streckte Sioned die Hand aus, um seine Wange zu berühren. Jene Stelle, an der ihr eigenes Gesicht die Narbe trug.

Rohan war es, der sich an die Regeln erinnerte. »Bestehe auf den Traditionen, die dir helfen werden, und laß von den anderen keine zu.« Er reichte Pol einen Weinschlauch, der an seinem Sattel befestigt war. *»Dranath.«*

Pol nickte. Mit festem Blick schaute er zu Sioned auf. Er wollte etwas sagen, war aber offensichtlich unfähig, die richtigen Worte zu finden. Sie brachte ein Lächeln zustande und strich sein Haar zurück. Es war eine Geste aus seiner Kindheit und nicht mehr angemessen für einen Mann. Trotzdem tat sie es. Er hielt ihre Hand einen Augenblick fest, ehe er einen Kuß sehnsüchtiger Verehrung auf ihre Fingerspitzen drückte.

Dann verließ Pol sie und wechselte ein paar leise Worte mit Edrel. Nachdem er mehrere Schritte auf den Canyon zu gemacht hatte, blieb er noch einmal stehen und warf einen

Blick über die Schulter. Nicht auf Sioned oder Rohan, sondern auf Meiglan.

Sein plötzliches, strahlendes Lächeln galt ihr und niemandem sonst. Und der Blick, den er als Antwort erhielt, war von solchem Glühen, daß er den Sonnenuntergang erhellte. *»Du solltest dich lieber daran gewöhnen!«* hallte Rohans Stimme in Sioned wider. Ganz plötzlich erinnerte sie sich daran, daß Pol ihr eine Vision in Feuer und Wasser beschrieben hatte, die er nahe der alten Lichtläuferburg auf Dorval aufgerufen hatte. *»Da war nur mein Gesicht, Mutter. Ich hatte erwartet, jemand anderen neben mir zu sehen, so wie du Vater gesehen hast. Aber da war nur ich. Mit der Krone eines Prinzen. In gewisser Weise war das ein bißchen einsam.«* Aber vielleicht sollte er so regieren, vielleicht wollte er es sogar so: allein. Wenn das der Fall war, dann war Meiglan die perfekte Wahl für ihn. Sioned umfaßte die Zügel fester. Pol sollte lieber nicht an Meiglan denken. Er mußte sich auf den Kampf konzentrieren. Aber er liebte sie. Und sie ihn. Genau wie Miyon es geplant hatte.

Pol drehte sich um und sah seinem Halbbruder mit vollkommener Ruhe entgegen. Was er in Meiglans Gesicht gesehen hatte, hatte offensichtlich seine Zuversicht gestärkt. Sioned hatte es auch gesehen: einen unschuldigen Glauben und blindes Vertrauen. Kein Kampf, kein Schimmer eines brillanten Verstandes, keine wirkliche Kraft. Nur Liebe. Sioned hoffte, daß das genug sein würde.

»Warum muß es so passieren?«

Rohans geflüsterte Bitterkeit riß sie aus ihren Gedanken. Sein Gesicht war so beherrscht wie das von Pol, aber seine Augen waren offene Wunden. »Was meinst du damit, Liebster?« Sie ließ ihre Stimme sanft klingen und ließ nicht zu, daß die Furcht ihre Worte schärfte.

»Das hier«, wiederholte er. »Immer dasselbe. Ein Mann bekämpft einen anderen.«

Er selbst hatte gegen Roelstra gekämpft, Maarken gegen Masul, Pol gegen Ruval. Ganze Prinzentümer wurden auf zwei Männer reduziert. »Lieber einer gegen einen als Tausende gegen Tausende«, antwortete sie leise. Es war die Höchste Prinzessin, die sprach, nicht eine Frau, die zugesehen hatte, wie ihr Gemahl, ihr Neffe und nun ihr Sohn in ihre eigenen, kleinen, persönlichen Kriege zogen.

Er sah sie an und flüsterte, daß sie recht habe. Aber ein Blick in seine Augen sagte ihr, daß sie es nicht richtig gesehen habe. Hier war noch ein Kämpfer, der zwar am eigentlichen Kampf nicht teilnehmen konnte, der aber trotzdem jeden Angriff und jeden Gegenschlag mitmachen würde, selbst wenn der Kampf mit Kräften ausgeführt wurde, über die er nicht verfügte. Rohan würde alles fühlen und würde es auf sich nehmen, als würde dieser kleine Krieg zwischen zwei Männern in seinem eigenen Körper ausgetragen. Seine Knochen, sein Blut und sein Gehirn würden zum Kriegsschauplatz werden, denn er gehörte zu den Männern und Prinzen, die den Konflikt auf sich zogen und bereit waren, ihr eigenes Selbst zum zentralen Punkt zu machen. Er nahm den Krieg in sich auf, als hätte er Feuer geschluckt.

Sioned litt mit ihm, weil er nicht anders gekonnt hatte, als den Krieg zu sich selbst zu rufen. Das war der Preis für seine unendliche Geduld. Er wartete, bis das Feuer zu ihm gebracht wurde, nahm es auf sich und erstickte seine Glut. Er verdankte es seiner enormen Kraft, daß kein Krieg ihn bisher hatte brechen können.

Aber Pol würde niemals sein wie er. Seine Kämpfe würden ewig toben, denn er würde sie erfahren wie feindliche Eindringlinge, die die Zitadelle seines Selbst erstürmen könnten, ohne daß es ihnen jemals gelingen würde, ihn niederzureißen. Er würde das Feuer nicht schlucken; er würde zum Feuer werden.

Schatten verdunkelten die Schlucht, und die ersten Sterne erschienen an einem tiefblauen Himmel. Pol schritt vorwärts. Seine Farben waren so kräftig, daß sie ihn fast wie eine Aura umgaben. *Aleva* nannte das die Sternenrolle: der Kreis des Feuers, das Macht verkündet.

Aber derselbe leuchtete auch um Ruvals dunklen Kopf: Amethyst und Rubin und dunkler Granat, düstere Farben, die lichtlos waren, aber nicht leblos. So sicher wie Pols helle Farben, vom Smaragdgrün hervorgehoben, ganz am Rande ihrer Lichtläufer-Vision schimmerten, so sicher wirbelte Ruvals Dunkelheit in subtilen Mustern der Macht. Instinktiv streckte Sioned eine Hand nach ihrem Gemahl aus. Sie flehte stumm, er möge nicht loslassen, bis es vorüber war.

* * *

Pol hatte den scharlachroten Sonnenuntergang über der Wüste nicht so erlebt wie Sioned. Statt an Blut wurde er an Feuer erinnert. Er sah es über die Dünen zucken und die Blumen und das hohe, trockene Gras in kleine Fackeln verwandeln. Als das Sonnenlicht hinter den Vere-Hügeln im Westen verging, erstarben die Flammen noch nicht; sie wurden nur blasser, während sie zum Himmel aufstiegen. Einer nach dem anderen leuchteten die Sterne auf. Die ersten erschienen weit fort in der Fast-Schwärze über dem weiten Sand, und dann breiteten sie sich aus wie ein Buschfeuer. So sehr er das fruchtbare Tal um Drachenruh liebte, so sehr sehnte er sich doch manchmal nach diesem Sand und Himmel, nach diesem Land, um das seine Ahnen gekämpft und das sie bewahrt hatten. Er fragte sich, ob ihre Geister ihn wohl auf der leichten Brise umgaben und ob sie zusahen, wie er sich seiner eigenen Schlacht um ihre Wüste näherte.

Ruval machte ein paar weitere Schritte auf ihn zu und blieb dann stehen. Er trug einen fließenden, rostbraunen Mantel, der von einem Gürtel aus schweren Goldringen lokker um seine Hüften gehalten wurde. Seine blauen Augen hatten das Schwarz seiner hochgeschlossenen Tunika angenommen. Pol musterte ihn stumm. Er suchte nicht nach Kraft oder Schnelligkeit oder Geschicklichkeit des Körpers, sondern nach den Eigenschaften von Geist und Macht. Aber diese Dinge waren vergessen, als Ruval seine beiden gebräunten, langfingrigen Hände hob.

Er trug Lichtläufer-Ringe. Zehn davon, und alle mit Edelsteinen besetzt.

Die blauschwarzen Augen lachten, als Pol vor Wut erstarrte, und der ironische Funke in ihnen sagte: *Und wer will mir die Anerkennung versagen, Prinzchen?*

Nur für einen kurzen Augenblick aufgetaucht und so schnell wieder vergangen, daß Pol kaum wußte, daß es geschehen war, war es nicht Ruval gewesen, den er dort vor sich gesehen hatte. Es war Andry.

Das kurze Zucken eines Fingers, und dann schossen Flammen aus einem Hügel links von Pol und erhellten den Raum zwischen ihnen. Er blickte in die Augen seines Halbbruders, suchte in seinem Gesicht nach einem Hauch von Ähnlichkeit zwischen ihnen und dankte der Göttin, daß das Blut seines Vaters so stark in ihm war, daß es überhaupt keine Ähnlichkeit gab. Er verspürte nicht den Ruf des Blutes, kein Hervordrängen des gemeinsamen Ursprungs. Er überlegte kurz, ob Ähnlichkeiten mit seinem eigenen Gesicht es härter gemacht hätten.

Als Antwort beschwor er ein Feuer auf einem großen Stein zu seiner Rechten. Das Gebiet war jetzt gut erhellt. Licht sickerte zwischen die Steine am Eingang des Tals. Wie viele Tage waren vergangen, seit er mit seinem ausgeklügelten Plan für Meiglan hierhergeritten war? Er fühlte sich jetzt einhundert Jahre älter. Das Wissen hatte ihn verändert.

Und auch Mireva. Er scheute vor dieser Erinnerung zurück, und sein Bedürfnis nach einem reinigenden Bild ließ seine Gedanken zu Meiglan wandern. Zu seiner Überraschung stellte er fest, daß auch sie ihn mit ihrem Vertrauen und Glauben verändert hatte. Sie verlangte nichts und erbat nichts, denn in ihren Augen war er bereits vollkommen. Er würde sie schützen und hegen können. Für sie war er alles, was er immer hatte sein wollen: ein wahrer Prinz und Lichtläufer, mächtig, stark und weise. Wenn er sich früher eine Frau angesehen und überlegt hatte, wie es wohl sein mochte, sie zur Gemahlin zu haben, dann hatte er über diese Frage immer nur von seinem Standpunkt aus nachgedacht. Seine Gemahlin, seine Wahl, seine Ehe – als wäre nur er betroffen. Bei Meiglan konnte er es nur so erklären, daß er, wenn er sie anschaute, ihr Gemahl sein wollte.

Darin lag unerwartete und willkommene Gelassenheit und eine Sicherheit des Herzens, die seinem Glauben an seine Kraft entsprach. Keine Arroganz, keine Siegesgewißheit, sondern einfach das Bewußtsein, daß er die Kraft hatte zu tun, was immer getan werden mußte. So sah er Ruval mit vollständiger Gelassenheit abwartend entgegen.

»Schlau wäre es, wenn du mich auf der Stelle umbringen würdest«, meinte Ruval. »Oder es einen von denen tun lassen würdest.« Er deutete auf ihr Publikum, das neben den Pferden stand und einen groben Halbkreis bildete.

Pol nickte zustimmend.

»Aber du bist nicht schlau, Pol. Du bist ehrenhaft.« Aus Ruvals Mund klang das Wort wie Hohn.

»Ich möchte niemanden enttäuschen.« Pol zögerte leicht. »Du sagst, Roelstra war dein Großvater, Ianthe deine Mutter. Welchen Beweis kannst du bieten?«

Ruvals Gesicht verriet Überraschung. Zu diesem späten Zeitpunkt hatte er keine Herausforderung dieser Art erwartet. Er zog eine kleine Goldmünze aus seiner Tasche und warf sie Pol zu. »Du wirst das Gesicht meines Großvaters erkennen.«

Während er die Münze zwischen Daumen und Zeigefinger hielt, fragte Pol in ehrlicher Verblüffung: »Erwartest du ernsthaft von mir, daß ich Profile vergleiche?«

Die Münze sandte winzige, kalte Flammen aus. In ihnen sah Pol einen Raum, der mit Gold angefüllt war und von einer einzigen Fackel erhellt wurde. Sie wurde von einer sehr schönen, hochschwangeren Frau gehalten. Sein Herz setzte aus und raste dann: Ianthe.

»Ein kleiner Trick«, meinte Ruval beiläufig, als die Flammen verloschen. »Aber ich bin sicher, du weißt, daß eine derartige Erinnerung nur von jemandem beschworen werden kann, der dort war und sie sehen konnte. Wem sonst würde Prinzessin Ianthe ihr Gold zeigen, wenn nicht ihrem ältesten Sohn? Gold, das dein Vater im Tausch gegen das *Dranath* lieferte, um die Seuche zu heilen.«

Pol mühte sich, sich von seiner Verblüffung zu erholen. Das Schauspiel war eindrucksvoll gewesen, nicht nur in seiner beiläufigen Kraft, sondern auch in seiner Wirkung auf ihn: Es war das erste und wahrscheinlich einzige Mal, daß er seine Mutter sah. Schwanger. Mit ihm. Seine Finger fühlten sich an, als wären sie wie verschmolzen mit der Münze, obwohl die Flammen nicht heiß gewesen waren.

»Zufrieden?« wollte Ruval wissen.

Pol räusperte sich. Ruval hatte es allzu leicht gemacht, daß er das richtige Zittern in seine Stimme legte. »Gibt es etwas anderes als Kampf, um dich zufriedenzustellen?«

Sein Halbbruder schien interessiert. »An was hattest du gedacht?«

»Land. Ein Schloß. Vielleicht Feruche, das dein Bruder so sehr begehrt hat, daß er bereit war, dafür zu sterben –«

»So sehr fürchtest du mich?« Ruval lachte. »O ja, ich werde Feruche nehmen; und Drachenruh und alles andere auch, was du besitzt. Vor allem die Felsenburg.«

»Und wenn ich dir diesen Kampf abschlage?«

»Vor all diesen Leuten willst du einen Rückzieher machen?«

»Du hast keine Armee, nachdem Chiana aus dem Weg geräumt ist. Du würdest einen Krieg verlieren.«

»Andry hat in Drachenruh *Ros'salath* eingesetzt. Führe du nur einen Krieg, oder versuche, mich hier mit der Macht des Verrats zu töten, und ich zeige dir die wahre Macht des *Ros'salath.*«

Pol biß sich auf die Lippen und war ehrlich froh, daß sein Vetter heute abend nicht anwesend war. Augenscheinlich hatte er aus der Sternenrolle nicht die tödliche Version erlernt. »Ich habe eingewilligt, dich hier zu treffen – ich habe keine offizielle Forderung angenommen.«

»Das ist mir bei deiner Wortwahl klargeworden«, war Ruvals Kommentar. »Erlaube, daß ich dich überzeuge. Wenn du dich weigerst, werde ich das größte Geheimnis der Wüste verraten.«

Pols Blut gefror ihm in den Adern. »Und das wäre?«

»Gold.« Ruval wies auf die Schlucht hinter seinem Rükken. »Unendliche Mengen von geheimem Gold. Drachengold! Ich weiß Bescheid über Skybowl. In der Erinnerung dieser Münze dort ruht das Wissen. Akzeptiere meine Herausforderung, Pol, oder Miyon und Barig werden schon bald die Wahrheit kennen. Du müßtest sie töten, damit sie ihr Wissen nicht allen anderen im Prinzenreich mitteilen.«

»Wie es scheint, habe ich keine andere Wahl.« Pol verbarg seine Erleichterung und warf die Münze wieder Ruval zu.

Das würde hoffentlich eine gute Darstellung von aufgesetzter Tapferkeit sein.

»Überhaupt keine«, erwiderte Ruval fröhlich.

Pol reckte die Schultern und fragte: »Sollen wir die Regeln für das *Ricsina* festlegen?«

»Also hast du tatsächlich die Sternenrolle gelesen.«

»Gewiß. Du nicht?«

»Soviel Mireva davon aus Andrys Kopie stehlen konnte. Wo ist er übrigens?«

»Ist das von Bedeutung?«

»Ich denke nicht. Aber er hätte gewiß gerne gesehen, wie du mit Zaubersprüchen um dich wirfst, die du nicht verstehst. Du bist nicht gerade sein Liebling.«

»Zugegeben. Sollen wir anfangen?«

»Alle Elemente«, sagte Ruval. »Und nur wir beide. Keine anderen Menschen. Ich brauche niemanden sonst.« Er lächelte. »Du kannst nicht gewinnen, weißt du. Es gibt Dinge in der Zauberei, die dich töten können, wenn du sie nicht korrekt einsetzt.«

Pol wandte sich ab. »Einverstanden«, flüsterte er.

»Außerdem verlange ich: keine Waffen, keine körperliche Berührung.«

Pol machte sich nicht die Mühe, seine Enttäuschung zu verbergen; an seinem Körper waren mehrere Messer verborgen, die vielleicht nützlich gewesen wären, wäre diese Regel nicht gefordert worden. »Ich habe keinen ehrlichen Kampf von dir erwartet. Aber du bist es, der nicht gewinnen kann. Die Prinzenmark gehört mir, und du wirst sterben.«

»Ich werde das auf ein Stück Pergament schreiben und es in deinem Angedenken im Oratorium der Felsenburg verbrennen«, grinste Ruval.

Pol ignorierte den Spott. »Was ist mit *Dranath*?«

»Was soll damit sein?«

»Brauchst du es?«

»Du nicht?«

Als Antwort löste Pol den Weinschlauch seines Vaters von seinem Gürtel, stöpselte ihn auf und leerte ihn absichtlich aus. Die dunkle Flüssigkeit mit der machtstärkenden Droge versickerte im Sand.

Er hörte ein leises Luftholen hinter sich – seine Mutter wahrscheinlich. Vielleicht war es eine dumme Geste, aber sie mußte sein. Bislang reagierte Ruval recht hübsch. Die Zurückweisung von *Dranath* würde bei ihm nicht nur den Glauben an seine Dummheit und Schwäche noch weiter stärken, sondern stand auch für etwas weitaus Wichtigeres: er war Lichtläufer, nicht Zauberer. Ihm kam der sonderbare Gedanke, daß Andry das gutheißen würde. Wütend, aber immerhin.

»Dann bleibt nur noch der Schutz«, sagte er.

»Unmöglich. Die Tradition verlangt drei auf jeder Seite. Ich habe niemanden außer mir selbst. Ich brauche niemanden außer mir selbst, um dich zu töten.«

»Meine Mutter, die Höchste Prinzessin, hat früher schon einmal einen errichtet.«

»Sie weiß nichts«, schalt Ruval.

»Und doch ist es ihr gelungen.«

»Nein. Ich bin nicht einverstanden.«

Pol ließ sein Achselzucken enttäuscht aussehen; er hatte nicht damit gerechnet, in diesem Punkt zu gewinnen. »Ich denke aber, daß du einverstanden sein wirst, das Unwirkliche zu benutzen.«

»So, du willst mich also mit entsetzlichen Visionen ängstigen?« Ruvals gute Laune kehrte zurück. »Warum nicht! Das könnte interessant werden. Wenn wir fertig sind, dann rufe Zeugen vor. Dein Vater, Miyon und Barig, damit wäre ich einverstanden.«

Pol gehorchte, als würde er sich Ruvals Autorität unterwerfen. Als die drei in seiner Nähe standen, führte er die Bedingungen für den Kampf mit leicht heiserer Stimme auf. Rohans sorgfältig beherrschte Miene wurde durch die Sorge in seinen Augen Lügen gestraft; Miyon kochte innerlich vor wütendem Verlangen, Ruval als Sieger aus dem Kampf hervorgehen zu sehen; Barig starrte sie alle nur an und verstand nur einen Bruchteil ihrer Worte. Aber er fühlte sich außerstande, um eine langatmige Erklärung zu bitten.

»Die Bedingungen sind für uns beide annehmbar«, sagte Pol schließlich. »Wird eine davon verletzt, gilt der Anspruch des Schuldigen als verfallen. Die Strafe obliegt eurer Verantwortung als Zeugen.«

»Verstanden«, bellte Miyon. »Weiter.«

Ruval grinste ihn an. »Aber, aber, Hoheit! So eifrig erpicht, den Rekruten Eurer Garde gewinnen zu sehen? Oder erwartet Ihr, daß ich verliere?«

Der Cunaxaner sah aus, als wollte er ihn erwürgen. Dann machte er kehrt und marschierte zu seinem Pferd zurück.

Nervös meldete sich Barig. »Als Vetter meines Prinzen und sein Repräsentant werde ich ein verdammt scharfes Auge auf die Vorgänge haben.«

Pol wußte Barigs Haltung zu schätzen – und seinen Bluff, mit dem er versuchte, fast unvollständige Unwissenheit zu verbergen. »Wir danken Seiner Lordschaft für diese Unterstützung.«

»Und vertrauen auf Eure Wahrnehmung«, fügte Ruval spöttisch hinzu.

Rohan sagte nichts, bis Barig wieder zu der Gruppe zurückgekehrt war. Dann murmelte er: »Du wirst heute nacht sterben, Ruval – so oder so.«

»Habt Ihr den Mumm, den Sohn jener Frau zu töten, die Euer Kind geboren hat?«

Pol erstarrte gegen seinen Willen. Rohan zog nur eine Braue hoch.

»Ich habe ihn in jener Nacht gesehen«, fuhr Ruval fort. »Kurz nachdem er geboren worden ist. Mein letzter Bruder. In der Wiege, in der er verbrannte.«

»Solch rührende Sentimentalität kommt recht unerwartet«, zwang sich Pol zu sagen.

»Wenn ich mit dir fertig bin, kümmere ich mich um deine Mutter. Denn sie hat meine getötet.« Er funkelte Rohan an. »Euch werde ich lange genug am Leben lassen, daß Ihr den Tod der *Faradhi*-Ziege beobachten könnt, die auch Euren Sohn getötet hat.«

»Hätte Ianthe ihn aufgezogen, dann wäre er nicht mein Sohn gewesen«, erwiderte Rohan.

Pol schluckte schwer. Darum drehte sich also alles, dachte er. Und er war Sioned für ihren Mut dankbar. Es kümmerte ihn nicht mehr, ob sie es gewesen war, die Ianthe getötet hatte oder nicht. Er mußte das überleben, und sei es nur, damit er seiner Mutter sagen konnte, wie sehr er sie liebte.

Rohan verließ sie. Pol wandte sich Ruval zu und holte tief Luft. Er griff in seine Tasche, betastete einen kleinen, goldenen Talisman und dachte an den klugen alten Lichtläufer, der ihn ihm gegeben hatte. Die Sternenrolle hatte ihn heute vieles gelehrt. Von dem meisten hoffte er allerdings, es nicht einsetzen zu müssen. Er mußte Ruval als Lichtläufer besiegen, nicht als Zauberer. Nicht wegen dieser Symbole, sondern um seiner selbst willen. Er war der Sohn von Rohan und Sioned, nicht Nachkomme von *Diarmadh'im.* Aber die Techniken, die seine Ahnen so hoch entwickelt hatten, wirbelten durch seinen Kopf, als ob auf Pergament geschriebene Worte zu ihm sprechen würden. Sie rieten ihm zu diesem oder jenem Zauber, stritten um die Vorzüge eines jeden, schlugen neue Varianten vor, die die besonderen Umstände berücksichtigten. In besorgtem Unterton warnte eine Frauenstimme ihn vor Gefahr. Ihre Stimme war die seiner Mutter, die von Lady Andrade und Tobin, und Nervosität und Phantasie sagten ihm, daß etwas davon auch Lady Merisel war, die jedes einzelne Wort auf die Sternenrolle geschrieben hatte. Sie hatte gefährliches Wissen erlangt und dann verborgen. Warum? War es das unheilvolle Zögern eines Gelehrten, das das Wissen hatte verschwinden lassen? Oder steckte etwas anderes dahinter?

Wahrscheinlich würde er dieses Wissen schon bald dazu verwenden, seinen eigenen Halbbruder zu töten. Er schaute in Ruvals Augen, und es waren weder Blutsbande noch brüderliche Gefühle, die ihn vor dem Unvermeidlichen zurückweichen ließen. Es war eine schreckliche, zerstörerische Traurigkeit. Sein Prinzentum, seine Stellung, selbst sein Leben waren durch den blutigen Tod anderer Menschen gewonnen worden: Ianthe und Roelstra, der angebliche Thronerbe Masul, Segev, Marron und jetzt Ruval. Was machte ihn so viele Tode wert? Aber dann dachte er wieder an Sorin, und Wut stieg in ihm auf. Diese anderen waren Todfeinde gewesen; Sorin war ermordet worden, weil er ihn verteidigt hatte. Für Sorin würde er diesen Kampf gewinnen. Für seine Mutter, die alles für ihn riskiert hatte. Und für seinen Vater.

Er hielt Ruvals Blick mit seinem eigenen fest und sah nicht seinen Bruder, sondern den Feind. Alle Feinde.

»Fangen wir an«, sagte er.

Kapitel 11

Stronghold: Frühjahr, 35. Tag

Andry stand auf der obersten Stufe und blickte in die Keller hinab. Er redete sich ein, daß er keine Angst vor Mireva hätte. Er wußte auch, daß dies zumindest zum Teil eine Lüge war. Er fürchtete nicht, was sie tun könnte, denn Rohans List mit dem Stahldraht hatte diese Angst mehr oder weniger beseitigt. Es war das, was er von ihr würde lernen können.

Geheimnisse, tödlicher als jene der Sternenrolle. Wege von Macht, die, hatte er sie einmal gelernt, alles vergiften konnten, was er war. Wahrheiten, die letzten Endes seine Niederlage bedeuten konnten.

Wissen jeder Art bedeutete aber auch Macht. Und so stieg er schließlich die Treppe hinab in die kühle Dämmerung. In den Kammern zu seiner Linken befanden sich die riesigen Zisternen, die Strongholds Wasservorrat enthielten. Sie flossen in diesem Jahr beinahe über und enthielten jetzt ausreichend Wasser für die kommenden Jahre. Die Quelle in der Grotte lieferte den größten Teil, aber Andry konnte sich noch an Zeiten in seiner Kindheit erinnern, wo sie nahezu ausgetrocknet war. Selbst wenn sie einige Jahre lang staubtrocken sein würde, würde Stronghold noch immer Wasser in Hülle und Fülle haben. Es wurde frisch gehalten durch die Beigabe von Kräutern, die ihm auch seinen besonderen klaren Geschmack verliehen. Das war eine der Kleinigkeiten, die er in der Schule der Göttin vermißte, das leichte Prickeln dieses Wassers auf der Zunge.

Er blieb in einer Tür stehen, um die massiven Zisternen zu betrachten. Wie er vermutete, war es wohl das letzte Mal.

Dann setzte er seinen Weg durch die Stapel von Kisten, überflüssigen Möbeln, aufgerollten Teppichen und anderen Gegenständen fort, bis er Mirevas Zelle erreichte. Auf dem Weg dorthin beschäftigte er sich mit anderen Plänen: Wie viele von Radzyns Bewohnern konnten in Stronghold untergebracht werden, wenn das Schloß fiel, falls es wirklich fiel? Wie viele konnten die Zisternen am Leben erhalten, und für wie lange? Wenn Stronghold ebenfalls eingenommen wurde, gab es dann eine Möglichkeit, den Eindringlingen diesen kostbaren Wasservorrat in der Wüste zu rauben?

Er glaubte an seine Vision, als wäre sie bereits Geschichte. Er hatte gedacht, daß sie vielleicht in diesem Frühjahr Wirklichkeit werden würde. Aber Radzyn stand noch immer. Er würde auf seinem Weg aus dem Prinzentum seines Onkels einen Umweg dorthin machen. Er sehnte sich verzweifelt danach, es heil und stolz auf seinen Klippen über dem Meer stehen zu sehen. Ein letztes Mal.

Es gab einen Keller unter diesem hier, der so geschützt war vor der sengenden Hitze, daß man dort Eis erzeugen konnte. Er dachte daran, wie er sich einmal mit Sorin dort hineingeschlichen hatte, als sie noch Kinder waren. Sie hatten genug von der Schicht aus Rauhreif abgekratzt, daß sie so etwas ähnliches wie Schneebälle formen konnten. Er erinnerte sich an so vieles... wie sie Drachen gespielt hatten, wie sie gelernt hatten zu reiten und Bogenschießen geübt hatten mit Bogen, die für kleine Knaben viel zu schwer waren, an all die Streiche, die sie angestellt hatten und aus denen sie sich nie herauslügen konnten. Ihm fiel wieder ein, wie sie die Gutenachtgeschichten der Alten Myrdal ernst genommen und das halbe Schloß auf den Kopf gestellt hatten, als sie nach ihren Geheimgängen suchten. Chay hatte sie schließlich erwischt, und diesmal war es Sorin auch nicht gelungen, sich herauszureden...

Er stand vor der verschlossenen Eisentür der Zelle, beschwor eine Flamme an die Fackel in der Wand und machte sich bereit, der Frau gegenüberzutreten, die eigentlich für den Tod seines Bruders verantwortlich war.

Er hatte sich vorsichtig und leise angeschlichen. Aber ehe seine Finger auch nur das Schloß berühren konnten, drang ihre Stimme gedämpft und spöttisch von innen heraus: »Nun? Bist du nicht draußen und siehst zu, wenn Zauberei am Werk ist?«

Andry öffnete die Tür. Mireva stand an der gegenüberliegenden Mauer. Das lange, weißgesträhnte Haar fiel ihr über die Schultern, die graugrünen Augen funkelten, und ihre Handgelenke waren blutige Beweise für ihre Versuche, sich von den Fesseln zu befreien.

»Wie ich sehe, hast du es dir bequem gemacht«, sagte er im gleichen spöttischen Tonfall.

»O ja.«

Es gab eine ganze Reihe von Dingen, die er hätte sagen können. Eine ganze Reihe von Arten, wie er ein Gespräch mit ihr hätte eröffnen können. Aber die Worte, die schließlich über seine Lippen kamen, waren grob und direkt und wurden angetrieben von der Kraft seines Bedürfnisses.

»Erzähl mir, was du weißt. Ich brauche dein Wissen.«

Mireva lachte nur.

»Erzähl es mir.«

»Und warum sollte ich das tun?»«

»Weil es deine letzte Chance ist.« Er machte eine Pause. »Weißt du, welche Pläne Rohan mit dir hat?« Es war an diesem Nachmittag erwähnt worden, ehe er Rohan erzählt hatte, daß er nicht nach Rivenrock mitkommen würde. Die Idee gefiel ihm sehr gut; sie war von eleganter Einfachheit und verhieß Tage äußerster Qual. Rohan konnte bewundernswert grausam sein, wenn es ihm gefiel.

Achselzuckend fragte sie: »Und was ändert das? Wir wissen doch beide, daß ich sterben werde.«

»Es gibt verschiedene Arten zu sterben. Ich persönlich würde dich hier und jetzt töten, aber ich muß zugeben, daß er einen interessanteren Weg ersonnen hat.« Er stand in der offenen Tür und ließ seinen Schatten auf sie fallen. Der Anblick gefiel ihm. »Spürst du schon das Fehlen von *Dranath?*« fragte er mit boshafter Sanftmut.

Ein Krampf durchzuckte sie und riß ihre Handgelenke auseinander, so daß wieder frisches Blut über ihre Hände lief.

Andry nickte. »Das dachte ich mir. Sag mir, was ich wissen will, und ich könnte mich entschließen, deinem Leben ein schnelles Ende zu bereiten.«

Sie schloß für einen Moment die Augen. Dann zuckte sie resignierend mit den Schultern. »Also schön. Aber öffne meine Fesseln.«

Er hätte fast gelacht. »Nicht einmal für das, was ich von dir lernen könnte.«

»Narr! Diese Zelle hat vielleicht vier Steinmauern, aber der Boden darunter ist mit Eisenerz versetzt! Kannst du das nicht fühlen, Lichtläufer? Sind deine Sinne so schwach? Die Tür ist aus Eisen. Ich könnte nicht daran vorüber, selbst ohne Stahl in meinem Fleisch! Wenn ich schon sterbe, dann wenigstens mit einem Hauch von Würde! Töte mich nicht, wenn ich verschnürt bin wie ein Schwein auf dem Weg zur Schlachtbank!«

Andry überlegte und schloß dann die Tür. »Ich werde sie lockern«, sagte er schließlich und beschwor ein wenig Feuer hoch oben an der Wand, damit er ein wenig sehen konnte. »Aber der ›Ohrring‹ bleibt.«

»Wie du willst«, antwortete sie trotzig.

Er drehte den Stahldraht auf, der ihre Arme miteinander

verband, achtete aber darauf, daß jedes ihrer geschwollenen Handgelenke umwickelt blieb und daß die Fesseln nicht so locker waren, daß sie sie über die Hände schieben konnte. In gewisser Weise war sie frei; die blutroten Drähte waren jetzt bloße Armbänder. Er war überzeugt, daß er, ehe sie sie entfernen oder den Stahl von ihren Ohrläppchen nehmen konnte, durch die Tür hinauslaufen und das Eisen hinter sich zuwerfen konnte.

»Zu liebenswürdig.« Sie rieb die Gelenke. »Was willst du wissen?«

»Fang von vorne an. Sonst ergibt es keinen Sinn.«

Mireva ließ sich auf den Boden nieder. Den Kopf gegen die Wand gelehnt, die Hände offen und sichtbar, hielt sie seinen Blick mit ihrem eigenen fest und fing an zu sprechen.

Vor Jahren, ehe Andry geboren war, hatte Mireva ihr jugendliches Äußeres verändert und hatte sich in eine alte Frau verwandelt und Lady Palila das Geheimnis des *Dranath* verraten. Roelstras Mätresse hatte die Droge genauso eingesetzt, wie Mireva es erhofft hatte. Ein Lichtläufer namens Crigo war süchtig geworden und konnte so zum Sklaven gemacht werden. Das war ausgesprochen befriedigend zu sehen für eine Zauberin, die sich ihr Leben lang versteckt hatte. Doch als sich die Dinge weiter entwickelten, traute sich Mireva an größere Pläne: wenn eine von Roelstras Töchtern von Lallante Rohan heiratete, konnte Crigo noch wirksamer gegen Andrade eingesetzt werden, wenn er dann in Rohans inneren Rat aufgenommen wurde.

»Erzähl mir mehr über *Dranath*«, unterbrach Andry sie.

»Du meinst, es könnte nützlich sein, was?« höhnte sie. »Du weißt, daß es die Macht steigert? Hast du es je selbst benutzt, Lichtläufer?«

»Und Abhängigkeit riskiert?« schnaubte er. Es ging sie nichts an, daß er mit der Droge experimentiert hatte. »Soll ich mich anfällig machen für das, was Rohan mit dir tun will?«

»Es ist es wert«, meinte sie achselzuckend. »Solltest du jemals planen, deinem geliebten Vetter ein wenig unterzumischen, dann wisse, daß jeder, der die Gabe besitzt, *Dranath* widerstehen kann, wenn er es merkt – und es ist nicht schwer festzustellen, glaube mir. Aber solange er nichts vermutet, ist er jedem interessanten kleinen Vorschlag gegenüber offen, den du machst.«

»Was ist mit Talentlosen?«

»Nichts, bei ihnen kann man damit nicht arbeiten. Ihre Geister sind leer, was das *Dranath* angeht. Es macht sie einfach nur abhängig. Das richtige Blut ist nötig, um auf besondere Weise anfällig zu sein. Deshalb konnte Ianthe Rohan dazu verführen, mit ihr zu schlafen.«

»Oh«, murmelte er gelangweilt, »der Phantom-Sohn.«

»Nicht mehr als Ruval oder Marron oder Segev! Er hätte sicher Lichtläufer-Sinne über seinen Vater gehabt und die volle *Diarmadhi*-Gabe von seiner Mutter.« Ihre graugrünen Augen verloren die Schärfe. »Was hätte ich ihm beibringen können...« Sie zuckte wieder leicht mit den Schultern, als sie Andrys Blick bemerkte und an die verpaßten Gelegenheiten dachte. »Aber er starb mit ihr in dem Flammeninferno von Feruche.«

»Du kannst ihn ein andermal beweinen«, erklärte Andry ungeduldig. »Weiter mit der Geschichte.«

Sie lehnte sich mit dem Rücken an die Wand und schien die Gelegenheit zu genießen, dem Herrn der Schule der Göttin eine Vorlesung zu halten. »Lallante war eine Verwandte von mir. Wir verheirateten sie mit Roelstra und hofften auf einen Sohn, der *Diarmadhi* und Hoheprinz sein würde, so wie Andrade ihre Schwester mit Zehava und Sioned mit Rohan verheiratet hatte, weil sie für euch *Faradh'im* dasselbe wollte. Aber Lallante hatte Angst vor ihren Kräften und wollte sie nicht benutzen. Als sie ihr Erbe ausschlug, gaben wir die Hoffnung auf.«

»Wir?«

»Mein Vater, ihr Vater und ich. Sie starben kurz nach ihr.« Mirevas Stimme klang bitter und nachdenklich. »Sie starben an diesem Versagen. Diesmal war kein Lichtläufer nötig. Lallante war eine von uns, und sie hat uns verraten.« Mireva schlang die Arme um sich und starrte auf den Steinboden. »Es gab andere, die mit uns gearbeitet haben. Aber unsere war die reinste Linie, unser Stammbaum ist königlicher als deiner, Lichtläufer.« Sie grinste plötzlich. »Wir sind Nachfahren keines Geringeren als eures kostbaren Lord Rosseyn, des Verbündeten von Merisel der Verfluchten.«

»Er war kein Zauberer!« rief Andry aus.

»Nein. Aber seine Frau war es. Und ebenso die Kinder, die sie von ihm hatte. Schwächlinge seid ihr Lichtläufer. Zwei von euch sind nötig, um talentierte Nachkommen zu zeugen. Das Talent nimmt ohne bewußte Paarung ab. Aber die *Diarmadhi*-Kräfte sind in den Kindern selbst dann vorhanden, wenn nur ein Elternteil talentiert ist.«

Er starrte sie fasziniert an. »Dann waren Lallantes Töchter –«

»– alle welche von uns. Nur diese jammernde Närrin Naydra hat überlebt. Mit ihr stirbt Lallantes Linie aus. Abgesehen von Ruval.«

»Und?«

»Crigo starb, Ianthe versagte, als sie Rohan gewinnen sollte, Pandsala versagte – aber dann waren da Ianthes Söhne. Drei feine, kräftige, mächtige Knaben. Eine Wache in Feruche war ein *Diarmadhi,* mein Auge dort. Er brachte sie zu mir. Ich wußte, was es hieß, wieder zu hoffen…«

Mireva hatte die Knaben aufgenommen, hatte ihre Gaben

gehegt und hatte sie gelehrt, wer sie waren und was sie tun mußten, um ihr Geburtsrecht zu fordern. Segev, der jüngste, war in jenem Frühjahr 719 in die Schule der Göttin eingetreten.

»Du hast es nie gewußt«, schnurrte sie, als Andry sie schockiert anstarrte. »Daß er ein Zauberer war, hast du vermutet. Daß er Ianthes Sohn war –« Sie lachte. »Du und Hollis, ihr habt euch von ihm helfen lassen, die Sternenrolle zu übersetzen. Nun, das nenne ich Ironie! Wenn es ihm auch nicht gelang, mir das Original oder auch nur eine Kopie zu bringen, so sah ich doch auf dem Sternenlicht genug davon, um zu wissen, daß es nicht das war, wovon in der Legende die Rede ist.«

»O doch, das ist es.« Er erhielt ein wenig Sicherheit zurück, als sich jetzt ihre Augen weiteten.

»Unmöglich! Die Sprüche sind falsch, sie sind –«

»Absichtlich so geschrieben. Sie funktionieren nur, wenn man den Code kennt, den Lady Merisel verwendet hat.«

Mirevas Atem entwich zischend durch ihre Zähne. »So! Diese dreckige Hure – sie war also arrogant genug, um das zu bewahren, was sie uns gestohlen hatte!«

»Erzähl mir von ihr.«

Mirevas Gesicht wurde dunkel vor Wut. »Diese schlimmste aller *Faradh'im,* sie war Geriks Weib, aber sie schlief mit allem und jedem. Sie verbreitete Geschichten über ihre Schönheit, aber sie war entsetzlich häßlich. Wenn sie ihre Burg verließ, verhängte sie einen Zauber des Gestaltwechselns über sich, um den Glauben an ihren Liebreiz zu nähren. Sie herrschte über Gerik und Rosseyn und jeden Lichtläufer ihrer Zeit mit eiserner Peitsche. Und sie tötete jene, die ihr nicht gehorchten.«

Andry hätte fast gelächelt. Die Frau, deren Kraft und Schönheit aus jeder Faser der historischen Schriftrollen strömte, hatte keine Ähnlichkeit mit der, die Mireva beschrieb.

»Sie benutzte Verrat und Täuschung, um uns zu vernichten. Nichts war ihr dafür zu niedrig. Ein einziges Mal war jemand absolut ungehorsam. Das war, als sie befahl, alle Kinder in unserer Festung, der Felsenburg, zu töten. Zwei von ihnen waren Kinder von Rosseyn. Niemand wußte von ihnen. Er berichtete, daß alle ermordet worden wären, obwohl er sie in Wirklichkeit in Sicherheit gebracht hatte.« Mireva sprang auf die Füße und fing an, in der engen Zelle herumzugehen. »Was die Erwachsenen anging, die Männer tötete sie nicht sofort, sie kastrierte sie. Die Frauen machte sie durch Drogen gefügig. Den Schwangeren riß sie die Babies aus den Körpern und ließ sie auf Merida-Messer spießen. Hast du je das Geheimnis der Merida-Glasmesser kennengelernt? Sie waren hohl, voll mit Gift. Wenn sie in einen Körper gebohrt wurden, zerbrachen sie, und das Gift sikkerte heraus. Merisel verwendete diese Messer gegen Kinder!«

Mireva rang keuchend nach Atem, während sie jetzt mit einer Schulter an der Mauer lehnte, als hätte die Kraft ihres Hasses sie erschöpft.

»Das ist also deine Art, dich zu rächen«, bemerkte Andry.

»Nichts könnte uns je für das entschädigen, was wir erlitten haben. Dies ist nur das Zucken einer Rache gegen ihre Nachkommen.«

Jeder Muskel in seinem Körper spannte sich. »Pol?«

»Und du!« spie sie ihm entgegen. »Stolz darauf, Herr der Schule der Göttin? Das Blut dieser mörderischen Kreatur zu besitzen?«

»Woher weißt du das?« hauchte er.

»Glaubst du, wir hätten nicht durch all die Jahre hindurch euch alle im Auge behalten? Aber hast du noch keine Verbindung hergestellt zwischen Lord Garic aus Elktrap und Lord Gerik, Merisels Gemahl? Ruala ist eine von uns!«

»Aber die Namen –«

»Ein Vorwand«, höhnte sie. »Damit alle denken, daß ihre Macht von Merisel und Gerik stammt, nicht von Rosseyn. Sie ist eine ebenso vollblütige *Diarmadhi* wie ich, wie Ruval, wie Pol!«

Diesmal fühlte er sich körperlich getroffen.

»Ich weiß nicht, wieso es so ist, also frag nicht.« Verärgert über ihren Mangel an Wissen, genoß sie dennoch ganz offensichtlich ihren Triumph. »Sioneds Linie ist an vielen Stellen undeutlich. Er muß es von ihr haben. Sie trägt keine Lichtläufer-Ringe mehr, deshalb gibt es keine Anzeichen für ihr Blut. Aber wenn man einen solchen Ring an Pols Hand stecken würde, und wenn unsere Künste in seiner Nähe ausgeübt würden, dann würde sein Finger brennen wie Feuer.«

»Pol«, hauchte er. Er konnte es kaum glauben. Und dann, von neuem geschockt: »Ringe?«

»Weißt du denn überhaupt nichts?« rief sie. »Bei einem Lichtläufer mit dem Alten Blut brennen die Ringe, wenn einer unserer Zauber gewirkt wird.«

»Erzähl mir den Rest«, forderte Andry sie tonlos auf.

Sie rieb sich die Handgelenke, während sie ihm von Chianas Rolle in ihrem Komplott erzählte. Da sie anfällig war für Einflüsterung und Zauberei, haßte Chiana Lichtläufer und Rohan ungefähr in gleichem Maße. Andry bedauerte ihre Unschuld. Schließlich aber fing Mireva an, die Szene von Sorins Tod mit boshafter Freude zu beschreiben.

»Hör auf«, flüsterte er schmerzerfüllt.

»Aufhören? Du wolltest doch alles darüber hören. Und das sollst du auch! Er mußte sterben, genauso wie Maarken und seine Kinder sterben müssen, damit niemand mehr übrig ist, die Wüste zu erben. Oh, und Hollis auch, weil sie

Segev getötet hat. Du hast Marron das Leben genommen, weil er deinen Bruder getötet hat. Ruval wird das ihre aus demselben Grund fordern.«

»Ihr müßt auch mich töten.«

»Nicht aus Gründen der Dynastie. Nein, du und deine kleinen Bastarde, ihr werdet sterben, weil ihr Lichtläufer und Merisels Nachkommen seid.«

Der Vater in ihm erbebte aus Angst um Andrev, Tobren und Chayly. Aber was er sagte, war: »Du hast bereits erkannt, daß du diejenige sein wirst, die stirbt. Auf die eine oder andere Art. Wer wird diese Hinrichtungen vornehmen?«

»Ruval.«

Es fiel ihm recht leicht zu lachen. »Um Mitternacht ist von ihm nur noch Asche übrig!«

»Vielleicht. Aber wenn nicht er, dann andere. Wie viele von uns sind wohl hier, was meinst du?« spottete sie. »Hunderte? Tausende? Vergiß nicht, ein *Diarmadhi*-Elternteil allein ist schon die Garantie dafür, daß alle Kinder die Macht erben. Ihr Lichtläufer seid im Verhältnis zu uns nur wenige und schwach. Und wie solltet ihr uns auch finden? Merisel trieb uns in den Veresch, aber inzwischen sind wir in jeden anderen Teil des Kontinents gezogen. Wie Sioneds Erbe beweist, die unerwartete Kraft, die sie Pol vermacht hat. Wie willst du uns finden, Herr der Schule der Göttin? Wie willst du uns auslöschen?«

»Ich habe eine Frage an dich«, sagte er mit winzigem Lächeln. »Wie willst du mich aufhalten?«

Er wußte bereits, wie er es machen wollte. Diejenigen, die sich zu Chiana gesellt hatten, wurden immer noch in Drachenruh gefangengehalten. Es wäre so leicht wie nur irgend etwas, sie loszuwerden. Aber erst, wenn sie den Aufenthaltsort der anderen verraten hatten. Hinzu kam, daß jeder,

der die Macht besaß, sie wahrscheinlich auch benutzte; die Gerüchte allein würden ihn zu den *Diarmadh'im* von Firon und Kierst-Isel bis nach Dorval führen. Er würde sie finden, und sie würden sterben.

Sein einziges Problem würden dann die Hochgestellten sein. Sioned. Pol. Riyan. Aber sie waren alle Lichtläufer – auf eine Art. Aber er würde eine Möglichkeit finden, sie unter seine Beobachtung zu bringen, wenn nicht unter seine Kontrolle.

Sein Lächeln wurde breiter. »Wie willst du mich aufhalten?« wiederholte er.

Ihre Arme mit den Stahlbändern schossen empor, und Feuer sprühte aus ihren Fingerspitzen. Sie schrie vor Schmerz, als sie arbeitete, während sich Eisen in ihr Fleisch bohrte. Aber die Flammen loderten weiter aus ihren Händen, und sein Schrei vermischte sich mit ihrem, als seine Kleider Feuer fingen. Sich windend stürzte er zu Boden und rollte sich auf den Steinen, um die Flammen zu löschen, ehe er verkohlte.

Im nächsten Augenblick waren die Flammen verschwunden. Und mit ihnen Mireva.

* * *

Ihr Verstand befahl ihr, Andry in der Zelle einzusperren, aber dazu war keine Zeit, und sie konnte mit ihren geschwollenen Fingern nicht arbeiten. Halbblind taumelte sie zur Treppe und tastete sich nach oben. Auf dem Weg nach unten waren da doch nicht so viele Stufen gewesen –

Sie schluchzte auf, als sie an eine Tür stieß. Die hatte kein Schloß, aber in der Dunkelheit bedeutete es endlose Qual, den Riegel zu ertasten und die Tür aufzuschließen, während Schmerz jeden einzelnen Nerv erfüllte. Sie stöhnte vor Erleichterung, als sie sah, daß der Gang vor ihr leer war. Niemand hatte ihr Kreischen oder Andrys Schreie gehört. Aber dies war der bewohnte Teil der Burg, und sie mußte trotzdem vorsichtig sein.

Mireva atmete langsam und vorsichtig. Sie sehnte sich nach einer winzigen Prise *Dranath,* um einen klaren Kopf zu bekommen. Aber die Erinnerung an das süße Zeug war fast schon genug. Sie riß eine Fackel aus der Halterung und schob sie unter die Tür. Das würde Andry nicht lange aufhalten, aber es war besser als nichts.

Sie wand das Haar im Nacken zu einem Knoten, bürstete ihre Kleider ab und ging den Gang entlang, als gehörte sie hierher. Sie begegnete niemandem, bis ein Lakai vorbeiging. Er war beladen mit Fironeser Kristall auf einem silbernen Tablett. Für Pols Siegesbankett, dachte Mireva wütend. Absichtlich stieß sie gegen die Schulter des Mannes. Er fluchte und hätte fast das Gleichgewicht verloren. Ihre Hände waren noch immer ungeschickt, aber es gelang ihr, einen der schlankstieligen Kelche zu ergreifen. Das Kristall zerbrach an der Wand, und als der Lakai sich katzengleich aufrichtete, ohne seine Last fallen zu lassen, schlitzte Mireva ihm die Kehle auf.

Der folgende Krach würde sicher Menschen herbeistürzen lassen. Sie mußte sich beeilen. Sie hastete den Hauptflur entlang, kletterte die Dienstbotentreppe hinauf, so schnell sie konnte, und traf dabei eine Magd mit einem Arm voll Laken. Im Laufen versuchte sie, den Draht von ihrem Ohr zu lösen, gab es aber auf, weil er zu fest gewunden war, und machte sich an dem Stahl zu schaffen, der ihre Handgelenke umgab. Als sie Rualas Zimmer erreichte, war der erste der blutigen Drähte bereits zu Boden gefallen.

Es gab keine Wachen, nicht einmal eine Magd saß in der schattigen Schlafkammer. Ruala schlief. Als Mireva die Vorhänge öffnete, war der Schmerz, den das Kratzen von Stahlringen auf Stangen hervorruft, vergessen. Sie sah die neuen Sterne. Verzweifelt durchwühlte sie Rualas Ankleidetisch. Endlich hatte sie die Schere gefunden und schnitt das andere Stahlband von ihrem Handgelenk. Schnell! Sie mußte schnell handeln. Sie konnte Rualas Kräfte für sich nutzen, wenn sie erst einmal den Stahl abgelegt hatte, und konnte arbeiten. Sie versuchte, ihr Zittern zu unterdrücken und beugte sich nieder, um einen besseren Blick in den Spiegel zu haben, während sie an dem Draht an ihrem Ohrläppchen hantierte.

»Leg das hin.«

Sie wirbelte herum und sah überrascht Ruala neben ihrem Bett stehen. Die junge Frau war bereit, sie mit dem eleganten, juwelenbesetzten Messer zu töten, das sie in der Faust hielt. Sie hielt die Klinge, als wollte sie sie werfen, aber sie wußte wahrscheinlich nicht einmal, wie sie es machen mußte. Also würde sie näher kommen müssen, so nah, daß Mireva sie mit ein wenig Glück entwaffnen konnte. Solange der Draht noch an ihrem Ohr befestigt war, konnte sie nicht so einfach auf Zauberei zurückgreifen, und sie war mehr als doppelt so alt wie Ruala.

»Warum wacht dein liebender Lord nicht über seinen kostbaren Schatz?« erkundigte sich Mireva in süßem Ton.

»Leg die Schere hin«, sagte Ruala genauso ruhig wie zuvor.

Langes, schwarzes Haar wirbelte um perfekte Schultern; die dunkelgrünen Augen erinnerten bei manchem Licht an Mirevas eigene. Die alte Frau sah sich selbst, wie sie vor über vierzig Jahren gewesen war: jung, schön, mit der Verheißung von Macht in den Augen. »Wir sind gleich, du und ich«, murmelte sie.

»Wir sind uns nicht ähnlicher als Feuer und Wasser. Und jetzt leg sie hin.«

Mireva legte die Schere auf den Ankleidetisch hinter sich. »Ich erkenne Macht, wenn sie in meine Nähe kommt. Du bist *Diarmadhi,* genau wie ich.« Sie konnte fast fühlen, wie Andry an die Tür da unten hämmerte. Zeit, Zeit, Zeit. »Glaubst du, Andry wird dich am Leben lassen, nachdem er jetzt weiß, was du bist? Oder nimmst du an, daß dein tapferer Lord dich beschützen wird? Wie kann er das, wenn Andry auch hinter seinem Blut her sein wird?«

Ruala lächelte. »Du erkennst Macht, ja? Wir werden sehen.« Langsam ging sie auf die Tür zu, ohne den Blick von Mireva zu wenden. Aber als sie die Hand nach dem Knauf ausstreckte, machte Mireva einen letzten Versuch und übertraf sich selbst. Was Ruala berührte, war ein schleimiges, stinkendes Ding, ein sich windendes Stück Fleisch, das Säure verströmte. Sie schrie und riß die Finger zurück.

Mireva konnte kaum sehen. Der Schmerz war unerträglich, als er sich in ihren Gliedern ausbreitete. Er ging von einem Gehirn aus, das in Flammen zu stehen schien. Aber es war die Qual wert. Ruala, verblüfft und erschreckt in diesem kurzen Augenblick der Zauberei, war verletzlich. Mireva warf sich blindlings vorwärts. Sie stürzten in enger Umarmung wie Liebende zusammen zu Boden. Mireva hörte ganz schwach, wie das Messer klappernd aus Rualas Hand fiel.

Sie kämpfte sich auf Ruala. Laut stöhnte sie, als sich Finger so tief in ihre wunden Handgelenke bohrten, daß sie sicher war, die Knochen würden splittern. Ruala war nicht dumm; sie hatte sich schnell von ihrem Schock erholt, und sie wußte genau, wo sie Mireva am meisten verletzen konnte. Mireva warf sie herum und hoffte, sich auf ihre vom Schmerz vernebelten Augen verlassen zu können. Als der Kopf des Mädchens an den festen hölzernen Bettrahmen schlug, wußte sie, daß es so war. Ruala wurde ohnmächtig.

Nach Atem ringend kam Mireva auf die Füße und griff

wieder nach der Schere. Ihre Hände zitterten so heftig, daß sie ihren Hals blutig ritzte. Dennoch fiel der Draht auf den Ankleidetisch. Sie war frei.

Die Sterne lockten. Schnell verwirkte sie ihr Licht. Sie sehnte sich nach *Dranath,* als sie sich auf den silbrigen Strahlen nach Rivenrock begab.

Es war so, wie sie befürchtet hatte. Pol und Ruval kämpften bereits. Luft und Feuer wirbelten um sie her, entsetzliche Visionen wurden heraufbeschworen, dann die Gegenvisionen dazu, und alles vermischte sich in einem Mahlstrom der Macht. Die unbegabten Zuschauer trugen Masken des Entsetzens angesichts dessen, was sie sahen. Diejenigen, die für die Künste empfänglich waren – Sioned und Morwenna, Tobin, Maarken und Hollis – lagen auf den Knien im Sand, und ihre Gesichter waren schmerzverzerrt. Es war kein *Perath* gewirkt worden, um sie zu schützen. Das paßte Mireva gut. Sie konnte ungehindert in den Kampf eingreifen, und die Lichtläufer würden den tödlichen Schlag fühlen, als wäre er gegen sie gerichtet.

Pol wich vor Ruvals Bild zurück – einem tosenden Wirbelwind, der Klauen ausstreckte, aus denen Blitze schossen. Mireva lachte zufrieden: Das Prinzchen schien erschreckt. Wie es schien, hielt sich Ruval auch ohne sie sehr gut. Trotzdem war sie auf der Hut, während sie auf Pols Erwiderung wartete, denn alles, was sie von ihm wußte, warnte sie vor seiner Klugheit.

Mit der rechten Hand griff er in seine Hosentasche und zog sie zur Faust geballt um ein kleines Ding wieder heraus. Das warf er in die Luft, so, wie man einen Jagdfalken emporschleudern würde, und aus einem winzigen, strahlenden Funkeln wuchsen tatsächlich Schwingen. Wirbelnd im Lichtläufer-Feuer wurde aus dem Ding ein riesiger, goldener Drache, so groß wie die Canyonmauern, mit flammenden

Schwingen und weißglühenden Augen, wie von Sternen erfüllt.

Mireva stieß keuchend einen Fluch aus und machte sich hastig an ihr eigenes Werk. Denn der Trick dieser Illusion bestand darin, daß ein Teil davon *keine* Illusion war. Feuer verbarg das Werk, bis es in allen schrecklichen Einzelheiten fertig war, so daß die Bestandteile, die real waren, nicht erraten werden konnten. Jeder Teil des beschworenen Drachen konnte aus dem kleinen, glitzernden Ding sein, das Pol in die Luft geschleudert hatte. Sie hatte Ruval diese Technik gelehrt und hatte ihm gezeigt, wie sich aus Stein, den man aus dem Sand gesammelt hatte, Krallen und Zähne bilden konnten, wie echtes Feuer aus mächtigen Kiefern schießen konnte. Wenn Ruval das Echte nicht von der Täuschung unterscheiden konnte, dann würde ihn das sein Leben kosten.

Es war fast so schmerzlich, ohne *Dranath* zu arbeiten, wie es mit dem Eisen gewesen war, das ihr Blut vergiftete. Sie brauchte die Droge. Sie konnte den Mangel daran schrill kreischend in ihrem Blut fühlen, als sie ihre Waffen bereit machte. Aber sie tat es: Pols Drache wurde zu Glas. Er knackte und splitterte in den Sand, und als er das tat, wurde der reale Teil von ihm zerstört, der peitschende Schwanz, der die kleine, goldene Schnitzerei verbarg.

Pol wich verblüfft zurück, als sein Meisterwerk verschwand. Wirkliche Furcht blitzte in seinen Augen auf. Mireva rang keuchend um Atem und schrie Ruval stumm zu, er solle sich mit seiner Gegenillusion beeilen. Sie konnte das nicht lange durchhalten, nicht ohne die Droge in den Adern.

Dann wirbelte sie herum und starrte auf Ruala. Die junge Frau war noch immer bewußtlos, aber ihre Kraft war zugänglich. Ohne *Dranath* würde es schwierig sein, aber wenn sie es nicht versuchte, würde Ruval vielleicht schon tot sein, ehe der nächste Stern aufging. Sie durchbrach die Lichtfäden und stöhnte vor Anstrengung, als sie Ruala zu den Fenstern hinüberschleppte. Der Zauber war schon unter sehr guten Umständen schwer und anstrengend; Mireva hatte das Gefühl, ihr Kopf würde vor Mühe bersten. Aber sie schob und zerrte, tastete nach dem verborgenen Kern und fand ihn.

Hastig wirkte sie das Sternenlicht neu. Jetzt war es einfacher, denn sie wurde von Rualas jugendlicher Kraft unterstützt, die nie gelehrt worden war, etwas Derartigem zu widerstehen. Sie sah den Sand und die Mauern von Rivenrock jetzt viel klarer, und auch die beiden Kämpfenden.

Nun war es Ruval, der etwas in seiner Hand hielt. Ein neues Inferno erschien, ein Ungeheuer formte sich darin. Als das Ding aus seiner Umhüllung stürzte, wich Pol unwillkürlich zurück. In voller Drachengröße war es in seiner Gesamtheit wie das, womit Mireva Ruala erschreckt hatte. Hätte sie die Kraft gehabt, hätte sie vor Entzücken gelacht; sie selbst hatte Ruval dieses Biest gelehrt. Sie hatten es gemeinsam geformt.

Einen Moment war sie abgelenkt durch ein Zittern in Rualas Geist. Die junge Frau erwachte langsam, als spüre sie, zu welchem Zweck ihre Kräfte eingesetzt wurden, und als würden Wut und schieres Entsetzen sie aus ihrer Bewußtlosigkeit erwecken. Mireva stöhnte unter der Pein, sie unter Kontrolle zu halten, und wandte ihre Aufmerksamkeit wieder dem Ungeheuer zu, das Ruval beschworen hatte.

Es war gehörnt und von bunten Schuppen in jeder erdenklichen Farbe übersät. Wie ein buntes Glasfenster. Und es wütete, wie ein Berserker wütet. Die klaffenden Augen verströmten eine gelbliche Masse hinab zu einem offenen Maul, das mit endlosen Reihen scharfer Zähne angefüllt war. Von diesen tropfte Blut auf seine Vorderbeine, von denen jedes so groß war wie ein Pferd und in dicken, schleimüberzogenen Krallen endete, die an stählerne Spikes erinnerten. Es richtete sich auf seine Hinterbeine auf und ließ sich dann fallen, bereit, seine Kiefer um Pol zuschnappen zu lassen.

Mireva wußte, daß die Zähne nicht echt waren, ebenso wenig die Klauen. Es war der Eiter, der aus den Augen tropfte, der gefährlich war. Aus Sand geformt, vermischt mit einer Paste, die Ruval in einer der ersten Lektionen herzustellen gelernt und die er in der Tasche versteckt hatte, bis er sie brauchte, würde er Pols Haut bis auf die Knochen versengen.

Sie sah ihn vor den Hunderten von Zähnen zurückweichen. Jetzt! Es mußte jetzt sein! Sie konnte fühlen, wie ihre Kraft nachließ und ihre Kontrolle über Ruala, die langsam erwachte, schwächer wurde, wie ihr Herz wild hämmerte und ihr Gehirn in Flammen stand. Eine letzte Anstrengung, ein Wirbel aus Luft, beschworen über eine unmögliche Distanz – und ein Klumpen von giftigem, gelbem Schlamm wurde gegen Pol geschleudert.

Sie sah nicht, wie er ihn traf. Sie wurde durch einen Schmerz nach Stronghold zurückgeholt, der so entsetzlich war, daß ihr Schrei erstarb, ehe er ihre Kehle verlassen hatte. Das kalte Sternenlicht verwandelte sich in Nadeln aus Eis und Feuer, die sich in ihre Augen bohrten und dem stechenden Schmerz in ihrem Herzen in nichts nachstanden. Ihre Finger tasteten nach dem Messer, und sie fühlten die Edelsteine auf seinem Griff. Sie taumelte herum und erwartete, Rualas weißes Gesicht zu sehen. Sie stürzte.

»Das ist für Sorin«, hörte sie Riyan sagen, ehe sie starb.

Kapitel 12

Rivenrock Canyon: Frühjahr, 35. Tag

Sein Instinkt rief Pol schrill zu, er solle zurückweichen, aber der Instinkt wurde durch die kühlen Überlegungen seines Verstandes behindert, was wohl echt war und was nicht. Ein Teil von ihm war wirklich entsetzt angesichts der gräßlichen Erscheinung. Flüche und Schreie hinter ihm verrieten ihm, daß er nicht allein damit war. Aber ein anderer Teil von ihm wand sich in verzweifelten Berechnungen. Was hiervon war real, was nicht? Das gelbliche Zeug war vielleicht nur eine Täuschung, etwas, das ihn ablenken sollte, während der wahre Angriff vorbereitet wurde. Instinkt und Intellekt verkrampften sich ineinander und lähmten sich gegenseitig. Aber dann sah er Ruvals Augen in plötzlichem Erstaunen flackern.

Ruval hatte den Luftwirbel nicht erwartet, der die Masse auf Pol schleuderte; also mußte etwas anderes ihn veranlaßt haben.

Keiner der Anwesenden würde etwas Derartiges wagen; also war wohl Mireva frei und konnte arbeiten.

Sie hatte viel Macht aufgewendet, um Luft auf eine derartige Distanz herbeizurufen. Deshalb war diese faulige Sache sicher real, und er mußte sie um jeden Preis meiden.

Diese Überlegung dauerte nur einen Sekundenbruchteil. Pol warf sich auf eine Seite, aber er war nicht schnell genug. Der Dreck tropfte auf seine Tunika; ein Tropfen traf sein Gesicht. Er wollte ihn schon fortwischen, als seine Wange unter plötzlicher Hitze brannte. Innerhalb von wenigen Augenblicken war der Schmerz unerträglich. Wenn er es mit den Fingern berührte, würde der Schmerz sich ausbreiten. Und wenn der Eiter sein Auge getroffen hätte –

Pol war verzweifelt bemüht, den klaffenden Kiefern zu entgehen, die real sein konnten oder auch nicht. Er zog ein Messer aus dem Stiefel, um den klebrigen Schleim abzukratzen. Er wünschte, er könnte die Klinge in Ruvals Herz schleudern, aber Regeln waren Regeln, und wenn er sie brach, wäre seine Ehre verwirkt. Es war vielleicht dumm und möglicherweise selbstmörderisch, derartige Skrupel zu haben, aber er konnte nicht anders.

Er setzte das Messer wie eine Rasierklinge an seiner Wange an und reinigte die Haut. Er stöhnte, als frisches Feuer brannte, als das Gift sich mit seinem Blut vermischte. Es fühlte sich an, als hätten Haut und Fleisch schwarze Blasen geworfen und wären bis auf die Knochen abgeschält. Der Schmerz machte ihn halb blind, und er machte sich Luft in einem Schrei reinster Wut über Mirevas Verrat. Das Messer ruhte mit tödlicher Vertrautheit in seiner Faust. Aber er konnte es nicht benutzen. Rohan und Sioned und Lleyn und Chadric und Audrite und alle anderen, die dabei geholfen hatten, ihn zu erziehen, sie alle hatten zu gute Arbeit geleistet. Der Enkel von Roelstra hätte das Messer geschleudert; der Sohn von Rohan und Sioned konnte das nicht.

Aber nichts hinderte ihn daran, das Zeug zu verwenden, das an der Klinge klebte. Das gräßliche Ungeheuer ragte vor ihm auf und lechzte nach seinem Blut. Pol holte tief Luft, sagte sich noch einmal ohne irgendwelche Beweise, daß das einzige Echte an dem Ungeheuer der giftige Schleim war, und marschierte direkt durch den illusorischen Körper auf Ruval zu. So schnell er konnte. Er war sorgfältig bemüht, den Schleim nicht zu berühren, und schleuderte ihn dann auf seinen Erzeuger.

Ruval wich ihm voller Entsetzen im Blick aus. Er war so

verzweifelt bemüht, dem gelben Schlamm aus dem Weg zu gehen, daß er sein Gleichgewicht verlor und in den Sand stürzte. Pol schleuderte das Messer fort und nutzte den Augenblick der Panik, um wieder zu Atem zu kommen. Seine Wange brannte noch immer, aber es war jetzt keine schwärende Wunde mehr.

»Gib auf«, keuchte er. »Dein Bestes hat versagt.«

»Bestes? Das war nichts!«

Reine Schauspielerei. »Gib auf!« schrie Pol wütend. »Ich will dich nicht töten, verdammt! Gib auf! Die Prinzenmark gehört mir! Die Wüste gehört mir durch einen Vertrag, der schon gemacht wurde, ehe wir geboren waren!«

»›So lange der Sand Feuer hervorbringt‹«, zitierte Ruval spöttisch. »Weder sehe ich hier Feuer, Prinzchen, noch wird irgendwer es jemals tun!«

»Nein?« fragte Pol sanft. Und er lächelte, denn er wußte plötzlich, was getan werden mußte. Jede Bewegung seiner Gesichtsmuskeln brachte wieder Schmerzen in üblen Wellen. Aber er weigerte sich, sie zu fühlen. Er wurde müde. Es wurde schwerer, sich zu konzentrieren, schwerer, genug Kraft zu sammeln. Langsam hob er beide Arme. Seinen Halbbruder ließ er dabei nie aus den Augen. Sternenlicht fiel in den Ring mit Topas und Amethyst und brach sich in dem Mondstein, der einst Andrade gehört hatte. Die Arme gestreckt, die Finger gespreizt, stand Pol ganz still da. Seine Hände wurden langsam zu Fäusten. Er rief, und das Feuer kam.

Es flammte im Gras und in den Blumen auf, die von der heißen Frühlingssonne getrocknet waren. Es füllte den Eingang der Schlucht aus, sprang an dem Wachturm aus Sandstein empor und breitete sich über die Dünen hin. Das Meer von Sand wurde zu einem Meer aus Lichtläufer-Feuer, bis es schien, als würde der Sand selbst brennen.

Ruval beschwor Luft, um die Flammen gegen Pol zu richten. Aber dadurch wurden sie nur höher. So groß war Pols Kontrolle, so sicher war seine Macht, daß es schien, als glühe er in der gefährlichen Helligkeit.

»Illusion!« bellte Ruval. »Unwirklich!«

Pol lachte. »Tritt in die Flammen und sieh selbst.«

»Du wirst durch dein eigenes Feuer sterben, Lichtläufer!« Ruval stürzte sich auf Pol. Dieser unmittelbare Angriff kam so unerwartet, daß Pol mit Ruval zu Boden ging. Er spürte, daß seine Knie unter dem unglücklichen Sturz fast brachen. Eine lange Flamme züngelte in der Nähe hoch und leckte an einem graugrünen Kaktus. Nah genug, um die beiden Männer zu versengen, die im Sand miteinander rangen. Pol fühlte, wie sich beringte Finger um seinen Hals legten und ihm kostbaren Atem raubten. Ihm wurde schwarz vor Augen. Er riß an Ruvals Händen, ging dann ein schreckliches Risiko ein und rollte sie beide auf die Flammen zu.

Mit einem Schmerzensschrei kroch Ruval fort. Er grub den rechten Arm in den Sand, um die Flammen zu ersticken, die an seinem Hemd züngelten. Pol versuchte, wieder auf die Füße zu kommen, aber seine Knie gaben nach, und wieder stürzte er. Sie waren gefangen auf einem winzigen Stück Sand und Fels, während das Inferno um sie tobte.

Pol riß sich das Hemd vom Körper und wickelte es fest um sein Knie. Er hoffte, es würde als Stütze ausreichen. Schwankend kam er auf dem gesunden Knie hoch und funkelte Ruval an. »Illusion?« spottete er, doch die geschundenen Halsmuskeln ließen nur ein Krächzen aus seiner Kehle. Er sammelte sich, um den Schock ausnutzen zu können, den er dem anderen bereiten würde, und zwang ein Lächeln auf seine Lippen. »Würdest du deinen eigenen Bruder töten?«

Die Flammen tauchten Ruvals Gesicht, das plötzlich weiß war, in Rot und Gold.

»Meine Brüder sind tot!«

»Was, keine liebevolle Begrüßung? Ich habe deutlich gehört, wie du Rache an der Höchsten Prinzessin geschworen hast, weil sie den Tod deines jüngsten Bruders befahl. Das schmerzt, Ruval. Ich bin zutiefst getroffen.« Er rief sich die Worte der Sternenrolle in Erinnerung. Sie waren sehr einfach, wirklich, wenn man nicht darüber nachdachte, was sie nahelegten, wenn man sich nicht über richtig oder falsch und über Gerechtigkeit Gedanken machte. Macht war dazu da, genutzt zu werden; warum sonst sollte man sie besitzen? Die Politik seines Vaters, nur dann zu handeln, wenn es erforderlich war, bedeutete Verschwendung all seiner Möglichkeiten. Andererseits hatte Rohan diese Art von Macht niemals erfahren. »Ich bin Ianthes letztgeborener Sohn, Ruval. Lichtläufer und *Diarmadh'im.* Wie sonst wäre ich fähig, so etwas zu tun?«

Das Feuer, das er diesmal anrief, kam von den Sternen und fegte kalt und weiß in den Rivenrock Canyon hinab. Es hüllte seinen eigenen Körper in strahlendes Silber. Und schlug Ruval in einem leuchtenden Blitz nieder.

Was er entfacht hatte, erregte und erschreckte ihn selbst. Wie Macht es tun sollte, dachte er entfernt. In atemloser Faszination und gefangen zwischen Triumph und Furcht, zwischen der prasselnden Hitze aus Lichtläufer-Feuer und dem kalten, silbrigen Schweigen der Flammen, die er von den Sternen herabgerufen hatte, so sah er zu. Nachdem er die Flammen in der Wüste entzündet hatte, mußte er jetzt nicht daran arbeiten, sie zu erhalten, wie es bei seiner Drachenillusion der Fall gewesen war. Aber ebenso wenig erforderte der Zauber Nachdenken. Beides kam ganz von allein. Es brachte Zerstörung durch zwei einander entgegengesetzte Kräfte, die sich in ihm trafen und miteinander verschmolzen. Macht pochte in ihm, und die Angst vor der Macht, weil er nicht wußte, welche Art und welche Quelle von Macht er am meisten fürchtete.

Ruval wand sich auf dem felsigen Boden. Seine Schreie wollten Pols Schädel sprengen. *»Würdest du deinen eigenen Bruder töten?«* Pol konnte es tun; er mußte das Sternenfeuer nur ein wenig fester um Ruval winden, und der Mann würde sterben. Er würde nicht einmal den Lichtläufer-Eid brechen, nie mit Hilfe seiner Gaben zu töten, obwohl er ihn ja nie abgelegt hatte. Denn es war keine *Faradhi*-Gabe, die er benutzte. *»Würdest du deinen eigenen Bruder töten?«*

Der Enkel von Roelstra hätte es getan. Der Sohn von Rohan und Sioned konnte es nicht.

Pol ließ den Zauber der Sternenrolle vergehen. Er fühlte sich nicht gut oder edel oder rechtschaffen. Er fühlte sich einfach nur leer und entsetzlich müde. Und ein wenig als ein Narr, weil er seine Skrupel nicht überwunden und Ruval auf der Stelle getötet hatte. Er rieb sein verwundetes Knie und wartete ab, während Ruval nach Atem rang. Als in den Augen des Mannes wieder Vernunft zu sehen war, sagte Pol nur: »Gib auf.«

Furcht und Wut kämpften in Ruvals Blick miteinander. Dann ließ er den Kopf hängen. »Hilf mir«, flüsterte er.

Pol schnaubte. »Ich schenke dir vielleicht dein Leben. Aber Vertrauen? Steh allein auf oder bleib dort. Mich kümmert es nicht.«

»Weißt du denn nicht, was dieser Zauber *Diarmadh'im* antut? Ich kann meine Beine nicht fühlen, verdammt! Sieh dir das Feuer an! Wenn wir uns nicht rühren, werden wir verbrennen! Hilf mir hoch!«

»Tu es allein oder überhaupt nicht«, erwiderte Pol störrisch.

Ruval versuchte es, aber er fiel vornüber in den Sand. Pol fluchte und näherte sich vorsichtig. Sein Knie stach bei jedem langsamen, mißtrauischen Schritt und nahm das fiebrige Pulsieren in seiner Wange wieder auf. Ruval atmete kaum. Er schien ehrlich verängstigt, aber Pol wagte sich nicht in seine Reichweite.

»Steh auf!« befahl er scharf und hustete, als die heiße Luft in seiner Kehle kratzte. Er warf den Kopf zurück, um das schweißnasse Haar aus den Augen zu wischen.

Ruval versuchte es erneut, schob sich mit hängendem Kopf auf Hände und Füße hoch, während er nach Atem rang. Pol trat wachsam einen halben Schritt zurück. Sein Knie gab unter ihm nach, und mit einem Stöhnen ging er zu Boden.

Ruval war über ihm. Das Gesicht, das da auf Pol herabgrinste, war blond und hatte helle Augen. Es war sein eigenes.

»Sag ›bitte‹, kleiner Bruder.« Ruval bog Pols verletztes Bein in einen unerträglich schmerzhaften Winkel. Etwas anderes war gar nicht nötig; der Griff an sein Knie machte Pol völlig unbeweglich. Er stöhnte vor Schmerz, als die Knochen aneinanderknirschten und die Sehnen bis an ihre Grenzen gedehnt wurden.

»Ich werde diese Gestalt gerade lange genug bewahren, um deinen Vater zu töten«, informierte Ruval ihn und lachte leise. »Oder vielleicht auch bis morgen. Ich lasse sie glauben, daß du gewonnen hast, und feiere heute nacht meinen Sieg zwischen Meiglans Schenkeln.«

Er war ein Narr, daß er Ruval am Leben gelassen hatte. Jetzt war es zu spät. Pol befahl jedem Muskel seines Körpers, schlaff zu werden. »Schneller Tod... quäl mich nicht –« Er unterbrach seine Rede mit bellendem Husten.

Sein eigenes Gesicht lachte mit Ruvals Stimme, und seine eigenen Augen leuchteten unter Ruvals Triumph. »Habe ich dir nicht gesagt, du sollst ›bitte‹ sagen?«

»Sag mir nur... warum auf diese Art... du bist mein Bruder... hätte dir gegeben –«

»Beim Namenlosen, bist du wirklich so dumm?« Ruval starrte ihn an, und Pol fühlte, wie sich sein Griff an seinem Bein ein wenig lockerte. »Du hast vieles, was mir gehört«, erklärte Ruval, als spräche er mit einem besonders begriffsstutzigen Kind. »Titel, Ehren, die Prinzenmark –«

»Töte meinen Vater nicht! Verschone ihn... und Meiglan –« Zeit, er brauchte Zeit...

»Das ist ein Gedanke«, gab Ruval zu. »Schlimmer als der Tod wäre es für ihn, mich als Hoheprinzen zu sehen. Und sie wäre sicher glücklich, ein winselndes Prinzchen gegen einen richtigen Mann einzutauschen. Ja, vielleicht lasse ich sie noch ein Weilchen leben. Wenn du mich lieb genug bittest.«

Während er seine Kräfte sammelte, flüsterte Pol: »Bitte.«

Ruval grinste. »Noch mal.«

»Bitte!« Es schmeckte bitter, aber er sagte das Wort ein zweites Mal.

»Das Schönste, was ein Feind sagen kann!« Kichernd streckte Ruval die Hand empor, um sich den Schweiß von der Stirn zu wischen.

Pol warf sich herum, so schnell er konnte, und rammte sein gesundes Knie in Ruvals Brust. Sein Atem verließ ihn, und er fiel rücklings hin. Pol stöhnte und versuchte aufzustehen. Er bewegte sich ungeschickt wie ein neugeborenes Fohlen. Er konnte es nicht. Er kroch von Ruval fort und starrte auf die Flammen, die ihren engen Kampfplatz umgaben. Er holte tief Luft und sagte sich, daß sein Knie ihn tragen müßte, sonst würde er tatsächlich in seinem eigenen Feuer verbrennen. Dann sprang er mit einem Satz durch die Flammen und stürzte nieder.

Er erfuhr niemals, wie lange er einfach nur so dalag. Er war benommen und überlegte, warum ihm niemand zu Hilfe gekommen war. Verstanden sie denn nicht, daß alles vorbei war? Wo waren sein Vater, seine Mutter, Meggie, Sionell? Warum halfen sie ihm nicht?

Er konnte sie eher hören als sehen. Jemand schrie. Er runzelte die Stirn und wußte, daß etwas nicht in Ordnung war, konnte sich aber nicht denken, was das sein konnte. Er mühte sich auf sein gesundes Knie, wandte sich um und sah sich selbst. Der Spiegel brannte noch immer, aber das Bild war perfekt. Er war doppelt außerhalb der Flammen. Kein Wunder, daß niemand ihm zu Hilfe gekommen war. Welcher war wirklich er?

Es war eine Frage, die ihn unerwartet traf. Aber er hatte jetzt keine Zeit dafür. Ruval lebte noch. Er blickte zurück auf den Halbkreis schmerzgepeinigter Lichtläufer und entsetzter Edler. Es war überraschend schwer für ihn, das Gesicht seines Vaters zu finden. Aber Rohan sah ihn nicht an. Er starrte zu dem feuerhellen Himmel empor. Pol drehte sich suchend um und spürte endlich das leichte Zucken, das ihn schon viel eher hätte warnen sollen.

Drachen.

Es war ein echter Drache, die Farbe des Körpers dunkel und nicht zu erkennen, aber die Unterschwingen rot-golden schimmernd im Licht der Flammen. Ein Altdrache, der vom Veresch herabkam, um sich zu paaren. Er war riesig und prachtvoll und tosend in seiner Wut – und er flog über dem feurigen Sand direkt auf sie zu.

Ein weiterer Schrei ging im Wiehern der von Panik erfüllten Pferde nahezu unter. Sie waren schon unruhig geworden, als das Feuer ausbrach. Aber Drachen waren noch einmal etwas anderes. Hufgetrappel verkündete ihre überstürzte Flucht. Pol konnte sich nicht von dem Drachen abwenden. Als wären die Legenden wahr geworden, hatten ihn diese Augen aus der Ferne durchbohrt und hatten ihn unbeweglich gemacht.

Ein Prickeln am Rand seiner Sinne warnte ihn, doch zu spät. Ruval hatte sich an die Arbeit mit dem Altdrachen gemacht. Pol fluchte, als er aus seiner Faszination gerissen wurde. Er webte seine eigenen Farben in das Licht hinein, das aus Himmel und Sand barst.

Der Wind, in dem die Kreatur vorüberrauschte, brachte einen heißen Strom vom Canyonfeuer mit sich. Aber die Krallen verfehlten ihn. Er mühte sich auf sein gesundes Knie hoch und blickte verblüfft himmelwärts. Er atmete schwer. Kein Drache war so plump dabei, wenn er eine Beute packte – und kein Drache hätte je versucht, einen Mann zu erbeuten. So wenig perfekt er auch war, so war Ruval offenbar im Besitz dieses Drachen und konnte seinen Flug kontrollieren.

Und das machte Pol so wütend, daß die feuergoldene Nacht um ihn her sich in das Karmesin von Blut verwandelte.

Der Drache schrie auf, und seine Krallen hieben in den Wind, als er zu fliehen versuchte. Er breitete die Schwingen aus, faltete sie wieder und schlug sie in verzweifeltem, trunkenem Rhythmus, als er versuchte, Entfernung zwischen sie zu bringen. Aber er kam nicht frei. Stockend, bezwungen, rauschte er erneut über die Flammen, die seinen Bauch verbrannten, und stürzte sich kreischend auf Pol.

Pol hatte nicht einmal Angst. Dafür war er zu wütend. Er spürte auch die Qual seiner Wunden nicht mehr. Wenn Ruval einem Drachen dies antun konnte, dann konnte er es auch. Er hatte schon früher die Farben eines Drachen berührt. Er wußte, wie sich der feurige Geist dieser Tiere anfühlte. Er befehligte seine Kraft und seine Wut, die ihn leicht zum Krüppel hätte machen können. Damit holte er aus und wandte sie gegen den Altdrachen, der ihn erneut verfehlt hatte, jetzt auf zornigen Schwingen emporstieg und seine Wut den Sternen entgegenschleuderte. Es war, als würde er die Verbindung herstellen, die es ihm ermöglichte, mit anderen Lichtläufern zu sprechen, nur war da nichts Zartes oder Präzises an der Art, wie sein Geist mit Ruvals und dem des Drachen zusammenprallte. Es war fraglich, wer von den dreien am wütendsten war: Ruval über Pols Überleben nach dem ersten Angriff, Pol, weil Ruval den Drachen benutzte, oder der Drache selbst, weil diese beiden Wesen darum kämpften, ihn zu beherrschen.

Schattierungen, die niemand jemals benannt oder auch nur gesehen hatte, wirbelten in einer Explosion von Farbe, die die Lichtläufer in der Nähe aufschreien ließen. Pol gab nicht auf. Er kämpfte mit Ruval um den Drachen, als wäre auch er ein Teil des Siegerpreises. Aber als sie kämpften, verlor Ruval die Kontrolle über seinen Gestaltwechsel. Pols gestohlene Züge verblaßten und enthüllten seine eigenen.

Und plötzlich, als er sich wieder dem wahren Ruval und nicht sich selbst gegenübersah, erkannte Pol, daß dies alles falsch war. Er vergaß alles, was ihn das väterliche Beispiel kluger Geduld gelehrt hatte. Er bekämpfte den Feind mit den eigenen Mitteln. Er wurde jetzt wirklich zu seinem Feind, denn er benutzte die Macht um ihrer selbst willen. Und was das Schlimmste war, er benutzte den Drachen als sein Werkzeug.

Das Tier schrie wieder und kreiste über der brennenden Wüste, als hätte es seine Schwingen nicht völlig in der Gewalt. Die Nacht wirbelte in widerstreitenden, brennenden Farben, als kämpften da drei feurige Wirbelwinde über den Dünen und erfüllten den Rivenrock mit unerträglichem Licht. Zwei von ihnen waren beinahe miteinander verschmolzen und zu einer geworden. Pol hielt sich immer noch abseits, und er wußte, daß er nahe daran war, diesen Kampf um den Besitz des Drachen zu verlieren.

Ruval hungerte nach Besitz – nach Land, Reichtum,

Macht. Alles war für ihn nie genug; für einen Mann wie ihn gab es so etwas wie »alles« nicht. Es gab nur »mehr«. Er war nicht einmal wie ihr Vorfahr, der sich nur an der Macht ergötzt hatte. Ruval war so, wie Masul gewesen war: ein verbitterter Ausgestoßener, der entschlossen war, grimmige Vergeltung zu üben für das, was ihm seiner Meinung nach angetan worden war. Aber der Thronbewerber war nur ein Mensch gewesen. Ruval war ein Zauberer. Wenn er diesen Kampf gewann, dann wäre Pols Tod nur der erste.

Andry würde der nächste sein, der einzige andere Mensch, der ihm zu seinen eigenen Bedingungen gegenübertreten konnte. Die Göttin allein mochte wissen, was er dann Rohan und Sioned und jenen antun würde, die Pol liebte. Und Meggie –

Er verlagerte sein Denken und Fühlen und unterdrückte bewußt die Furcht, die ihn nur ablenken und ihm schaden konnte. Es war die Ruhe, die zu suchen ihn sein Vater beim *Rialla* gelehrt hatte. Er zwang sich zu dieser Geduld, die es ihm ermöglichte, Bedeutungen hinter Bedeutungen zu erkennen. Und dann lauschte er seinem eigenen Geist, seinem eigenen Herzen.

An die Stelle, wo Wut gewesen war, rief er seine lebenslange Ehrfurcht vor Drachen. Er rief sich Kindheitserinnerungen zurück, wie er auf Strongholds Zinnen gestanden hatte, während Drachen den Himmel mit dem Wind ihrer Schwingen erfüllten. Er erinnerte sich an diesen ersten Ritt ins Tal von Drachenruh, daran, wie seine Mutter mit dem Drachen kommuniziert hatte, den sie Elisel nannte. Er füllte sich mit den Schwingen, den Farben und Stimmen der Drachen, mit seiner Freude, wenn er sie beobachtete, seinem Entzücken, wenn sie nach Drachenruh flogen und sich an dem Festmahl gütlich taten, das er freudig anbot. Er schwelgte in ihrer Kraft und Schönheit und Freiheit, und sogar als der Altdrache in einem weiteren Angriff heranrauschte, lächelte Pol noch. Vielleicht stimmte es, daß ein Gefühl für Drachen von Zehava zu Rohan und nun an ihn weitergegeben worden war, daß seine Linie wirklich den Titel des *Azhrei* verdiente; er wußte nur, daß er die Drachen aus Gründen liebte, die ihm selbst unverständlich waren. Er gehörte so gewiß zu ihnen wie sie zum Wüstenhimmel.

Plötzlich war es so, wie es im Frühjahr gewesen war – ein unglaublicher Wirbel von Macht und Farben, die mit seinen eigenen verschmolzen. Es gab keine Worte, nur Gefühle. Aber diesmal spürte er nicht die Sorge eines sterbenden Drachen, sondern die Wut eines sehr kräftigen. Ganz schwach, wie aus weiter Ferne, spürte er, daß Ruvals Kontrolle nachließ, und das Gebrüll des Drachen hallte durch sein Herz, als sie sich gemeinsam befreiten.

Noch ein paar weitere Augenblicke lang war Pol dieser Drache. Die Kraft, die neu durch Blut und Muskeln strömte, war sein; der mächtige Schlag der Flügel, das Rauschen des heißen Windes, als er den Flammen auswich, die an den Mauern von Rivenrock emporzüngelten. Und er wußte, nicht in Worten oder zusammenhängenden Gedanken, sondern in einem reinen, wilden Gefühl, was der Drache tun würde.

Im nächsten Augenblick fühlte er, wie die Felsen seine frischen Knie mit neuen Schmerzen quälten. Der Drache war ihm so nahe, daß er Sand über ihn sprühen konnte und ihn mit der ausgebreiteten Flügelspitze fast berührte. Und dann rauschte er mit ausgestreckten Krallen über den Sand. Die Krallen gruben sich in Ruvals Umhang. Blut spritzte, Rippen krachten und ein einzelner Schrei ertönte. Pol legte den Kopf in den Nacken, rang nach Atem und sah wie gebannt, daß der Drache seine Beute hinauf in den Sternenhimmel trug.

Tage später sollten sie auf halbem Weg durch den Weiten Sand einen verkohlten Haufen von gebrochenen Knochen finden, dazu Lichtläufer-Ringe und eine halb geschmolzene Goldmünze mit Roelstras Konterfei.

* * *

Meiglan befreite ihren Arm aus dem Griff ihres Vaters und rannte los. Sie warf sich dem überraschten Pol in die Arme. Noch immer hin- und hergerissen zwischen Entsetzen und Freude, wußte sie nicht einmal, daß sie weinte.

Rohan half Sioned auf die Füße und fuhr mit den Fingern besorgt über die halbmondförmige Narbe, die sich deutlich von ihrer weißen Wange abhob. Sie schenkte ihm ein winziges Lächeln zur Beruhigung. Dann sank sie in den Sand und flüsterte: »Ich... ich fühle mich ein wenig schwach.«

Morwenna kam fluchend auf die Knie. Ihr Kopf schmerzte, als hätte sie seit den Feierlichkeiten zum neuen Jahr starken Wein getrunken, und ihre Finger fühlten sich an, als wären sie bis auf die Knochen verbrannt. Ihr Körper schmerzte so sehr, daß sie vermutete, die Knochen würden sich aus den Gelenken lösen. »Verdammte, würdelose Stellung«, murmelte sie immer wieder, während sie sich abmühte, auf die Füße zu kommen.

Chay hatte Tobin während des Kampfes durch seine eigene Kraft hochgehalten. Sie war kraftlos, und ihre Lider flatterten. Er hob sie hoch und wiegte sie in den Armen. Immer wieder rief er verzweifelt ihren Namen, bis ihr Gesicht wieder einen vernünftigen Ausdruck annahm.

Maarken und Hollis knieten nebeneinander. Sie hielten sich zitternd und erschüttert in den Armen. Endlich ließ der Schmerz dieses Angriffes auf ihre Sinne nach. Walvis und Feylin halfen ihnen auf. Maarken sah sich um, flüsterte einen Dank und klammerte sich an seine Gemahlin.

Sionell wandte sich von dem Bild von Pols und Meiglans Umarmung ab. Tallain, der sie hielt, bemerkte es nicht. Er starrte auf die Wüste. Der Sand brannte noch immer.

Rialt war genug von der Tugend praktischen Denkens erfüllt, daß er genug Geistesgegenwart besaß, um Arlis und Edrel loszuschicken, damit sie vielleicht ein paar Pferde sammeln konnten. Keiner der Lichtläufer würde in der Lage sein, den ganzen Weg zurück nach Stronghold zu laufen.

Barig räusperte sich lautstark und sagte zu Miyon: »War das legal? Gemäß den vereinbarten Regeln?«

Der Prinz antwortete: »Seid kein Narr. Ein Drache ist keine Waffe oder eine Person. Seine Hoheit hat fair gewonnen.« Aber es sengte fast die Haut von seinen Lippen, das zugeben zu müssen.

Rohan blickte von der Stelle auf, an der er mit Sioned in den Armen kniete. Er rief Sionell herbei, damit sie sich um sie kümmerte, und ging dann zu Meiglan hinüber, die versuchte, Pol auf die Beine zu helfen. Das Mädchen sah ihn zuerst; sie hielt den Atem an und richtete sich trotzig auf. Rohan erkannte, daß sie ihn fürchtete, daß aber ihr Vertrauen darauf, daß Pol sie beschützen würde, noch größer war. Sie bewies das dadurch, daß sie ihn fester hielt und Rohans Blick mit einer Art ängstlichem Trotz erwiderte.

Erst da sah Pol ihn an. Seine Augen waren vor Erschöpfung matt. Es war klar, daß bis zu diesem Moment für ihn niemand außer Meiglan existiert hatte. Rohan unterdrückte einen Seufzer und sagte in sanftem Ton, der weder ihn selbst noch seinen Sohn täuschen konnte: »Würdest du bitte etwas dagegen unternehmen?« Er wies auf die Flammen, die Rivenrock verbrannten. »Ich kann wirklich nicht zulassen, daß du mein Prinzentum in einen brennenden Hochofen verwandelst.«

Pol schenkte ihm ein zittriges Lächeln. »Tut mir leid. Aber

ich weiß nicht, ob ich sie aufhalten kann. Oder ob ich es sollte«, fügte er nachdenklich hinzu.

»Werden... werden sie nicht bald von selbst ausgehen?« versuchte es Meiglan.

»Das nehme ich an«, sagte Rohan. »Und wenn ich so darüber nachdenke, ergibt das eigentlich eine recht nette Erklärung. Auch wenn du dein eigenes Freudenfeuer ein wenig früh entzündet hast, Pol. Noch bin ich nicht tot.«

Der junge Mann sah ihn entsetzt an. »Vater... ich –«

Rohan war überrascht, wußte aber, daß er es nicht hätte sagen sollen. Für Pol war Humor keine Waffe gegen unerträgliche Spannung, wie er es für ihn immer gewesen war. Also zwang er sich selbst zu lachen.

Pol entspannte sich sofort. Er faßte sich sogar so weit, daß er sagen konnte: »Es wird nicht bis Remagev brennen. Glaube ich jedenfalls!«

»Ein paar Längen entfernt von hier ist alles sehr trocken, wenn meine Erinnerung mich nicht täuscht«, erklärte Rohan ihm. »Nicht einmal die Regen dieses Winters haben etwas wachsen lassen. Aber falls es sich doch bis Remagev erstrecken sollte, dann wirst du den Neuaufbau bezahlen.«

»Wenn Walvis mich lange genug am Leben läßt!«

Meiglan lauschte diesem Gespräch mit weit aufgerissenen, verwirrten Augen. Rohan lächelte, um seinen Abscheu über ihre Anwesenheit zu verbergen. Wäre sie nicht dort gewesen, hätte er seinem Sohn vielleicht gesagt, was er so dringend sagen mußte. Vielleicht ergab sich später Gelegenheit, sie noch zu sagen, aber vielleicht auch nicht.

Ein kurzes Schweigen entstand zwischen Vater und Sohn, während sie sich ansahen. Pol war es, der sich abwandte. »Ah, gut – Edrel hat ein Pferd gefunden. Ich bezweifle, daß Meggie oder unsere Lichtläufer es zu Fuß bis Stronghold schaffen würden. Wie geht es Mutter?«

»Sionell kümmert sich um sie.« Als Rohan den zärtlichen Kosenamen hörte, unterdrückte er resolut seine Einwände Meiglan gegenüber, die er nicht einmal Sioned offenbart hatte. Pol hatte seine Wahl getroffen. Sie würden sich einfach alle daran gewöhnen müssen.

»Was machen deine Beine? Abgesehen davon scheint es dir nach deiner kleinen Demonstration nicht besonders schlecht zu gehen«, fuhr er fort, so locker er konnte.

Pol blockte seine Sorge mit einem Achselzucken ab. »Ich – ich habe noch einige Reserven.«

Rohan verstand. Die Lichtläufer waren durch den Kampf ausgelaugt; Pols *Diarmadhi*-Blut hatte ihn in gewisser Weise geschützt. »Für das Knie jedoch möchte ich keine Wette eingehen«, gestand er. Rohan wies auf noch etwas hin: »Außerdem wirst du als dauerhafte Erinnerung eine Narbe auf der Wange davontragen.«

Überrascht befühlte Pol sein Gesicht. Rohan fragte sich, wann er erkennen würde, daß Form und Plazierung der Narbe fast identisch waren mit der auf Sioneds Wange.

»Nun ja...« murmelte Rohan und beschloß dann, die beiden einander zu überlassen. Er war nie ein Mensch gewesen, der sich sehr lange gegen das Offensichtliche wehrte.

Pol blickte auf Meiglan hinab, die es übernommen hatte, ihn zu stützen. Er lächelte ihr zu; sie war so klein und zart, und doch versuchte sie, ihm ihre Kraft zu leihen.

»Ich hatte solche Angst«, flüsterte sie.

»Ich auch«, gab er offen zu.

»Du? Niemals!«

Er stieß ein reuiges Lachen aus. »Komm, suchen wir ein Pferd für dich. Und für mich auch. Ich hoffe nur, daß nicht ein Hinken mein Souvenir an die heutige Nacht sein wird – oh!« Er schaute sich abwesend um. »Meggie, kannst du ihn sehen? Ein kleiner, goldgeschnitzter Drache –«

»Bleib hier. Ich finde ihn für dich.« Er schwankte, als sie ihn verließ, und war kaum fähig, sich auf einem Bein zu halten. Endlich kehrte sie mit etwas zurück. »Ist es das hier?«

»Ja.« Er befühlte es und hielt es ins Licht. »Lord Urival hat es mir vor langer Zeit gegeben. Es hat die Spitze einer Wasseruhr geschmückt, die einst meinem Vater gehörte.«

»Ja, Herr?« Meiglans Gesicht drückte verwirrte Aufmerksamkeit jedem seiner Worte gegenüber aus, als sie ihre Schulter wieder unter seinen Arm schob.

Aber er konnte ihr wohl kaum erklären, warum Urival es aus den Trümmern dieser eleganten Uhr gerettet hatte, nachdem Masul, Pandsala und Segev tot waren. Pol war nun der letzte von Ianthes Söhnen, Hollis hatte Segev getötet; Andry Marron. War er selbst es gewesen oder der Drache, der Ruval umgebracht hatte? Urival hatte ihm den kleinen goldenen Drachen am Tage seines Todes überreicht. »Ein Talisman«, hatte er mit grimmigem Lächeln erklärt. *Ein Talisman und Erinnerung.*

Pol legte die Schnitzerei in seine Handfläche. »Euer erster Drache, Herrin.«

Sie starrte erst die Schnitzerei an, dann ihn. »Mein erster, Herr?«

»Mein Name ist Pol. Du solltest dich besser daran gewöhnen, ihn zu benutzen.«

* * *

Sechs der neunzehn Pferde wurden gefunden, eines von ihnen war jedoch lahm. Alle Lichtläufer erklärten ausdrücklich, daß sie vollkommen in der Lage seien, ihre eigenen Beine zu benutzen. Es war eine glatte Lüge; ihr Bedürfnis zu reiten war so offensichtlich, daß nicht einmal Miyon Einwände gegen den langen Marsch erhob. Rohan half Sioned in den Sattel und befahl ihr, ruhig und dankbar zu sein.

Nach einigen wenigen Längen jedoch verwarf sie die Bitte ihres Gemahls, glitt aus dem Sattel und bot die Stute Meiglan an. Es war eine Geste, deren tiefere Bedeutung nur einigen wenigen klar war.

Auch Maarken hatte sich erholt, und nachdem er sein Pferd Feylin übergeben hatte, raffte er sich dazu auf, das Licht der inzwischen aufgegangenen Monde zu nutzen, um mit seinem Bruder in Stronghold Verbindung aufzunehmen. Andrys Farben waren sonderbar dunkel, und er erkundigte sich weder nach den Ereignissen, noch gab er einen Kommentar dazu ab. Er willigte nur ein, sofort weitere Pferde zu schicken, und zog sich dann in sich selbst zurück.

Maarken vermutete, daß die Rückkehr nach Stronghold weitere wichtige Ereignisse enthüllen würde. Er grübelte über Möglichkeiten nach, bis Nialdan und einige Stallknechte mit frischen Pferden herbeiritten. Er winkte den Lichtläufer beiseite und erkundigte sich nach Andry.

Nialdan konnte sich nicht verstellen. Als er erklärte, daß alles in Ordnung wäre, wußte Maarken sofort, daß er log. Aber der Mann war so offensichtlich betrübt, daß Maarken nicht weiter in ihn drang.

Als sie schließlich Stronghold erreichten, warteten Andry, Riyan und Ruala auf der Haupttreppe. Alle drei wirkten krank vor Erschöpfung. Maarken versuchte so angestrengt, im Gesicht seines Bruders zu lesen, daß er eine Weile nichts anderes sah. Hollis ergriff seinen Arm und flüsterte seinen Namen. Vor ihnen auf der Treppe lag eine schlaffe, dunkle Gestalt. Mireva. Tot.

Rohan stieg ab und ging langsam zu dem Leichnam hinüber. Mit der Stiefelspitze tippte er den Rücken an. Als er sich umdrehte, um Pol mit einem Blick herbeizurufen, hatte Maarken den Eindruck, daß die Knochen seines Onkels zu Stahl, sein Fleisch zu Stein geworden war.

Pol starrte in Mirevas tote Augen. Dann wich er einen oder zwei Schritte zurück und rief mit einer knappen Geste Feuer herbei.

Eine Weile standen alle dort und beobachteten die Flammen. Rohan war der erste, der die Stufen emporging und sein Schloß betrat. Die anderen folgten. Der Leichnam der Zauberin blieb zurück, um in aller Stille zu verbrennen.

Kapitel 13

Prinzenmark: Herbst

Die Meere schäumten blutrot, der Flutstrom war dick von aufgedunsenen Körpern, und jede Welle spülte noch einen weiteren Toten vom Ufer mit sich fort. Das Schloß stand in Flammen. Als die Nacht anbrach, kündeten die brennenden Steine, die einst Burg Radzyn gewesen waren, in einem Umkreis von einhundert Längen von diesem Gemetzel. Vielleicht konnte das Feuer über das Meer bis hin nach Graypearl gesehen werden.

Vielleicht brannte Graypearl auch.

Die Sieger zogen ihre eigenen Toten aus den Wogen – große, breitschultrige, dunkle Männer, die selbst im Tod noch stark und feurig aussahen. Die Leichen wurden behutsam neben ein merkwürdiges, flaches Schiff gelegt, entkleidet, gewaschen und mit Ölen aus Kupferflaschen einbalsamiert. Goldperlen, die in die langen Bärte geflochten waren, wurden einzeln poliert, und weitere als Zeugnis für diese Schlacht hinzugefügt. Einige der Toten aus Schloß und

Hafen wurden dem Meer übergeben – als Geste der Sieger an die Entschwundenen. Es waren schließlich Hunderte.

Die Pferde, die bei der wilden Flucht in Radzyn zurückgeblieben waren, waren zwar nicht die besten, aber sie waren immer noch besser als alle, die den Eindringlingen gehörten. Deren Sättel und Zaumzeug waren mit Silber besetzt und mit dünnen, flatternden Streifen aus gehämmertem Zinn geschmückt; das konnte jedoch die Schwerfälligkeit dieser dickfelligen, kurzbeinigen Rasse und die Tatsache, daß sie für den Weiten Sand völlig ungeeignet waren, nicht verbergen. Deshalb also hatten sie gerade Radzyn angegriffen, dachte er. Kummer bohrte sich in sein Herz, als er sah, wie das Zaumzeug den geliebten Pferden seines Vaters angelegt wurde. Wenigstens waren die besten, kräftigsten Tiere freigelassen und in die Wüste getrieben worden, wo sie später wieder eingefangen werden konnten. Aber es schmerzte noch mehr, als er sah, wie Fohlen niedergemetzelt wurden, damit die Stuten nicht durch sie behindert wurden.

Gefangene wurden in Ketten gelegt und auf das Totenschiff gebracht. Man hatte kein Interesse daran, sie zu befragen; sie wurden an Bord gestoßen und gezwungen, dort niederzuknien. Dann wurden die Toten ehrfürchtig ausgerichtet, alle mit dem Kopf dem Meer zugewandt. Fackeln wurden entzündet und an Bord geschleudert. Als das Öl auf dem nackten Fleisch Feuer fing, konnte er in dessen Schein sehen, wie goldgeschmückte Bärte verglühten und in den wenigen Augenblicken, ehe die Flammen das Fleisch verkohlten, rituelle Narben an jedem vorspringenden Kinn enthüllten, das jetzt im Tod schlaff war.

Die kräftigsten der Krieger schoben mit ihren Schultern das Schiff hinaus, damit es vom Ebbstrom mitgenommen wurde. Dann standen alle am Ufer und sahen den Flammen zu. Er wußte, daß die Gefangenen, die Opfer, schrien. Er konnte ihre aufgerissenen Münder sehen und das Anschwellen und Einsinken von Brüsten, die um Luft rangen, damit sie schreien konnten. Aber er konnte sie nicht hören.

Der Hafen brannte ebenfalls. Drei große Flammenmeere, das Schloß, die Stadt und das Totenschiff, das aufs Meer hinaustrieb, erhellten die Dämmerung und rangen mit dem Sonnenuntergang. Ja, sie würden das Glühen bis nach Graypearl hinüber sehen. Wenn es in Graypearl noch jemanden gab, der es sehen konnte.

Radzyns Tote wurden am Ufer liegen gelassen. Er erkannte einige von ihnen. Einen Augenblick lang setzte sein Herz aus, als er glaubte, das Gesicht seines ältesten Bruders zu sehen, Augen, die blicklos gen Himmel starrten. Aber es war nicht Maarken. Die blauen Augen gehörten Sorin. Und erst jetzt begriff er, daß dies nur ein Traum war. Sorin war in der Nähe von Elktrap gestorben, hoch im Norden.

Andry erwachte schweißnaß und zitternd und rang nach Luft. Die sanfte, rotgoldene Glut einer Kohlenpfanne war nur ein schwacher Abglanz des Feuers, das er im Schlaf erblickt hatte. Er betrachtete die kleine, warme Flamme, bis seine Augen brannten, drehte sich dann im Bett um und zog die Decken um seinen zitternden Körper.

Auch Andrade hatte Träume gehabt, Visionen. Und Sioned. Andry glaubte an sie, an diese neuen Schrecken, die er vor Jahren gesehen hatte. Genau neun Jahre war es heute her. Radzyn in Flammen, Hunderte von Toten, die vollkommene Vernichtung – all diese Dinge waren ihm längst vertraut. Aber heute konnte er dem Feind Gesichter und Sitten und Gebräuche zuschreiben. Es waren keine Zauberer. Es waren nur Menschen. Merida, die Mörderliga mit narbigem Kinn – als Zeichen des ersten Mordes vielleicht? Er wußte es nicht; es war nicht wichtig. Sie hatten das getan und würden es tun. Es sei denn, er konnte es irgendwie verhindern.

Er beruhigte sich und setzte sich auf. Dann schwang er die Beine über den Bettrand. Es war kalt in der Prinzenmark, und das verhieß einen weiteren langen, regnerischen Winter. Er hüllte sich in seinen Umhang und erhob sich, um in dem kleinen Raum hin- und herzugehen. Selbst die Ringe an seinen Fingern waren kalt; er hielt die Hände über die Kohlenpfanne, um sie zu wärmen.

Das Funkeln der Steine war dunkel und spiegelte seine Gedanken wider. Zehn Ringe kennzeichneten höheren Rang und mehr Macht, als irgendein anderer Lichtläufer besaß – und doch war er hilflos und konnte dieses Gemetzel nicht verhindern, das er in seinen Visionen vorhergesehen hatte.

Er ballte die Fäuste. Er würde nicht hilflos sein; er weigerte sich. Er mußte kämpfen, und niemand würde wirklich verstehen, warum er tat, was er tat. Sie würden ihm nicht einmal glauben, wenn er es erklärte. Warum trauten sie ihm nicht?

Nach seinem Sieg über Ruval hatte Pol nur das getan, was er wollte. Er hatte nicht bis zum *Rialla* gewartet, um Meiglan zu heiraten. Aber er hatte gewartet, bis Andry Stronghold verlassen hatte, damit andere Lichtläufer und Rohan der Zeremonie vorstanden. Was Miyon anging, so ging das Gerücht, Rohan hätte ihm eine höllische Lektion erteilt, ihn dann aber freigelassen. Verbittert ballte Andry die Fäuste. Der Prinz aus Cunaxa hatte Ruval und seinen Bruder unterstützt, hatte ihnen geholfen und ihnen die Gelegenheit geboten. Und sie hatten Sorin getötet. Und dennoch hatte Rohan ihn frei gelassen.

Auch was den Handel anging, hatte Pol seinen Willen bekommen. Miyon konnte kaum anderes tun, als allen seinen Vorschlägen bezüglich Cunaxa, Tiglath und Feruche zuzustimmen, das jetzt offiziell Riyan gehörte. Genau wie Ruala. Ihre Kinder würden Zauberer sein und damit außerhalb von Andrys Reichweite.

Aber es gab noch genügend andere, die er finden und vernichten konnte. Deshalb hielt er sich heimlich in der Prinzenmark auf.

Pol hatte sogar das scheinbar Unmögliche vollbracht: Drachen waren in den Höhlen von Rivenrock geschlüpft. Zum ersten Mal seit siebenundzwanzig Jahren. Nach der Kommunikation mit dem Altdrachen, den Pol Azhdeen, »Drachenbruder«, genannt hatte, und nachdem die Schlucht durch Lichtläufer-Feuer gereinigt worden war, hatten die Drachen beschlossen, die Höhlen dort wieder zu nutzen. Feylin war außer sich gewesen, als ganze einhundertundneunundachtzig Jungdrachen von Rivenrock, Feruche und anderswo geflogen waren. Die gesamte Drachenbevölkerung kam nun auf mehr als dreihundertundfünfzig. Während Pols Prinzentum waren die Drachen sicher. Alles das brachte Pol noch mehr Respekt für seine Gaben und seine Macht ein.

Andry wußte, daß nichts davon zählte. Nicht im Vergleich zu dem, was kommen würde.

Chiana war ihre Dummheit verziehen worden. Sie war tatsächlich verzaubert worden. Anders als Miyon, der dieses nur behauptet hatte. Andry erinnerte sich daran, daß er ihre hysterischen Tränen durch Donatos unwillige Augen beobachtet hatte, als sie Ostvel in Drachenruh gegenüberstand und ihre Unschuld beteuerte. Rohan hatte beschlossen, sie nicht zu bestrafen, aber weder sie noch Miyon würden in der Lage sein, auch nur zu spucken, ohne daß man ihn davon in Kenntnis setzte. So groß war die Macht des Hoheprinzen, sagte sich Andry wütend.

Geir von Waes war gestorben. Es ging das Gerücht um, daran sei der Pfeil eines seiner eigenen Bogenschützen schuld gewesen. Niemand verschwendete einen weiteren Gedanken an ihn. Aber Chiana und Halian würden Waes keinem anderen *Athri* übergeben. Statt dessen sollte es als freie Stadt organisiert werden, entlang der Grenzen von Andrades eigenem Besitz, dem Freisassengut Catha. Letzteres war beim Tod ihres Vaters an Syr zurückgefallen; Waes, jetzt ganz ohne Herrscher, würde als freie Stadt bestehen, bis und falls es sich Rohan anders überlegte. So groß war die Macht des Hoheprinzen.

Der Gedanke an Syr ließ sein Gesicht vorübergehend weicher werden. Prinzessin Gemma hatte Prinz Tilal in diesem Sommer einen weiteren Sohn geschenkt, und sie hatte Tobin um Erlaubnis gebeten, den Knaben Sorin zu nennen. Er war ein lebhaftes Kind mit hellem Haar und grauen Augen; Andry war extra nach Hoch-Kirat gereist, um ihn nach dem *Rialla* zu sehen. Der Umweg hatte es ihm auch ermöglicht, so zu tun, als wäre er jetzt auf dem Weg zurück in die Schule der Göttin. Er hatte den größten Teil seiner Reisegesellschaft dorthin geschickt, während er selbst in den Veresch gereist war.

Heute war eine der wenigen Nächte, in denen er nicht im Freien geschlafen hatte. Mit Handschuhen, die seine Ringe und Armbänder verbargen, und auf einem recht unauffälligen Pferd war er meist unbemerkt geblieben. Fremde waren immer Anlaß zu Gesprächen in der Abgeschiedenheit der Berge, aber so lange seine Hände verborgen waren und er sich nicht verplapperte, würde niemand wissen, daß es der Herr der Schule der Göttin war, der da vorbeiritt. Und wer würde schon vermuten, daß ein Mann seines Ranges sich überhaupt in diese Unwegsamkeit begeben würde?

Nialdan und Valeda, seine einzigen Begleiter, waren genauso verkleidet. Sie hatte darauf bestanden, daß sie an diesem Abend einen Gasthof aufsuchten, denn Nialdan schniefte im Anfangsstadium einer Erkältung. Andry ließ sich nicht zum Narren halten; sie wollte mit ihm schlafen und hoffte auf ein weiteres Kind, obwohl Chayly noch nicht einmal ein Jahr alt war. Er hatte sie an diesem Abend an seiner Tür sanft, aber entschieden zurückgewiesen. Aber jetzt wünschte er, er hätte nachgegeben. Es war kalt und sehr dunkel, und er war allein.

Er fand ein paar Holzstücke, mit denen er in der Kohlenpfanne stocherte, und als er den Deckel wieder auflegte, starrte er auf das Muster, das rot und gold durch das Eisen schimmerte. Schmetterlingsflügel, wie Spitze.

Alasen hatte Spitzenschleier herausgesucht, als er sie in der Felsenburg gefunden hatte.

An jenem Tag, als Mirevas Leichnam auf den Stufen vor Stronghold zu Asche verbrannte, war Andry auf dem Sonnenschein, der durch die Gärten fiel, zur Felsenburg gereist. Alasen war allein. Sie kniete auf dem Teppich in ihrem Schlafgemach, und der Sonnenschein schimmerte auf Gold- und Silberfäden, die in die Dutzende von Schleiern gewirkt waren, die sich um sie herum bauschten. Sie hob einen dem Sonnenschein entgegen, eine zerbrechliche Kreation aus Blütenrosa und Blattgrün, und ihr Gesicht und das lange Haar wurden von den Mustern überschattet, als stände sie in einem Garten hinter Kletterrosen.

Aber ihre Augen waren ängstlich, als wäre diese sanfte Beschäftigung ein Versuch, sich von Sorgen abzulenken. Der Schleier sank auf ihre Knie, und sie biß sich auf die Lippen. Andry wußte, warum sie allein im Sonnenschein saß. Sie wartete auf Nachricht vom Kampf der vergangenen Nacht. Von Sioned vielleicht, oder von Maarken oder Hollis. Bestimmt nicht von ihm.

Er berührte sie so sanft wie möglich. Trotzdem erstarrte ihr Rückgrat und verkrampften sich ihre Finger. Sie hatte nicht gelernt, seine Gegenwart abzuwehren, aber ihre Farben im Sonnenschein wurden dunkler, und das verriet ihm, daß sie ihn zurückgewiesen hätte, hätte sie es gekonnt.

Seid gegrüßt im Namen der Göttin, Herrin. Laßt Euren Geist ruhen. Alles ist gut. Ianthes Sohn ist tot, und auch die Zauberin, die ihm geholfen hat. Pol ist der sichere Sieger.

Alasen beugte sich erleichtert ins Licht vor. Sie war erpicht auf weitere Einzelheiten. Sie wußte nicht, wie man über das Sonnenlicht sprach, aber es war so einfach, ihre Gedanken von ihrem Gesicht abzulesen.

Der Kampf verlief wie geplant. Sioned kann Euch den Rest erzählen, oder Ihr könnt auf die offizielle Version beim Rialla *warten. Ich bin jetzt nur hier, um Eure Sorge zu beheben und um einen Gefallen zu bitten. Alasen, ich brauche Eure Hilfe. Im Veresch verstecken sich noch mehr dieser* Diarmadh'im. *Sie sind die Feinde eines jeden Lichtläufers, jedes Prinzen und jedes Prinzentums. Wenn* wir *sicher sein wollen, dann müssen diese Leute gefunden und ausgemerzt werden. Ich brauche Euch, damit Ihr mir sagt, was in der Umgebung der Felsenburg geredet wird. Sie war eine ihrer Burgen vor langer Zeit, und es könnten noch immer viele von ihnen in der Nähe sein. Vielleicht arbeiten sie sogar in Eurer Burg, in der Nähe Eurer Kinder. Tag für Tag! Ich brauche Gerüchte, Legenden, alles, was darauf hindeuten könnte, daß jemand Altes Blut hat. Jetzt, wo Mireva und Ruval tot sind, bleibt ihnen keine Hoffnung mehr auf Macht. Aber selbst wenn es scheinbar keine Hoffnung mehr gibt, verbünden sich die Menschen oft zu einem letzten –*

Ihr Gesicht hatte sich verändert, während er seine Bitte aussprach. Sie starrte zum Fenster empor, und Entsetzen verdunkelte ihre grünen Augen. Ihre Lippen bewegten sich tonlos in dem Wort *NEIN.* Es erschütterte ihn bis ins Mark, als er sah, wie sehr sie ihn fürchtete.

Alasen, bitte! Ihr müßt mir helfen! Ihr, Eure Kinder, Pol, alle sind in Gefahr! Niemand wäre mehr sicher! Beschafft mir die Namen. Helft mir, sie daran zu hindern, uns niederzumetzeln. Denn genau das werden sie, wenn sie auch nur eine halbe Chance bekommen. Sie haben Sorin getötet, und Ihr wißt, daß es ihnen beinahe gelungen wäre, Pol zu töten!

Alasen sprang auf die Füße und rannte aus der Sonne. Die weiche Spitze ließ sie auf dem Boden liegen.

Beim *Rialla* im Spätsommer war Ostvel einmal allein, mit grimmigem Gesicht, zu ihm gekommen. »Du hast mit ihr gesprochen, weil du geglaubt hast, sie würde dir zuhören. Und sie hat es gehört. Den Plan zu einem Mord!«

»Das habe ich nie gesagt. Ich wollte, daß sie gefunden werden und daß man sich um sie kümmert.«

»Töten hast du gemeint! Du würdest dich auch um meinen Sohn ›kümmern‹, wenn du könntest!«

»Das bildest du dir nur ein. Du hast mich immer gehaßt, Ostvel. Und wir wissen beide, warum.«

Ein langer Finger schoß zu seinem Gesicht vor. »Halte deine Zunge im Zaum, und höre mir zu, Bursche. Ich weiß, was du von mir denkst, und ich weiß, was du dagegen tun kannst. Absolut nichts! Du würdest dich über Riyan an mir rächen, wenn er nicht durch seine Stellung und Pols Freundschaft geschützt wäre. Selbst wenn du sie nicht töten wolltest, siehst du denn nicht die Gefahr? Wie könntest du denn wirkliche Zauberei von bösen Gerüchten oder schändlichen Lügen unterscheiden?«

Andry ließ sich zu einem Lächeln herab. »Du willst sie wohl beschützen, nehme ich an.«

»Das kannst du in Stein meißeln lassen«, versicherte ihm Ostvel.

»Was bringt dich zu der Meinung, du könntest mich aufhalten, was immer ich zu tun beschließe?«

»Alasen.«

Andry verbarg seine Wut, daß gerade ihr Name gegen ihn verwandt wurde. »Du schätzt den Einfluß deiner Gemahlin auf mich zu hoch ein.«

»Wir wissen doch beide, daß es anders ist, nicht wahr?«

»Hinaus!«

»Nicht, bevor ich nicht zwei weitere Dinge gesagt habe.«

»Fasse dich kurz. Du langweilst mich.«

»Sie sind so einfach, daß selbst du es verstehen wirst. Weder Alasen noch ich, noch irgend jemand sonst, der ein Gewissen hat, wird an einer derartigen Schlächterei teilnehmen.« Ostvels Augen waren vom kalten Silbergrau des Stahls. »Und wenn du dich jemals wieder meiner Gemahlin näherst, aus welchem Grund auch immer, auf welche Weise auch immer, dann, Herr oder nicht Herr der Schule der Göttin, werde ich dich mit bloßen Händen zerfetzen.«

Aber Ostvel selbst hatte Andry gegeben, was er wollte. Jeder, der von der Prinzenmark nach Süden gekommen war, um sich auf Mirevas Befehl hin Chiana unterzuordnen, war von Ostvel vernommen worden. Auch wenn nur wenig mehr in Erfahrung gebracht wurde, als daß sie ihnen den Kampf geboten hatte, so ging doch mit jedem Verhör ein Name und ein Ort einher. Es war so leicht gewesen: Nialdan hatte diese Namen auf Pergament im Licht von Monden oder Sonne gelesen und sich eingeprägt.

Andry rieb seine Finger, bis sie wärmer waren, und lächelte auf das Schmetterlingsmuster der Kohlenpfanne hinab. Ostvels Schutz war wertlos. Und selbst wenn Alasen mehr darüber herausfand, er hatte sie schon vor langer Zeit verloren. Es war nicht mehr wichtig.

Pol selbst hatte sich dem verräterischen Lord Morlen gewidmet. Die Hinrichtung hatte vor dem *Rialla* stattgefunden, was Andrys Meinung nach ein dummer Schachzug gewesen war. Morlen hätte vor den anderen Prinzen getötet werden sollen, als Warnung. Wie Kiele und Lyell damals wegen eines ähnlichen Verrats gestorben waren. Aber am Ende billigte er Pols Dummheit; nicht nur, daß die Hinrichtung weniger Eindruck machte, weil sie nicht vor königlichen Zeugen ausgeführt wurde, sie war Pol, der mit seinem eigenen Schwert einen legalen Mord ausführen mußte, auch teuer zu stehen gekommen – so hieß es jedenfalls. Sein Vetter war kein Krieger. Ihm fehlte Rohans rücksichtslos-praktisches Denken. Andry hatte mehr als einmal die Geschichte gehört, wie sein Onkel die abgeschlagene rechte Hand von Merida-Feinden vor die Füße ihrer Herren hatte schleudern lassen. Pol würde niemals etwas Derartiges tun. Pol war zivilisiert.

Er bestrafte diejenigen, die sich gegen ihn aufgelehnt hatten, nur damit, daß er ein paar Ländereien innerhalb des Prinzentums konfiszierte. Als Beispiel für die anderen. Wegen seiner Weisheit und seiner Gnade wurde er gerühmt. Öffentlich. Und das war das Ende, jedenfalls, was Pol anbetraf.

Aber Andry hatte die Namen, die Orte. Er hatte die Zauberer in seinen eigenen Reihen bereits entdeckt. Torien, sein Präfekt, war entfernt mit Ostvels erster Frau Camigwen verwandt, von der Riyan seine anderen Gaben geerbt hatte. Andrys Vermutung war korrekt; ein einfacher Zauberspruch, den Andry in Toriens Gegenwart selbst wirkte, bestätigte dies. Im Laufe des Sommers prüften die beiden langsam, sorgfältig und unauffällig andere. Den vierunddreißig, deren Reaktionen zeigten, daß sie *Diarmadhi*-Blut hatten, wurde erklärt, daß der besondere Spruch ihre Ringe zum Brennen bringe. Das war keine Lüge, aber auch nicht die ganze Wahrheit. Keiner von ihnen wurde verbannt; sie waren wertvoll. Sie würden nie zu wichtigen Positionen erhoben werden, und keiner außer Torien würde jemals das Handwerk der *Devr'im* erlernen.

So hatte er sein eigenes Haus in Ordnung gebracht. Er vertraute Torien voll. Das Entsetzen des Mannes, als er erfuhr, was seine Reaktion wirklich bedeutete, war Beweis genug für seine Treue gewesen, selbst wenn Andry sich seiner vorher nicht sicher gewesen war. Die anderen, die von ihrem gemischten Erbe ebenso wenig wußten, wurden nicht einmal beobachtet, ob sie Anzeichen von Verrat aufwiesen. Aber Andry mußte es wissen. Trotzdem waren es nicht seine Lichtläufer, sondern die Hunderte von Unbekannten im Veresch, die ihn beunruhigten. Pol war sträflich nachlässig, wenn er sie nicht ausfindig machte. Er wußte nicht, welchen Gefallen Andry ihm tat. Und hätte es ihm auch nicht gedankt, wenn er es gewußt hätte.

Aber auch das war nicht wichtig. Nichts zählte, außer daß er *Diarmadh'im* mit Schlüsselfunktionen auslöschte. Mireva war tot, auch Ianthes Söhne, aber es mußte noch andere geben, die fähig waren, Angriffe vorzubereiten. Was war, wenn diese zu spät entdeckt wurden?

Und nach seiner Vision in den Träumen der heutigen Nacht wußte er, warum sie gefunden werden mußten. Die Zauberer hatten die Merida schon vor langer Zeit eingesetzt; das stand in Lady Merisels Schriftrollen geschrieben, und Mireva hatte es bestätigt. Die Männer, die er gesehen hatte, trugen die verräterische Narbe am Kinn. Wenn es keine Zauberer mehr gab, die sie kommandieren konnten, dann würde seine Vision vielleicht niemals wahr werden.

Und doch: Da waren diese neuen Einzelheiten, die neue Szene in seinem Traum vom heutigen Abend. Etwas, was Chay gesagt hatte, nagte an ihm. Daß er, indem er so hart daran arbeitete, seine Visionen zu verhindern, vielleicht gerade dazu beitrug, daß sie wahr wurden. Daß sich dann seine Prophezeiung erfüllen und den ganzen Kontinent gefährden würde. Aber sein Vater war kein Lichtläufer. Er sah nur mit seinen Augen, nicht mit seiner Seele. Andry mußte daran glauben, daß seine Bemühungen helfen würden, das Entsetzen abzuwenden, sonst würde er wahnsinnig werden.

Vor fünf Tagen war er an der Straße vorbeigekommen, die nach Drachenruh führte. Gestern hatte er einen Mann gefunden, der weit oben auf Ostvels Liste derjenigen stand, die die Rebellion gegen Pol angeführt hatten. Eingedenk der Worte von Mireva, daß nur ein *Diarmadhi*-Elternteil notwendig war, um begabte Nachkommen zu zeugen, war Andry gegen die ganze Familie vorgegangen. Und für den Fall, daß jemand es nicht verstand, hatte Nialdan an die Tür des abgelegenen Häuschens im Walde einen Sonnenaufgang geschnitzt, von dem Lichtläufer-Feuer ausstrahlte.

Er konnte nicht mit ihnen allen fertig werden. Er wünschte, er könnte es, aber diese Hoffnung war unrealistisch. Er konnte nur so viele wie möglich entfernen, ehe die Winterregen einsetzten und er in die Schule der Göttin zurückkehren mußte. Im nächsten Frühjahr würde er von neuem beginnen. Er würde jene suchen, die ihm diesmal entkommen waren.

Ein Scharren an der Tür riß ihn aus seinen Überlegungen, und er wirbelte herum. »Wer da?« bellte er.

»Ich bin es nur«, sagte Valeda zögernd. Sie war nicht so fröhlich und zuversichtlich, wie es für gewöhnlich ihre Art war. »Darf ich bitte hereinkommen?«

Er öffnete die Tür. Auch sie war in ihren Umhang gehüllt. Doch kein Nachthemd rauschte unter den schweren grauen Falten, und sie war barfuß. Er zog eine Braue hoch.

»Ich konnte nicht schlafen«, erklärte sie achselzuckend. »Du auch nicht, wie es aussieht.«

»Ich habe wieder geträumt.«

Sie nickte. Im Laufe der letzten Jahre war sie mehrmals in seinem Bett gewesen, wenn die Alpträume kamen. Er erzählte ihr niemals auch nur in groben Zügen davon. Er hatte niemals irgend jemandem davon erzählt, außer seinem Bruder, der tot war, und seinem Vater, der das niemals verstehen würde.

»Und was ist deine Entschuldigung dafür, daß du wach bist?« fuhr Andry lächelnd fort. »Wanzen?«

»Schlimmer. Mein Zimmer liegt neben dem von Nialdan, und er schnarcht wie ein Drache mit verstopfter Nase.«

»Du hast in deinem ganzen Leben noch keinen Drachen gesehen, geschweige denn gehört. Und ich bezweifle, daß sie schnarchen. Auf jeden Fall ist es wohl kaum seine Schuld, daß er erkältet ist.«

»Du wirst dich auch erkälten, wenn du nicht in dein Bett zurückkehrst, wo es warm ist«, schalt sie.

»Und was ist mit dir? Du bist barfuß.«

»Gütige Göttin, du heißt mich aber herzlich willkommen.«

Als sie zusammen unter der dünnen Decke und ihren beiden Umhängen lagen, murmelte Andry: »Ich bin froh, daß du hier bist.«

»Komplimente?« gab sie schläfrig zurück. »Womit habe ich denn die verdient?«

»Du bist hier, und du bist warm.« *Und das ist alles,* fügte er stumm hinzu.

Am nächsten Mittag fand er die Frau, die er gesucht hatte. Sie war einige Winter jünger als Mireva und lebte allein in einer winzigen Hütte, die halb in einen riesigen Baumstamm hineingebaut war. Sie antwortete bereitwillig, als er sie mit dem Namen von Ostvels Liste ansprach. Jener Name war mehrmals in Verbindung mit jenen aufgetaucht, die sich auf

Mirevas Befehl hin versammelt hatten. Aber sie gab vor, nur eine einsame Witwe zu sein, die im Wald lebte und gelegentlich Taze verkaufte oder eintauschte oder hin und wieder ein Heilmittel für ein krankes Tier oder einen liebeskranken Menschen weitergab.

Andry war überaus gewissenhaft und wollte sich des *Diarmadhi*-Erbes bei diesen Treffen absolut sicher sein. Die meisten anderen hatten es ihm leicht gemacht und hatten versucht, zu ihrer eigenen Verteidigung Zauber zu wirken. Aber nur wenige kannten die Techniken der Sternenrolle, und so waren sie keine Gefahr. Er bewunderte die Sturheit dieser Frau hier, glaubte kein Wort von ihrem Protest und hielt sich an sein selbstauferlegtes Diktat der Gewißheit.

Ein kleiner, tiefer Teich war glücklicherweise nicht weit weg. Er ließ sie von Nialdan hineinwerfen. Eine Lichtläuferin hätte auch heftig reagiert, hätte um sich geschlagen und um Hilfe geschrien wie diese Frau. Aber einer Lichtläuferin wäre übel geworden, sie hätte die Orientierung verloren und wäre sehr schnell ertrunken. Diese Frau tat das nicht. Sie schluckte eine Menge Wasser und gab eine gute Vorstellung zum besten, aber schließlich schwamm sie ans Ufer des Teiches. Nialdan entledigte sich ihrer mit einem einzigen Schlag seines Schwertes. Während Valeda sich anschickte, den Leichnam zu verbrennen, beobachtete Andry, wie Nialdan den Sonnenaufgang in den gefällten Baum schnitzte.

»Das Zeichen der Göttin und ihrer Lichtläufer«, erklärte Nialdan zufrieden.

Die Menschen können nicht fürchten, was sie verstehen. Er hörte die Worte seines Vaters und erwiderte im Geiste: So ist es. Diese stolze Schnitzerei würde im Schweigen des Waldes von mysteriöser *Faradhi*-Macht künden. Vielleicht würde es ein Zeichen des Glücks werden. Vielleicht zogen Menschen in die verlassenen Behausungen ein und hielten sich für geschützt durch die Schnitzerei auf ihren neuen Türen. Die Vorstellung amüsierte ihn.

Gelegentlich meldete sich sein Gewissen. Nicht darüber, was er tat; er glaubte mit ganzer Seele an die Richtigkeit seines Tuns. Aber immer wieder zitterte er leicht darüber, was Alasen denken würde, wenn sie es wüßte. Gewiß würde sie es herausfinden, wenn sich erst Gerüchte über das unerklärliche Verschwinden von Menschen und die hinterlassenen Symbole ausbreiteten.

Außerdem hatte Ostvel vielleicht recht gehabt, und Unschuldige starben zusammen mit den Schuldigen. Aber immer, wenn er etwas Derartiges dachte, erinnerte er sich an narbige Gesichter und das blutrote Meer. An Radzyn in Flammen. Wenn ein paar fälschlicherweise starben, weil man Zauberer ausradierte, die eine Armee der Merida zu derartiger Zerstörung anführten, dann war das ein akzeptabler Preis. Alasens Haß war für ihn schwerer zu ertragen. Aber eines Tages würde sie alles verstehen. Er würde sie und alle anderen vor dem retten, was seine Visionen ihm gezeigt hatten. Sie würde verstehen und verzeihen.

Sollte sich Pol mit seiner blassen, hübschen Meiglan paaren und die Prinzenmark regieren, so lange er konnte. Sollten Rohan und Sioned und sie alle in zufriedener Unwissenheit leben, so lange sie konnten. Andry wußte, was kommen würde. Und was immer er tun mußte, um dieses zu verhindern, würde er tun – und zwar freudig.

Er war von der Göttin erwählt, diese Vision der Zukunft zu empfangen. Sie hatte ihm auch die Macht gegeben, sie zu verhindern.

Andry trat durch die niedrige Tür in die schattige Hütte. Die spärliche Einrichtung war sehr einfach – Stuhl, Tisch, Bett, ein paar Teller, Tassen und Schüsseln auf einem Regal und eine kleine, kalte Feuerstelle mit einem Kupferkessel und einem Eisenkessel. Es roch wundervoll. Getrocknete Kräuter hingen von den Balken, und ihr prickelnder Duft wurde noch unterstrichen durch den feuchten, lebenden Baum, der die Rückwand der Behausung bildete. Es gab nichts Außergewöhnliches, nichts, was darauf hindeutete, daß die Frau etwas anderes war, als sie zu sein vorgab.

Aber aus dem Schatten blinkte halbverborgenes Silber. Andry näherte sich vorsichtig. Ein schöner, alter Teppich, der Blumen und Kräuter darstellte, war über irgend etwas drapiert, was fast so groß war wie er selbst. Ein Rahmen schaute aus den Falten hervor.

Andry zog den Stoff beiseite und hielt den Atem an. Ein ovaler Spiegel, gekrönt von einem Bogen mit drei Spitzen, die Kanten in Facetten geschliffen, ohne einen Fleck oder einen Riß im Glas. Aber ohne Spiegelbild! Sein eigenes Gesicht hätte ihm entgegenblicken sollen. Aber da war nur silbergrauer Nebel.

In den anderen *Diarmadhi*-Behausungen hatte es keine Spiegel gegeben. Mireva hatte einen benutzt, um Chiana zu kontrollieren, und hatte ihn zu Andrys Ärger zerschmettern lassen. Nichts in der Sternenrolle deutete auf ihren Einsatz bei der Zauberei hin, abgesehen von diesem Befehl, sie alle zu zerstören. Spiegelzauber waren wohl den sehr Mächtigen vorbehalten. Und hier war ein wunderschöner Spiegel, mit dem er experimentieren konnte, wenn er nur hinter sein Geheimnis kommen konnte.

Er untersuchte den Rahmen und bewunderte die Handwerkskunst, die ihn geschaffen hatte. Er hatte vielleicht Sterne oder ähnliche Motive erwartet; statt dessen rankten sich *Dranath*-Blätter, in Silber geschnitzt, an den Seiten empor. Andeutungen von alten Emaillearbeiten steckten noch in Flecken von Blau, Grün und Orange. Hier und dort waren Dellen und andere kleine Schäden, die der Spiegel im

Laufe seiner langen Dienstzeit bekommen hatte, aber das Ganze war mit liebevoller Sorgfalt poliert. Er betrachtete das friedliche, bildlose Glas lange Zeit. Gab es ein Wort oder eine Tat, die den Spiegel zum Leben erwecken würde? Konnte er wagen, das herauszufinden?

»Ich frage mich, was Andrade mit dir angefangen hätte«, murmelte er, als könnte der Spiegel ihm antworten. Wie mochte er funktionieren? Lichtläufer benutzten Licht: Sonne, Monde, Feuer. Zauberer zogen das Sternenlicht vor, lehnten andere Quellen aber auch nicht ab. Er beschloß, es zu riskieren, und beschwor eine Fingerflamme. Der Spiegel schien für Bruchteile zu beben. Ermutigt dachte er das kleine Feuer ein wenig heller, und wieder bemerkte er ein zartes Beben, halb gespürt, halb gesehen. Aber der graue Dunst blieb. Es kam kein Bild.

Er warf einen Blick über seine Schulter und rief: »Valeda! Komm herein und sieh dir das an!«

Ein Hauch zog an seinem Geist vorbei. Irgend etwas. Als er sich wieder dem Spiegel zuwandte, war der graue Dunst verschwunden. Valeda war nicht in die Behausung getreten, aber sie war deutlich im Spiegel zu sehen. Und um ihren Körper lag das kühle, leuchtende Spektrum ihrer Farben. Dieselben Schattierungen, die er berührte, wenn er mit ihr auf dem Sonnenlicht sprach oder wenn sie sich liebten.

Mit gerunzelter Stirn trat Andry vorsichtig einen Schritt zurück. Im selben Augenblick trat Valeda durch die Tür und nannte ihn beim Namen. Das Bild veränderte sich, und er sah sich selbst.

»Andry?« Sie trat vor. »Was gibt es?«

»Pst!« Einige Augenblicke lang starrte er verzückt und fasziniert auf den *Aleva,* der sein eigenes Bild umgab, feurigere Farben als die von Valeda und viel mehr. Zum Spiegel sagte er »Nialdan«, und an seine Stelle trat der große, kräftige

Lichtläufer mit seinem vertrauten Muster aus Blau, Orange und Weiß. »Rohan.« Der Spiegel zeigte ihm den Hoheprinzen. Zu seiner Überraschung besaß Rohan einen *Aleva,* zwar schwach, aber doch sichtbar, Zeichen seiner halben Lichtläufer-Gabe. Tobin, Chay, Maarken und Hollis, sie alle erschienen nacheinander auf sein Kommando hin; bis auf seinen Vater hatten alle die vielsagende Aura aus Farbe, und selbst Chay wurde von demselben Hauch umgeben wie Rohan.

Endlich nannte Andry unter Schmerzen den Namen seines Zwillingsbruders. Aber der Spiegel wurde leer. Jemand, der nicht lebte, konnte in diesem Spiegel auch nicht sichtbar werden.

Valeda packte seinen Arm. »Andry«, fing sie an, und augenblicklich zeigte sich sein Bild wieder im Spiegel. Sie waren beide überrascht.

So lässig, wie er konnte, sagte er: »Ein interessanter Trick, aber zu welchem Zweck?«

»Ist mir ziemlich gleichgültig«, erwiderte sie nervös. »Laß uns von hier verschwinden.«

»Wir nehmen den Spiegel mit.«

»Wie? Er ist so groß wie ich, und bestimmt schwer.«

Er überlegte und mußte zugeben, daß sie recht hatte. »Dann verstecken wir ihn, und später schicken wir jemanden, der ihn holt.«

»Warum? Er ist wirklich nicht von Nutzen.«

»Warum hast du solche Angst davor?«

»Ich habe keine Angst, wenigstens nicht mehr als jeder Lichtläufer, der sich einem der Werkzeuge der Zauberei gegenübersieht.«

»Ich frage mich, wie er jemanden zeigen würde, der auch *Diarmadhi*-Blut in den Adern hat«, überlegte er. Dann sagte er: »Riyan.«

Der Spiegel wurde schwarz.

»Riyan«, sagte er wieder.

Nichts. Andry dachte darüber nach und zuckte dann mit den Schultern. »Chiana«, sagte er, und die Prinzessin von Meadowlord erschien. Sie hatte keine Aura aus Farbe, denn sie war nicht einmal zur Hälfte eine *Faradhi.* Wie alle anderen Bilder sah auch Chiana sonderbar leblos aus; der Spiegel zeigte reglose Portraits, nicht den Anblick von Menschen, wie er von einem ausgebildeten Lichtläufer über das Feuer heraufbeschworen werden konnte.

»Den scheint man wirklich nicht besonders gebrauchen zu können«, bemerkte Andry enttäuscht. »Wenn er wirklich nützlich wäre, dann würde er mir diese Leute jetzt so zeigen, daß ich weiß, was sie gerade tun.«

»Du kannst ja mit dem schrecklichen Ding spielen, wenn du willst«, fuhr Valeda ihn an. »Ich komme ihm jedenfalls nicht mehr nahe.« Und sie marschierte davon.

Ihn reizte der Spiegel zu sehr, als daß er sich darum scherte, was sie dachte. Aus einer Laune heraus nannte er die Schule der Göttin. Aber augenscheinlich zeigte der Spiegel nur Menschen; grauer Nebel umwölkte erneut seine Oberfläche. Er wandelte seinen Aufruf ab und fragte sich, ob der Spiegel eine Verknüpfung mehrerer Befehle akzeptieren würde, ob er das augenblickliche Leben enthüllen konnte. Und nicht nur statische Portraits. »Prinzessin Alasen in diesem Augenblick.«

Nichts.

Andry zuckte mit den Schultern. Es war einen Versuch wert gewesen. Aber er wollte noch einen wagen. »Rohan an dem Tag, als er Sioned ehelichte.« Noch immer nichts. Das Verlangen, sie in zehn Jahren zu sehen, stieß ebenfalls auf silbrige Leere.

So. Nur Portraits von lebenden Personen, keine Zukunft,

Gegenwart oder Vergangenheit. Welch eine Verschwendung von Silber, Glas und Zauberei, dachte er angewidert. Doch obwohl der Spiegel nur beschränkten Wert zu haben schien, begehrte er ihn. Er löschte die Fingerflamme, bedeckte den Spiegel wieder mit dem Wandteppich und dachte darüber nach, wie er ihn am besten verstecken konnte, bis er jemanden schicken konnte, ihn zu holen. Er beschloß, den Spiegel gut einzuwickeln und ihn unter einem Baum draußen zu vergraben.

Nialdan stand im Eingang. Er sperrte den größten Teil des Sonnenlichtes aus, als Andry die Decke und das Laken von der schmalen Pritsche in der Ecke zerrte. »Herr? Wir können jederzeit gehen. Wann immer Ihr wollt.«

»Hilf mir hiermit, ja? Hat Valeda dir von dem Spiegel erzählt?«

Der große Lichtläufer nickte ohne eine Spur von Neugier oder Unwohlsein. »Was soll damit gemacht werden?«

»Grabe draußen ein Loch, das groß genug für ihn ist. Wir werden im Frühjahr jemanden schicken, der ihn holt. Bis dahin sollte das sicher genug sein, meinst du nicht?«

»Gewiß, Herr.« Nialdan nahm die Decke hoch und hüllte den Spiegel ein.

Andry war dankbar, daß dieser Untergebene niemals Fragen stellte. Er zog zwei Kissen aus ihren Bezügen, denn er wollte den Stoff in Streifen reißen, um damit das Laken und die Decke um den Spiegel zu befestigen –

Da war noch etwas anderes als das Kissen.

Er hätte vor Entzücken fast aufgeschrien, als ein dünnes Pergament herausfiel, das zerknittert war und vergilbt vom Alter. Seine Finger zitterten, als er es aufhob. Er erhoffte sich Formeln oder Notizen zu Zaubereien oder ähnlichem. Mit einer leeren Seite würde er umgehen können; in der Sternenrolle standen Rezepte, wie man Tinte sichtbar machen konnte, wo scheinbar keine war. Statt dessen quälte er sich durch einen schrecklich fehlerhaften Brief von jemandem, der mit »dein libender Enckel« unterschrieben hatte.

Andry lächelte. Soviel zu seinen Hoffnungen, eine gewaltige Entdeckung zu machen: ein Spiegel von geringem Nutzen und eine kaum leserliche Nachricht. Er riß die Kissenhüllen in Streifen und half Nialdan, sie um den Spiegel zu binden.

»Ich brauche keine Hilfe dabei, den hinauszutragen«, erklärte der Lichtläufer. »Er ist sehr leicht. Das Graben sollte kaum länger dauern, als eine Jungfrau braucht, um dreimal ihre Augen niederzuschlagen.«

Andry bohrte einen Finger in die hervortretenden Muskeln an Nialdans Arm. »Für dich natürlich nicht. Was würde ich nur ohne einen baumstarken Kerl wie dich anfangen?«

Nialdan grinste und verließ den Raum, mit dem Spiegel in den Armen. Andry blieb noch ein Weilchen. Er wünschte, die Frau hätte etwas wirklich Wichtiges besessen. Trotzdem konnte er von Glück reden, daß er den Spiegel hatte. Er durfte nicht vergessen, allen Lichtläufern, die er künftig aussandte, aufzutragen, daß sie nach anderen Spiegeln suchten. Wer wußte, einer von ihnen könnte –

In der Düsternis hätte er es fast übersehen. Da, auf dem Regal mit den Tellern, blitzte es ebenfalls silbrig. Wahrscheinlich nichts Interessanteres als ein Löffel, sagte er sich, womit ich mich wieder selbst zum Narren machen würde! Aber er untersuchte es dennoch.

Es war nichts Außergewöhnliches, nur ein schmaler Ring aus poliertem Metall, der jetzt in seiner Hand lag. Darin eingerollt war jedoch ein weiteres Blatt Pergament, versiegelt und absendefertig. Er inspizierte den Verschluß und sah ein Muster aus Bergen und Sternen, das in das Silber geätzt war.

Diesmal war seine Erregung berechtigt. Er erbrach das Siegel, glättete das Pergament auf dem Tisch und beschwor eine Fingerflamme, um lesen zu können. Die Übersetzung dauerte nicht lange. Er war an die alten Worte gewöhnt.

Mireva hat bekommen, was sie verdient hat. Ihr habt dies in Eurer Weisheit schon seit langem verstanden, und wenn ich auch zweifelte, so sehe ich doch jetzt, wie recht Ihr hattet. Unser Weg liegt darin, daß wir Lichtläufer und Prinzen werden, nicht darin, daß wir sie töten. Urival und Camigwen waren die ersten von vielen, die in der Schule der Göttin gelebt und gewirkt haben. Es bedeutet Befriedigung, daß ihr Sohn jetzt schöne Ländereien genießt und ein Vertrauter des Hoheprinzen ist. Wir können äußerst stolz darauf sein, daß der künftige Hoheprinz einer von unserem Blut ist. Es wird aber selbst Euch überraschen, daß meine Nachforschungen endlich enthüllt haben, wie genau es dazu gekommen ist. Mireva dachte, es müßte von Sioned stammen. Es ist aber nicht so. Seine Kraft stammt von der stärksten Linie unter uns. Ich habe seinen Aleva *in aller Heimlichkeit studiert, denn ich war nie zufrieden mit Mirevas Erklärungen. Ich war enttäuscht, weil er die Gaben, die er von uns hat, nie verwendet hat. Seine Farben waren nur die der Lichtläufer. Jedenfalls bis zum späten Frühling dieses Jahres. Zwar verwässert durch zwei Generationen, der Verbindung mit dem unbegabten Roelstra und dem* Faradhi-*Hauch von Rohan, so habe ich doch unsere eigene, geliebte Lallante in ihm entdeckt. Er ist ihr Enkel, jener Knabe, den Ianthe geboren hat und der damals nicht in Feruche gestorben ist.*

Andry war so verblüfft, daß seine Knie unter ihm nachgaben, doch er merkte es erst, als er hart auf den rohen Planken am Boden landete.

Ianthes andere Söhne hätten nie so gute Dienste geleistet; so sehr wir alle die reine Abstammung von unseren alten

Ahnen schätzen, die Kombination aus unserem Blut und dem der Lichtläufer hat Pol mächtiger werden lassen, als irgendeiner von unseren eigenen Leuten es jemals sein könnte. Es mag bitter sein, dies zuzugeben; aber wir haben es in Urival gesehen, und in geringerem Maße auch in Camigwen und jetzt in ihrem Sohn Riyan. So ist es auch mit Pol. Aber da seine Linie stärker ist als die, aus der die anderen hervorgingen, kann man nichts anderes erwarten, als daß seine Macht größer ist. Er wird ein Hoheprinz von unschätzbaren Gaben sein. Unter seiner Herrschaft werden wir sicher sein, denn er ist einer von uns, und er weiß es.

Als Andry das Blatt herumdrehte, zitterten seine Hände so sehr, daß er das Pergament kaum halten konnte. Da war nur noch ein bißchen mehr.

Im Frühling, Eure Billigung vorausgesetzt, werde ich mich selbst nach Drachenruh begeben und alles über Pol in Erfahrung bringen, was ich nur kann. Sollte er Bereitwilligkeit zeigen, werde ich mich ihm zu erkennen geben und ihn die Dinge lehren, die er wissen muß, um über die Schlachten Bescheid zu wissen, die Ihr vorausgesehen habt. Beim Namenlosen, was für einen Krieger wird er abgeben! Ich werde zu Euch kommen, wenn ich darf, und mich selbst in den Einzelheiten von Geschichte und Verteidigung ausbilden, so daß Pol Schwert und Schild sein kann. Denn er gehört nicht nur zu den Lichtläufern oder dem gewöhnlichen Volk, das er regiert, sondern auch zu uns.

Der Brief war von der Frau unterschrieben, die Nialdan gerade getötet hatte. Er hatte keine Anrede getragen; Andry vermutete, daß der Silberring darum herum ausreichte. Er stemmte sich vom Boden hoch. An einem Nagel in der Nähe der Feuerstelle hing ein Eimer mit klarem Wasser, und er trank mehrere Tassen davon, um seine trockene Kehle zu befeuchten. Ein stärkeres Getränk hätte er willkommen geheißen, selbst mit *Dranath* versetzt, was es hier gewiß geben würde, aber er sah keine Weinflaschen. Er stellte einen Stuhl an den Tisch und setzte sich. Zwar zitterte er noch immer, aber jetzt war er eher bereit zu denken.

Ob es nun wahr war oder nicht, war für den Augenblick unwichtig; aber sollte er den Brief behalten oder vernichten? War er wertvoller, wenn er ihn behielt, oder war das Wissen darum allein schon genug? Wie konnte es verwendet werden? War es wirklich ein Beweis dafür, daß Rohan und Sioned all die Jahre hindurch gelogen hatten? Wußten Chay und Tobin Bescheid? Lag ein Vorteil darin, Pols Abstammung zu enthüllen? *War diese unglaubliche Sache wahr?*

Die Fragen kamen zu schnell. Er rieb sich die Schläfen und starrte auf das Pergament. Behalten oder zerstören?

Aber dann fielen ihm die letzten Sätze über den Kampf wieder ein und Pols Tüchtigkeit als Krieger. Als die Worte sich wieder in seinem Kopf formten, kam er zu zwei Entscheidungen: erstens, daß das Ganze richtig war. Seine eigenen Visionen waren zu real gewesen, und dieser *Diarmadhi* hatte es offensichtlich auch gesehen.

Und daraus folgte zweitens, daß der Brief vernichtet werden mußte. Selbst wenn er den Beweis für Pols Erbe lieferte, so waren die offenen Worte über seine Kraft und Macht doch zu gefährlich. Hinzu kam, daß der Brief sonst von jemandem gesehen werden konnte, der den Inhalt Andrys Meinung nach besser nicht kennen sollte.

Er beschwor Feuer in der Feuerstelle und verbrannte das Pergament zu Asche. Danach löschte er die Flammen mit einem Gedanken. Ein Jammer, daß er nicht wußte, an wen der Brief gerichtet war. Er hätte eine Menge in Erfahrung bringen können, ehe dieser Zauberer starb.

Er unterdrückte alle Fragen, steckte den Silberring ein und verließ die Baumhütte. Nialdan trampelte gerade die letzten Erdkrumen auf dem Spiegel fest. Er brachte die Schaufel ordentlich in den Gemüsegarten zurück, stampfte die Erde von seinen Stiefeln und nieste gewaltig. Andry lachte.

»Komm, laß uns weiterreiten und irgendwo ein heißes Bad für dich auftreiben. Und erinnere mich daran, daß ich ein Taschentuch von der Größe eines Kriegsbanners erstehe. Bei diesem Niesen hätten beinahe die Pferde gescheut.«

Nialdan zuckte gutmütig mit den Achseln, und sie saßen auf. Andry prägte sich ein, wo die Erde aufgewühlt war, und sah sich ein letztes Mal nach der merkwürdigen, kleinen Hütte um. Beim nächsten *Diarmadhi* würde er warten, würde erst alles durchsuchen und ihn befragen, ehe er die Hinrichtung befahl.